novum ▲ pro

AF151624

MATTHIAS MOHS

APOCALYPSE: AUFBRUCH IN EINE NEUE WELT

novum pro

Dieses Buch ist auch als
e-book
erhältlich.

www.novumverlag.com

Bibliografische Information
der Deutschen Nationalbibliothek:

Die Deutsche Nationalbibliothek
verzeichnet diese Publikation in
der Deutschen Nationalbibliografie.
Detaillierte bibliografische Daten
sind im Internet über
http://www.d-nb.de abrufbar.

Alle Rechte der Verbreitung,
auch durch Film, Funk und Fernsehen,
fotomechanische Wiedergabe,
Tonträger, elektronische Datenträger
und auszugsweisen Nachdruck,
sind vorbehalten.

© 2021 novum Verlag

ISBN 978-3-99107-621-6
Lektorat: Marie Schulz-Jungkenn
Umschlagfotos: John Sirlin,
Tom Dowd, Andrey Bayda,
Ashley Gable | Dreamstime.com
Umschlaggestaltung, Layout & Satz:
novum Verlag

Gedruckt in der Europäischen Union
auf umweltfreundlichem, chlor- und
säurefrei gebleichtem Papier.

www.novumverlag.com

Für Emmi Marlen. Dein Lächeln erhellt jeden Raum. An dem Tag, an dem du alt genug für dieses Buch bist und deine Eltern dir erlauben, es zu lesen, trinken wir ein Bier zusammen, blättern durch die folgenden Seiten und dann kannst du dein Urteil fällen, ob du bei diesem Inhalt doch lieber auf deinen Namen in der Widmung verzichtet hättest.

KAPITEL 1: DER BUNKER

Vor 15 Jahren lag die Welt in Trümmern. Nach dem Dritten Weltkrieg, sah es so aus, als würde es nie einen vierten geben können. Über dreiviertel der Weltbevölkerung wurde vernichtet und ein Großteil der Erdoberfläche war durch die Verstrahlung und den Fallout nicht mehr bewohnbar. Andere Teile der Welt waren zwar äußerlich von Bomben verschont worden, jedoch löschten biologische und chemische Waffen die Menschen aus, ohne Gebäude oder Einrichtungen zu zerstören. Eine große Anzahl von ganzen Tierarten war ausgelöscht worden und die Nahrungsquellen für die übrig gebliebenen Menschen waren sehr begrenzt. Eine kleine Anzahl an Menschen hatte nur überlebt, da vor dem Krieg riesige unterirdische Bunkeranlagen gebaut wurden, um die wichtigen Persönlichkeiten zu schützen. Da die Bomben aber ohne jede Vorwarnung fielen, kam fast keiner der Politiker oder Wissenschaftler jemals dort an. Nur die Menschen, die sich in unmittelbarer Nähe dieser Anlagen befanden, konnten noch Zuflucht suchen. Es begann ein neues Leben im Verborgenen: Unter der Erde. Zu Beginn konnten sich die Menschen in den Bunkern noch mit Funk miteinander verständigen. Daher wussten sie, dass es noch weitere Menschen gab als die, mit denen man im Bunker festsaß. Doch relativ schnell verstummten die anderen Stimmen.

Man wusste jedoch nicht, ob das daran lag, dass diese keine Nahrung mehr hatten oder der Bunker die Strahlung nicht mehr abhalten konnte, die Luftzufuhr abgeschnitten wurde, die Menschen verrückt geworden waren oder einfach das Funkgerät seinen Geist aufgegeben hatte. Man saß in einem Gefängnis aus Beton und Stahl und hatte keine Ahnung, was vor den Türen des Bunkers vor sich ging. Vielleicht waren sie ja die letzten Menschen auf der Erde, man konnte es nicht wissen. Die Bunkeranlage wurde damals für 1000 Menschen errichtet und hatte eine eigene saubere Wasserzufuhr, unzählige Konserven und

Trockennahrung. Zuflucht konnten in diesem Bunker jedoch nur 62 Menschen finden. Im Laufe der Jahre waren noch 14 Kinder geboren worden. Diese hatten noch nie die Sonne gesehen oder frische Atemluft eingeatmet. Sie wurden in ein Gefängnis unter der Erde geboren.

Jetzt, nach 15 Jahren, tauchte jedoch ein unlösbares Problem auf. Zwar konnten die Menschen immer auf frisches Wasser zurückgreifen und hatten einen eigenen Reaktor, der sie mit Strom versorgte und die Luftfilteranlagen betrieb, jedoch ging ihnen langsam die Nahrung aus und sie mussten sich einen Weg überlegen, um an eine neue Nahrungsquelle zu kommen. Nachdem sich die Menschen tagelang im Bunker aus dem Weg gegangen waren, rief David McAron durch die Lautsprechanlage eine Sitzung im Besprechungsraum des Bunkers ein. David war 37 Jahre alt und war, bevor die Bomben fielen, bei der Armee. Er war mit seiner Einheit eingesetzt, um den Bunker zu verteidigen und niemanden ohne gültige Papiere passieren zu lassen und gegebenenfalls ihn auszuschalten. Die Mitglieder seiner Einheit waren jedoch noch vor dem Angriff von ihrer Position geflüchtet, um noch Zeit mit ihren Familien zu verbringen. Nur David und sein bester Freund Charly waren dortgeblieben. Als die Menschen kamen, missachteten sie ihre Befehle und ließen sie in die Bunkeranlage.

An diesem Abend trafen sich alle Einwohner und David trat vor sie: „Schönen guten Abend, meine Freunde. Wie ihr alle wisst, gehen uns leider nach 15 Jahren in Isolation die Lebensmittel aus." Sofort darauf begannen die Leute zu diskutieren und es wurde lauter im Publikum. „Ruhe, meine Freunde, Ruhe. Ich weiß, dass euch das sehr beunruhigt, aber das ist eine Sache, die wir nicht aussitzen können. Wir müssen jetzt handeln, solange wir noch bei Kräften sind und unsere Reserven noch etwas reichen." „Aber was sollen wir denn machen? Es gibt hier unten einfach keine weiteren Lebensmittel oder Tiere", hörte man aus dem Publikum rufen. „Das weiß ich, daher habe ich mir die einzige Möglichkeit überlegt, die uns bleibt. Einer muss sie ja mal aussprechen. Wir müssen nach draußen", sagte David. In einem Kanon hörte man dieselbe Frage durch den Raum klingen: „Bist du verrückt?" „Ich weiß, es hört sich sehr gewagt an, aber uns bleibt keine andere Möglichkeit. Da nehme ich doch lieber das Risiko an der Oberfläche auf mich, als hier unten langsam zu verhungern. Ich melde mich freiwillig für diese Mission. Wir müssen Nahrung finden", erwiderte David. „Ich schließe mich dir an", sagte sein Kumpel Charly. „Vielen Dank, mein Freund. Wer meldet sich noch? Wir haben 10 Strahlenanzüge, 2 Sturmgewehre, 1 Schrotflinte und 3 Pistolen, falls wir uns draußen verteidigen müssen, gegen wilde Tiere oder mögliche andere Überlebende, die verrückt geworden sind." Alle wichen den Blicken von David aus und es herrschte absolute Ruhe. „Ich komme mit!", hörte man aus der hintersten Ecke des Raumes. Es war Michael Redville. Ein Junge, der einen Monat, nachdem sie die Bunker-Türen versperrt hatten, geboren wurde. Seine Mutter war vor den Angriffen schwanger geworden und bei seiner Geburt gestorben. „Das finde ich sehr tapfer von dir, aber du bist noch zu jung, Michael. Du wirst erst noch 15", sagte ihm David. „Es ist doch egal, wie alt ich bin. Nachdem meine Mutter gestorben war, habt ihr euch alle um mich gekümmert. Ihr seid meine Familie geworden und ich will euch etwas zurückgeben. Außerdem kenne ich die Welt draußen nur von Erzählungen und den Büchern, die ich hier im Bunker gelesen habe. Wenn ich sie nicht langsam mal zu Gesicht bekomme, weiß ich nicht mehr, wofür ich überhaupt überlebt habe. Du hast mir doch alles beigebracht, was ich zum Überleben brauche." Das stimmte, David hatte ihn wie einen Sohn aufgezogen, obwohl er auch erst 22 Jahre alt war, als das alles begann. Er hatte ihm Lesen und Schreiben beigebracht, wie man mit Waffen umgeht, eine Kampfsportart, die David bei der Armee gelernt hatte, und alles, was er sonst noch wusste. „Okay, du hast recht. Du bist kein Kind mehr und auf dich kann ich mich verlassen. Damit wären wir zu dritt. Zehn Leute können mit. Wollt ihr wirklich einfach auf euren Tod warten?", fragte David in die Menge. „Wir machen mit!", hörte man aus der aufgewühlten Gruppe. Es waren James Tuddler und seine beiden Söhne Steve und Ed. Vor dem Angriff war James Mechaniker gewesen und hatte sein Leben lang sehr hart gearbeitet. Auch hier im Bunker hat er sich um die meisten Reparaturen gekümmert und war immer eine große Hilfe. Er war 52 und seine beiden Söhne 20 und 23. Ihre Mutter war zur Zeit der Angriffe beruflich in Washington und sie wussten nicht, was aus ihr geworden war. Aber sie machten sich keine großen Hoffnungen, dass sie es noch in einen Bunker geschafft hatte. „Vielen Dank, James, und auch an deine Söhne. Eure Hilfe ist mir sehr wichtig. Damit hätten wir noch vier Plätze für unseren kleinen Ausflug frei." „Ach was soll's!", hörte man eine Frauenstimme sagen, „ich komme auch mit. Ob ich nun hier verrecke oder wenigstens noch einmal die Sonne sehe." „Vielen Dank, Mary", sagte David, „auf dein vorlautes Mundwerk hätte ich auch ungerne verzichtet." Mary Summers war eine 55-jährige Journalistin, die schon alles in ihrem Leben gesehen hatte. Sie hat über Serienmörder, Kriege und Unfälle berichtet. Sie konnte man durch nichts mehr erschüttern. „Dann kann ich wenigstens noch was für die Nachwelt, falls es eine geben sollte, aufschreiben und nicht nur „Geschichten aus der Gruft – Die Bunkerstory". Die zukünftigen Leser sollen ja auch was von der Außenwelt erfahren und nicht nur lesen, wie ein Haufen Menschen irre geworden ist, weil sie beim Däumchen drehen verhungert sind", gab Mary zum Besten. Nach weiteren Diskussionen fanden sich auch noch drei weitere Freiwillige. Darunter waren der alte Jerkins, ein sehr hasserfüllter Mann, der seine ganze Familie verloren hatte und danach verbittert wurde. Er war 69 Jahre alt, aber an sich noch sehr fit und agil. Er hatte sein Leben lang als Lkw-Fahrer gearbeitet und hatte sich schon auf seinen Vorruhestand gefreut, aber dann kam ihm leider ein Krieg dazwischen. Er war gerade auf seiner Tour, als es passierte, und zu seinem Glück in der Nähe dieser Anlage.

Außerdem meldeten sich noch Isabell O'Flannery, eine 33-jährige Frau aus Irland, die vor dem Krieg ein Auslandssemester an der Universität in Nevada gemacht hatte. Sie wollte eigentlich Ärztin werden und jetzt war sie vielleicht der einzige Mensch auf der Erde, der wenigstens etwas medizinisches Grundwissen hatte.

Der Letzte der Gruppe war Ethan Curtis. Ein sehr verschlossener Mann, der die meiste Zeit für sich alleine blieb und Bücher las. Er war 45 Jahre alt. Er hatte nie erzählt, was er vor dem Krieg gemacht hatte. Damit war das „Expeditionsteam" vollständig.

Die Gruppe traf sich am nächsten Tag, um ihren Plan zu besprechen. Es mussten noch einige Vorkehrungen getroffen und zusätzlich ein genauer Termin festgelegt werden.

„So, meine Freunde, da sind wir nun. Ich möchte mich noch einmal recht herzlich bedanken, dass ihr mir helfen wollt und euer Schicksal selbst in die Hand nehmt. Wir haben noch einiges zu besprechen. Ich würde sagen, dass wir so schnell wie möglich starten sollten. Wir sollten gleich morgen losziehen", sagte David zur Gruppe. „Ist das nicht ein bisschen übereilt?", fragte Jerkins mit seiner aggressiven Art. „Noch haben wir ein paar Konserven. So können wir etwas für den Weg mitnehmen und die Menschen, die hierbleiben, haben auch noch etwas. Wir sollten gleich morgen früh unsere Rucksäcke packen. Wir brauchen nur das Nötigste: Verpflegung für den Weg, viel nichtkontaminiertes Wasser, die Waffen und die Strahlanzüge und vor allem einige Geigerzähler. Stellt euch das Ganze als Erkundungstour vor. Wir müssen erst einmal sehen, wie es draußen aussieht und was uns erwartet. Vielleicht gibt es ja Orte, wo die Strahlung nicht so hoch ist und wo wir uns neu ansiedeln können." „Glaubst du echt, dass es noch Orte gibt, wo Menschen überleben können? Das wäre ja herrlich. Einfach aus dem Bunker raus und neu anfangen. Vielleicht treffen wir ja sogar auf andere Menschen", sagte Michael in freudiger Erwartung. „Wer weiß, aber wir sollten uns nicht zu viele Hoffnungen machen", erwiderte David. „Was ist mit den Waffen? Wir haben nur sechs Waffen und sind zehn Leute?", wollte Charly wissen. „Ich will auf jeden Fall keine. Ich bin Pazifist und habe schon zu oft gesehen, was diese Dinger anrichten können. Ich nehme jetzt einfach mal stark an, dass wir zusammenbleiben werden, und falls irgendein Tier kommt oder ein scheiß Irrer, dann sollten sechs Waffen doch reichen", sagte Mary. „Wer kann überhaupt mit einer Waffe umgehen? Es wäre nicht schlecht, wenn wir uns nicht gegenseitig über den Haufen schießen würden, weil irgendwer nicht mit seiner Waffe zurechtkommt. Also, wer von euch hat Erfahrung damit?", fragte David. Sofort gingen die Arme von der ganzen Tuddler Familie hoch. Auch Michael und Charly meldeten sich und zu Davids Erstaunen meldete sich auch der stille Ethan. David fiel auf, dass sich, mit ihm, sieben Leute meldeten. Aber bevor er etwas sagen oder machen konnte, sagte Ethan: „Schon gut, nehmt ihr die Waffen. Ich komme auch so gut zurecht." David klatschte in die Hände und sagte: „So, Freunde, dann hätten wir das ja geklärt. Wir treffen uns morgen Mittag um 12 Uhr an den großen Stahltüren des Bunkers. Bereit zum Abmarsch. Verbringt noch etwas Zeit mit euren Freunden und Partnern, ich kann euch nämlich nicht sagen, wie lange ihr sie nicht mehr sehen werdet." „Wenn überhaupt", flüsterte Isabell.

Am nächsten Tag begab sich David zu den Toren, um die anderen zu treffen, jedoch war er überrascht, was ihn da erwartete. Sein Team war zwar vollzählig da, aber zusätzlich auch noch eine aufgebrachte Gruppe von Menschen, die hierblieben. „Ihr könnt ja gerne verschwinden, ihr Verräter, aber die Lebensmittel bleiben hier. Ich habe beobachtet, wie ihr aus dem Vorratskeller Konserven geklaut habt. Ihr kommt doch eh nur 10 Meter weit und dafür braucht ihr nichts zu essen!", schrie einer der Männer aus der Gruppe und wurde danach von vielen Zwischenrufen unterstützt. „Bleibt ganz ruhig, Freunde, wir haben hier doch eine so lange Zeit friedlich zusammengelebt und wir wollen doch nur uns allen helfen. Wir werden versuchen, eine neue Nahrungsquelle zu finden, das kann aber etwas dauern und für den Weg brauchen wir etwas Verpflegung", versuchte David die aufgebrachte Menge zu beschwichtigen. „Du scheiß Laberkopf! Wir werden euch doch nie wiedersehen, selbst wenn ihr etwas findet, und jetzt packt das Essen wieder aus, bevor wir uns die Lebensmittel mit Gewalt holen müssen!", brüllte jemand aus der Gruppe aggressiv. „Das können wir leider …", fing David an zu sagen, als der Mann auf ihn losging. David war gut ausgebildet und es war ein Leichtes für ihn, den Mann mit einem gezielten Schlag außer Gefecht zu setzen. Der Mann ging zu Boden wie ein Sack Kartoffeln, jedoch beruhigte das die Situation nicht sonderlich. Auf einmal stürmte die Menge auf das Team von David zu und sie konnten eine Mischung aus Hass und Angst in ihren Augen sehen. Plötzlich hallte ein ohrenbetäubender Knall durch den Bunker. Jeder hatte ein starkes Piepen auf den Ohren und war fast etwas benommen, was vielleicht aber durch den Schreck kam. „Jetzt reicht mir die Scheiße aber hier! Wir wollen euch Wichsern das beschissene Leben retten und ihr Affen wollt uns nicht einmal ein paar Konserven mitgeben, oder was?", schrie Charly voller Unverständnis und Hass, mit der noch rauchenden Pistole in seiner Hand. „Ihr geht jetzt zurück in eure Unterkünfte und wir versuchen, uns allen den verdammten Arsch zu retten!" Langsam wich die Gruppe vorsichtig zurück. Zwei von ihnen nahmen den immer noch bewusstlosen Mann vom Boden mit. Langsam gingen sie rückwärts den langen Gang zurück. „Das werdet ihr noch bereuen!", sagte einer, „kommt hier bloß nicht wieder heulend angelaufen, wenn ihr merkt, dass es da draußen nichts mehr gibt außer Tod und Verderben." Als die Gruppe um die Ecke war, drehte sich der alte Jerkins zu der Gruppe und sprach: „Diese undankbaren Hunde! Sollen sie hier doch alle verrecken. Da will man helfen und dann so was." „Sie sind einfach nur nervös und aufgeregt, da nach 15 Jahren eine große Veränderung ansteht. Sie wissen, dass wir die letzte Chance für uns alle sind. Theoretisch gesehen, sind wir eine Art letzte Hoffnung für sie, aber stell dir vor, wir kommen wieder und haben schlechte Nachrichten: Dann war es das! Es gibt dann keine Überlebenschance mehr für uns. Das wird den anderen langsam bewusst", sagte Isabell mit ruhiger Stimme. „Ich will ja hier nicht die Schweine wild machen, aber wir sollten vielleicht langsam mal unsere Ärsche in Bewegung setzen, bevor die anderen auf die Idee kommen, sich noch mal so nett von uns zu verabschieden", warf Mary in den Raum. „Ja da wirst du wohl recht haben. Die Tore bestehen aus zwei Doppeltüren. Wir müssen erst durch die erste, diese verschließt sich dann wieder hinter uns. Dann steigen wir in einen Schwerlastfahrstuhl und fahren acht Stockwerke nach oben. Dort befindet sich die letzte Stahltür die uns von draußen trennt", erläuterte David. „Charly, gehst du bitte an die Türsteuerung und öffnest sie bitte. Ich hoffe, dass die Elektrik noch funktioniert." „Klar mach ich das, ich will endlich aus diesem Betonsarg raus!", antwortete er. Charly lief zur Steuerung und betätigte sie. Mit einem lauten Knall entriegelte sich die Tür und die beiden Signallampen links und rechts von der Tür begannen zu blinken. „Es funktioniert noch!", rief Charly voller Begeisterung. Langsam öffneten sich die tonnenschweren Stahltüren.

Michael ging als Erster durch die geöffneten Türen, da er den Geigerzähler hatte. Die anderen warteten gespannt. Michael verschwand im Dunkeln. „Alles in Ordnung, Michael?", fragte Mike in den dunklen Raum. Aber es kam nichts zurück. „Michael?", rief jetzt auch sein Freund Steve. Plötzlich ging das Licht im nächsten Raum an und alle schreckten zusammen. „Alles bestens! Hab bloß nach dem Lichtschalter gesucht. Die Strahlungswerte sind hier absolut im grünen Bereich. Kommt rein in die gute Stube", teilte Michael den anderen mit. Langsam gingen alle in den nächsten Raum. Charly schloss die Türen wieder hinter ihnen. David ging zu dem riesigen Aufzug, der Platz für mindestens 60 Menschen bot. „So eine Scheiße. Der beschissene Aufzug funktioniert nicht. Ich werde mich mal umschauen, ob es auch einen anderen Weg nach oben gibt", fluchte David. „Ich schau mir das mal an. Es gibt nichts, was ich nicht reparieren kann!", verkündete James. David kam wieder und offenbarte der Gruppe, dass er keinen anderen Weg nach oben gefunden hätte. „Dann habe ich nach 15 Jahren wenigstens mal wieder einen anderen Raum gesehen, über den ich etwas sch …", versuchte Mary den anderen zu sagen, als sie plötzlich von einem herrlichen Geräusch unterbrochen wurde. Der Fahrstuhl kam von oben nach unten gefahren und gab ein heftiges Quietschen von sich. „Ich hab es hinbekommen! Auf dem Rückweg kann ich ihn ja noch 'ne Runde ölen. Das Quietschen ist ja widerlich!", verkündete James feierlich. „Stark gemacht, Dad!", sagte Steve. „Echt 'ne Spitzenleistung, James. Ich dachte schon, unser kleiner Trip würde hier schon enden", rief David. Als der Fahrstuhl angehalten hatte, sagte Jerkins: „Hereinspaziert, hereinspaziert! Nächster Halt: Erdoberfläche!" Alle stiegen gut gelaunt in den Fahrstuhl. James drückte den Knopf nach oben und mit einem kräftigen Ruck setzte sich der Fahrstuhl in Bewegung. In Richtung Himmel. Als er oben ankam, stoppte er genauso heftig, wie er losgefahren war. Die Türenöffneten sich und Michael suchte mit einer Taschenlampe, die er sich klugerweise in den Rucksack gepackt hatte, nach den Lichtschaltern. Er betätigte sie und der Raum begann sich zu erhellen. Einige Lampen zerplatzten sofort, aber es reichte aus, um alles zu erkennen. Es war eine große Halle mit Decken, die mindestens 10 Meter hoch waren, und am Ende waren zwei riesige Stahltüren. Wie in Trance bewegte sich die Gruppe darauf zu. Keiner sprach einen Ton. Das war für alle der Moment der Wahrheit. David und Charly gingen zu der Tür. David ging nach rechts und Charly ging nach links zu den Konsolen, welche die Türen steuerten. „3, 2, 1!", zählte David herunter und dann betätigten beide gleichzeitig die Steuerung. Anschließend ertönte eine ohrenbetäubende Sirene und Wahnleuchten begannen zu leuchten. David und Charly gingen, mit den Augen auf die großen Türen gerichtet, zu der Gruppe zurück. Alle standen jetzt, mit ihren Strahlenanzügen bekleidet, vor der Tür und warteten voller Anspannung auf das Ungewisse, das sie erwartete. Langsam öffneten sich die Türen mit einem lauten Donnern. Alle hielten den Atem an. Durch die erste Lücke zwischen den beiden drang ein gleißendes Licht, wodurch alle geblendet waren. Als die Türen komplett geöffnet waren, standen alle schweigend vor dem Ausgang aus ihrem Zuhause für 15 Jahre. Die 10 Leute standen dicht zusammengedrängt vor der riesigen Öffnung und wirkten wie verloren. Da ihre Augen so helles Licht nicht mehr gewohnt waren, starrten alle in das helle, leuchtend weiße Ungewisse. Michael wagte den ersten Schritt in Richtung Neuland und der Rest folgte ihm zögerlich.

KAPITEL 2:
DER AUFBRUCH IN DAS UNBEKANNTE

Es dauerte etwas, bis sich ihre Augen an die strahlende Sonne gewöhnt hatten, aber als es so weit war, schauten sich alle gründlich um. „Sieht nicht sonderlich anders aus, als an dem Tag, als wir reingegangen sind", sagte Mary. „Der Eingang zum Bunker liegt ja auch außerhalb der Zivilisation und zwar mitten in der Wüste. Ich habe mit dem Auto am Doomsday ca. 20 min hierher gebraucht. Ach da steht die alte Kiste ja sogar", sagte James und zeigte dabei auf ein ziemlich heruntergekommenes Autowrack, welches schräg neben dem Bunkereingang parkte. „Das Ding hat auch schon mal bessere Zeiten erlebt. Wie sieht es eigentlich mit den Strahlenwerten aus, Michael?", fragte David, während er seinen Blick vom Auto auf Michael schwenkte. „Leicht erhöht, aber nicht bedrohlich hoch. Scheint kein angemessenes Ziel gewesen zu sein, dieses Niemandsland", antwortete Michael völlig gelassen. „Ich will mich ja nicht beschweren, aber hat jemand eine Karte und einen Kompass? Die Straßen sind völlig von Sand bedeckt und ich habe keine Ahnung, wo wir hinmüssen. Ist ja auch schon ein paar Jahre her", merkte Isabell mit Blick auf die Soldaten an. „Also ich habe keinen, aber ich glaube, dass ich noch ungefähr weiß, wo es langgeht", erzählte David und blickte zu Charly rüber. „Schaut mich nicht so an, ich habe auch keinen. Wer hat denn vor 15 Jahren damit gerechnet, dass wir noch 'nen Kompass brauchen?", rechtfertigte sich Charly. Die Blicke der Gruppe streiften planlos durch die wüstenartige Steppe. „Wollen wir jetzt auf gut Glück gehen, oder was? Das kann ja heiter werden", meckerte der alte Jerkins. „Ich habe einen und ich weiß, dass der nächste Ort südwestlich von hier gelegen ist", erklärte Ethan mit seiner trockenen, aber ernsten Art. Alle schauten ihn verblüfft an, damit hätte keiner gerechnet. „Und da sind Sie sich sicher?", fragte Steve zweifelnd. „100 prozentig. Ich kenne mich mit so etwas ganz gut aus. Können wir jetzt gehen?", antwortete Ethan mit fordernder Stimme. „Na ja, dann ist ja alles klar. Sie führen, wir folgen", ließ David die anderen und vor allem Ethan wissen. Langsam trottete die Gruppe los. „Ich hoffe, Sie wissen, was Sie tun!", flüsterte James zu Ethan, aber der reagierte nicht darauf und ging mit großen Schritten voraus.

Die Sonne brannte extrem heiß und die Gruppe kam durch den lockeren Sand immer schlechter voran. Der Bunker war immer gleichmäßig temperiert gewesen und die Gruppe begann stark zu schwitzen. Plötzlich kippte Isabell um und fiel in den durch die Sonne erhitzten Sand.

„David, David! Isabell ist bewusstlos geworden! Bitte helft mir!", brüllte Michael aufgelöst. David lief sofort zu ihr, nahm ihren Kopf hoch und kontrollierte ihre Lebenszeichen. „Sie hat einen sehr schwachen Puls. Ich glaube, sie hat einen Hitzschlag. Sie ist so etwas nicht mehr gewöhnt – wir alle nicht. Wir sollten eine Pause machen. Steve, gib mir bitte das Wasser aus deinem Rucksack. Sie muss etwas trinken", erläuterte David. Steve brachte ihm sofort das Wasser und David schüttete Isabell vorsichtig etwas in ihren Mund. Alle setzten sich auf den Boden und atmeten erst einmal durch. Nur Ethan stand weiter und sah so aus, als würde er sich nicht sonderlich über diese Pause freuen.

Nach kurzer Zeit war Isabell wieder bei sich und trank noch etwas. Nach insgesamt ca. 20 minütiger Pause begann sich die Truppe weiterzubewegen. Ethan lief wieder voran und nach einer weiteren Stunde sahen sie in der Ferne etwas. Michael behielt die ganze Zeit den Geigerzähler im Auge, aber bis jetzt traten noch keine nennenswerten Schwankungen auf, sodass er den anderen keine Statusberichte mehr abgab. „Da vorne ist irgendetwas!", verkündete Ed lauthals. Alle waren sehr nervös und ohne es zu merken begannen alle etwas schneller zu gehen. Man konnte in den Gesichtern von allen eine große Erwartung sehen und, dass ihre Nerven bis zum Zerreißen gespannt waren. „Okay, das da vorne sieht aus wie eine kleine Stadt. Aber macht euch nicht zu große Hoffnungen. Wir sind gerade mal ein paar Stunden unterwegs!", sagte David mit leiser Stimme.

Einige Zeit später trafen sie in der Stadt ein, wenn man das so nennen kann. Es standen nur noch einige Häuser und der Rest waren nur noch Ruinen. Auf den verlassenen Straßen waren überall hohe Sandhaufen, die durch den Wind aufgehäuft wurden. Überall standen Autowracks. Sie wurden vor Ewigkeiten einfach stehen gelassen und die Wüstenstürme und die Zeit haben ihr Übriges getan. Die Gruppe ging langsam durch die Geisterstadt und arbeitete sich in Richtung Zentrum vor. „Das war schon vorher kein großer Ort gewesen, aber jetzt ist ja wirklich fast nichts mehr davon übrig!", verkündete James. „Es stehen eigentlich nur noch die alten Häuser, die aus solidem Stein gebaut wurden. Das Rathaus, die Bibliothek, die Feuerwache, die Polizeistation und die Kirche. Die sehen jedenfalls noch am besten aus. Als wären sie nur etwas vernachlässigt worden." „Man sieht hier auch keine Zerstörung durch eine Explosion. Hier scheint an sich alles verschont geblieben zu sein. Einige Häuser scheinen abgebrannt zu sein, das kann aber auch durch einen Unfall passiert sein und die Feuerwehr war schon geflüchtet", sagte Charly. „Feuerwehr! Das ist eine brillante Idee!", platzte es aus David heraus, worauf ihn alle erstaunt anstarrten. „Die Feuerwehrzentrale ist auch aus Stein. Vielleicht können wir uns da ein Fahrzeug besorgen. Die befinden sich hinter großen Rolltoren. Eventuell haben diese die Zeit überstanden und James bekommt wieder ein Fahrzeug zum Laufen." „Die Idee ist nicht schlecht! Ein Versuch ist es jedenfalls wert. David, kannst du uns dort hinführen?", erwiderte James. „Klar, folgt mir!", war Davids Antwort. Sie zogen los und David führte sie Richtung Feuerwache.

„Nach der nächsten Kreuzung kommt die Feuerwache", ließ David die Gruppe wissen. Als sie um die Kreuzung bogen, blieben sie erschrocken wie angewurzelt stehen. „Scheiße! Was ist das denn?", fluchte Mary, während die Gruppe sich hinter einem Autowrack versteckte und in Richtung Feuerwache schaute. Vor der Station war, mit Autowracks, Mülltonnen und allem, was man auf den Straßen finden konnte, eine riesige Straßensperre errichtet. Überall war Stacheldraht gezogen. Das Gebäude wurde ebenfalls gesichert. Alle Fenster waren zugenagelt und es waren provisorische Verteidigungstürme aus Paletten und Holzdielen errichtet worden. „Okay, ich werde mich mal umsehen. Ihr wartet hier und geht in Deckung", sagte Ethan mit völliger Ruhe. „Haben Sie eine Ahnung, was Sie da machen? Ich halte das für keine gute Idee. Wir sollten zusammenbleiben", äußerte sich Isabell mit ängstlicher Stimme. „Nein, Ethan hat schon recht. Alleine kann man sich besser verbergen, falls uns jemand erwarten sollte und keine Lust hat, mit uns zu reden. Haben Sie irgendeine militärische Ausbildung oder so etwas Ähnliches genossen?", fragte David und schwenkte seinen Blick zwischen Ethan und der Feuerwache hin und her. „So etwas Ähnliches", antwortete Ethan absolut trocken. „Schon gut, Sie müssen mir ja nicht gleich Ihre Lebensgeschichte erzählen. Aber ich bin dabei! So können wir uns gegenseitig den Rücken freihalten", teilte David Ethan mit ernstem Ton mit. „Ich komm auch mit!", erklärte Charly. „Du musst hierbleiben. Du musst auf die anderen aufpassen. Ich vertraue dir und weiß, dass du mich nicht enttäuschst. Falls uns was passiert, brauchen die Menschen hier dich", sagte David und schaute Charly dabei tief in die Augen. „Ja ist gut! Pass auf dich auf und schwing deinen Arsch hier wieder heile zurück", antwortete Charly. „Können wir jetzt los, oder wollt ihr euch noch umarmen?", fragte Ethan sichtlich genervt. „Schnauze und ja. Wir können los. Ihr solltet nicht auf der Straße auf uns warten. Wir treffen uns später auf der Mallburyroad. An der sind wir vorhin vorbeigekommen. Drei Straßen zurück und dann links. Neben der Straße liegt ein umgekippter Lkw. Darin könnt ihr euch verstecken, solange wir unterwegs sind. Wir sehen uns später", erklärte David. „Viel Glück und lasst euch nicht anquatschen", scherzte Jerkins. Hier teilte sich die Gruppe zum ersten Mal.

David und Ethan zogen Richtung Feuerwache los. Sie gingen gebückt an den Hauswänden der linken Straßenseite entlang, bis sie zu den größeren Hindernissen stießen, welche den Weg blockierten. „Wie wollen wir weiter vorgehen?", fragte David, während er sich umschaute. „Wir gehen durch das zerbrochene Fenster, welches ein paar Meter hinter uns in der Hauswand war. Da war nur ein Brett vorgenagelt, das sollten wir leicht entfernen können. Vielleicht kommen wir durch das Haus weiter nach vorne und können durch ein anderes Fenster wieder auf die Straße", flüsterte Ethan. Sie gingen wieder ein Stück zurück und Ethan hob eines der vielen Schrottteile vom Boden auf, die überall verstreut rumlagen. Er ging als Erstes zum Fenster und setzte den Schrott wie einen Hebel an. Er bewegte es nur ganz leicht hin und her, um keinen Krach zu erzeugen. Langsam lösten sich die Nägel und David zog das Brett mit einem kräftigen Zug ab. Vorsichtig legte er das Brett auf den Boden und formte seine Hände zu einer Einstiegshilfe für Ethan. „Nach Ihnen, Sir", sagte David und schaute dabei zu Ethan hoch. Ethan ging rein und signalisierte David mit einer Handbewegung, dass alles in Ordnung sei. David kletterte hinterher. Jetzt befanden sie sich in einem langen Flur, von dem viele Türen nach rechts in die Wohnungen abgingen. Überall lag Müll herum und leere Einkaufswagen, die mal standen und mal lagen, machten den Gang zu einem Slalomkurs. Sie bewegten sich leise durch den Flur und schlängelten sich an den Wagen vorbei. Das nächste Fenster, was kam, war von außen durch ein Autowrack blockiert. „So eine Scheiße!", sagte David, „das nächste Fenster ist vergittert und danach kommt das Treppenhaus. Wir sollten umkehren!" „Nein, lass uns nach oben gehen. Vielleicht kommen wir über eine Feuerleiter nach unten", widersprach ihm Ethan und ging dabei bereits weiter. David folgte ihm widerwillig. Im ersten Stock sah es noch viel schlimmer aus als im Erdgeschoss. „Der Weg hier ist komplett blockiert. Da wollte wohl einer nicht, dass jemand den Flur benutzt", meinte Ethan zu David, „Wir müssen noch höher!" „Du machst mich fertig!", entgegnete David resignierend. Sie gingen die nächste Treppe hinauf, in den zweiten Stock. „Hier sieht es doch schon besser aus. Ich geh mal an das Fenster und schau nach, wie unsere Lage aussieht", sagte Ethan und begab sich zum kaputten Fenster. „Wir sind an der Blockade vorbei. Wir müssen bloß noch einen Weg runter finden." Ethan schaute sich erst um, ob er jemanden sehen konnte. Als das nicht der Fall war, lehnte er sich raus und kontrollierte die Wände rund um das Fenster. „Ich habe eine gute und eine schlechte Nachricht für dich. Die Gute ist, hier draußen ist eine

Leiter, die nach ganz unten führt. Die Schlechte jedoch ist, dass wir von hier aus nicht rankommen, da sie sich an der Hauswand des Nachbargebäudes befindet", brachte Ethan David ruhig bei. „Spitze, und was machen wir jetzt? Dann müssen wir also doch umdrehen oder was? Ich hab's doch gleich gesagt", äußerte David sich recht aggressiv. „Nein, ich habe eine andere Idee! Wir gehen noch einen Stock höher. Dann sind wir auf dem Dach und von da aus ist es nur ein Katzensprung zum nächsten Gebäude", erklärte Ethan ihm. „Bist du jetzt völlig irre? Ich habe doch nicht 15 Jahre in diesem Drecksloch überlebt, um jetzt von einem Dach zu fallen. Ohne mich!", erwiderte David entgeistert, in der extremen Situation zum Du übergehend. „Pst, nicht so laut! Wir gehen erst mal nach oben und schauen uns die Entfernung an, bevor wir die Sache völlig verurteilen." Widerwillig nickte David und beide zogen los. Ethan ging vor und fluchte auf einmal, als er oben an der Metalltür ankam: „So ein Mist! Die Tür ist verschlossen. Da hängt eine Kette vor." „Hab doch gesagt, dass ist 'ne beschissene Idee!", antwortete David selbstzufrieden. „Warte hier! Ich habe eine Etage weiter unten eine Notfall-Axt für die Feuerwehr an der Wand gesehen. Damit kann ich das Schloss aufbrechen", erklärte Ethan und begab sich auf den Weg nach unten. „Tu dir keinen Zwang an!", spottete David. Ethan verschwand die Treppe nach unten und David lehnte sich kopfschüttelnd gegen die Wand. Nach kurzer Zeit tauchte Ethan wieder auf und hatte eine Feuerwehraxt in seinen Händen. „Mach mal Platz da, hier kommt die Feuerwehr!" David ging zur Seite und Ethan hakte die Axt in die Kette und versuchte, sie mit einer Hebelwirkung aufzubekommen. Dieser Versuch scheiterte jedoch. Ethan hob ein dreckiges Kleidungsstück vom Boden auf und wickelte es um das Schloss. „Was hast du denn jetzt vor?", fragte ihn David. „Ich bekomme es nicht aufgehebelt! Ich muss auf das Schloss schlagen, um die Tür aufzubekommen. Mit dem Stoff zwischen dem Schloss und der Axt wird es nicht so laut." Er deutete mehrfach die Bewegung der Axt zur Richtung des Schlosses an. Dann holte er aus und schlug zu. Er traf das Schloss genau und der Bügel zerbrach auf einer Seite. Er zog die Kette von der Tür und öffnete sie. „Nach Ihnen, Sir", sagte er zu David und machte eine Handbewegung, die ihn zum Durchgehen aufforderte. Sie betraten beide das Dach. Hier sah es relativ normal aus. Kein Müll. Keine Zerstörung. Bloß leicht runtergekommen.

Die beiden liefen gebückt in Richtung Dachkante und gingen hinter einem total verrosteten Klimaaggregat in Deckung. Sie schauten links und rechts daran vorbei und beobachteten eine gewisse Zeit die Feuerwehrstation. „Kannst du irgendetwas sehen?", flüsterte David. „Nein überhaupt nichts. Lass uns zur Kante", antwortete Ethan. Sie bewegten sich lautlos zum Spalt zwischen den Gebäuden. „Oh, Mann! Was meinst du, wie weit das ist? Sieht auf jeden Fall zu weit aus", merkte David an. „Ach, das sind vielleicht 3 Meter oder ein Stückchen weiter. Ist auf jeden Fall zu machen." Während Ethan das sagte, ging er ein paar Schritte zurück. „Was machst d …", begann David den Satz, aber in dem Augenblick lief Ethan schon los. Mit einem kräftigen Satz sprang er über den Abgrund und landete sicher auf der anderen Seite. „Juhu! Das hält einen jung! Du bist dran", jubelte Ethan. „Du bist doch irre. Schon gut, ich versuche es. Bleib aber dicht bei der Kante, wenn ich zu kurz springe, musst du mich vielleicht raufziehen." Er nahm auch ein paar Schritte Anlauf und lief dann entschlossen los. Jedoch war er anscheinend besser in Weitsprung, als er dachte, da er viel zu weit sprang. Mit erschrockenem Blick versuchte Ethan ihm noch auszuweichen, da er ja extra dicht an der Kante stehen geblieben war, aber David kam zu schnell. Er sprang in die Arme von Ethan und dieser begann nach hinten zu stürzen, wo das Dach leicht abfällig war. Mit einem lauten Krachen brach das Dach unter ihnen zusammen und sie stürzten in das Stockwerk darunter. Man hörte es nur keuchen und beide waren in eine riesige Staubwolke gehüllt. „Ich hasse dich!", brüllte Ethan, gefolgt von weiterem Stöhnen voller Schmerzen. „War doch dein scheiß Plan, du Affe! Fuck, ich glaube, bei mir ist noch alles dran. Wie sieht's bei dir aus?", jammerte David zurück. „Ja, mir geht's auch so weit gut. Die Scheiße ist aber, dass wir jetzt wieder nicht auf dem Dach sind und an die Leiter rankommen. Das gibt's doch alles nicht", sagte Ethan und begann zu lachen. „Das findest du auch noch witzig?", erwiderte David mit ernstem Ton. „Also wenn das nicht witzig ist, dann weiß ich auch nicht, was witzig ist. Wir kämpfen uns durch ein vollgemülltes Haus, springen wie zwei Idioten von Dach zu Dach, weil da die Treppe liegt, die wir erreichen wollen, und brechen dann durch. Hätten wir auch gleich draußen bleiben können." Jetzt lachten beiden zusammen und begannen sich langsam wiederaufzurichten. „So wollen wir doch mal sehen, ob wir hier rauskommen. Wir sollten uns aber etwas bedeckt halten. Wir waren gerade ganz schön laut und falls jemand hier ist, hat er es auf jeden Fall gehört." Sie schauten sich um und sahen, dass sie in einem Studentenzimmer oder so etwas gelandet waren. Es gab nur ein Bett in der Ecke, einen Schreibtisch, eine Sofaecke, mit einem Fernseher, und einen Schrank. Auf dem Boden lagen einige Klamotten, die aber bestimmt schon vor dem Krieg dagelegen haben. „Da vorne ist die einzige Tür. Wollen wir mal sehen, wie es dahinter aussieht", sagte David. Die Tür war nicht verschlossen und ließ sich ganz leicht öffnen. Dahinter war nur ein kleiner Flur, von dem ein paar Türen abgingen. Am Ende war eine Eingangstür. „Es wird wohl das Beste sein, wenn wir es durch die Eingangstür versuchen. Dahinter müsste sich das Treppenhaus befinden, von dem man in die anderen Wohnungen kommt und hoffentlich auch nach unten", erklärte Ethan, während er schon den Flur entlangging. Sie gingen in das Treppenhaus und die Treppe nach unten. „So, wir sind ganz unten. Wenn wir durch diese Tür gehen, sind wir direkt zwischen Barrikade und Feuerwache", flüsterte Ethan und legte dabei seine Hand auf die Türklinke. Die Tür war verschlossen. „Wollen die mich jetzt verarschen hier? Das kann doch alles nicht sein! Ich breche die scheiß Tür jetzt einfach auf." „Halt warte! Bis jetzt hatten wir ja noch Glück, aber wenn wir jetzt diese Tür aufbrechen und mit dem Krach direkt auf die Straße platzen, dann sitzen wir direkt auf dem Präsentierteller", stoppte ihn David. „Wir gehen in die Wohnung hier unten und von da aus wieder durch ein Fenster. Wir haben es jetzt auf deine Weise versucht, lass uns doch dabeibleiben und nicht mit dem Kopf durch die Wand." Ethan nickte ihm zustimmend zu. David öffnete die Tür von der Wohnung, die nicht verschlossen war, und beide schlichen hinein. „Da haben wir doch gleich ein Fenster. Nicht mal 'ne Scheibe drin. Das passt doch alles wieder wunderbar", witzelte David. Sie gingen an das Fenster und schauten sich um. „Sieht alles ganz ruhig aus", erklärte David und stieg aus dem Fenster. David folgte ihm und sie gingen gebückt an der Hauswand entlang. Als sie an der Feuerwache ankamen, inspizierten sie den Eingangsbereich. An den großen Holztürflügeln, welche nur angelehnt waren und nicht verschlossen, stand mit roter Farbe etwas geschrieben: Fremde nicht willkommen! Und links und rechts davon waren jeweils Totenschädel gemalt. „Das wirkt ja sehr einladend! Dann wollen wir mal rein in die gute Stube, vielleicht gibt's ja ein kaltes Bier", meinte Ethan und zog dabei vorsichtig die großen Türen auf. Beide traten ein und verschafften sich einen Überblick. „Ich hatte irgendwie mit mehr gerechnet. Oder mit was anderem", seufzte David. Es sah eigentlich ziemlich leer aus. Die Tische, Stühle und die gesamte Büroeinrichtung wurden dazu verwendet, um die Fenster zu verbarrikadieren. Das machte den Eingangsbereich ziemlich leer. Wie eine leere Lagerhalle. „Ich würde sagen, wir gehen mal nach hinten, wo der große Aufenthaltsraum ist und die Fahrzeughallen", sagte David mit enttäuschter Stimme. Sie gingen durch den leeren Raum zu der Tür, die nach hinten führte. „Warte!", sagte Ethan, „siehst du das!?" Er zeigte auf die Tür, die vor ihnen lag. Beide gingen dichter ran. „Das sind Einschusslöcher!" Plötzlich wandelte sich die relativ ruhige Stimmung in eine angsterfüllte angespannte. Ethans Hand bewegte sich langsam zur Türklinke und David sah ihm gespannt dabei zu.

Er war kurz davor, sie zu berühren, als sie plötzlich von der anderen Seite aufgerissen wurde. Beide bekamen einen unvorstellbaren Schreck und taumelten wie gelähmt ein Stück nach hinten. David stolperte über so ziemlich das einzige Holzstück in diesem Raum, was sich nicht vor den Fenstern befand, und fiel nach hinten. Ethan fing sich relativ schnell wieder und schaute zu der Tür, in der sich eine dunkle Gestalt befand. Er sprintete los und rammte den Unbekannten mit seinem ganzen Gewicht um. „Aua, Ethan. Hör auf mit der Scheiße. Bist du nicht mehr ganz dicht? Ich bin's, Micha …", bekam er noch heraus, bevor Ethans Faust mit voller Wucht in seinem Gesicht einschlug. „Fuck, fuck, fuck!", hechelte David im Hintergrund und war noch völlig geschockt. „Was war das für 'ne Scheiße?", schrie er. „Ich hätte im Bunker bleiben sollen. Ich hätte mich fast eingeschissen", fügte er noch zischend hinzu. Langsam kam sein Puls wieder runter und er fragte Ethan: „Wen hast du da umgehauen? Zieh den Penner mal ins Licht. Vielleicht kann er uns ja ein bisschen was erzählen." Ethan stand in dem dunklen Raum auf, in den er mit dem Fremden gesprungen war. Er nahm seine Beine und zog ihn in das Licht der Eingangshalle. „Scheiße, verfluchte! So eine abgedrehte Scheiße! Ich hoffe, du hast ihn nicht totgeschlagen. Pack seine Beine hoch!", fluchte David mit traurigen Augen, als er erkannte, wen Ethan aus dem Raum zog. Es war Michael, der fast wie sein Sohn war. „Schau! Er kommt wieder zu sich!" Beide starrten ihn mit aufgerissenen Augen an. „Was ist passiert?", fragte Michael mit verschlafener Stimme und hielt sich dabei seine linke Gesichtshälfte. „Was zum Henker machst du hier? Du kannst froh sein, dass wir dich nicht abgeknallt haben. Verdammte Scheiße!", rief David sauer. „Ich wollte euch nur helfen!", antwortete Michael, „außerdem wurde es mir da zu langweilig. Ich hocke bereits mein ganzes Leben in einem Bunker. Dann komm ich raus und mir wird gesagt, warte mal hier. Könnt ihr vergessen! Da bin ich abgehauen, um euch zu suchen." „Wie hast du uns gefunden und wie bist du hier reingekommen?", fragten beide quasi gleichzeitig. „Man musste ja nur dem enormen Krach folgen, den ihr verursacht habt. Habt ihr da vorhin 'ne Mauer eingerissen, weil ihr keine Lust hattet, durch eine Tür zu gehen? Ich bin an den Häusern vorbei und dann durch eine Seitentür, die offen war." „Na ja, alles klar. Ich glaube, mein Puls hat sich wieder komplett normalisiert, aber ein paar Jahre hat mich das bestimmt gekostet", beruhigte David die Situation. „Wie sieht's denn eigentlich da hinten aus?", fragte er Michael und ging zur Tür. „Hab mich noch nicht sonderlich umgesehen. Ist auch ziemlich dunkel da drinnen. Vielleicht bekommen wir ja ein Rolltor auf und können etwas Licht reinlassen." Alle gingen in den dunklen Aufenthaltsraum, der nur durch eine zerstörte Glastür von den Fahrzeughallen getrennt war. Langsam tasteten sie sich durch den Raum und versuchten dabei, über nichts zu stolpern, da allerhand auf dem Boden lag, was schlecht zu sehen war. Sie kamen unbeschadet in der Halle an und tasteten sich an der Wand bis zu den Rolltoren vor. „Michael, hast du deine Taschenlampe mit?", fragte David. „Klar habe ich die dabei!", antwortete Michael, zog die Taschenlampe aus dem Rucksack und schaltete sie an. Er leuchtete erst auf das Rolltor und ging dann zur Seite davon. An der Seite hingen Ketten, die unten mit einem Splint gesichert waren. Ethan zog den Splint raus und begann, an der einen Seite der Kette zu ziehen. Nichts passierte. „Die hängt fest!" – „Ach das Ding ist nur ein bisschen eingerostet!", erwiderte David und half ihm beim Ziehen. Jetzt hingen beide an der Kette und mit einem lauten Knall löste sich die Sperre und beide knallten auf den Boden. „So eine Scheiße! Schon das dritte Mal, dass ich heute auf dem Arsch lande", sagte David. Mit lautem Quietschen zogen sie das Rolltor mit gemeinsamer Kraft langsam nach oben, sodass die Sonne hereinstrahlen konnte.

Alle blickten sich jetzt um und was sie sahen, nahm ihnen den Atem …

KAPITEL 3: DIE ERSTE BEGEGNUNG

„Die anderen sind alle tot!", maulte der alte Jerkins. „Was hängen wir hier noch rum? Wir sollten weitergehen. Ich habe keine Lust, der Nächste zu sein." „Hör auf, so eine Scheiße zu erzählen! Sonst knall ich dich ab. Ich kenne David. Der weiß, was er tut", machte ihn Charly darauf an. „Jetzt beruhigt euch doch alle erst mal! Denen geht es bestimmt gut und die werden bestimmt auch gleich wiederkommen", versuchte Isabelle, die erhitzten Gemüter zu beruhigen. „Wir sind doch auch bewaffnet. Was ist, wenn sie von irgendjemandem gefangen genommen wurden? Ich würde wollen, dass man mich und meine Jungs da wieder rausholt", ärgerte sich James. „Oder was würdest du dazu sagen, Michael? … Michael? Scheiße! Wo ist der Junge hin?" Alle schauten panisch um sich und suchten nach Michael. Isabelle begann zu weinen und schluchzte: „Er ist doch noch so jung! Was ist, wenn er sich verlaufen hat und jetzt ganz alleine und ohne Hilfe durch die Stadt irrt? Oh Gott, ich will mir das gar nicht vorstellen." Sie hatten keine Ahnung, was sie jetzt tun sollten. Sollten sie warten und hoffen, dass die anderen gleich zu ihnen stoßen würden, oder sollten sie losziehen, um Michael zu suchen. „Was sollen wir machen? Wir können ja schlecht durch die Ruinen ziehen und nach dem Jungen rufen. Was ist, wenn hier doch noch andere Menschen leben?", wollte Mary wissen. „Ich kann mir nur einen Ort vorstellen, wo er sein könnte! Der Junge ist kein Idiot. Der wird versuchen, David und Ethan zu finden und mit ihnen die Feuerwache zu erkunden. Warum sollte er hier sonst abhauen?", verkündete James ruhig. „Bleibt nur die Frage, ob wir es ihm nachmachen oder ob wir hier weiter rumsitzen wollen." Isabelle stand auf und begann mit zittriger Stimme zu sagen: „Ich bin dafür, dass wir abstimmen! Wir sollten uns nicht wieder aufteilen. Entweder bleiben alle hier oder wir gehen ihnen alle zusammen hinterher. Wer ist dafür, dass wir gehen?" James Hand und die Hände seiner Söhne schnellten sofort nach oben. Der Rest schaute sich erst einmal um und wollte sehen, was die anderen machten. „Was ist mit dir, Charly? Willst du nicht David helfen?" „Natürlich würde ich gerne losgehen, aber David hat mir vertraut, dass ich hier aufpasse, da kann ich doch nicht mit der ganzen Gruppe einfach losziehen", antwortete Charly zurückhaltend und leicht von Scham erfüllt. „Damit steht es 3 zu 4 gegen das Losgehen. War eh 'ne bescheuerte Idee", behauptete Jerkins. „Halt doch endlich mal deine große Fresse, du verbitterter alter Sack!", brüllte Charly dazwischen, „da verrecke ich doch lieber da draußen, als mit dir hier noch länger zu hocken. Ich bin doch dabei. David wird es verstehen." Jetzt stand er auf und stellte sich zu James und seinen Söhnen. Isabelle trat jetzt auch zu ihnen rüber und auch Mary bewegte sich langsam auf ihre Seite. „Jetzt seid ihr alle verrückt geworden, oder was? Macht doch eure Scheiße alleine! Ich gehe mit Sicherheit nicht zu der Feuerwache. Wer weiß, wer da auf uns wartet? Da versuche ich mein Glück lieber alleine!", protestierte Jerkins und verließ den Wagen. „Jetzt bleib doch hier, wir bleiben alle zusammen und stehen das gemeinsam durch!", rief Isabelle ihm hinterher, während die anderen gar nicht versuchten, ihn aufzuhalten. Isabelle packte ihm am Arm und versuchte, ihn zu besänftigen. „Lass mich los, du Schlampe!", rief er und stieß sie zu Boden, „ich brauche deine Hilfe nicht. Ich brauche die Hilfe von niemandem!" Isabelle schaute auf ihren Arm, da sie sich beim Sturz verletzt hatte. Sie war an einem rostigen Metallstück hängen geblieben und hatte sich daran geschnitten. „Dann hau doch ab! Ich werde dich nicht daran hindern! Viel Spaß dabei, alleine in der Wüste zu verrecken!", rief sie ihm wutentbrannt hinterher. Jerkins hörte ihr gar nicht mehr zu und ging schnellen Schrittes die alte Straße hinunter und murmelte dabei Beleidigungen vor sich hin.

Er ging immer weiter und drehte sich dabei nicht einmal um. Er war fest entschlossen, sein Glück alleine zu versuchen, und im Zweifelsfall würde er einfach zurück zum Bunker gehen und den Menschen dort eine Lügengeschichte auftischen, sodass sie ihn wieder reinließen. „Was ist das hier für eine runtergekommene Scheiße. Hier gibt es ja gar nichts mehr!", murmelte Jerkins, während er weitermarschierte. Nach kurzer Zeit war er am Stadtrand angekommen. Ein völlig verrostetes Schild mit einigen Einschusslöchern verkündete: „Auf Wiedersehen in …", der Name der Stadt war an dieser Stelle weggekratzt worden und dafür hatte jemand in roter Farbe „… DER HÖLLE!", darauf geschrieben. Jerkins schüttelte den Kopf und ging daran vorüber. Die Straße, auf der er ging, war völlig von Sand bedeckt. Er konnte ihr nur folgen, da die Leitplanken am Rand noch leicht herausragten. Außerdem sah er noch hin und wieder ein verlassenes Gebäude oder irgendwelche alten Reklametafeln am Rand.

Nach einigen Kilometern war Jerkins relativ erschöpft und wollte eine Pause machen, als er plötzlich in der Entfernung einige Geräusche hörte. Es war das Jaulen von wilden Hunden oder Wölfen. Jerkins durchzuckte die Angst. Langsam trat die Dämmerung ein und die Sonne begann schnell unterzugehen. „Ich suche mir mal lieber einen Platz für die Nacht", flüsterte er zu sich selber. Ein Stück weiter die Straße entlang erkannte er in einiger Entfernung eine alte Tankstelle, die noch relativ gut erhalten aussah. „Jackpot", dachte er sich bloß. Er begab sich zu der Tankstelle und richtete sich mit ein paar alten Kissen in der oberen Etage einen Schlafplatz her. Hier waren früher wohl einige Büroräume gewesen. Er durchsuchte die Tankstelle nach etwas zu trinken oder etwas Essbarem und wurde sogar zu seinem Erstaunen fündig. Zwischen all dem Müll, der unten in dem kleinen Verkaufsraum auf dem Boden lag, fand er noch eine alte Konservendose mit Pfirsichen. Mit einem Messer, welches er hinter dem Tresen gefunden hatte, öffnete er leicht unbeholfen die Dose. Er trank einen großen Schluck von dem Saft in der Dose, welcher ihm sogar recht gut schmeckte. Danach aß er die Pfirsich-Scheiben und schlief zufrieden ein.

Mitten in der Nacht schreckte er plötzlich hoch. Er hörte von draußen Geräusche. „Jetzt haben die Versager mich also doch verfolgt", dachte er bei sich und stand langsam auf, um an das Fenster zu gehen. Auf einmal hörte er Stimmen: „Da führen Fußspuren rein!" Jerkins Kehle schnürte sich zu, da er die

Stimmen nicht kannte. Er hörte seit 15 Jahren zum ersten Mal wieder eine Stimme, die er nicht kannte. Er wusste nicht, ob er darüber glücklich sein sollte, dass er andere Menschen gefunden hatte, oder ob er Angst haben sollte, weil er andere Menschen gefunden hatte. Jerkins blieben jetzt nur zwei Möglichkeiten, entweder er versucht sich zu verstecken, was dadurch, dass sie nach kurzer Zeit wissen würden, dass die Spuren nur in das Haus führten und nicht wieder raus, zwecklos war, oder er zeigt einfach Flagge und stellt sich den anderen, in der Hoffnung, dass sie sich über einen anderen Menschen freuen würden. Er entschied sich für das Zweite.

„Hey, Leute! Nicht schießen! Ich bin unbewaffnet. Mann, bin ich froh, mal jemanden zu treffen!", rief Jerkins, während er vor das große Fenster in der ersten Etage trat. Er war sich nicht sicher gewesen, ob er die Arme heben oder ob er ganz lässig vor die anderen treten sollte. Er machte irgendwie einen Mix daraus und hatte die Arme halb hochgenommen. Jetzt schaute er aus dem Fenster und wusste erst nicht, was ihn erwartete. Er hätte mit vernarbten Halbwilden gerechnet, die aussehen wie irgendwelche Darsteller von Mad-Max, aber die Leute sahen eigentlich völlig normal aus. Sie wirkten leicht wie ein paar Hinterwäldler, die von dem Krieg beim Schnapsbrennen überrascht wurden, aber jedenfalls nicht so, wie Jerkins gedacht hatte. Vor der alten Tankstelle standen sechs Männer. Die meisten trugen Jeans und hatten Holzfäller-Hemden an. Dazu trugen sie feste Stiefel und, was alle gemeinsam hatten, war ein rotes Halstuch, welches sich die Leute um den linken Arm gebunden hatten. Es sah so aus, als wäre es ein Zeichen für eine Art Gang-Zugehörigkeit.

„Was willst du blöder Wichser hier? Das hier ist unser Gebiet! Zu welchem Clan gehörst du und wer zum Teufel hat dich geschickt?!", schrie einer der Männer, während er sein Gewehr durchlud. „Ey, Freunde, ganz ruhig. Ich verstehe hier gar nichts mehr. Was für Clans? Ich wurde von niemandem geschickt und ich wusste nicht, dass das hier euer Gebiet ist", stotterte Jerkins mit abwehrender Haltung. „Ich glaube, der Typ will dich für dumm verkaufen, Jack!", sagte der eine zu dem Anführer der

Gruppe, „der meint, er kennt seinen Clan nicht, Jack. Ich glaube dem hat's voll ins Hirn geregnet, oder er ist hier, um uns auszuspionieren." „Das glaube ich auch! Wer hat dich geschickt, alter Mann? Wer will wissen, wie ich mein Land führe?" Jerkins antwortete mit zitternder Stimme: „Ich wurde wirklich von niemandem geschickt. Ich war bis vor Kurzem in der Bunkeranlage außerhalb der Stadt, aber uns gingen die Lebensmittel aus, also mussten wir raus." „Das kaufe ich dir nicht ab! Die Tore der Bunkeranlage sind seit 15 Jahren dicht! Da war nie jemand drin!", ließ ihn Jack wissen. „Doch, ich schwör …", sagte Jerkins noch, als sich Jack zur Seite drehte und nach etwas pfiff. Plötzlich kam von der Seite ein riesiger Steppen-Hund angeschossen, kläffte und fletschte die Zähne. Er blieb vor Jack stehen und man sah, dass er jeden Muskel seines Körpers anspannte und auf einen Befehl seines Herrchens wartete. Mit einem Zug riss Jack den Arm hoch und zeigte auf Jerkins und schrie dazu: „Fass!" Der Hund stürmte sofort bellend los und Jerkins konnte sehen, wie er unter ihm in das Gebäude lief. „So eine Scheiße! Was mach ich jetzt?", fragte sich Jerkins angsterfüllt. Er schaute sich um, aber in der oberen Etage gab es keine Tür mehr, die er hätte verschließen können. Er hörte die Krallen des Hundes, wie sie mit einem Sprung auf die Treppe knallten und sich unaufhörlich nach oben bewegten. Jerkins lief zu der Pfirsich-Dose, in der noch das Messer steckte. Er nahm es an sich und umklammerte es mit all seiner Kraft. Jetzt sah er den Hund durch den Türrahmen in seinen Raum kommen. Jerkins Blick war voller Angst und er zitterte am ganzen Körper. Der Hund blieb einen Augenblick lang stehen und starrte ihn an. Dann sprang er mit einem Satz in seine Richtung und erwischte seinen linken Arm, den sich Jerkins als Schutz vor das Gesicht gehalten hatte. Die Bestie hatte sich tief in seinem Unterarm verbissen und Jerkins nahm all seine Energie zusammen und stach mit dem Messer in der rechten Hand, unter Schmerzensschreien, dem Hund in den Hals. Dieser jaulte laut auf und riss sich einen Schritt nach hinten los, wobei er einen großen Fleisch-Klumpen aus dem Arm von Jerkins riss. Einzelne Sehnen und Muskeln hingen aus der klaffenden Wunde und Jerkins hatte das Gefühl, dass er gleich in Ohnmacht fallen würde. Aus dem Hals des Hundes kamen in Stößen große Mengen Blut geschossen. Jerkins schien genau die Halsschlagader erwischt zu haben. Der Hund begann immer stärker zu hecheln und durch das Loch in seinem Hals drangen immer mehr Blasen, sodass es so aussah, als hätte sich der Hund in einem roten Schaum gewälzt.

Die Atmung wurde immer flacher und der Hund sank in sich zusammen. Jerkins hielt sich seinen Arm und merkte erst jetzt die unglaublichen Schmerzen, die er hatte. Er riss sich den zerfetzten Ärmel seines Oberteils ab und verband damit notdürftig die offen Wunde.

Von draußen hörte er den Anführer der Gruppe nach seinem Hund pfeifen.

„Dein beschissener Hund ist tot, du Bastard!", rief Jerkins aus dem Fenster. Er sah, wie das Grinsen aus dem Gesicht von Jack verschwand. Dieser wandte sich jetzt zu seinen Leuten und flüsterte diesen etwas zu. Die Männer nickten und machten sich auf den Weg in die Richtung des Hauses. „Deine letzte Chance, dich zu ergeben, alter Mann!" Jerkins zog den Hund zum Fenster und wuchtete diesen unter Schmerzen hoch. „Hier hast du deinen Hund!", brüllte er nach draußen, während er den toten Hund durch das Fenster schob. Dieser schlug unten wie ein Sack Kartoffeln auf. „Dafür werde ich dich fertigmachen!", erwiderte Jack voller Hass.

Jetzt sah Jerkins die Männer wieder, welche vom Haus wieder zu Jack gingen. „Was haben die unten im Haus getan?", fragte sich Jerkins. Plötzlich wurde es ihm schlagartig klar, als er den Rauch roch. „Die Säcke haben das Haus in Flammen gesteckt", sagte er zu sich selbst.

„Entweder du kommst jetzt raus oder du wirst in dem Gebäude verbrennen. Deine Entscheidung." Jerkins begann sich panisch umzusehen, um noch einen Ausweg aus seiner Lage zu finden. Er bewegte sich Richtung Tür und wollte die Treppe runtergehen, jedoch loderte dort schon das Feuer und ein dichter Rauch zog in den Raum. Jerkins sank auf den Boden. „Was soll ich jetzt bloß machen?", fragte er sich.

Plötzlich brach in der Ecke des Raumes der Boden mit einem lauten Krachen ein und die Flammen schlugen in den Raum. Die unglaubliche Hitze nahm Jerkins die Luft zum Atmen. Er mobilisierte jetzt noch einmal alle seine Kräfte und sprang auf. Der Raum war bereits komplett mit schwarzem Rauch gefüllt. Jerkins stürzte los und rannte auf das Fenster zu. Er wollte nicht verbrennen und hatte sich daher dazu entschlossen, aus dem Fenster zu springen. Jack schaute lachend auf das brennende Haus und sah, wie große Rauchschwaden aus dem Fenster stiegen, an dem kurz zuvor noch der alte Jerkins gestanden hatte. Auf einmal sah er etwas am Fenster. Mit einem Satz sprang Jerkins durch die mit Rauch verhangene Öffnung. Er wedelte verzweifelt mit seinen Armen auf seinem Weg nach unten.

Er schlug wie ein Komet auf dem harten Boden auf. Mit einem lauten Krachen zerbrach sein linkes Schien- und Wadenbein und Jerkins schrie vor Schmerz, gefolgt von einem starken Hustenanfall. Die Gruppe Männer begann zu lachen. „Du bist ja völlig irre, alter Mann", sagte Jack lachend zu dem am Boden liegenden, geschundenen Mann. „So, so, du springst also lieber aus dem Fenster, als in dem Haus zu verbrennen! Tim, hol ein Seil!", sagte er.

Einer der Männer lief los. Ein Stück die Straße hinunter hatten die Männer Ihre Rucksäcke abgelegt gehabt. Der Mann kam mit dem Seil zurück und stand vor Jack, wartend auf weitere Anweisungen. „Bindet ihn an dem Autowrack auf der anderen Seite fest!", befahl Jack den anderen. Diese gingen sofort auf Jerkins zu und griffen ihn. Sie zogen ihn über die Straße, direkt auf ein altes Autowrack zu, welches am Straßenrand stand. Währenddessen schrie Jerkins vor Schmerz und bettelte die Männer an, ihn am Leben zu lassen. Jack ging in der Zwischenzeit auf die brennende Tankstelle zu und verschwand hinter dieser. Nach kurzer Zeit kam er wieder und hatte einen Metallkanister in der Hand. Er ging auf Jerkins, welcher mittlerweile mit den Händen auf dem Rücken an der Mittelsäule des Wracks befestigt worden war, zu und hatte dabei ein Lächeln im Gesicht. Jerkins versuchte, sein gebrochenes Bein nicht zu belasten, und hob langsam den

Blick. Als er den Kanister sah, begann er winselnd um sein Leben zu flehen. Jack ließ sich davon aber nicht beirren und ging gerade auf ihn zu. Als er vor ihm stand, drehte er den Kanister auf und übergoss Jerkins mit Benzin. Dieser schrie und schüttelte sich, als könnte er das Benzin wieder von sich runterschütteln. „Hast du noch etwas zu sagen, alter Mann?", flüsterte Jack Jerkins zu. „Ich hoffe, du schmorst bald in der Hölle, du mieses Dreckschwein!", schrie ihn Jerkins mit starrem Blick an. „Aber erst nach dir!", erwiderte Jack ruhig. „Das ist für meinen Hund, du Bastard!", sagte er, während er sich mit dem Kanister in den Händen von ihm entfernte und dabei eine Benzinspur über den Boden verschütte. In 5 Metern Entfernung stellte er den Kanister ab und zog eine Packung Streichhölzer aus der Tasche. Jerkins sah zu, wie für ihn in Zeitlupe das Streichholz anging und auf die Benzin-Spur fiel. In Windeseile zog sich die Feuerspur auf ihn zu. Die Flammen nahmen ihm sofort die Luft zum Atmen, während das Feuer dafür sorgte, dass seine Haut anfing Blasen zu schlagen. Mit der verbleibenden Luft in seinen Lungen schrie er vor Schmerzen. Die Männer klatschten und feierten, während das Leben aus Jerkins rausgebrannt wurde. Die Haut von ihm wurde schwarz und Jerkins war gegangen. Das Feuer hinterließ nur eine starre bizarre Gestalt, bei der man nur noch erahnen konnte, wie der Mensch wohl mal ausgesehen hatte. Sie wirkte beinahe wie eine Puppe aus einem Horrorfilm. Die Männer machten sich wieder auf den Weg und ließen die noch rauchende Gestalt hinter sich.

KAPITEL 4: BÖSE VORZEICHEN

Ethan, David und Michael schauten sich völlig still in der Feuerwache um. Auf dem Boden lagen unzählige Patronenhülsen und überall waren Blutlachen und Blutspritzer, welche mittlerweile aussahen wie schwarze Farbe. „Mein Gott, was ist denn hier passiert?", fragte Michael völlig entsetzt. „Ich glaube, wir sollten uns mal den Raum am Ende der Halle anschauen", sagte Ethan und zeigte auf eine Tür am Ende der Halle. „Es führen von den Blutlachen Schleifspuren weg, die zu dieser Tür führen. Es scheint wohl jemand nach dem Massaker aufgeräumt zu haben." Alle bewegten sich jetzt mit den Waffen in der Hand auf die Tür zu. Ethan öffnete diese langsam und blickte überrascht nach draußen, da es sich nicht um einen weiteren Raum handelte, sondern um einen kleinen Hof. „Ach du Scheiße!", seufzte David, als er sich in dem Hof umschaute. Ein riesiger Haufen an verwesenden Leichen lag dort gestapelt. Ein unmenschlicher Gestank stieg in die Nasen der drei Männer. „Oh Gott! Das stinkt vielleicht!", rief David, während er sich etwas vor die Nase hielt. „Das müssen mindestens 30 Menschen sein", sagte Ethan ruhig. „Was ist hier bloß passiert?"

Auf den oberen Leichen saßen Vögel und pickten sich ihren Teil von den ermordeten Menschen. „Keine Ahnung, aber wir sollten vielleicht nicht so lange hierbleiben, um das herauszufinden. Was meinst du, Ethan, wie lange werden die schon tot sein?" „Ich würde auf 3 bis 4 Wochen tippen, wenn man den Verwesungsgrad bedenkt. Ich nehme an, dass die, die das gemacht haben, schon längst weitergezogen sind.

„Was zur Hölle …", war plötzlich von hinter ihnen zu hören. Alle erschraken gleichzeitig und richteten die Waffen hinter sich. „Ganz ruhig, wir sind es nur", sagte Isabelle, während sie die Hände hochriss. „Was macht ihr denn hier? Ihr solltet doch auf uns warten", sagte David sichtlich erleichtert, dass es sich nur um seine Freunde handelte. „Das wollten wir auch, aber der kleine Ausreißer hier konnte es ja nicht mehr abwarten, und als wir merkten, dass er weg ist, sind wir hinterhergegangen", erklärte Mary. „Lasst und lieber wieder reingehen. Ich kann mir das nicht mehr ansehen und vor allem nicht mehr riechen."

„Lasst uns mal schauen, ob wir eines der Fahrzeuge wieder hinbekommen. Wir müssen eins finden, bei dem der Motor nicht von Schüssen durchsiebt wurde. Zusätzlich sollte das Fahrzeug nicht so viel Benzin verbrauchen. Das zu beschaffen, ist nicht mehr so einfach, wie es damals mal war", sagte James. In der Ecke der großen Fahrzeughalle wurde James fündig. „Hier haben wir doch ein nettes Gefährt", freute er sich, während er die Motorhaube eines alten VW-Busses öffnete. „Das scheint ein alter Mannschaftsbus zu sein. Wenn ihr mir etwas Zeit gebt, dann bekomme ich den hoffentlich wieder hin. Das gute Stück hat noch keine Computerchips und dergleichen. Solche Wagen sollten einfacher zu reparieren sein. Zum Laufen bekommen, irgendwo etwas Luft für die Reifen auftreiben und dann kann die Reise weitergehen", erklärte James den anderen. „Michael, irgendwo wird es hier bestimmt einen Kompressor geben. Mach dich mal auf die Suche. Weißt du, wie so etwas aussieht?" Michael nickte und machte sich auf die Suche nach einem Kompressor. James begann damit, den Motor zu reinigen, und suchte nach etwas Benzin.

„Ich habe hier etwas!", rief Michael und zog einen Kompressor hinter sich her. „Das hast du gut gemacht, Michael", sagte James und legte dabei die Hand auf seine Schulter. James brachte den Kompressor wieder zum Arbeiten und passte den Reifendruck an. „So, Freunde, wir müssen die Karre anschieben. Die Batterie ist selbstverständlich komplett tot. Ich werde dann einen Gang einlegen und hoffen, dass die Bude wieder anspringt." Ethan ging zu den Toren und schaute nach draußen. „Der Weg von den Toren bis zur Straße ist leicht abschüssig. Ich finde, wir sollten ihn hier runterschieben." Dieser Idee wurde von allen zugestimmt und die Gruppe machte sich daran, den Wagen in Position zu schieben.

„So, Leute, ich sage euch aber jetzt schon, dass er wohl nicht beim ersten Mal anspringen wird. Die Leitungen müssen erst mal wieder etwas frei werden!", rief ihnen James vom Fahrersitz zu.

„Dann mal los, ich zähle bis 3. 1, 2 und 3!", brüllte James. Der Wagen begann sich zu bewegen und alle drückten ihn mit all ihrer Kraft vorwärts. „Schneller, Leute, schneller!", feuerte David die Gruppe an. Der Wagen nahm Fahrt auf und James rief der Gruppe zu, dass er es jetzt versuchen würde. Er legte einen Gang ein und der Wagen ruckelte und stoppte sofort ab. „So, jetzt gleich noch einmal versuchen!", schrie Ethan die anderen an. Die Gruppe setzte den Wagen wieder in Bewegung, jedoch funktionierte auch dieser Versuch nicht. Sie befanden sich mittlerweile schon ein Stück die Straße hinunter. Nach dem vierten Versuch begannen langsam die Kräfte und die Motivation zu schwinden.

„O. k., wartet, wir machen mal kurz eine Pause und werden es gleich noch einmal versuchen", sagte Charly, während er am Fahrzeug zusammensackte. Man hörte von allen ein Schnaufen und sah den Schweiß auf ihrer Stirn stehen.

„Dann wollen wir es noch einmal versuchen!", rief James jetzt aus dem Wagen zu den anderen. Die Gruppe stellte sich langsam wieder in Position und wartete auf den Countdown von James. Alle mobilisierten jetzt ihre Kräfte und schoben den Wagen mit all ihrer Kraft an. Der Kleinbus begann Fahrt aufzunehmen und James legte einen Gang ein. Der Wagen stoppte und sprang krächzend an. James trat auf das Gaspedal und fuhr los. Die Gruppe schaute dem Fahrzeug ungläubig hinterher, bis die Gruppe plötzlich in Jubel ausbrach und sich in den Armen lag. James drehte eine Runde durch die vollgestellten Straßen und blieb neben der Gruppe, mit laufendem Motor, stehen. „Was steht ihr da rum? Steigt schon ein."

Charly und David liefen zurück zur Halle, um ihre Rucksäcke zu holen, während der Rest im Wagen einen Platz suchte.

KAPITEL 5: DER TOTE WEGWEISER

Nach einiger Zeit auf der zugewehten Straße, durch die brüten-
de Hitze der Steppenwüste, hielten sie bei einigen Autowracks
an, um zu sehen, ob sie eventuell noch Benzin im Tank finden
würden." „Mann, Leute, diese Hitze macht mich fertig! In der
Karre müssen mindestens 50 Grad sein. Da hilft auch die offene
Luke nichts", sagte James und wischte sich den Schweiß vom Gesicht. Die anderen waren bereits zu den Autowracks gegangen und
klopften mit ihren Waffen gegen die durch den Rost in den Ka-
rossen fast freiliegenden Tanks. Doch keiner hatte Glück. „Lasst
uns noch eben zu dem Lastwagen gehen, der in dem Graben da
vorne fast im Sand versunken ist", rief David. Alle marschierten
los. Der Laster war vorne schon bis zur fehlenden Scheibe eingesunken und vom Wüstensand verschluckt. Das ganze Fahrerhaus war auch mit dem Sand gefüllt. Der Heckaufbau war völlig verrostet, aber er schien noch intakt zu sein. „Helft mir mal!
Wir müssen das Tor vom Transport-Container freilegen. Vielleicht finden wir ja noch was Brauchbares", forderte David die
anderen auf. Alle nahmen irgendwelche Dinge, die sie auf dem
Boden fanden, als Schaufel oder nahmen ihre bloßen Hände zum
Graben. Der hintere Teil des Lastwagens war nicht ganz so weit
eingesunken wie der vordere, daher dauerte es nicht allzu lange, um die Türen freizulegen. „Alles klar, Leute. Das sollte reichen. Man kann das Schloss sehen. Wenn wir das geöffnet bekommen, dann können wir das Tor einfach nach oben ziehen.
Ethan lief zu den Autowracks zurück und kam mit einem Drehkreuz zurück. „Damit sollte es gehen!", rief er den anderen zu
und setzte dieses an, nachdem er wieder bei den anderen angekommen war. Mit drei beherzten Schlägen ging das Schloss zu
Bruch. „Alles klar, dann wollen wir mal sehen." David fasste links
an, Charly rechts und Ethan in der Mitte. Mit einem gewaltigen Quietschen schoben sie das Tor hoch. Alle starrten gebannt
in den Laderaum und was sie sahen, konnten sie kaum glauben.

Er war leer. „Scheiße! Der ganze Mist umsonst!", rief Ed. „Das kann doch nicht wahr sein. Wir hätten schon sonst wo sein können." „Jetzt bleib mal ganz ruhig. Lass mich erst mal sehen", beruhigte ihn James. „Ich bin auch jahrelang Trucks gefahren. Wir müssen den Boden hinter der Achse ein Stück aufbrechen. Da befindet sich normalerweise ein 20-Liter-Kanister mit Benzin, als Reserve. Zu verlieren haben wir jetzt auch nichts mehr." Er bückte sich hinter Ethan, nahm das Drehkreuz, welches Ethan dorthin geschmissen hatte, in die Hand und stieg in den Lkw. Nachdem er die ungefähre Stelle, per Augenmaß, festgestellt hatte, begann er auf den Boden einzuschlagen. Der Boden bestand aus Holz und begann vom ersten Schlag an zu splittern. Langsam ging David auf ihn zu und beobachtete das Geschehen mit einem fragenden Blick. Er schaute zum Tor und sah denselben Blick in den Gesichtern der anderen. Dann kam ihm jedoch zurück in den Kopf, dass sie alle zusammenhalten müssten. Nur als Gruppe würden sie das durchstehen können und es würde niemandem helfen, wenn sie jetzt einfach nur zuschauten und James verurteilten. „Komm, James, ich helfe dir. Ruh dich mal aus. Ich werde weitermachen", sagte David zu ihm und drehte sich danach zu den anderen „Wenn auch nur der Hauch einer Chance besteht, dass sich hier drunter noch etwas Benzin befindet, dann ist es den Versuch wert." Mary ging zuerst. „Darf ich mal durch?", fragte sie, während sie sich an den anderen vorbeidrängte. Langsam kamen alle rein und stellten sich um das kleine Loch, was mittlerweile im Boden entstanden war. „Ich finde es gut, Leute, dass wir wieder eine Gruppe sind, aber jetzt macht euch hier wieder vom Acker. Ihr steht mir alle im Licht", brachte David den anderen leicht ironisch bei. Alle schauten an sich herunter und sahen, dass ihre Schatten wirklich direkt auf dem Loch und auf David waren, da hinter ihnen das Tor die einzige Lichtquelle war. Alle begannen zu lachen und ein Teil der Gruppe stellte sich hinter das Loch und die anderen gingen raus. David hakte das Kreuz in das entstandene Loch und benutzte es als Hebel. Er brach ein größeres Stück Holz raus und es kam darunter der feine Sand zum Vorschein. „Mann, ich hoffe, das bringt was", flüsterte er, fast nur für ihn hörbar. Er brach immer mehr Stücken raus und legte dann das Drehkreuz zur Seite. „So, meine Freunde, der Moment der Wahrheit." James bückte sich jetzt wieder neben David und begann, mit seinen Händen den Sand zur Seite zu schaufeln. „Scheiße, der Sand ist so fein, der rutscht immer wieder nach", fluchte er, aber machte dabei immer weiter. Er hatte schon einen ziemlichen Sandhaufen auf der Ladefläche neben sich aufgehäuft, als er plötzlich was merkte. „Hier ist was!", rief er. Alle kamen wieder zu ihnen gelaufen und starrten auf das Loch. James griff tief nach unten in den Sand und zog langsam und unter größter Anstrengung einen Benzin-Kanister aus der Verankerung, welche sich im Sand verborgen befand. Keiner sagte ein Wort und wartete darauf, dass James zu ihnen sprach. James öffnete den Kanister und führte ihn behutsam zu seiner Nase. Er hob langsam seinen Blick und schaute die anderen enttäuscht an: „Leute es tut mir leid, aber diejenigen, denen es hier gefallen hat, die muss ich leider enttäuschen. Die Fahrt geht nämlich weiter!" Ein breites Grinsen breitete sich auf seinem Gesicht aus. „Das Scheißding ist randvoll." Alle brachen in einen Jubel aus, als hätten sie gerade im Lotto gewonnen. Keiner hätte in seinem alten Leben jemals gedacht, dass er sich einmal so über 20 Liter Benzin freuen würde.

„Na dann wollen wir mal wieder die Pferde satteln", gab Charly in der Gruppe zum Besten und alle verließen langsam den Lkw. Sie gingen zu ihrem Fahrzeug zurück klopften auf dem Weg einige Sprüche und fühlten sich einfach nur großartig. James füllte das Benzin in den Tank und alle stiegen ein. Langsam fuhren sie wieder los und fühlten sich, obwohl es ins Ungewisse ging, unbesiegbar.

Langsam dämmerte es und die Menschen in dem Fahrzeug begannen einer nach dem andern, langsam vor Erschöpfung und Müdigkeit im Sitzen einzuschlafen. Plötzlich zerriss ein lauter Knall diese Stille und kurz darauf ein weiterer. Alle schreckten auf und schauten sich um. Ethan stand an der Luke und hatte ein Gewehr in der Hand. Alle schrien durcheinander und keiner wusste, was gerade passiert war. „Was ist los?!", brüllte Charly

Ethan an und hatte sein Gewehr im Anschlag. „Entschuldigt bitte, aber ich dachte, ihr hättet mal wieder Lust auf was Richtiges zu essen. Fahrer, bitte dreh um, wir müssen da vorne was einsammeln." Jetzt herrschte absolute Stille im Fahrzeug. Ethan kam aus der Luke und beugte sich zu James runter, der am Steuer saß. „Wir müssen 250 Meter in diese Richtung", sagte er und zeigte mit seinem Finger zu einer Stelle rechts von ihnen. Keiner sagte etwas und David fuhr, wie automatisch, einfach in diese Richtung. Sie kamen immer dichter, bis Ethan ihm mit der Hand signalisierte, dass er anhalten könne. Er stieg aus und ging ein paar Meter. David, James und Mary stiegen auch aus und beobachteten ihn. Die anderen schauten aus dem Fahrzeug zu. Auf einmal blieb Ethan stehen und schulterte sein Gewehr, er bückte sich und nahm etwas mit der linken und der rechten Hand hoch. Es waren zwei junge wilde Hunde. Sie hatten in dieser neuen Umgebung keinen Feind mehr, da der Mensch verschwunden war, und konnten sich überall gut verbreiten. Während der Fahrt hatten sie schon einige in weiter Ferne durch die Wüste streifen sehen. „Abendessen!", rief Ethan den anderen zu. Erst jetzt wich die ganze Anspannung aus ihren Gesichtern, da sie nun verstanden, was passiert war. Ethan schleifte die Hunde zum Fahrzeug. „Ich hatte fast 'nen Herzinfarkt, Junge, aber das ist es auf jeden Fall wert gewesen", sagte David und man sah, wie sich ein Grinsen in seinem Gesicht ausbreitete. Alle schauten auf die toten Tiere und nun sah man bei jedem ein Lächeln im Gesicht. „Danke, Ethan, das gibt uns mal wieder neue Energie. Nicht immer nur diese ganzen Konserven, die sowieso alle gleich schmecken", sagte Mary zu Ethan und nahm ihn anschließend fest in den Arm. Jetzt begannen sich alle bei ihm zu bedanken und ihm für die guten Schüsse zu gratulieren, da er beide Tiere mit jeweils nur einem Schuss erledigt hatte. Sie luden die Tiere in das Fahrzeug und fuhren weiter, um sich einen guten Platz zu suchen, wo sie die Tiere zubereiten konnten.

Als es langsam anfing zu dämmern, sahen sie am Straßenrand eine alte Blockhütte stehen, welche die Jahre sehr gut verkraftet hatte. Die massiven Stämme, aus denen die Wände waren, waren noch sehr gut erhalten. Nur das Dach war auf der einen Seite des Hauses komplett eingestürzt. Über der Tür hing ein altes Schild, auf dem Stand „Minenmuseum".

„Seht euch das an, hier scheinen früher in der Gegend einmal Minen gewesen zu sein", sagte Mary und zeigte auf einige kleinere Bergketten, die sich in gewisser Entfernung befanden. „Alles klar, dann lasst uns mal ein Feuer machen. Ich würde sagen, dass wir was essen und uns ein paar Stunden ausruhen, aber heute Nacht versuchen, noch etwas an Strecke zu schaffen. Dann haben wir nicht diese Hitze in dem Fahrzeug", meinte David und fragte dann in die Runde: „Seid ihr damit einverstanden?" Alle nickten oder stimmten ihm zu.

„Gut, dann werde ich mich mal mit Ethan in dem Gebäude umsehen, oder was davon übrig ist. Steve, dein Bruder und Michael, ihr werdet hier Feuerholz suchen. Ihr könnt auch das vom kaputten Dach nehmen." Die Jungen nickten alle und machten sich sofort an die Arbeit. „James, kannst du den Jungen beim Feuermachen helfen, wenn sie ausreichend Holz geholt haben?", fragte er James. „Klar, mein Freund!", antwortete er mit einem Zwinkern.

David ging mit Ethan los. Sie gingen zur Vordertür, in die Ethan, ohne vorher zu testen, ob sie vielleicht offen gewesen wäre, eintrat. „So geht's natürlich auch", meinte David, hob seinen Arm und deutete damit auf die Tür. „Nach Ihnen, Sir." Ethan ging durch die Tür und machte die Taschenlampe an, die er aus dem Fahrzeug mitgenommen hatte.

In das Gebäude schien noch das restliche Tageslicht, das von der einen Seite durch das kaputte Dach kam. Die Fenster waren von innen mit Brettern zugenagelt. Beide folgten dem Lichtkegel der Taschenlampe. Das Haus sah völlig intakt aus. Es war leicht staubig, war aber an sich sehr aufgeräumt und man konnte davon ausgehen, dass hier keinerlei Kämpfe stattgefunden hatten. Sie suchten die Räume ab, aber alles war einfach nur verlassen. Die Schränke waren nur noch vereinzelt mit wenigen Gegenständen gefüllt. „Scheiße, hier gibt es ja gar nichts zu holen. Lass uns gehen", sagte David enttäuscht zu Ethan und ging wieder Richtung Tür. „Hörst du das?", fragte Ethan und hob dabei lauschend den Finger. „Was soll ich hören? Hier ist doch gar nichts", antwortete David. „Sei leise und hör genau hin." Beide standen jetzt ganz still da und lauschten der Stille. Plötzlich hörte auch David was. Er konnte nicht genau zuordnen, was es war, aber er hörte etwas. Ethan signalisierte ihm mit dem Zeigefinger, aus welcher Richtung das Geräusch kam. Er zeigte in einen kleinen Nebenraum, der komplett leer war. „Das kommt von da", flüsterte er. Sie gingen langsam auf den Raum zu und das Geräusch wurde etwas lauter, aber man wusste immer noch nicht, was es war. Jetzt standen sie direkt vor dem kleinen Raum und erkannten nun, dass es sich um Stimmen handelte. In dem Raum lag ein kleiner Teppich auf dem Boden und Ethan deutete auf diesen: „Die Stimmen kommen von unten. Unter dem Teppich muss eine Treppe sein", flüsterte er und zog seine Pistole. Er bückte sich und zog den Teppich zur Seite. Darunter befand sich eine Klappe mit einem Griff dran, wodurch eine Angelschur führte, welche am Teppich befestigt war. „Damit man von unten den Teppich wieder über die Luke ziehen konnte. Wie wollen wir vorgehen?", wollte David wissen. „Die Brechstangenmethode oder langsam reinschleichen?" „Wir sollten wissen, was uns erwartet, also würde ich sagen, wir schleichen uns runter und sehen nach, was vor sich geht", antwortete Ethan. Er hob langsam die Klappe an und beide schauten nach unten. Eine steile Treppe führte in den Keller. Jetzt waren die Stimmen noch deutlicher wahrzunehmen. David ging als Erster langsam die Treppe nach unten und Ethan hielt die Klappe auf und sicherte ihn von hinten mit seiner Pistole. Auf dem halben Weg auf der Treppe zog David seine Waffe auch. Er winkte Ethan zu sich runter. Er machte sich auch auf den Weg. Unten angekommen, war ein kleiner Vorraum, mit einer Tür auf der anderen Seite der Treppe, sichtbar. „Hinter der Tür sehe ich Licht", sagte David und hob seine Waffe. „Jetzt nehmen wir die Brechstangenmethode", antwortete Ethan. Sie stellten sich vor die Tür und Ethan begann mit seinen Fingern von drei runter zu zählen. Als er bei null ankam, trat er die Tür ein. Ethan und

David waren innerhalb einer Sekunde im Raum und begannen zu schreien: „Runter auf den Boden!", dabei sondierten sie den ganzen Raum mit ihren Waffen im Anschlag.

Zur gleichen Zeit waren die drei Jungen fertig mit der Suche nach Holz. Sie hatten einen großen Haufen aufgestapelt und nun kam James dazu. „Alles klar, Jungs, das sieht ja spitze aus. Dann wollen wir das Feuer mal starten, ich bekomme langsam Hunger", sagte James und lächelte dabei die jungen Männer an. Er ging kurz hinter das Haus, um etwas trockenes Stroh zu holen, um das Feuer leichter anzubekommen. Er bückte sich und begann es abzureißen und schaute sich dabei in der Gegend um. Etwa 5 Meter vor ihm sah er etwas in dem hohen Gras. Er stand auf und ging darauf zu. Es waren drei Kreuze, die in der Erde steckten. Es waren Gräber. Zwei davon waren ziemlich bewachsen. Auf ihnen standen die Namen „Jenny" und „Lucy", aber das dritte war noch relativ frisch. Dieses trug den Namen „Miriam". Es konnte erst vor höchstens ein paar Wochen entstanden sein. James stand wieder auf und sprach ein kleines Gebet. Dann ging er zurück. Er schaute die Jungs an und hob das trockene Stroh: „Das benutzen wir als Anzünder. Besorgt noch einige dünne Äste, damit wir das Feuer in Gang bekommen." Mike zog einige dünne Äste aus dem Haufen, den sie bereitgelegt hatten, und zerbrach sie. „So, wisst ihr, wie man ein Feuer richtig entfacht?", wollte James von ihnen wissen. Alle schüttelten den Kopf. Sie waren fast ihr komplettes Leben im Bunker gewesen und da gab es keine Lagerfeuerabende. „Wir müssen das Holz erst mal vernünftig anbekommen. Dafür machen wir einen kleinen Haufen, bei dem wir das Stroh als Anzünder in die Mitte packen. Um das Stroh stellen wir die etwas dünneren Äste aufrecht drum herum. Dieses Gebilde muss aussehen wie eine Art Tipi", erklärte er, während er das Gesagte in die Tat umsetzte. „Normalerweise würde man das noch mit einigen Steinen an der Seite sichern oder würde eine kleine Kuhle ausheben, wobei man dann noch einen Sauerstoffgraben anlegen müsste, aber für unsere Zwecke sollte das hier auf jeden Fall locker ausreichen." Wir wollen ja nur ein paar Hunde grillen und keinen Schönheitswettbewerb gewinnen." Alle mussten etwas schmunzeln, aber die Jungen schauten weiter gespannt dabei zu, was James da machte. Jetzt steckte er das Stroh mit seinem Feuerzeug an. Es war so trocken, dass es sofort große Flammen durch die Äste verursachte. Aber die Äste waren nicht minder trocken, also begannen sie auch relativ schnell zu brennen. „So, wenn das erst mal brennt, dann könnt ihr immer etwas größere Äste auf das Feuer legen. Zum Grillen reicht nachher eine richtig schöne Glut, aber dafür brauchen wir größere Holzscheite."

So machten sie damit weiter. Die Frauen, die etwas abseits saßen und sich unterhalten hatten, kamen nun auch zum Feuer. Es hatte irgendwie eine magische Wirkung auf die Leute. Alle starrten in die Flammen und keiner sagte einen Ton. Es war, als ob sie sich an andere, ja, bessere Zeiten erinnerten. Aus einem anderen Leben, was schon so unendlich weit zurückzuliegen schien.

„Alle sofort auf den Boden!", riefen sie noch mal. Aber der Raum war leer. In der Ecke standen einige große Lkw-Batterien, die an eine Lampe und ein Funkgerät angeschlossen waren, von dem auch die Stimmen kamen. Beide schauten sich weiter um. Es standen viele Wasserkanister, manche noch voll, einige leer, an einer Wand in dem Raum. Daneben standen noch Konservendosen. In der anderen Ecke des Raumes standen zwei Doppelstockbetten, vor denen etwas Spielzeug lag. Der Raum hatte zwei Türen. Die eine, durch die sie gekommen waren, und noch eine weitere, welche die beiden jetzt mit ihren Augen fixierten. „Vielleicht versteckt sich da jemand drin", flüsterte Ethan und ging langsam darauf zu. „Ich reiße die Tür auf und du sicherst den Raum dahinter", sagte er zu David. Er nickte. Langsam nahm Ethan den Türgriff in die Hand und schaute zu David rüber. Er nickte ihm dreimal zu und beim dritten Mal riss er die Tür auf und David visierte sofort mit der Waffe in den Raum. Doch nach einer Sekunde senkte er seine Waffe sofort wieder und ihn ereilte ein Ekel, den er so noch nie erlebt hatte. Schon in dem Kellerraum davor hatte es sehr merkwürdig und streng gerochen, aber da war er noch voller Adrenalin, sodass er sich nicht darauf konzentrieren konnte. Jetzt war der Geruch aber einfach unerträglich. David machte sofort einen Schritt zurück und hielt sich eine Hand vor den Mund und die Nase. Ethan drehte sich jetzt auch in die Richtung des Raumes und blickte rein. Der Raum dahinter war nur ein kleiner Wandschrank, in welchem Kleidung hing. Auf dem Boden waren Klamotten zusammengeknüllt und an dem Türrahmen hingen noch die Reste von Klebebandbahnen. Er war von innen dichtgemacht worden und der Verantwortliche dafür befand sich auch noch im Schrank. Es war ein Mann, oder was noch von ihm übrig war. Er hatte ein Elektrokabel um den Hals und hing von der Decke zwischen den Kleidungsstücken in seinem kleinen Grab. Seine Haut wirkte fast nicht mehr menschlich und er hatte überall Stellen, wo sie sich geöffnet hatte und Fliegen und Maden sich ein neues Zuhause gesucht hatten. Seine Augen waren trüb und hatten kein Leben mehr in sich. Er hing nur einige Zentimeter über dem Boden. Um seinen Hals hing zusätzlich ein kleines Buch. Ethan griff ganz vorsichtig in den Raum. „Was zum Henker machst du da?“, wollte David von ihm wissen. „Ich will wissen, was er um seinen Hals hat.“ „Einen Strick, du Affe, das sieht man doch“, antwortete David erzürnt. „Nein, ich meine das kleine Buch. Vielleicht sind da ja nützliche Informationen drin, sonst hätte er das doch nicht so offensichtlich um seinen Hals getragen, als er sich zu dieser Tat entschied.“ Er griff weiter rein und zog an dem Buch, um das dünne Band, mit dem es befestigt war, zu zerreißen. Er zog mit einem kräftigen Ruck, doch das Band riss nicht durch und die Leiche begann zu schaukeln. „Sei doch bitte etwas vorsichtiger“, sagte David zu ihm. „Entschuldigung.“ Er zog noch mal und dieses Mal klappte es und er hatte das Buch in der Hand. Der leblose Körper begann trotzdem wieder ziemlich stark zu schaukeln. „Alles klar“, sagte er und ging einen Schritt zurück. Plötzlich gab es einen Knall, der durch die Stille dieses Moments fuhr und den beiden einen ziemlichen Schrecken einjagte. Das Kabel riss aus der Decke und der Leichnam stürzte nach vorne und fiel direkt in die Arme von Ethan. Dieser nahm das relativ gelassen, aber David musste mit aller Kraft unterbinden, wie ein kleines Mädchen zu schreien. Ethan legte den Leichnam ganz behutsam auf die Erde, nahm eine Jacke aus dem Schrank und deckte ihn damit zu. „So, dann wollen wir doch mal sehen, was wir hier haben":

14. April
Meine Frau, unsere beiden Kinder und ich haben eine alte Hütte gefunden, welche noch relativ gut in Schuss zu sein scheint. Auf unserer Suche nach Überlebenden werden wir uns erst mal eine Weile hier aufhalten. Wir haben aus der letzten Stadt, die wir durchquert haben, noch ausreichend Vorräte, um hier längere Zeit zu verweilen. Etwa 1 1/2 km hinter dem Haus ist ein alter Brunnen, aus dem wir uns jeder Zeit Wasser besorgen können. Wir haben immer noch keine anderen Überlebenden gefunden …

Ethan blätterte weiter:

08. Mai
Bis jetzt lief alles gut in der neuen Umgebung. Ich bin noch mal in die Stadt gefahren, aus der wir unsere Lebensmittel hatten, und habe etwas Nachschub geholt. Außerdem habe ich unseren Truck mit Lkw-Batterien beladen und aus den Trümmern der alten Polizeistation habe ich ein Funkgerät besorgt. Leider funktioniert es nicht, aber ich hoffe, ich kann es reparieren, um endlich Kontakt zu anderen Überlebenden herzustellen. Ich überlege, mit der Familie in den Keller zu ziehen, da das Dach bei dem letzten großen Regen hier stark in Mitleidenschaft gezogen wurde …

15. Mai
Meine kleine Tochter Jenny ist schwer krank geworden. Sie will nichts mehr essen und liegt fast den ganzen Tag völlig geschwächt im Bett. Ich weiß nicht, was ich mit ihr machen soll. Ich habe ihr Antibiotikum gegeben, aber sie zeigt keine Besserung. Ich bin kein Arzt und habe keine Ahnung, wie ich ihr helfen kann. Oh Gott, bitte hilf uns doch …

19. Mai

Heute haben wir Jenny begraben. Miriam ist nur noch am Weinen, aber das Schlimmste ist, dass meine andere Tochter jetzt auch die Symptome zeigt, wie Jenny sie hatte. Sie ist schon relativ geschwächt, sonst würde ich versuchen, mit den beiden weiterzufahren. Dafür ist es jetzt leider zu spät. Wir können nur beten …

21. Mai

Heute haben wir zum ersten Mal etwas mit dem Funkgerät empfangen. Es ist nur eine Bandansage, die uns Hilfe verspricht. Es soll einen Ort geben, wo es Überlebende gibt.
Lucy geht es weiter unverändert schlecht …

24. Mai

Heute musste ich meine zweite Tochter begraben. Miriam ist ein gebrochener Mensch. Sie bekommt ihre Umgebung nur noch bruchstückhaft mit. Nachts steht sie auf, weil sie denkt, dass die Kinder nach ihr gerufen haben. Ich habe Angst, dass ich sie auch noch verliere. Wir werden noch eine Zeit lang trauern, doch dann müssen wir uns auf den Weg machen, um in die Stadt von der Durchsage zu kommen. Wir müssen wieder unter Menschen kommen, sonst sind wir nur mit unseren Erinnerungen alleine und die werden uns früher oder später zerstören …

26. Mai

Ich war heute beim Brunnen und habe neues Wasser geholt, als ich wieder nach Hause kam, lag Miriam oben im Badezimmer. Ihre Pulsadern waren aufgeschnitten. Sie hatte ein blutverschmiertes Bild von uns und den Kindern in der Hand, was wir auf der Suche nach anderen Menschen, mit einer Kamera gemacht hatten. Ich habe sie hinten neben ihren geliebten Kindern begraben. Ich hoffe, sie sind jetzt wieder vereint.
Jetzt bin ich alleine …

28. Mai

*Ich habe mir, um mich abzulenken, immer wieder die Durchsage
aus dem Funkgerät angehört und den Ort auf der Karte markiert,
doch in der Stille hier, alleine im Keller, kam ich irgendwann immer wieder zum selben Schluss. Ich will zurück zu meiner Familie.
Auch wenn ich den Ort finden sollte, so werde ich nie wieder
glücklich werden.*

Ich habe mich dazu entschieden, mich zu erhängen.

*Falls jemand dieses Buch findet, dann bitte ich ihn, mich hin-
ter dem Haus bei meiner Familie zu beerdigen. Anschließend
nehmen Sie ruhig alle meine Vorräte und die Karte vom Tisch.
Wenn Sie Glück haben, finden Sie vielleicht eine neue Chance.*

*Ich weiß, ich nehme den leichten Ausweg, aber für mich gibt es
keine andere Lösung.*

Gruß

Jimmy

Ethan und David schauten betroffen zu Boden. „Der arme Mann,
der hat ja wirklich die Hölle durchgemacht. Ich würde sagen, wir
hören uns erst mal die Ansage an, dann räumen wir alles raus,
was wir hier benötigen, dann treffen wir uns oben mit den anderen und lassen niemanden hier rein, und kurz bevor wir weiterfahren, erfüllen wir ihm seinen letzten Wunsch", sagte Ethan
und wartete auf Zustimmung von David. Dieser nickte ihm zu
und schaute anschließend wieder auf den Boden.

Sie gingen zum Tisch und David schaute sich die Karte an.
Beide hörten der Ansage zu:

„Liebe Überlebende des Krieges,

*verliert nicht die Hoffnung. Es gibt noch mehr Menschen wie
euch, die durch die Länder ziehen auf der Suche nach anderen.
Wir haben jetzt eine Kolonie gegründet und sind mit Wasser,
Nahrung, Medizin und Elektrizität ausgerüstet. Wir wollen*

eine neue Zivilisation gründen und heißen jeden bei uns will-
kommen.
Habt keine Angst und kommt zu uns. Wir gründen gemeinsam
eine neue Welt.
Unser Lager ist in Hillsborow, was Richtung Norden, an der
Route 135 liegt.
Gebt nicht auf und fahrt zu uns.

Wir sehen uns in Hillsborow."

David hob die Karte und zeigte sie Ethan. „Jimmy hat hier eine Route markiert.

Man kann sehen, wo wir sind und wo Hillsborow ist. Was meinst du, kann das was werden? Ist das unser neues Ziel?", fragte David. „Na ja, man muss bedenken, dass das bei diesen Straßen-verhältnissen ein Trip ist, der mehrere Tage dauern wird. Hills-borow liegt aber direkt an einem See, was, wenn der nicht ver-strahlt sein sollte, eine super Nahrungsquelle ist.

Wir sollten demokratisch abstimmen, würde ich sagen." „Das klingt nach einem super Plan."

Jetzt begannen beide die Vorräte und das Funkgerät nach oben zu tragen. Als sie damit fertig waren, gingen sie zu den anderen. „Na, wie sieht's aus? Habt ihr irgendwas Schönes ge-funden?", fragte Isabelle. „Wir haben ein laufendes Funkgerät entdeckt, was uns den Weg in eine mögliche Zuflucht gelei-ten kann. Die Frage ist, nehmen wir den tagelangen Weg auf uns oder versuchen wir, uns lieber zum Meer durchzukämpfen und dann auf einer Insel zu landen, die eventuell vom Krieg verschont geblieben ist?", fragte Ethan. Jetzt herrschte Stille. „Aber ich rieche hier doch schon leckeren gebratenen Wüsten-hund. Wir sollten erst mal was essen und uns danach bespre-chen", warf David ein. Alle nickten und waren einverstanden. Sie saßen zusammen und aßen. Sie hatten Spaß und erzählten sich gegenseitig Geschichten aus anderen Zeiten. Man könnte meinen, es wäre ein netter Campingausflug von völlig unter-schiedlichen Charakteren.

Nach dem Essen stand James auf und blickte in die Runde: „So, meine Freunde, wie sieht's jetzt aus? Wir sollten demokratisch entscheiden, wie wir weiter vorgehen wollen. Also ich würde es riskieren und versuchen, in diese Stadt zu gelangen. Falls da nichts auf uns wartet, können wir immer noch ans Meer. Also alle, die dafür sind, es zu versuchen, hebt jetzt bitte die Hand." Alle schauten sich gegenseitig an und es bewegte sich erst nichts. Dann hob Charly die Hand, dann kamen Mary und Ethan und dann hoben alle die Hand.

„Das hätten wir ja dann damit entschieden. Wollt ihr euch nicht etwas in der Umgebung umsehen? David und ich müssen hier noch kurz was erledigen, bevor wir weiterkönnen." Alle schauten sie etwas verblüfft an, aber sie dachten sich, dass sie schon ihre Gründe haben werden, und gingen los. „Aber bleibt zusammen!", rief Ethan noch hinterher.

David und Ethan gingen hinter das Haus und Ethan nahm sich die Schaufel, welche noch neben dem Grab von Miriam lag. „Ich hebe das Grab aus und du baust ein Kreuz und schreibst Jimmy drauf. Die Leiche holen wir dann gemeinsam." Beide begannen mit ihrer Arbeit und als sie fertig waren, gingen sie gemeinsam in den Keller. Keiner sagte einen Ton. Sie legten Jimmy auf den Teppich in der Mitte des Raumes und rollten ihn darin ein. Dann brachten sie ihn behutsam hoch und legten ihn vorsichtig in das frische Grab neben seiner Familie. Anschließend schütteten sie es zu und steckten das Kreuz in die Erde.

„Ich kann so was nicht besonders, aber wollen wir ein paar Worte sagen?", fragte David. „Ich glaube, alles, was zu sagen wäre, hat er bereits niedergeschrieben." Er bückte sich und legte das Buch auf das Grab.

Sie gingen zum Fahrzeug und warteten auf die anderen.

KAPITEL 6: DAS LAGER

Die Gruppe blieb noch einige Stunden an dem verlassenen Gebäude und ruhte sich von den letzten anstrengenden Tagen aus. Noch lange vor Sonnenaufgang setzten sie ihre Reise fort. Sie fuhren die heruntergekommenen Straßen weiter mit ihrem klaren Ziel vor den Augen. Hillsborow. Charly fuhr das Fahrzeug und der Rest war in Gedanken versunken. So fuhren sie immer weiter, bis Charly die anderen plötzlich weckte: „Leute, seht euch das mal an." Alle richteten ihre Blicke nach vorne. „Seht ihr die Lichter da? Da scheint es noch andere Überlebende zu geben." In weiter Ferne sahen sie in der Dunkelheit Lichter am Horizont. „Vielleicht brennt es da auch einfach nur", sagte Mary in die Gruppe. „Ich würde sagen, dass wir dichter ranfahren und uns das genauer anschauen", schlug David der Gruppe vor. Charly gab wieder Gas und sie machten sich auf den Weg zum entfernten Licht. Die Spannung in den Gesichtern der Leute war deutlich zu erkennen.

Nach kurzer Zeit erkannten sie, dass es sich wirklich um eine kleine Siedlung handelte. Sie fuhren dichter heran und Charly schaltete die Scheinwerfer aus, damit sie nicht so leicht zu erkennen waren. Plötzlich gab es ein quietschendes Geräusch und der Wagen bekam starke Schräglage. Alle hielten sich irgendwo fest und waren furchtbar erschrocken. Das Fahrzeug stoppte abrupt ab. „Scheiße! Was zum Teufel war das denn?", schrie James. „Ist irgendjemand verletzt? Geht es allen gut?", wollte Isabelle wissen. „Ja, alles in Ordnung", kam es von allen wie in einem schlechten Chor zurück. Sie hingen in dieser Haltung fest. „Wartet kurz, ich schaue mir das mal eben an", wies James die anderen an. Er stieg aus dem Wagen und schaute, von der jetzt höher liegenden Seite, unter das Fahrzeug. „So, Leute, ich habe leider zwei schlechte Nachrichten. Die erste ist, dass wir volles Programm auf eine Leitplanke gebrettert sind." Alle schauten ihn bestürzt an und waren völlig in Erwartungen, was wohl die zweite schlechte Nachricht war. „Die zweite ist, dass dieses Scheißteil uns den kompletten Unterboden zerfetzt hat. Wir verlieren Öl, der Tank läuft aus und ich muss euch sagen, das kann man auch nicht mehr reparieren. Wir brauchen ein Ersatzfahrzeug." Alle waren jetzt wieder in die Realität dieser feindlichen Welt zurückgeholt worden und fluchten vor sich hin, während die Leute langsam ausstiegen und sich den Wagen auch von der Seite betrachteten. Steve schaute in die Gruppe und sprach aus, was alle dachten: „Und was machen wir jetzt?"

Darauf herrschte absolute Stille. „O. k., Leute. Ich zähle mal unsere beiden Optionen auf: A) Wir versuchen unser Glück zu Fuß und hoffen drauf, dass wir ein neues Fahrzeug finden, oder B) Ich mach mich mit einer kleinen Gruppe auf den Weg zu der Siedlung da vorne und wir schauen nach, ob wir die Menschen um Hilfe bitten können oder im Notfall, uns dort ein Auto besorgen können", warf Ethan ein.

Die Gruppe wusste sofort, dass die erste Möglichkeit keine wirkliche Variante war. Es musste eine kleine Gruppe losziehen und versuchen, bei den anderen Hilfe zu bekommen. Ethan schaute in die Runde und zeigte mit dem Finger auf David, Charly und Michael. „Seid ihr dabei?" Alle nickten. „Gut, James, du hältst hier die Stellung mit deinen Söhnen und den Frauen. Passt auf unsere Vorräte auf und verteidigt euch gegenseitig. Wir schauen uns dort erst mal um und holen euch dann hier ab."

Sie verabschiedeten sich voneinander und wünschten sich noch gegenseitig viel Glück, dann zog die kleine Gruppe los. Sie gingen mit schnellen Schritten auf das Lager zu, aber hielten sich dabei bedeckt, weil sie keine Aufmerksamkeit erregen wollten.

Langsam begann die Sonne aufzugehen und die Gruppe bezog eine Stellung auf einem kleinen Hügel, welcher ein paar Hundert Meter entfernt vom Lager lag, um das Lager auszuspähen. Charly schaute durch das Zielfernrohr seines Gewehrs und sondierte die kleine Siedlung. „Ist ziemlich still da. Die scheinen noch alle zu schlafen." Er schaute weiter und plötzlich sah er etwas, was ihn beunruhigte. „Oh Mann, an dem einen Haus sind lauter Totenschädel und … Oh, Scheiße, auch noch relativ frische Köpfe genagelt." Die anderen drei schauten ihn verblüfft an. Ethan nahm das Gewehr und überzeugte sich selber von seinen Aussagen und gab es dann an David weiter. „Das sieht mir nicht sehr einladend aus. Vielleicht sollten wir lieber wieder zurück zu den anderen", sagte David mit zurückhaltender Stimme. Charly schaute noch einmal in das Lager. „Hallo, meine Kleine. Was haben wir denn da?", er drehte sich zu den anderen, „unsere netten Kollegen da unten haben einen wunderschönen Panzerwagen. Den sollten wir uns heute Nacht vielleicht mal ausleihen gehen. Da haben wir alle genügend Platz drin und mit dem Ding räumen wir alles aus dem Weg, wenn wir hier die Straßen langfahren müssen." Alle schauten ihn skeptisch an. „Mann, Mann, Mann. Also ich weiß nicht. Das ist schon ganz schön riskant. Leute, die sich als Schmuck Köpfe an die Bude nageln, sind normalerweise nicht ganz so umgänglich", erläuterte David. „Wir müssen!", behauptete Michael auf einmal mit klarer Stimme. Alle richteten ihre Blicke auf ihn. „Was sollen wir denn sonst machen? Durch diese verlassene Gegend irren und hoffen, dass wir, wie durch ein Wunder, irgendetwas oder irgendjemanden finden, der uns vielleicht helfen kann? So wie ich das sehe, ist dieser Panzerwagen da unten unsere einzige Hoffnung!", erklärte er bestimmend, während er mit dem Zeigefinger nach unten auf das Lager deutete. „Mann, der Kleine wird ja langsam ein richtiger Mann, aber er hat recht. Das kön …", sagte Charly, bis ihn plötzlich der Knall eines Schusses unterbrach, auf den noch weitere folgten. Alle gingen sofort in Deckung. „Scheiße! Wo kam das denn her? Hat es jemanden erwischt?!", rief David aufgeregt. „Das galt nicht uns!", antwortete Ethan nüchtern und schaute in die Ferne, wo ihre restliche Gruppe nicht mehr alleine an ihrem Fahrzeug stand. „Wir müssen sofort zurück!"

Isabelle und Mary saßen auf der Leitplanke, während James mit seinen Söhnen am Auto arbeitete. „Hoffentlich können die uns helfen, sonst sitzen wir hier ganz schön in der Patsche", sagte Isabelle. „Da hast du recht. Ich habe alles versucht, aber mit dem Wagen ist nichts mehr anzufangen. Das Ding ist nur noch

Schrott", erwiderte James und wischte sich den Schweiß von der Stirn. „Die anderen sind auch schon eine ganze Weile weg. Ich hoffe, es ist nichts passiert", flüsterte Mary. „Ach, denen wird es schon gut gehen, aber die sollen sich beeilen. Die Sonne ist erst seit Kurzem aufgegangen und es ist schon unfassbar warm", erwiderte James. „Seht doch! Da hinten kommt ein Fahrzeug auf uns zu!", rief Mike und zeigte auf die sich nähernde Staubwolke. Mary und Isabelle standen gleich auf und freuten sich, dass es endlich weitergehen sollte. „Endlich geht es wieder voran", sagte Mary. Der Wagen kam immer dichter heran und James starrte mit gebanntem Blick in seine Richtung. „Leute, geht mal lieber hinter den Wagen in Deckung. Ich will hier kein Risiko eingehen, o. k.?" Alle schauten ihn erschrocken an und gingen hinter dem Wagen in Deckung. Das andere Fahrzeug war jetzt nur noch eine kurze Strecke entfernt und auch James ging jetzt an die Seite des Wagens und zog seine Waffe.

Der Wagen legte eine Vollbremsung hin und vier bewaffnete Männer sprangen aus den Türen. „Kommt raus und werft eure Waffen weg!", schrie einer der Männer. „Werft doch lieber eure weg. Dann muss hier niemandem etwas passieren", erwiderte James mit kräftigem Tonfall. James streckte seinen Kopf ein Stück um den Wagen rum und sah, wie sich einer der Männer auf seiner Seite näherte. „Letzte Warnung!", rief er. Dann hob er die Waffe und drehte sich ein Stück um den Wagen. Er drückte ab und traf den Mann direkt in die Brust. Er war sofort tot und sackte in sich zusammen. Die anderen eröffneten sofort das Feuer und James ging wieder in Deckung. Sie schossen unaufhörlich und schrien dabei. Bis einer der Männer brüllte: „Feuer einstellen! Feuer einstellen! Kommt sofort raus, ihr Schweine, und werft eure Waffen weg!" James schaute betroffen zu den anderen rüber und erkannte seine Situation. Zwei Frauen und seine beiden Söhne. Diesen Kampf wollte er gar nicht führen. „Wir werden euch fertigmachen! Ihr habt Jason erschossen", rief der eine ihnen zu. „Halt dein Maul!", sagte der Anführer von ihnen. „Euch wird nichts passieren. Darauf gebe ich euch mein Wort. Unser Anführer möchte mit allen Menschen sprechen, die neu bei uns ankommen. Ein Gericht muss über den Zwischenfall mit Jason entscheiden." „Zwischenfall? Bist du irre? Der Penner hat ihn eiskalt abgeknallt!", fiel ihm der andere wieder ins Wort. „Du sollst doch dein Maul halten! Wenn du den Leuten was tust, dann werde ich dich hier standrechtlich erschießen. Sie müssen erst zum Anführer. Du kennst doch die Regeln. Ach und mit dem Zwischenfall mit Jason, das können wir wohl als Unfall oder Notwehr regeln."

James stand jetzt langsam auf und warf seine Waffe in die Richtung der Männer. „Alles klar, wir kommen raus." Jetzt standen alle auf und gingen in die Richtung der Männer, wobei sie ihre Hände in die Luft hielten. Die Fremden hatten alle ihre Waffe auf die Gruppe gerichtet und beobachteten jeden Schritt. James ging ganz vorne auf sie zu und als er bei ihnen ankam, öffnete er langsam den Mund: „Es tut mir leid um euren Mann. Ich wollte nur meine Gruppe sch …", bekam er noch raus, bis er von links eine Schulterstütze gegen den Kopf bekam. Er wurde sofort bewusstlos und ging zu Boden. Seine Söhne stürmten sofort auf ihn zu und wollten ihm helfen, aber wurden umgehend wieder nach hinten gestoßen. „Das war nur für unseren Freund. Was jetzt mit euch passiert, wird der Anführer entscheiden. Und jetzt rauf auf die Ladefläche von unserem Truck. Keith! Du durchsuchst den Wagen von denen und nimmst mit, was wir noch gebrauchen können. Hier, ihr beiden Pfeifen! Ihr ladet den Typen noch auf die Ladefläche. Er wird wohl nicht alleine draufsteigen."

Alle stiegen auf und der Wagen setzte sich in Bewegung. Einer der Männer saß mit auf der Ladefläche und richtete sein Gewehr auf die Gruppe. Isabelle kümmerte sich um James, der nach kurzer Zeit leicht verwirrt wieder zu sich kam.

Nach einiger Zeit auf der wackelnden Ladefläche des Wagens sah die Gruppe das Tor vom Lager. Es war aus Holz, Wellblech und anderen Materialien zusammengebaut worden und war oben mit Stacheldraht bespannt. Sie fuhren ein und kamen auf einen größeren Platz in der Mitte des Camps, wo sie neben einem gepanzerten Fahrzeug parkten. Viele Männer kamen aus ihren Hütten und starrten die Gruppe an, als wären sie wilde Tiere in einem Zoo. Die Menschen sahen ziemlich runtergekommen aus und es traten nur Männer auf die Straße. „Runter vom Truck. Ihr werdet jetzt unseren Anführer treffen", sagte der Mann, der mit auf der Ladefläche gesessen hatte. Bei dem Wort Anführer begannen die Menschen zu schreien und zu feiern. Sie stiegen ab und wurden, mit Gewehr im Rücken, zu dem größten Haus in der Siedlung gebracht. „Hinknien!", schrie der Mann mit dem Gewehr, während er ihnen dieses in den Rücken rammte. Alle gingen auf die Knie und warteten voller Angst auf das, was als Nächstes auf sie zukommen sollte.

„Scheiße, was sollen wir denn jetzt machen?", wollte Charly von den anderen wissen. „Wir müssen jetzt mit Bedacht handeln. Wir müssen bis heute Abend warten und dann müssen wir uns reinschleichen. Jetzt in der Helligkeit haben wir keine Chance", erwiderte Ethan und schaute die Gruppe dabei bestimmend an. „Die Sonne ist aber gerade erst aufgegangen. Wir können sie doch nicht den ganzen Tag über dalassen und sie ihrem Schicksal überlassen. Wir müssen irgendetwas tun, wer weiß, was die mit denen vorhaben", meinte David in die Gruppe. „Das Beste, was wir jetzt machen können, ist einen Plan aufzustellen und bis zur Dämmerung, oder am besten noch bis zur Nacht zu warten. Wir müssen unseren Feind erst einmal ausspähen. Nur so können wir ihn besiegen, sonst fallen wir da wie die Mongolen ein und damit wäre dann niemandem geholfen."

Alle sahen aggressiv und hilflos zugleich aus. Jeder beruhigte sich darauf wieder etwas, was sie im Inneren wussten, dass Ethan eigentlich recht hatte. Einfach war das jedoch für niemanden.

Sie legten sich auf den Vorsprung zurück und beobachteten das Lager. „Das Tor können wir, glaube ich, vergessen. Das scheint zu stabil zu sein. Wir müssen einen anderen Weg finden. Ich glaube, mit Wachen haben die es in der Nachtschicht nicht so. Wenn wir einen Weg finden, durch den wir uns reinschleichen können, ohne dabei Krach machen zu müssen, dann wäre die Nacht unser Freund. Ich glaube nicht, dass sie unsere Freunde töten werden. Das würde keinen Sinn ergeben. Wir müssen auf jeden Fall beobachten, wo sie heute Abend eingesperrt werden, damit wir genau wissen, wo wir sie rausholen müssen", teilte Ethan der Gruppe mit, während alle in das Lager schauten. Anschließend begannen sie, das Lager nach einer Schwachstelle abzusuchen.

„Da seht!", rief Michael aus, „am Marktplatz zwischen den zwei Gebäuden ist nur ein kleiner Maschendrahtzaun gespannt, auf dem Stacheldraht gezogen ist. Alle anderen Bereiche sind viel stärker gesichert. Wenn wir da eine starke Decke über den Stacheldraht werfen, dann können wir einfach darüber klettern."

David, Charly und Ethan schauten sich den Bereich an. „Könnte wirklich die einzige Möglichkeit sein. Das scheint mir auf jeden Fall der einfachste Weg in die Höhle des Löwen zu sein. Ich würde sagen, wir probieren es heute Abend so. Dann wollen wir mal sehen, wo die anderen hingebracht werden."

Die Leute feierten und starrten gespannt zu der Hütte am Rande des alten Marktplatzes, an der die Schädel genagelt waren. Die Tür öffnete sich und ein großer, vernarbter Mann trat auf den Holzsteg, der sich vor dem Gebäude befand. Die Menge war jetzt fast nicht mehr zu bremsen und jubelte dem Mann zu. Dieser riss die Arme in die Luft und ließ sich feiern. Dann nahm er die Arme wieder runter und die Menschen verstummten.

Einer der Männer, die die Gruppe mit abgeholt hatten, lief nach vorne zu ihm und machte ihm Meldung: „General, diese Menschen haben wir ein Stück vor unserem Lager aufgegriffen. Der eine von ihnen hat Jason erschossen. Was soll mit ihnen gemacht werden?" Es herrschte absolute Stille und er wartete auf eine Antwort aber der Anführer sagte kein Wort. Der Mann zog sich langsam wieder zurück und stellte sich zu der Menge.

„Guten Tag, Fremde. Ihr habt also in meinem Gebiet jemanden von meinen Leuten getötet? Aber wo sind meine Manieren, ich werde mich erst mal vorstellen. Mein Name ist Lewis Jefferson, aber alle nennen mich nur den General. Ich bin Anführer dieser kleinen Kommune und das auch schon eine ganze Zeit lang. Ich kann doch nicht zulassen, dass ihr einfach jemanden von uns umbringt und einfach so davonkommt. Das wäre nicht gut für mein Ansehen in der Stadt. Wer von euch hat geschossen?" James hob langsam die Hand und schaute dem General tief in die Augen. „Verschone die anderen. Ich wollte sie verteidigen und sie können nichts dafür, dass Ihr Mann tot ist. Es tut mir wirklich sehr leid um ihn, aber ich musste meine Gruppe schützen, ich hoffe, das können Sie verstehen." Der General schaute ihn erstaunt an: „Sehr mutig von dir, dass du gleich zugibst, dass du das Verbrechen begangen hast. Ich toleriere deine Aufrichtigkeit, daher werde ich dein Leben verschonen. Vorerst." James blickte jetzt völlig verstört. Er war sicher gewesen, dass er jetzt sterben würde. „Vielen Dank, General. Ich möchte Ihnen …" „Schweig!", brüllte der General. „Ich kann dich aber nicht einfach so davonkommen lassen. Eine Strafe wird es geben. Jerry!!! Ich würde sagen, 10 Peitschenhiebe wären für das Erste angebracht. Bindet Ihn fest!"

Seine Jungs schrien gleich nach der Urteilsverkündung und wollten nicht zulassen, dass ihr Vater diese Strafe über sich ergehen lassen muss, aber sie wurden sofort von einigen Männern mit dem Gewehr auf den Boden gedrückt. Zwei Männer hoben James auf und schleiften ihn zu einem Holzpfahl, der ungefähr in der Mitte des Platzes in der Erde versenkt wurde. Oben waren Handschellen angebracht, in die sie seine Hände steckten und diese verschlossen. Sie waren so hoch angebracht, dass er auf den Zehnspitzen stehen musste. Jetzt kam aus dem Hintergrund ein Mann mit einer Maske und einer Peitsche in der Hand. Er ging durch die Menge der ca. 25 Leute, die hier in der Stadt zu wohnen schienen. Alle machten ihm Platz und es bildete sich eine Gasse. Er genoss sichtlich seine Stellung hier und ließ sich von den Männern feiern. Er stellte sich mit einem gewissen Abstand hinter James auf und ließ das vordere Ende der Peitsche auf den Boden fallen. Mary und Isabelle begannen fürchterlich zu weinen und Steve und Ed starrten voller Angst, auf dem Bauch liegend und mit dem Gewehr im Rücken, zu ihrem Vater rüber.

Jetzt kam ein Mann von der Seite angelaufen und zerriss das Shirt von James, sodass sein Rücken frei war. „Der soll ja auch was merken, sonst macht das ja keinen Spaß!", verkündete er lauthals.

Jetzt holte der Mann mit der Peitsch aus und plötzlich schnellte diese nach vorne und traf James Rücken mit lautem Knall. Sofort platzte die Haut in einem langen Schnitt auf und James schrie vor Schmerzen.

Die jubelnde Menge schrie synchron: „Eins!". Gleich darauf folgte der nächste Schlag und ein zweiter tiefer Schnitt erschien auf dem Rücken von James. „Zwei!"

Darauf riss sich Isabelle los, lief zum General und ließ sich vor ihm auf die Knie fallen: „Bitte lassen Sie ihn gehen, er hat das nicht verdient. Er ist ein guter Mensch, der uns nur verteidigen wollte. Ich flehe Sie an!" Im Hintergrund ertönte bereits die Fünf. „Halt!", rief er und der Vollstrecker, der gerade ausholen wollte, ließ die Peitsche wieder zu Boden sinken. „Was würdest du denn dafür tun, wenn ich ihn verschone, obwohl er einen meiner Männer umgebracht hat?" Sie schaute ihn völlig verstört mit ihren verheulten Augen an und jammerte: „Ich dachte, Sie sind ein Anführer, der Güte zeigt und einen hilflosen Mann verschont, und das ohne eine Gegenleistung." „Da hast du dich leider geirrt", sagte er und packte sie am Arm. „Macht weiter! Ich werde mich jetzt etwas vergnügen gehen." Die Menge jubelte und die Peitsche knallte sofort wieder auf den Rücken von James. Isabelle schrie und versuchte, sich mit allen Mitteln zu wehren, aber sie hatte keine Chance gegen den General. Dieser warf sie über die Schulter und schlug ihr auf den Hintern. „Sperrt die anderen danach in unser Gefängnis, aber sie sollen noch bis zum Ende zuschauen. Ich möchte nicht gestört werden." Dann verschwand er in seiner Hütte und knallte hinter sich die Tür zu.

Isabelle wurde von ihm auf das Bett geschmissen. Sie flehte und schrie, aber er ließ nicht von ihr ab. Er zog ihr die Hose runter und drehte sie um. Er drückte ihr Gesicht in die Matratze und flüsterte ihr ins Ohr: „Ich will dich nicht anlügen, das wird dir keinen Spaß machen." Dann merkte sie auf einmal einen stechenden Schmerz, der ihr durch den ganzen Körper zog.

Er drang immer tiefer in sie ein und begann sie von hinten zu würgen. Dann drehte er sie brutal um und verging sich weiter an ihr. Jetzt schlug er sie noch in ihr Gesicht. Ein paar kräftige Schläge und dann wurde Isabelle schwarz vor Augen und sie wurde erlöst von der Hölle, in der sie gerade gefangen war. Die Bewusstlosigkeit schickte sie in einen schönen Traum, in dem das alles nicht passiert war.

Sie wurde erst wach, als sie von zwei Männern aus der Hütte geschleift wurde. Sie nahm ihre Welt nur verschwommen wahr und versuchte, sich umzuschauen. Sie wurde vor einem Haus auf den Boden fallen gelassen und einer der Männer öffnete ein Vorhängeschloss an der Tür und öffnete diese. Dann packten sie sie wieder und warfen sie in das Haus. Dort saßen auch die restlichen Leute ihrer Gruppe in der Ecke und nahmen sie sofort in den Arm, als die Tür wieder in das Schloss fiel.

„Oh, mein Gott! Was hat er dir nur angetan?", stotterte Mary weinend und betrachtete dabei ihren geschändeten Körper. Ihre Beine waren voller Hämatome und die Innenseiten waren blutverschmiert. Ihre Kleidung war total zerrissen. Ihr Gesicht war völlig blutüberströmt. Ihr eines Auge war komplett zugeschwollen und darüber war eine große Platzwunde.

„Wir müssen uns was überlegen, sonst kommen wir hier nicht mehr lebend raus", sagte James, sichtlich von Schmerzen geplagt, da sein Rücken völlig geschunden war. Draußen hörten sie die anderen jubeln und feiern.

Durch die Schlitze neben der Tür sahen sie, dass langsam die Sonne wieder unterging.

„O. k., jetzt ist es langsam dunkel genug. Wir warten noch ein bisschen, bis die Menschen sich zum Schlafen in ihre Hütten verzogen haben. Dann werden wir angreifen", sagte Ethan ruhig, während er die Stadt durch das Visier beobachtete. Nach einiger Zeit zogen sie los. Sie hatten mitangesehen, wie James ausgepeitscht und anschließend mit den anderen in einer Hütte eingesperrt wurde. Später am Abend wurde dort auch Isabelle hineingeworfen. Die Hütte war durch ein massives Schloss von außen gesichert und vor der Hütte saß eine Wache, welche aber mehr schlief als wach zu sein schien. Während sie sich nach unten schlichen, gingen sie noch einmal leise den Plan durch.

„Wir werden über den Zaun klettern, dann schleichen sich David und Ethan zu dem Verschlag, in dem unsere Freunde festgehalten werden. Schlagen die Wache bewusstlos und befreien alle. Ich und Michael werden uns zum Panzerwagen schleichen und diesen kurzschließen. Wenn nichts dazwischenkommt, dann warten wir dort auf euch und ihr kommt mit den anderen zu uns. Wenn etwas passieren sollte, dann kommen wir euch entgegengefahren", fasste Charly den Plan zusammen. Alle nickten zustimmend.

Die Gruppe kam am Zaun an und schaute sich vorsichtig um. Das Lager wirkte wie ausgestorben. „Alles klar, dann legen wir mal los!", sagte Ethan und kletterte den Zaun hoch. Oben angekommen, legte er eine Fußmatte, welche er tagsüber noch aus dem Bulli geholt hatte, über den Stacheldraht und schwang sich über den Zaun auf die andere Seite. Die anderen folgten ihm. Ethan zeigte mit dem Finger auf Charly und Michael und dann in die Richtung des Panzerwagens. Charly nickte und ging vorsichtig in die Richtung des Fahrzeugs. Ethan schaute zu David rüber und flüsterte: „Los!" Beide schlichen sich an der Wand entlang und versuchten, jedes Geräusch zu vermeiden. Das Lager war ziemlich dunkel und es brannte nur eine Laterne in der Mitte, in der Nähe der Stelle, an der James ausgepeitscht worden war. Die Männer hatten keine Probleme, sich versteckt zu halten.

Charly und Michael erreichten das Fahrzeug und Charly zog, so leise es ihm möglich war, an dem Türgriff der Fahrertür. Zu seinem Erstaunen war die Tür nicht verschlossen und er konnte die schwere Stahltür leicht öffnen. Er schickte Michael als Ersten hoch in das Fahrzeug und stieg dann selber ein. Er zog die Tür nur leise ran und schloss sie nicht richtig. Michael kletterte währenddessen nach hinten und schaute sich um. Er konnte jedoch nicht viel erkennen, da es in dem Fahrzeug fast komplett dunkel war. Nur von vorne, durch die kleinen Fenster in der Hecktür und durch die offene Luke, schien ganz schwaches Licht. Er stieg an die Luke und schaute sich vorsichtig um. Vor ihm war auf einer Lafette ein Maschinengewehr angebracht. Er schaute zu den anderen hinüber, während sich Charly in dem Fahrzeug umsah. Auf dem Beifahrersitz lagen mehrere Kleidungsstücke und eine Flasche Wasser. Er nahm diese und warf sie nach hinten, um Platz zu haben, wenn es nachher schnellgehen musste. Als er sie nach hinten schmiss, entdeckte er noch etwas auf dem Sitz und nahm es in die Hand. Es war ein Schlüssel und er versuchte, diesen sofort in das Zündschloss zu stecken. Er passte. Charly hätte fast laut angefangen zu lachen, vor Freude. Er machte sich jetzt bereit, den Wagen zu starten, sobald die anderen da waren.

Ethan schlich sich einige Meter vor David an der Wand entlang, genau auf die Wache zu, die ein Stück weiter vor der Tür auf ihrem Stuhl saß und immer leicht vor sich hinschaukelte, da sie sich zwischen Schlaf und Wachsein befand. Ethan zog leise ein Messer und ging jetzt zum Angriff über. Er legte seine Hand von hinten auf den Mund der Wache und stach mit seinem Messer tief in deren Hals. Dann bewegte er das Messer zur Seite und durchschnitt den kompletten vorderen Halsbereich. Das Blut strömte ihm in großen Schwallen über die Hand und der Mann versuchte, sich noch kurz zu wehren, aber dieses schreckliche Bild war relativ schnell vorbei. Ethan zog ihn ein Stück nach hinten und legte ihn gegen die Wand neben der Tür ab. Dann schaute er sich um, ob jemand etwas gehört hatte, aber alles war weiterhin komplett ruhig und wirkte schon fast friedlich. David bückte sich über den toten Mann und durchsuchte seine Taschen nach dem Schlüssel. In der dritten Tasche, die er abgeklopft hatte, fühlte er einen Schlüsselbund. Er nahm diesen leise aus seiner Tasche und probierte die verschiedenen Schlüssel an der Tür, bis einer passte. Er drehte ihn im Schloss und öffnete vorsichtig die Tür. Die Gruppe saß zusammengekauert in einer Ecke des Raumes und schaute voller Angst in Davids Richtung. Man konnte sehen, wie sich ihre Gesichter voller Erleichterung zu einem Grinsen umwandelten, als sie Davids Gesicht erkannten. Ethan kam jetzt auch ein Stück in den Raum und symbolisierte mit seinem Zeigefinger vor dem Mund, dass die anderen ruhig sein sollten. Er half Isabelle hoch und stützte sie, dann gingen sie langsam aus dem Raum und schlichen zum Panzerwagen rüber. Alles funktionierte ohne Zwischenfälle und die Gruppe stieg in das Fahrzeug ein. David löste sofort Michael an der Luke ab und hing sich hinter das Maschinengewehr. Charly flüsterte zu den anderen: „Ich werde gleich starten und versuchen, hier so schnell wie möglich zu verschwinden, aber ich kann euch sagen, dass diese Bude nicht gerade ein Elektroauto ist. Wenn die anderen nicht völlig taub sind, dann werden sie das auf jeden Fall mitbekommen." Alle warteten gespannt darauf, wie sich die Situation entwickeln würde. Charly drehte den Schlüssel um und das Fahrzeug sprang sofort an. Jedoch war es aber, wie Charly gesagt hatte, extrem laut. Er fuhr los und während sie das kurze Stück über den Marktplatz fuhren, um am anderen Ende durch das Tor zu brechen, gingen schon überall Lichter an. Aus den Hütten strömten die Menschen. Sie waren nur spärlich bekleidet, da sie gerade aus dem Bett kamen. Ihre Bewaffnung hatten sie aber schon mit am Mann. Die ersten Schüsse fielen und Isabelle begann zu schreien. „Keine Angst, die Gewehre können uns nichts anhaben. Der Wagen ist gut gepanzert", beruhigte James sie. Jetzt gab Charly Vollgas und rief zu David nach hinten, dass er sich bücken soll, weil er durch das Tor brechen würde. David zog den Kopf zurück in die Luke und mit einem lauten Knallen durchbrachen sie das Tor. Das massive Fahrzeug hatte keine Probleme, sich seinen Weg von dem Gelände zu bahnen. Die Gruppe fühlte sich schon in Sicherheit, als plötzlich hinter ihnen der Pick-Up der Gruppe auftauchte.

Auf einmal gab es neben dem Fahrzeug eine große Explosion. „Scheiße, was war das denn?", schrie Charly nach hinten und versuchte, den Wagen ruhig zu halten.

David streckte jetzt wieder seinen Kopf aus der Luke und sah, was das war. Hinten auf der Ladefläche des Pick-Ups stand Lewis Jefferson mit einem Raketenwerfer in den Händen. „Scheiße, der Irre hat eine Bazooka!", brüllte David nach unten. Lewis lud gerade nach und machte sich bereit für den Abschuss des Panzerwagens, als David das Maschinengewehr vor sich fertig lud und in großen Feuerstößen nach hinten feuerte. Die ersten Schüsse trafen in die Erde vor dem Fahrzeug, aber dann riss er die Waffe etwas höher und traf den Beifahrer. Die starke Munition durchschlug die Scheibe und traf den Mann erst einige Male in der Brust und dann im Gesicht. Der Hinterkopf explodierte förmlich und Stücke des Schädels und des Hirns landeten hinten auf der Ladefläche, neben Lewis, der sich zum Schutz hingelegt hatte. Dieser kletterte jetzt nach hinten und ließ sich von der Ladefläche des fahrenden Wagens fallen. David setzte jetzt erneut an und schoss auf den Fahrer. Er traf jedoch erst nur den Motor, der daraufhin stark anfing zu qualmen. Der Wagen verlor an Geschwindigkeit. Jetzt zog David die Waffe noch etwas nach oben und ein Feuerstoß von zehn Salven traf den Oberkörper des Fahrers. Dieser sackte sofort in sich zusammen und der Wagen fuhr nach rechts von der Straße und wurde schlagartig von einer Sandverwehung gestoppt. Der rauchende Wagen begann jetzt in Flammen aufzugehen und die Gruppe konnte noch eine Weile die Flammen hinter sich in der dunklen Nacht sehen, während sie sich immer weiter entfernte.

KAPITEL 7: HILLSBOROW

Die Gruppe fuhr weiter auf der Route 135 mit dem klaren Ziel vor Augen: Hillsborow. Es wurde jetzt wieder hell und Charly hielt den Wagen an, um sich mal kurz die Beine zu vertreten und sich etwas zu erleichtern. Alle wachten jetzt auf, stiegen aus und schauten sich um. Sie waren ein paar hundert Meter von einer kleinen Stadt entfernt. „So, ich weiß nicht, wie es euch geht, aber ich könnte auf jeden Fall mal was zu essen vertragen", sagte Mary in die Gruppe. „Ich habe im Wagen noch einige Flaschen Wasser gesehen, aber Lebensmittel waren nicht dabei. Ich würde sagen, wir fahren in die Stadt und hoffen drauf, dass wir einige Konserven finden." Alle nickten. Sie hatten jetzt schon länger nichts mehr zu sich genommen und mussten wieder zu Kräften kommen. Sie stiegen wieder in das Fahrzeug ein und Charly fuhr den Wagen vorsichtig in die nächste Stadt. Sie fuhren ungefähr bis zur Stadtmitte des kleinen Örtchens und David schaute sich um, indem er seinen Kopf aus der Luke steckte. „Scheint alles ruhig zu sein! Ich würde sagen, dass ein paar Leute den Wagen bewachen und der Rest in Zweiergruppen loszieht, um was an Nahrung zu finden." Alle waren damit einverstanden. Die Tuddler Jungs wollten lieber bei ihrem doch sehr angeschlagenen Vater warten und Isabelle war auch nicht in der Lage, auf die Suche zu gehen. Es zogen nur Mary und Ethan, als Gruppe, und David und Michael los. Der Rest blieb beim Wagen.

Isabelle zog ihren Ärmel hoch und schaute auf ihren Arm, den sie sich bei der Auseinandersetzung mit dem alten Jerkins verletzt hatte an. Es hatte sich stark entzündet und sie brauchte unbedingt eine medizinische Behandlung, damit sich die Infektion nicht weiter ausbreitete. Es sah jetzt schon sehr schlimm aus, aber wenn sie nicht etwas unternehmen würde, dann würde sie vielleicht den Arm verlieren oder sogar sterben können. Sie schob den Ärmel wieder runter und zog sich wieder in ihre eigene Welt zurück.

Die beiden Gruppen gingen in verschiedene Richtungen und begannen, in die verlassenen Häuser und Geschäfte zu gehen. Mary und Ethan gingen in ein verlassenes Lebensmittelgeschäft, was aber schon geplündert wurde. Überall lagen zerrissene Tüten und Müll auf dem Boden. Die Regale waren nahezu leer und nur vereinzelt lagen noch unbrauchbare Gegenstände in ihnen. Sie zogen weiter und hofften, dass die Menschen vielleicht etwas in ihren Kellern gebunkert hatten. Es war ja nicht so, dass es nicht schon vor dem Krieg Leute gab, die immer mit einem solchen Szenario gerechnet und sich daher darauf vorbereitet hatten. Sie hatten Schutzräume oder einfach nur einen Lagerraum im Keller oder dergleichen.

David und Michael zogen durch die Gebäude. „Lass uns in die Keller gehen. Ich glaube, da haben wir die besten Chancen, dass wir noch brauchbare Sachen finden. In den oberen Etagen haben sich meistens auch schon wilde Tiere ausgetobt und die Lebensmittel geplündert", erklärte David Michael. Beide gingen die Treppe zum Keller runter, aber im Keller lagen nur zwei Tote auf der Erde und neben ihnen lag eine Waffe. Es waren nur noch Skelette übrig. „Die müssen hier schon ewig liegen. Ich glaube, als die Bomben fielen, haben die beiden sich für den Freitod entschieden", merkte David an. Sie zogen weiter und vier erfolglose Häuser weiter wurden sie endlich fündig. Es war ein alter Unterschlupf für Soldaten in einem Keller eingerichtet gewesen. Die Waffen und die Ausrüstung wurden von den abrückenden Truppen mitgenommen, aber auf dem Boden lagen noch einige Packungen von Soldatenrationen. Diese waren eingeschweißt und sehr lange haltbar. Michael und David packten die Rationen in einen Beutel und begaben sich wieder zu ihrem Fahrzeug, wo auch schon die andere Gruppe von ihrem Beutezug zurück war und wartete. „Na, habt ihr was gefunden?", wollte Michael von den anderen wissen. „Nicht sonderlich viel. Wir haben nur ungefähr 500 Gramm eingeschweißtes Trockenfleisch gefunden und 3 x 5 Literkanister mit Wasser, und ihr?", erwiderte Ethan. „Wir haben 13 Packungen EPA gefunden. Damit haben wir etwas für heute, aber länger kommen wir damit auch nicht aus.

Ich würde sagen, dass wir uns erst mal was zu essen zubereiten sollten und anschließend gehen wir uns noch mal nach Diesel und anderen Vorräten umsehen", teilte David den anderen mit.

Plötzlich stieg Isabelle aus dem Wagen und kam auf David zu gestolpert. Sie versuchte, noch irgendwas zu sagen, als sie ohnmächtig wurde und nach vorne in die Arme von David fiel. „Was hat sie?", wollte Mary wissen. „Ich weiß es nicht, hat sie genug getrunken?" „Eigentlich schon, sie hat gerade eben noch eine Flasche Wasser aus dem Wagen getrunken", sagte Steve.

David schaute sie sich jetzt genauer an. „Sie glüht ja förmlich!", merkte er an, nachdem er ihr die Hand auf die Stirn gelegt und sie vorsichtig auf den Boden gelegt hatte. Jetzt schaute er an ihr runter und ihm fiel die feuchte Stelle an ihrem Ärmel auf. Er zog diesen langsam hoch und erschrak. „Oh Mann, das sieht übel aus! Ich bin kein Arzt, aber das scheint mir eine üble Infektion zu sein. Wir müssen ihr unbedingt Antibiotika besorgen, um das in den Griff zu bekommen. Ich kann euch aber nicht mal sagen, ob das noch was bringt. Ethan, Michael und Charly, ihr durchsucht die Gebäude nach Medikamenten. Bringt alles mit, was ihr finden könnt!" Alle liefen umgehend los und machten sich an die Arbeit. Einige Zeit später kamen sie zurück und kippten Beutel voller Medikamente vor ihr aus und sie schauten gemeinsam, was Isabelle davon möglicherweise helfen könnte. Sie waren leider alle keine Mediziner und bei den meisten Sachen wussten sie nicht einmal, was die Mittel bewirken würden. Sie wollten ihr ja nicht noch mehr schaden, als es bereits der Fall war. „Hier ist Antibiotika!", rief Michael und hielt eine Packung hoch. „Ich weiß aber nicht. wie es bei Medikamenten mit der Haltbarkeit aussieht", flüsterte er aber sofort darauf. „Wir haben keine andere Wahl. Wir müssen es ihr geben, sonst ist sie in ein bis zwei Tagen tot", rief Ethan dazwischen. Alle schauten sich an und warteten darauf, dass einer etwas sagte. „Du hast recht. Wir geben es ihr", stimmte ihm David zu. Sie zerkleinerten ein paar Tabletten und schütteten diese in eine Flasche Wasser. „Komm, Isabelle", sagte er zu ihr und nahm ihren Kopf etwas hoch, „du musst das trinken." Er hielt ihr die Flasche an den

Mund und versuchte, ihr kleine Schlucke zu verabreichen. Sie begann zu husten und das Wasser lief ihr wieder aus dem Mund. „Komm schon, Isabelle!", sagte er jetzt etwas lauter und schüttelte sie dabei, damit sie wach wurde. Jetzt öffnete sie die Augen und war kurz wach. In diesem kurzen klaren Moment gab David ihr die Medizin zu trinken, woraufhin sie sofort wieder einschlief. „So, wir lassen sie jetzt erst mal schlafen und müssen uns das morgen wieder ansehen. In diesem Zustand müssen wir ihr Ruhe gönnen und können unsere Fahrt erst mal kurz nicht fortsetzen", erklärte David den anderen leise. „Wir sollten aber auch schon mal an den schlimmsten Fall denken. Wenn das in 1–2 Tagen nicht besser geworden ist, dann müssen wir ihr vielleicht den Arm abnehmen, um ihr Leben zu retten." „Das ist ja furchtbar!", stotterte Mary vor sich hin, während sie sich die Hand vor den Mund hielt.

Sie ließen sie jetzt in Ruhe schlafen und eine Gruppe machte sich auf den Weg, um für den Ernstfall Material zu besorgen. „Wir brauchen irgendwas zum Betäuben, saubere Laken, abgekochtes Wasser, etwas zum Abbinden und irgendwas, um den Arm abzutrennen. Außerdem was zum Nähen und am besten müssen wir die Wunde ausbrennen, um die Blutung zu stillen."

Die Gruppe machte sich jetzt wieder auf den Weg, um das Material für den Ernstfall zu suchen und gleichzeitig nach Vorräten und Brauchbarem zu sehen. Mary blieb bei Isabelle und passte auf, dass es ihr an nichts fehlte, wenn sie zwischendurch kurz wach wurde. James wartete auch am Fahrzeug, schonte seinen Rücken und bereitete die Rationen für die Gruppe zu, sodass diese etwas zu essen hatten, wenn Sie wiederkamen.

Ethan war mit den Tuddler Jungs unterwegs und durchsuchte die Gebäude. Bei einem Schlachter wurden sie fündig und packten einige große Messer und etwas zum Schärfen ein. In der Zwischenzeit hatte Charly mit den Tuddler Jungs ein altes Geschäft gefunden, in dem sie noch eingeschweißte Laken und Nähmaterial gefunden haben. Hieraus könnten sie Verbände herstellen und hätten etwas zum Nähen der Wunde. David hatte auf sei-

ner Suche auch etwas Nützliches gefunden. Er hatte drei ange-
fangene Flaschen Whisky gefunden, was er Isabelle als Schmerz-
mittel verabreichen wollte. Zusätzlich fand er noch eine kleine
Flasche Gas mit Brenner, welche normalerweise zum Unkraut-
vernichten und Fugenreinigen gedacht war. Damit wollte er die
Messer sterilisieren und eventuell die Wunde ausbrennen, falls
dies nötig sein sollte.

Alle fanden sich nach und nach wieder beim Fahrzeug ein,
wo James bereits ein Feuer gemacht hatte und an die Gruppe die
Essensrationen verteilte. Alle saßen beisammen, während Isabell
hinten im Fahrzeug schlief und sich ausruhte.

So verging die Zeit und ein Teil der Gruppe zog sich in den Wagen zurück und schlief ein. Die anderen, die später gingen, legten sich einfach neben das Fahrzeug und schliefen dort.

Am nächsten Morgen stand David auf und wollte als Erstes
nach Isabelle sehen. Ethan befand sich schon bei ihr und begutachtete ihren Arm und ihre Temperatur. „Und wie sieht es aus?",
wollte David von Ethan wissen. „Keinerlei Verbesserung. Ich
würde eher sagen, dass die Infektion noch um einiges schlimmer geworden ist. Die Medizin kam einfach zu spät. Wir müssen uns überlegen, ob wir jetzt handeln oder noch länger warten sollen. Ich möchte jedoch nicht, dass wir zu lange warten
und sie an der Infektion stirbt. Wir sollten mal mit den anderen sprechen und uns dann überlegen, was wir machen sollen",
antwortete Ethan ihm mit vorsichtiger Stimme. Beide stiegen
wieder aus dem Auto aus und riefen die anderen zu sich. „Hört
mal zu, Leute, wir müssen uns über Isabelle unterhalten." „Wie
geht's ihr denn? Gibt es eine Verbesserung?", fragte Mary besorgt. „Leider nicht, wir müssen uns überlegen, was wir machen
sollen. Das Fieber ist gestiegen und wir müssen verhindern, dass
sich die Infektion weiter ausbreitet", erwiderte David.

„Hat jemand von euch eine medizinische Ausbildung genossen?", fragte James in die Runde. Charly und David gaben an, dass Sie bei der Army einen Ersthelferschein gemacht
hatten, dies aber solche schweren Eingriffe natürlich nicht ab-

deckte. „Ich glaube, ich hatte eine ganz gute Ausbildung für so etwas", sagte Ethan ruhig. Alle starrten ihn verblüfft an. „Ich musste zwar so etwas noch nie machen, aber eine Ausbildung für Amputationen habe ich gemacht." „Irgendwann musst du uns mal erzählen, was du vor dem Krieg gemacht hast, Ethan", merkte Charly an.

„O. k., dann lasst uns einen Raum in einem der Gebäude herrichten und keine Zeit mehr verlieren. James, du und deine Jungs kochen Wasser ab. Mary, du und Michael machen aus den Laken Verbandmaterial. Charly und David, ihr sucht einen Raum und besorgt einen Tisch, auf dem wir operieren können. Ich werde die Messer mit dem Brenner und dem Whisky so gut es geht sterilisieren."

Alle nickten und machten sich an die Arbeit. Nach einiger Zeit fanden Charly und David in einem Gebäude in der Nähe einen geeigneten Raum. Es war ein altes Geschäft, welches durch die großen Schaufenster gut beleuchtet war. Sie holten aus einem anderen Gebäude einen alten, aber stabilen Holztisch, den sie als Operationstisch nehmen wollten.

„Und, wie sieht's aus? Können wir anfangen?", fragte Ethan in die Gruppe. Alle standen in einer Gruppe um Isabelle herum, welche sie vorher aus dem Wagen hergetragen hatten, und nickten. Mary hatte versucht, ihr so viel wie möglich von dem Alkohol zu trinken zu geben, jedoch war Isabelle kaum bei Bewusstsein, wodurch sich dies nicht sonderlich einfach gestaltet hatte. Mary hoffte, dass Isabelle wenigstens etwas weggetreten war und sofort bewusstlos werden würde, sobald die Operation begann. „David und Charly! Durch eure Armee-Zeit solltet ihr wenigstens ansatzweise eine medizinische Ausbildung genossen haben. Ihr müsst hierbleiben und mich unterstützen. Der Rest geht jetzt besser raus", sagte Ethan bestimmend. David und Charly schauten nicht unbedingt begeistert und man sah, wie ihr Puls sofort anstieg. Sie hatten Angst vor dem, was jetzt passieren sollte. Sie hatten zwar Ersthelfer-Scheine gemacht, jedoch war das alles nur Theorie gewesen, und sich wirklich in einer solchen Situation zu befinden, war dann doch etwas ganz anderes.

„Oh, mein Gott! Ich hoffe, Ethan weiß, was er da tut", flüsterte Mary mit Tränen in den Augen. Die Gruppe stand völlig Bewegungslos vor dem alten Gebäude und wartete darauf, dass etwas passierte. „Ich kann hier nicht rumstehen und auf eine Antwort, welche auch immer, von Ethan warten. Ich werde losgehen und schauen, ob ich noch etwas Nützliches finde", merkte Michael an und drehte sich um. „Warte, wir kommen mit!", riefen ihm Steve und Ed hinterher und machten sich auf den Weg. Sie beeilten sich, dass sie sich so schnell wie möglich von der Gruppe entfernten. Sie wollten nichts von dieser Aktion sehen und dabei nutzlos danebenstehen müssen. Sie machten sich auf in das erste Gebäude, was Sie sahen, und suchten nach nützlichen Gegenständen.

„So, wir werden ihr den Arm über dem Ellenbogen abschnüren. Wir bauen uns eine improvisierte Form der Israeli-Bandage. Dafür brauchen wir mehrere Lagen des Verbandmaterials und einen Stock oder ein Rohr", erklärte Ethan den anderen, als wären diese zu einem Erste-Hilfe-Kurs erschienen. Ethan legte mehrere von den Binden, welche sie aus den Laken erstellt hatten, übereinander. Diese knotete er jetzt an den Enden zusammen, sodass noch etwas Luft zwischen der Binde und dem Oberarm war, als er die Binde darüber streifte. In diese Lücke steckte er ein dünnes Rohr, welches er auf dem Boden gefunden und anschließend noch gesäubert hatte. Er begann das Rohr zu drehen und die Binde zog sich immer fester um den Arm. „Einen Oberschenkel kann man mit dieser Variante auf 1/3 der Gesamtgröße zusammenziehen, wenn beispielsweise jemand über eine Mine gelaufen ist und das Bein abgerissen wurde", erklärte Ethan weiter. Isabelle begann langsam leicht zu stöhnen, da die Binde bereits sehr eng saß und einen erheblichen Druck auf Ihren Arm auslöste. Sie befand sich aber immer noch nicht in einem Zustand, den man als wach bezeichnen würde. Ethan drehte das Rohr weiter. „Wir müssen ihr jetzt unterhalb den Arm brechen, damit wir nicht durch den Knochen müssen, mit dem Messer werden wir da schlecht durchkommen." Alle schluckten nach dieser Aussage und schauten Ethan entgeistert an. „David, klettere bitte auf den Tisch und knie dich bitte mit dem einen Bein direkt auf den Verband." David reagierte nur noch und wirkte wie abwesend. Ethan justierte den Arm so, dass die Stelle, an dem er den Arm brechen sollte, genau auf der Tischkante lag. David kniete sich direkt dahinter auf den Oberarm, wo die Binde saß. „Charly, du musst den Rest ihres Körpers so fest wie möglich halten. Sobald der Arm gebrochen ist, müssen wir anfangen, ihn abzunehmen." Charly drückte sich mit seinem ganzen Körpergewicht auf Isabelle, die sich leicht wandte.

„Steve und Ed, lasst uns mal in dieses Gebäude schauen. Hier waren wir noch nicht", forderte Michael die anderen auf, während er auf die alte Bibliothek der Stadt deutete. Die Gruppe betrat das Gebäude durch den Haupteingang. „Ich weiß nicht, was wir in einer Bibliothek finden sollen. Hier gibt es doch nur Bücher", erwiderte Steve, als er Michael langsam hinterherging. Es war ein schönes altes Haus mit hohen Decken. Überall lagen Bücher auf dem Boden verstreut und es sah so aus, als würden auch viele Bücher fehlen. „Die wurden bestimmt zum Feuer machen weggeholt", sagte Ed mehr fragend zu den anderen. „Ich würde sagen, dass wir uns trennen. Bis jetzt haben wir in den anderen Gebäuden nur etwas Wasser und ein paar Konserven gefunden. Etwas mehr dürfte es schon sein, bevor wir weiterfahren", meinte Michael. Man sah leichte Angst in den Augen der anderen, aber sie nickten ihm zu und die drei Jungen zogen alleine in verschiedene Richtungen los. „Wir treffen uns hier in 20 Minuten wieder und sucht bitte auch nach Medizin für Isabelle!", rief Michael den anderen noch zu. Das Gebäude war sehr groß und nach kurzer Zeit hatten sich alle aus den Augen verloren. Ed ging einen Gang an der Seite der großen Halle entlang und stieß auf eine Tür, auf der stand: „Zutritt nur für Befugte". Er streckte seine Hand aus und griff nach der Klinke der Tür. Zu seiner Überraschung öffnete sich diese. Er zog langsam an der Tür und warf einen Blick in den Raum. Die Rollos an den Fenstern waren fast ganz runtergelassen, jedoch reichte das Licht aus, um sich zu orientieren. Es handelte sich um ein Büro mit einigen Tischen und Computern. Er streifte langsam durch die Reihen und kontrollierte die Tische und Schubladen. Jedoch fand er nichts Brauchbares. Am Ende des Raumes war ein abgetrenntes einzelnes Büro. Ed öffnete langsam die Tür und schaute hinein. In diesem Büro war es noch viel dunkler als in dem Raum zuvor. Er erkannte nur, dass er ziemlich klein war und ein Schreibtisch in der Mitte stand. An der Seite befand sich ein Fenster, was mit Brettern verbarrikadiert war und nur durch einen kleinen Spalt Licht in den Raum ließ. Ed tastete sich langsam an das Fenster heran, da er nicht über etwas auf dem Boden stolpern wollte. Er griff nach einem Brett und zog mit all seiner Kraft daran. Mit einem krachenden und zugleich quietschenden Geräusch lösten sich ein Brett und die Nägel, die es hielten. Er stürzte nach hinten und fiel mit dem Rücken auf den großen Schreibtisch. In dem Sonnenschein, der jetzt durch die Lücke im Fenster kam, sah er überall den Staub durch die Luft ziehen, den er durch seinen Sturz aufgewirbelt hatte. Plötzlich erschrak er jedoch zu Tode, als er sich weiter rüber drehte. Auf dem Schreibtischstuhl, der in der Ecke des Zimmers stand, saß jemand. Ed hatte panisch aufgerissene Augen und versuchte mit unbeholfenen Bewegungen, vom Tisch runterzukommen. Er schob mit seinen Füßen alles vom Schreibtisch in Richtung des Fremden runter und kam dabei nur schleppend von der Stelle. Plötzlich bekam er Haftung mit seinen Schuhen und katapultierte sich mit einem kräftigen Tritt vom Tisch. Er landete genau auf dem Rücken und krümmte sich kurz vor Schmerzen. Er sprang auf und wollte weglaufen, als ihn plötzlich eine Taschenlampe von jemandem, der in der Tür stand, blendete. „Was ist hier los?", fragte eine Stimme, während sich Ed die Hände vor sein Gesicht hielt, um das Licht von seinen Augen abzuhalten. „Bitte tun Sie mir nichts!", brüllte Ed den Fremden an. „Ganz ruhig, Ed, ich bin es nur, Michael", rief die Stimme zurück, während er sich selber die Taschenlampe in das Gesicht hielt. Ed schaute jetzt genauer hin und erkannte, dass es sich um Michael handelte. „Du hättest mich fast zu Tode erschreckt", sagte er zu ihm. „Was war denn los? Ich kam auch gerade in den Büroraum, als ich hier so einen Krach gehört habe", erwiderte Michael. Nach diesem Schreck und der Frage von Michael erinnerte sich Ed auch plötzlich wieder, wie es überhaupt zu der Situation gekommen war. Er drehte sich um und zeigte auf den Stuhl. Michael schwenkte die Taschenlampe in die Richtung, auf die er deutete. In dem Stuhl saß ein Toter. Er war schon vor einiger Zeit gestorben und neben ihm lag noch ein Revolver auf dem Boden. Michael und Ed näherten sich langsam dem Toten und Michael sagte: „Der ist schon länger tot und ich glaube, der hat Selbstmord begangen. Siehst du die Waffe neben ihm und den einzelnen Einschuss in der Schläfe?" Michael bückte sich, hob den Revolver auf und steckte ihn in seinen Hosenbund. „Lass nachschauen, ob wir hier noch etwas finden, das wir gebrauchen könnten. Danach werden wir mal nachsehen, wo dein Bruder sich befindet", sagte er ruhig zu Ed. Sie schauten in dem kleinen Büro in den Schränken nach, doch fanden nichts mehr, was sie irgendwie benötigen könnten. Beim Rausgehen tippte Michael Ed auf die Schulter und zeigte auf einen Kasten an der Tür. „Hier, ein Erste-Hilfe-Kasten. Den werden wir auf jeden Fall mitnehmen. Vielleicht benötigen wir hiervon noch etwas für Isabelle."

Steve ging langsam eine Treppe hinunter. Er hatte oben eine Kerze und Streichhölzer entdeckt, welche er jetzt aus seinem Rucksack nahm, da es nach unten hin immer dunkler wurde. Er ging einen Flur entlang, von dem mehrere Türen abgingen. Er schaute in den ersten Raum. Hier war nicht viel zu sehen. Es stand nur ein Schreibtisch in der Ecke und überall waren Aktenschränke, welche an den Wänden standen. In den nächsten Räumen sah es sehr ähnlich aus. Jetzt ging er zu dem letzten Raum dieses Ganges, welcher genau geradezu lag. Er öffnete wieder vorsichtig die Tür und ging langsam hinein. Es schien eine Art von Technik- und Heizungsraum zu sein. Es standen Boiler und Tanks im Raum und überall verliefen Rohre und Leitungen. Plötzlich hörte er etwas in dem Raum. Etwas war runtergefallen oder wurde umgestoßen. Auf einmal durchdrang den Raum und die Stille ein fürchterlicher Schrei. Steve erschrak und drehte sich zu allen Seiten, um zuzuordnen, aus welcher Richtung der Schrei gekommen war. Bei seinen hastigen Bewegungen achtete er gar nicht mehr darauf, dass er eine Kerze in den Händen hielt, die dabei sofort erlosch. Steve war jetzt blind. Er sah in dem Raum überhaupt nichts mehr. Er zog sofort die Streichhölzer aus der Tasche und versuchte, eines anzumachen, jedoch war er gerade so verängstigt und aufgeregt, dass es sofort zerbrach. Er versuchte, sich selber zu beruhigen, und atmete tief ein. Plötzlich hörte er Schritte, die auf ihn zukamen, und Atemgeräusche. Dies förderte nicht gerade, dass er sich eigentlich beruhigen wollte. Er nahm zitternd ein neues Streichholz aus der Packung und hielt es an die Packung. Er zog es an der Seite der Verpackung entlang und es entzündete sich. Zitternd hielt er es hoch und schaute sich um. Er konnte nichts erkennen. „Hallo, ist da jemand?", fragte er mit zögerlicher und leiser Stimme. Wie als Antwort ertönte ein erneuter Schrei und aus dem Dunkel kam eine verwahrloste Frau auf ihn zugestürmt, die ihn sofort am Hals packte und dabei unaufhaltsam einen furchtbaren Schrei von sich gab. Aus Reflex ließ er das Streichholz fallen, nahm all seine Kraft zusammen und stieß die Frau von sich weg. Die ließ von ihm ab und machte einen großen Satz nach hinten. Plötzlich gab es einen dumpfen Knall und der Schrei verstummte. Steve, der nach dem Kraftakt zu Boden gesunken war, holte ein neues Streichholz aus der Tasche, um sich anzusehen, wo die Fremde war. Er versuchte, es anzuzünden, jedoch zerbrach dies wieder und er warf es weg. Erst jetzt merkte er, dass es das letzte Streichholz aus der Packung gewesen war. Er saß jetzt in der Dunkelheit und hatte keine Ahnung, was ihn noch erwarten würde. Auf einmal hörte er wieder Geräusche. Ein Stöhnen und tiefes Atmen durchdrang die Dunkelheit des Raumes zu ihm. „Steve, wo bist?", hörte er plötzlich in etwas Entfernung rufen. „Ich bin hier! Bitte helft mir!", schrie er aus voller Kehle. Jetzt hörte er wieder ein Schreien der Frau und wie sie erneut auf ihn zukam. Er kroch auf dem Boden etwas zurück, als die Frau plötzlich direkt vor ihm war und sich auf ihn stürzte. Er konnte nichts erkennen, jedoch merkte er wieder, wie die Frau versuchte, die Hände um seinen Hals zu legen und ihn zu erwürgen. Er griff nach den Händen und versuchte, sie abzuwehren, jedoch hatte sie eindeutig die bessere Position und drückte ihn wieder runter. Er merkte, wie sein Gesicht feucht wurde und etwas auf ihn herabtropfte. Ruckartig wurde eine Tür im Raum aufgerissen und eine Taschenlampe leuchtete ihn und die Frau an, wie sie auf dem Boden kämpften. Steve drückte die Frau etwas hoch, als plötzlich ein lauter Knall das Spektakel unterbrach. Die Frau sackte auf Steve zusammen und er schob sie von sich runter. Er blickte rüber und sah Michael mit einem rauchenden Revolver in der Hand in der Tür stehen. „Was zum Teufel war hier denn los?", fragte Ed, der direkt hinter Michael stand und die Taschenlampe hielt. „Keine Ahnung, ich habe nach nützlichen Dingen gesucht, als mich plötzlich die Frau angegriffen hat. Michael leuchtete durch den Raum. In der Ecke lag eine Matratze auf dem Boden und überall lagen abgenagte Ratten, Katzen und Ähnliches verstreut. Als er mit der Taschenlampe über den Boden leuchtete, sah er eine große Blutspur, die zu der toten Frau führte. Sie hatte sich bei der Abwehr von Steve den Kopf an einem Rohr aufgeschlagen. Michael leuchtete jetzt direkt auf Steve. „Oh Gott, alles in Ordnung bei dir? Du blutest." Steve kontrollierte seinen Körper, weil er noch so unter Adrenalin stand, dass er nicht einmal gemerkt hätte, wenn ihm ein Messer in der Brust stecken würde. „Nein, bei mir ist alles in Ordnung. Das ist das Blut der Frau."

„Ich hoffe, da drinnen läuft alles gut. Es ist so ruhig, ich weiß nicht, ob das ein gutes Zeichen ist", sagte James zu Mary, während er vor sich auf den Boden starrte.

Plötzlich ertönte von drinnen ein ohrenbetäubender Schrei und alle erschraken. Die Gruppe schaute sich entsetzt an und betete für Isabelle.

Ethan hatte den Arm oberhalb des Ellenbogens an der Bettkante gebrochen. Nach einem entsetzlichen Schrei, welchen Isabelle daraufhin ausgestoßen hatte, wurde sie sofort bewusstlos. „Alles klar! Der erste Schritt wäre erledigt. Jetzt müssen wir anfangen zu schneiden." Charly stieg jetzt wieder von ihr runter, aber hielt sie weiterhin fest. David stand auf der anderen Seite von ihr und reichte Ethan zitternd ein Messer. „So, dann wollen wir mal. Ich werde gleich den ersten Schnitt machen. David, du musst mit dem Brenner schon einmal ein Messer erhitzen. Wir müssen die Wunde sofort kauterisieren, sonst wird sie zu viel Blut verlieren", erklärte er den anderen. Alle drei starrten auf den gebrochenen Arm von Isabelle, welcher in einem unnatürlichen Winkel abstand, während Ethan immer dichter mit der Klinge kam. Er setzte sie auf und machte einen kurzen Testschnitt, um zu kontrollieren, wie das Messer durch die Haut schneiden konnte. Es funktionierte äußerst gut. Ethan hatte zuvor das Messer geschärft, was bei den guten Fleischermessern zu einem hervorragenden Ergebnis führte. Jetzt fing er richtig an. Er machte einen tieferen Schnitt durch die obere Haut, welcher komplett um den Arm ging. Isabelle stöhnte und das Blut begann auf den Boden zu fließen. Nachdem er die Haut durchtrennt hatte, begann er sich durch den Muskel zu schneiden. Das Blut verdeckte ihm die Sicht und er ließ David das Blut wegwischen. Dies half aber nur begrenzt, da sie weiterhin viel Blut verlor. „Scheiße! Sie verliert zu viel Blut. Wir müssen uns beeilen und die Wunde abbrennen!", rief Ethan im Stress. Jetzt holte er David zu sich. „Du musst den Arm nach unten ziehen, damit die Knochen weiter auseinander sind!", schrie er zu David rüber. Er kam zu ihm geeilt und fragte ihn, was er zu tun hätte. Ethan zeigte ihm, wie er am Arm ziehen solle und David hing sich an den Arm. Isabelle schrie jetzt noch einmal auf und begann zu verkrampfen. Ethan nahm jetzt ein größeres Messer und setzte dieses an der offenen Wunde an. Er zog es mit viel Kraft durch die Wunde und Charly bekam immer größere Probleme, Isabelle auf dem Tisch festzuhalten. Er setzte erneut an und zog wieder durch die Wunde. David sank zu Boden und hatte den abgetrennten Arm in der Hand, welcher nur noch an einigen Fasern hing. „Gib mir das erhitzte Messer, David!", brüllte Ethan zu ihm runter. David holte das Messer, welches er zwischen zwei Stühle vor den Brenner geklemmt hatte." „Hier!", schrie er Ethan an, während er ihm das Messer reichte. Ethan nahm das abgekochte Wasser und schüttete

78

es über den Armstumpf, um zu sehen, wo die Arterien verliefen. Als sofort nach dem Abspülen wieder Blut austrat, griff er in die Wunde und drückte die Arterie ab. An das vordere Ende drückte er jetzt das Messer. Es qualmte und die Arterie verschloss sich. Da der ganze Armstumpf eine einzige Wunde war, schüttete er noch einmal Wasser darüber und brannte anschließend weitere Stellen aus, aus denen das meiste Blut strömte. Für die restlichen Wunden und zum Umnähen der Haut nahm er die Nadel und das Nähmaterial zur Hand. Er versuchte sein Bestes, die Wunde sauber zu vernähen und die Blutungen zu stillen. Als er das Schlimmste damit kauterisiert und vernäht hatte, schüttete er etwas Alkohol über die Wunde und begann den Stumpf zu verbinden. „Jetzt können wir nur hoffen, dass sich diese Wunde nicht noch zusätzlich infiziert. Ihre Abwehrkräfte sind durch die Infektion sehr geschwächt. Wir werden ihr noch etwas von der gesammelten Medizin geben und versuchen, damit zu verhindern, dass sich die Wunde erneut infiziert." Er holte die Tabletten und löste davon welche im Wasser auf und versuchte, der weggetretenen Isabelle etwas davon in den Mund zu gießen. „Sie hat sehr viel Blut verloren. Ich nehme an, dass keiner von euch weiß, welche Blutgruppe sie hat, oder?", fragte Ethan die anderen. Beide schüttelten den Kopf. „Hat einer von euch Blutgruppe 0? Der könnte jedem spenden." David und Charly, die noch völlig geschafft von der Operation waren, schüttelten wieder beide den Kopf. „Ich werde mal draußen nachfragen", sagte Ethan und ging zu den anderen, die etwas entfernt vom Laden standen.

„Wie ist es gelaufen? Wie geht's ihr?", fragte Mary sofort mit Tränen in den Augen. „Die Operation ist durchgeführt. Ich kann euch auch nicht genau sagen, ob sie es schaffen wird. Was ihr aber helfen würde, wäre eine Bluttransfusion. Sie hat während der OP sehr viel Blut verloren. Hat einer von euch die Blutgruppe 0?". Mary schüttelte enttäuscht den Kopf und senkte ihren Blick auf den Boden. „Ich habe Blutgruppe 0", merkte James an und hob die Hand. „Super! Leider haben wir daran nicht gedacht. Bitte durchsucht den Wagen und die Umgebung nach Spritzen und einem Schlauch, den wir damit verbinden können", sagte Ethan.

Ed, Steve und Michael schauten sich immer noch in der Bibliothek um, begaben sich aber schon langsam Richtung Ausgang. Steve versuchte sich immer noch, das Blut von der Kleidung zu wischen. „Mann, das war ganz schön heftig. Was war mit der Frau bloß los?", fragte er die anderen. „Ich nehme an, das macht die Einsamkeit. Wenn quasi keiner mehr um dich herum ist und du um dein Überleben kämpfen musst, dann macht das einen fertig", erwiderte Michael im Weitergehen. Sie verließen das Gebäude und machten sich auf den Weg zurück zu den anderen. Sie hatten nur ein paar Lebensmittel gefunden. Auf dem Weg trafen sie auf James. „Hallo, Jungs, habt ihr was gefunden?", fragte er die Gruppe. „Hielt sich in Grenzen. Wir haben nur ein paar Lebensmittel und etwas Wasser gefunden", antwortete Michael. „Großer Gott, was ist mit dir passiert?", erschrak er, als er die blutverschmierte Kleidung seines Sohnes sah. „Alles in Ordnung, Dad. Ich bin auf eine verwahrloste Frau getroffen, die mich angegriffen hat. Michael musste sie erschießen. Das hier ist ihr Blut." James ging zu ihm und nahm ihn in die Arme. Er flüsterte ihm etwas ins Ohr und drehte sich dann zu Michael. „Ich danke dir! Du bist ein richtiger Held." Jetzt schaute Ed James an und fragte ihn mit leiser Stimme: „Wie geht es Isabelle? Hat sie die Operation überstanden?" „Ethan konnte mir noch nichts Genaueres zu ihr sagen, aber sie hat eine Menge Blut verloren. Ich werde ihr Blut spenden. Deswegen bin ich auch gerade unterwegs. Wir suchen Spritzen und einen Schlauch, damit wir ihr helfen können."

Michael griff nach hinten in seinen Rucksack. „Hier, wir haben einen Erste-Hilfe-Kasten gefunden. Wir haben noch nicht reingeschaut, aber er ist noch eingeschweißt." „Super gemacht, Jungs."

James öffnete den Erste-Hilfe Kasten und fand auf Anhieb einige Spritzen und Verbandszeug. „Stark, jetzt brauchen wir noch einen Schlauch, damit ich Isabelle Blut spenden kann." James ging zum Fahrzeug und durchsuchte dieses nach einem Schlauch. Er fand hinten im Wagen einen dünnen Schlauch, welchen er noch reinigen musste. Er ging zurück zu Ethan und spülte den Schlauch mit kochendem Wasser aus. Jetzt verband er die Enden des Schlauches mit den Spritzen und stach sich die eine Seite in seine Armbeuge. Vorsichtig hob er mit Ethan Isabelle vom Tisch und legte sie auf den Boden. Er setzte sich jetzt auf den Tisch, sodass er über ihr war und das Blut besser fließen konnte. Ethan stach das andere Ende des Schlauches in die Armbeuge von Isabelle und das Blut floss direkt von James in ihren Arm. „So, jetzt müssen wir aufpassen, dass wir dir nicht zu viel Blut absaugen", sagte Ethan zu James.

Die Gruppe setzte sich draußen hin und jeder wartete darauf, ob es Isabelle wieder besser gehen würde. Nach einer Weile entfernten James und Ethan den Schlauch aus ihren Armen und James ging zu den anderen nach draußen.

Am nächsten Morgen ging Ethan direkt zu Isabelle, um zu sehen, ob es ihr besser gehen würde oder ob ihr Zustand unverändert war. Als er zu ihr kam, war sie wach und Ethan gab ihr etwas Wasser zum Trinken. Sie war immer noch sehr schwach und es wirkte nicht so, als würde sie wissen, was ihr passiert war. „Hallo, Isabelle. Hier trink einen Schluck. Du bist noch sehr schwach und musst dich ausruhen. Wie fühlst du dich?", fragte er sie. Mit zitternder Stimme antwortete sie: „Was ist passiert? Mein Arm tut so schrecklich weh." „Du hattest eine Infektion und wir mussten dich leider operieren." Erst jetzt schaute sie genauer hin und sah, dass er ihr abgetrennt worden war. „Oh Gott. Was habt ihr mir angetan? Ihr habt mir den Arm abgeschnitten!" Tränen liefen ihr die Wangen runter und sie wirkte jetzt noch verstörter. „Es tut mir leid, Isabelle. Es gab leider keine andere Möglichkeit. Du wärest gestorben, wenn wir dir nicht den Arm angenommen hätten." Mit den Tränen in den Augen schlief sie daraufhin wieder ein. Ethan ging raus, wo sich bereits die anderen gesammelt hatten. „Wie geht es ihr?", wollte Mary wissen, während Ethan alle voller Hoffnung anschauten. „Die Operation scheint gut verlaufen zu sein. Was Isabelle jetzt benötigt, ist Ruhe. Wir müssen hier einige Zeit verbringen, bis wir weiterfahren können. Die Reise würde sie jetzt noch nicht packen. Wir werden uns noch etwas in dem Ort umschauen und versuchen, noch einige Vorräte aufzutreiben."

Die Gruppe teilte sich auf und machte sich in der Stadt auf die Suche. Ethan und David suchten nach Benzin und der Rest schaute sich nach anderen Vorräten um. Am Abend traf sich die Gruppe wieder und legte die gefundenen Gegenstände und Konserven zur Begutachtung auf einen Haufen. Sie hatten zwei Kanister Benzin, Wasser und Lebensmittel gefunden. Zusätzlich hatten sie noch etwas Medizin gefunden, welche sie Isabelle zur Behandlung geben konnten. Die Gruppe bereitete sich die Konserven zu und aß etwas zusammen. Mary versuchte, Isabelle etwas zu essen einzuflößen, was jedoch nur bedingt funktionierte.

Am nächsten Morgen trafen sich alle wieder bei Isabelle. Die Medikamente schienen zu wirken, da es ihr mittlerweile erheblich besser zu gehen schien. Sie war zwar noch sehr schwach und hatte starke Schmerzen, jedoch war sie nun wieder ansprechbar. „Wie geht es dir, Isabelle?", fragte Mary sie, während sie ihr über die Haare strich. „Hallo, Mary. Es geht schon wieder einigermaßen. Habt ihr noch Schmerztabletten oder Alkohol?", antwortete Isabelle mit zitternder Stimme. Mary schaute zu Ethan rüber, der bereits in dem Beutel mit den Tabletten wühlte. „Hier, Mary", sagte er, als er ihr zwei Tabletten rüberreichte. „Die werden dir helfen, und jetzt ruh dich bitte noch etwas aus." Alle verließen den Raum und trafen sich vor dem Gebäude. „Das sieht ja schon wieder um einiges besser aus", sagte Steve zu der Gruppe. „Was meinst du, wann können wir weiterfahren?", fragte James anschließend. „Ich würde sagen, dass wir noch zwei Tage warten sollten. Wenn wir dann vorsichtig weiterfahren, dann sollte der Transport kein Problem darstellen", erwiderte Ethan.

KAPITEL 8: DER NÄCHSTE SCHRITT IN RICHTUNG NEUES LEBEN

Nach zwei weiteren Tagen in der kleinen Stadt und einer sichtlichen Verbesserung der Gesundheit von Isabelle fuhr die Gruppe weiter in Richtung Hillsborow. Auf der Fahrt redeten die Menschen über die vergangene Zeit, seit sie aus dem Bunker gekommen waren, und wie es möglicherweise weitergehen könnte. Mary kümmerte sich um Isabelle, die mittlerweile zwar immer noch unter starken Schmerzen litt, aber wieder mit der Gruppe reden konnte. Mit den Medikamenten, welche die Gruppe in dem kleinen Ort gefunden hatte, versorgte sie sich mittlerweile auch selber, da sie ja die Einzige war, welche Ahnung von der Wirkung hatte. „Ich möchte euch für eure Hilfe danken. Auch wenn ich es erst nicht so gesehen habe, habt ihr mir das Leben gerettet. Ich danke euch von ganzem Herzen", offenbarte Isabelle den anderen mit Tränen in den Augen. Alle nickten ihr zu und es herrschte auf einmal eine zurückhaltende Stille in dem Fahrzeug. Nach mehreren Stunden auf der Straße erschütterte plötzlich ein lauter Knall die Stille. Aus dem Motor strömte dichter Rauch und James begann sofort zu fluchen. „Scheiße! Bleibt sitzen. Ich werde mir das mal anschauen", sagte James den anderen, während er ausstieg. Er ging nach vorne an den Motor und öffnete die Haube. Er wartete, bis der Rauch verzogen war, und begutachtete den Motor. „Und? Wie sieht's aus?", rief Charly ihm aus der Luke zu. „Wir haben ein Problem. In diesem Zustand können wir damit nicht weiterfahren. Die Zylinder haben sich festgefressen. Das bekomme ich nicht wieder repariert. Tut mir leid, aber wir müssen wohl zu Fuß weitergehen." David schaute Ethan fragend an und blickte zu Isabelle rüber. Ethan schüttelte nur mit dem Kopf. Er schaute die Straße runter. „Seht ihr das da hinten? Das könnte eine kleine Stadt sein. Vielleicht sollten wir uns aufteilen und eine Gruppe schaut nach, ob wir da hinten einen neuen Wagen finden?" Daraufhin erwiderte James aber sofort: „Nein, wir machen ab sofort alles zusammen. Als wir uns das letzte Mal aufgeteilt haben, hat das auch fürchterlich geendet. Wir werden Isabelle eine Trage bauen und sie mitnehmen. Vier Leute werden sie tragen und der Rest nimmt die Vorräte und das restliche nützliche Material. Charly und David, schaut ihr mal bitte nach, ob ihr von den vertrockneten Bäumen da vorne zwei starke Äste abschneiden könnt, damit wir ein Gerüst für die Trage machen können. Ich schneide etwas aus der Einrichtung im Wagen zusammen." Charly und David nickten und machten sich auf den Weg zu den ca. 300 Meter entfernten Bäumen und schnitten dort nach kurzer Suche zwei passende Äste für die Trage ab. In der Zwischenzeit hatte James aus dem Inneren des Wagens zwei Jacken geholt. „Wolltest du nicht irgendeine Plane oder Stoff vom Wagen holen, damit wir daraus eine Liegefläche bauen können?", fragte Steve ihn. „Aus dem Material vom Truck konnte ich leider nichts gebrauchen, aber wenn wir die beiden Jacken benutzen, sollte das eigentlich auch funktionieren." James band die Jacken an ihren jeweiligen Ärmeln zusammen und streifte diese dann über die beiden Äste, die Charly ihm gerade vor die Füße gelegt hatte. „Das sollte eigentlich halten", sagte er, während er an dem Gestell herumzerrte, um die Belastbarkeit zu prüfen. Vorsichtig holten sie Isabelle aus dem Wagen und legten sie auf die Jacken zwischen den beiden Streben. Die anderen holten jetzt die restlichen Sachen aus dem Wagen, welche sie noch benötigten. Ethan kletterte anschließend noch auf das Fahrzeug. „Was machst du da?", wollte Michael von ihm wissen. „Ich baue noch das Maschinengewehr von der Lafette ab. Vielleicht schleppe ich ja nur unnötig Ballast mit mir rum, aber ich bin lieber auf alles vorbereitet", erwiderte Ethan und zog das MG von der Luke ab. David, Charly, Ed und Steve gingen jetzt jeweils an eine Ecke des Gestells und hoben dies gleichzeitig an. So machte sich die Gruppe auf den Weg ins Ungewisse.

Nach einiger Zeit und mehreren Pausen kamen sie dem kleinen Ort näher. Langsam begann die Sonne unterzugehen und als die Gruppe endlich in der Stadt eintraf, war es schon fast komplett dunkel. „Da wir uns in der Dunkelheit nicht weiter umsehen können, werden wir in dem erstbesten Gebäude, was wir sehen, für die Nacht einen Unterschlupf suchen", erklärte David den anderen. „Das große Gebäude da vorne auf der rechten Seite sieht noch sehr intakt aus." Die Gruppe ging zu dem großen Haus und betrat dieses durch die beiden Doppeltüren, die sich am Eingang befanden. Nachdem sie durch eine Vorhalle gegangen waren, erkannten sie, in was für einem Haus sie sich befanden. Es war ein altes Kino und sie standen jetzt im Vorführraum. Der Raum war noch ziemlich gut erhalten und Michael leuchtete der Gruppe mit seiner Taschenlampe den Weg. Einige der Sitze waren aus ihrer Verankerung gerissen worden. Aus diesen bauten sie ein provisorisches Bett für Isabell. Der Rest setzte sich neben sie auf die Stühle und lehnte sich zurück. Nach kurzer Zeit schliefen alle ein, da der Fußmarsch doch mehr an ihren Kräften gezehrt hatte, als sie geglaubt hatten.

KAPITEL 9:
DIE VERDAMMTEN ÜBERLEBENDEN

Am nächsten Morgen wachte die Gruppe etwas später auf, als es sonst der Fall war. Sie hatten sich mal richtig ausruhen können und wurden nicht sofort durch die Sonne geweckt, da diese nur durch die Tür schien, durch welche sie gekommen waren, und der restliche Raum sehr dunkel war. Die Gruppe packte ihre Sachen zusammen und ging langsam zum Ausgang. „Wie sieht jetzt der weitere Plan aus?", fragte Mary in die Gruppe. „Wir benötigen auf jeden Fall einen neuen fahrbaren Untersatz", erwiderte Charly. Die Gruppe verließ das Kino, während sie von der strahlenden Sonne geblendet wurde. Als ihre Augen sich an die Sonne gewöhnt hatten, sahen sie plötzlich etwas in einem Gebäude ein Stück die Straße hinunter. Es war ein altes Holzhaus, das etwas in die Jahre gekommen war. „Habt ihr das gesehen?", rief Michael. „Da ist gerade jemand über die Veranda in das Haus gelaufen. Die Gruppe griff nach ihren Waffen und legte Isabelle hinter einer Hauswand ab, um sie vor einem möglichen Angriff zu schützen. „Hallo, ist da irgendwer?", brüllte Mary in die Richtung des Hauses. „Wir wollen euch nichts tun. Wir wollen nach Hillsborow." Mary ging immer weiter auf das Haus zu. „Mary, geh nicht so dicht heran!", rief ihr Ethan zu. Plötzlich flog etwas aus dem ersten Stock des Hauses direkt auf Mary zu. „Geh in Deckung!", schrie Charly sie an, während sich alle auf den Boden warfen. Mary blieb stehen und drehte sich zur Gruppe um. Mit glasigen Augen schaute sie auf David runter, als plötzlich eine ohrenbetäubende Explosion neben ihr hochging. Es befanden sich alle nicht sehr weit von Mary entfernt, aber sie stand wirklich genau neben der Granate, als diese explodierte. Durch den Wurf auf den Boden konnten die anderen das Schlimmste abwenden, aber wo Mary gerade eben noch stand, war jetzt nur noch eine rauchende Freifläche. „Sind alle in Ordnung?", rief James. Die meisten meldeten sich umgehend zurück und bestätigten, dass es ihnen gut gehe. „Ich habe eine Verletzung am

Kopf", schrie Ed aufgeregt zurück. James kroch sofort auf dem Boden zu seinem Sohn, um ihm zu helfen. „Was ist mit Mary?", zischte Ethan dazwischen. Es kam keine Rückmeldung. „Ich glaube, sie hat es erwischt", erwiderte Charly. „Ich werde nachschauen, wie es ihr geht. Gib mir Deckung, Ethan!" Charly kroch auf dem Boden zu der Stelle, an der Mary gerade eben noch gestanden hatte, während Ethan auf einem Autowrack mit dem Maschinengewehr in Stellung ging. David robbte zu einer Hauswand und ging dort in Stellung. „Der Rest bleibt unten!", rief David. Charly hörte ein Hecheln. Mary lag jetzt unmittelbar vor ihm auf dem Boden. Er schaute sie völlig entsetzt an. Ihre beiden Beine waren abgerissen. Das linke unterhalb der Hüfte und das andere am Knie. Ihr Körper war durch die Splitter der Granate völlig durchlöchert und sie blutete aus unzähligen Wunden. Er robbte noch dichter und nahm sie in den Arm, um sie zu beruhigen. Ihr linkes Auge war nur noch eine breiige Masse und Mary starrte Charly aus dem rechten Auge an, während ihre Atmung immer flacher wurde. Charly wusste, dass hier nichts mehr zu machen war. Er konnte jetzt nur noch mit seiner Anwesenheit dafür sorgen, dass sie nicht alleine sterben musste. Sie schaute ihm nur tief in die Augen und sagte kein Wort mehr, bis das Leben komplett aus ihrem Körper wich. Charly schaute sie noch weiter an, während Tränen seine Wangen runterrannen. „Sie ist tot! Die Schweine haben Mary umgebracht!", schrie Charly aus voller Kehle. Plötzlich schlug ein Schuss neben Charlys Kopf ein und er machte einen großen Satz nach hinten und robbte auf dem Boden zu einer Mauer, um in Deckung zu gehen. Ethan lud das Maschinengewehr fertig und eröffnete das Feuer auf das alte Holzhaus. Die Fenster gingen umgehend zu Bruch und die Wände wurden komplett durchlöchert. Ethan stoppte den Beschuss, um nicht den ganzen Gurt zu verschießen. Nach diesem Feuersturm herrschte jetzt absolute Ruhe. Diese währte jedoch nicht lange, da plötzlich Schreie aus dem Gebäude zu hören waren. „Kommt mit erhobenen Händen raus!", schrie David in Richtung des Hauses. Niemand kam raus und man hörte nur weiterhin die Schreie. „David! Charly! Ihr kommt mit. Wir werden das Haus stürmen!", erklärte Ethan den anderen. „David, du und Charly versucht hinten einen Weg in das Gebäude zu finden. Ich gehe durch den Haupteingang." Alle nickten sich zu und machten sich auf den Weg. David und Charly schlichen an der Hauswand auf die Rückseite des Hauses zu. Ethan legte das Maschinengewehr weg und lief mit seiner Pistole im Anschlag auf der anderen Seite der Straße los und rannte dann direkt in Richtung Tür. Neben der Eingangstür lehnte er sich gegen die Wand und wartete einen Augenblick, um sicherzugehen, dass die anderen auf der Rückseite angekommen waren. In einem Zug trat er die Tür ein und stürmte in das Haus. Als David und Charly dies hörten, traten diese die Hintertür ein und stiegen auch in das Haus ein. Ethan sondierte das Wohnzimmer. Überall waren Einschusslöcher, durch welche die Sonne in den Raum einfiel. Auf dem Boden links und rechts der Eingangstür lagen zwei Tote unter den Fenstern auf dem Boden. Sie waren von mehreren großkalibrigen Patronen aus dem Maschinengewehr von ihm getroffen worden. Er ging weiter in den nächsten Raum. Plötzlich bekam er einen Schlag ab und fiel auf den Boden. Über ihm stand ein Mann, der einen Revolver auf ihn richtete. „Was habt ihr Wichser getan? Ihr habt sie alle umgebracht. Warum könnt ihr uns nicht einfach in Frieden lassen?!", brüllte er Ethan an, der seine eine Hand an seinen blutigen Kopf hielt und die andere in die Luft streckte. „Wir? Ihr habt doch sofort das Feuer auf uns eröffnet und unsere Freundin umgebracht. Wir waren nur auf der Durchreise nach Hillsborow", erwiderte Ethan ganz ruhig. „Was? Was zum Teufel wollt ihr denn da? Euch hat bestimmt der General geschickt, um uns fertigzumachen, weil wir nicht mehr für seinen Schutz bezahlen konnten." Jetzt blickte ihn Ethan verdutzt an: „Dem scheiß General sind wir erst vor Kurzem entkommen und haben dabei einige seiner Leute umgebracht. Wir wussten nicht mal, dass in dieser Stadt jemand wohnt." Langsam senkte der Fremde die Waffe und schaute Ethan an. „Das konnten wir doch nicht ahnen. So häufig kommen hier keine anderen Leute vorbei, außer die Männer vom General. Aber was zum Teufel wollt ihr in Hillsborow? Der Ort ist …",

konnte er noch rausbringen, bevor eine Kugel in seinen Hinterkopf einschlug und seinen Körper durch das linke Auge wieder
verließ. Stücke von Knochen und Hirnmasse spritzten Ethan ins
Gesicht. Der Fremde sackte zusammen und Blut floss über den
Boden. Ethan schaute hoch und sah David mit der noch rauchenden Waffe in der Hand im Türrahmen stehen. „Alles in Ordnung bei dir, Ethan?", fragte Charly, der genau hinter David
stand. „Ja, mir geht es gut. Es handelte sich hier nur um ein Miss-
verständnis. Sie dachten, wir wären die Leute vom General, die
hier sind, um sie anzugreifen oder Schutzgeld zu erpressen. Er
wollte mir gerade irgendetwas über Hillsborow erzählen, als leider sein Kopf weggeflogen ist. Lasst uns das Haus durchsuchen
und schauen, wo der Schreihals ist, den wir von draußen gehört
haben. Leider ist es ziemlich ruhig geworden. Ich hoffe, der ist
nicht auch schon hin. Ich würde gerne noch etwas über Hillsborow erfahren, bevor wir dort hinfahren", antwortete er. David half Ethan hoch und dieser wickelte sich kurz ein Stück Stoff
um seinen Kopf, um die Blutung von dem Schlag etwas zu un-
terdrücken. Die Gruppe ging in das nächste Zimmer und in die
Küche. „Hier unten scheint so weit alles klar zu sein. Lasst uns
oben nachschauen." Die Gruppe machte sich auf den Weg nach
oben und schaute sich um. Hier befanden sich drei Türen, die
vom Flur abgingen. David zeigte auf die erste und Charly trat
die Tür ein. Es war ein leeres Badezimmer. „Zum nächsten!",
sagte Ethan. David trat die Tür vom nächsten Raum ein. Hier
standen einige Betten, aber ansonsten war der Raum sauber. „So,
die letzte Tür. Haltet eure Waffen bereit", flüsterte Charly den
anderen zu und trat anschließend die Tür ein. David stürmte auf
die linke Seite des Raumes und Ethan auf die rechte, während
sie sämtliche Bereiche mit der Waffe in der Hand absuchten. Vor
dem Fenster lag eine junge Frau, die sich den Hals hielt. Ethan
trat dichter und schoss mit dem Fuß die Waffe in die Ecke, die
neben der Frau gelegen hatte. Ethan bückte sich zu der Frau hinunter, die ihn mit großen Augen anstarrte. Sie hechelte und
unter ihr hatte sich bereits eine erhebliche Menge Blut angesam-
melt. Ethan nahm ihre Hand vom Hals und erblickte eine klaf-

fende offene Wunde, aus der unaufhaltsam Blut strömte. „Ihre Halsschlagader ist zerfetzt. Wir können versuchen, irgendwie die Blutung zu stillen, aber das sieht nicht gut aus. Sie verliert einfach zu viel Blut." Er riss etwas Stoff von ihrer Kleidung ab und drückte diesen auf ihre Wunde. „Wart ihr in Hillsborow? Was ist dort?", fragte er sie. „Hey, kannst du mich hören? Was ist in Hillsborow?" Sie hechelte nur weiter und schnappte nach Luft. „Sie kann dir nicht antworten. Sie stirbt gerade", merkte Charly an. Ethan schüttelte die junge Frau: „Was habt ihr in Hillsborow gefunden? Antworte mir!", schrie er die junge Frau noch einmal an. Sie richtete sich etwas auf und antwortete flüsternd: „Das Böse …" Sie sackte in sich zusammen. „Was soll das heißen? Was habt ihr dort angetroffen? Hey! Hey!", brüllte er sie an. Er fühlte nach ihrem Puls, aber konnte keinen mehr finden. „Scheiße, sie ist tot!", sagte er zu den anderen, als er wieder aufgestanden war. „Was hat sie dir zugeflüstert?", fragte ihn David. Ethan überlegte kurz und sagte dann: „Gar nichts. Jedenfalls nichts Verständliches. Jetzt lasst uns die Bude nach allem Brauchbaren auf den Kopf stellen. Sämtliche Waffen und Lebensmittel einsammeln. Und haltet Ausschau, ob ihr irgendwelche Karten oder Ähnliches findet, das uns helfen könnte." David und Charly schauten ihn leicht ungläubig an, machten sich dann aber auf den Weg, um das Haus zu durchsuchen. Als sie die Treppe nach unten gingen, fragte Charly: „Irgendetwas ist hier gerade passiert. Er war unten schon so komisch und plötzlich schüttelt er die Alte und will Informationen über Hillsborow. Ihr Leben war ihm völlig egal und ich könnte schwören, dass sie ihm irgendetwas zugeflüstert hat." „Du hast recht. Irgendetwas geht hier ab. Ich hoffe bloß, dass Ethan weiß, was er tut, und uns nicht wissentlich in das Verderben schicken wird", erwiderte David. Beide machten sich auf die Suche nach nützlichen Gegenständen.

James drückte ein Stück Stoff auf den Kopf von seinem Sohn. „Sieht nicht so schlimm aus. Ich glaube, wenn wir einen Verband anlegen, dann muss die Wunde nicht einmal genäht werden. Ich muss dir nur etwas Alkohol auf die Wunde schütten, um diese zu desinfizieren." Er nahm etwas Alkohol aus seinem Rucksack und schüttete einen Schluck in die offene Wunde. Ed gab einen kurzen Schmerzensschrei von sich. Anschließend verband James seinen Kopf.

„Ich hoffe, da drin ist alles In Ordnung. Seitdem sie im Gebäude sind, habe ich nur einen einzigen Schuss gehört und später noch etwas Krach in dem oberen Stockwerk", sagte Michael. „Vielleicht sollte ich mal nachsehen gehen." „Nein, Michael. Bleib hier. Wir sollten aufhören, uns immer aufzuteilen. Die wissen schon, was sie machen. Wir sollten uns alle erst mal wieder sammeln und auf die anderen warten." James trommelte die restliche Gruppe zusammen und alle zogen sich unter eine Hauswand, um weiterhin in Deckung zu bleiben. Nach einiger Zeit kamen David, Charly und Ethan wieder aus dem Gebäude marschiert. In ihren Händen hatten sie Reisetaschen mit dem erbeuteten Material. Darunter waren Waffen, Konserven, Wasser und medizinisches Material. James pfiff sie zu ihrer Position und die Gruppe traf sich. „Seid ihr alle in Ordnung?", fragte David die anderen. „Wie geht es deinem Kopf, Ed?" „Alles in Ordnung, war nicht so schlimm", antwortete er mit ruhiger Stimme. „Ich würde sagen, dass wir uns erst mal auf die Suche nach einem neuen Auto machen und uns dann etwas zu essen zubereiten. Die Taschen verstecken wir hier irgendwo und holen sie später ab. Ihr könnt alles hierlassen, was ihr nicht unbedingt für die Suche benötigt", erklärte Ethan den anderen. „Was ist da drin passiert?", fragte Michael die drei anderen. „Wir haben die Schweine fertiggemacht, die Mary auf dem Gewissen haben!", sagte Ethan trocken und Charly und David nickten zögerlich. Sie wollten die anderen nicht verunsichern und waren sich selber nicht sicher, ob überhaupt noch etwas anderes vorgefallen war.

Die Gruppe folgte den Anweisungen, stellte ihre Sachen an einem sicheren Platz ab und machte sich als ganze Gruppe auf die Suche nach einem neuen Auto. Nur Ethan und Charly trennten sich von der Gruppe, da sie noch Mary begraben wollten. Sie holten aus einem verlassenen Gebäude einen alten Teppich und wickelten die sterblichen Überreste von Mary in diesem ein. Ihre zerfetzten Beine legten sie dazu. Anschließend trugen sie den Körper ein Stück aus dem Ort hinaus und begruben diesen. Dieses Mal legten sie nur aus zwei Brettern ein Kreuz auf das frische Grab und gedachten ihrer im Stillen. Als sie dies abgeschlossen hatten, gingen sie zurück in die Stadt und suchten nach den anderen, um sich ihnen wieder anzuschließen.

Nach mehreren Stunden der Suche fanden sie etwas Brauchbares in einer alten Scheune. Unter einer riesigen Plane verbarg sich ein altes Wohnmobil. James machte sich sofort an die Arbeit, um das Fahrzeug wieder in Gang zu bekommen. Ein Teil der Gruppe holte die abgelegten Sachen aus der Stadt und begab sich wieder zur Gruppe. Nachdem James die Reparaturen abgeschlossen hatte und der Wagen wieder ansprang, machte sich die Gruppe bereit für den Abend. Sie kochten sich eine Mahlzeit aus den Konserven, welche sie bei der Gruppe in der Stadt an sich genommen hatten. Es herrschte eine sehr ruhige und gedrückte Stimmung, da in Gedanken noch jeder bei der verstorbenen Mary war.

Danach legten sich alle schlafen. Einige schliefen im Wohnmobil und die anderen lagen einfach in der Scheune auf dem Boden.

KAPITEL 10:
HILLSBOROW – DER LETZTE VERSUCH

Es waren schon einige Stunden vergangen, die sie auf der Straße nach Hillsborow in ihrem Wohnmobil verbracht hatten. Sie
waren gleich morgens aufgebrochen und hatten sich auf den
Weg gemacht.

„Es sollte jetzt nicht mehr weit sein. Ich würde auf 30 Minuten
Fahrt tippen. Wie wird unsere Vorgehensweise?", fragte Charly, der am Steuer saß, nach hinten. Bei unseren letzten Treffen
auf Überlebende hatten wir ja nicht unbedingt Glück gehabt.".
„Ich würde sagen, dass wir es an sich wie bei dem letzten Lager
machen sollten. Wir sondieren erst einmal das Lager und wenn
wir denken, dass es ungefährlich ist, dann gehen zwei Leute von
uns zum Reden zum Chef der Gruppe. Vielleicht ist der Ort ja
mittlerweile auch schon ausgestorben", erwiderte Ethan. Danach
herrschte Stille und die Fahrt ging unbeirrt weiter. Jeder war etwas nervös und wusste nicht, was auf ihn zukommen würde.

Nach 25 Minuten kam die Gruppe ein Stück außerhalb von
Hillsborow an. Auf den verrosteten Schildern war die Stadt in
einer Entfernung von 2 km ausgeschildert. Charly fuhr den Wagen an die Seite und drehte sich nach hinten zu den anderen.
„Wir sind jetzt, glaube ich, dicht genug rangefahren. Wer wartet hier und wer zieht los?", fragte Charly die anderen. „Ich bin
auf jeden Fall dabei", erwiderte Ethan sofort. „Ich würde auch
mitkommen. Charly, könntest du bei den anderen bleiben und
den Wagen etwas besser verstecken?", merkte David an. „Kein
Problem, aber soll ich nicht besser mitkommen? Was ist, wenn
ihr Hilfe benötigt?", fragte Charly und schaute David und Ethan
an. „Danke, Charly, aber falls etwas passieren sollte, dann möchte ich wissen, dass du hier bist und auf unsere Leute aufpassen
kannst und im Zweifelsfall weiterfährst." Ethan verkündete anschließend: „Dann wäre das ja geklärt. Wir werden uns gleich
auf den Weg machen. Wir werden uns beeilen, aber falls wir bis
morgen Früh nicht zurück sein sollten, dann will ich, dass ihr

weiterfahrt. Wenn alles gut geht, dann sind wir in ein paar Stunden wieder da. Hoffen wir mal, dass es die Siedlung noch gibt und die Leute vernünftig sind." Ethan und David schauten sich an und stiegen aus. Die Gruppe wünschte ihnen alles Gute und sie machten sich auf den Weg.

Nach einiger Zeit hatten sie sich der Siedlung auf eine gute Entfernung genähert, um diese zu observieren. Sie mussten noch ein Stück in die Stadt gehen, da sich die Überlebenden in der Stadtmitte versammelt hatten. Sie kletterten auf ein mehrstöckiges Wohngebäude und legten sich an den Rand des Flachdaches. Von hier konnten sie genau in die Siedlung schauen und sich einen Überblick verschaffen. David holte das Zielfernrohr aus seinem Rucksack und schaute in die Stadt. Es handelte sich um einen ziemlich großen Bereich in der Stadtmitte, der von einer hohen Mauer umgeben war. Es sah so aus, als hätten die Einwohner mit einem simplen Zaun begonnen und die Verteidigung immer weiter ausgebaut. Mittlerweile gab es richtig befestigte Mauern mit Stacheldraht darauf. An der Hauptstraße gab es ein großes Tor, welches von zwei Posten bewacht wurde, die in zwei Türmen auf den Seiten Stellung bezogen hatten. Das Innere der Siedlung sah aus, als hätte es den Krieg nie gegeben. Auf den Straßen fuhren Kinder mit ihren Fahrrädern und die Menschen waren am Arbeiten. In der Stadtmitte standen mehrere Lastwagen, von denen die Menschen gerade Vorräte abluden. „Sieht alles ziemlich ruhig aus", sagte David zu Ethan und übergab das Fernrohr an ihn. Ethan überzeugte sich selbst noch einmal von der Situation und bestätigte seine Aussage. „Wie wollen wir die Sache angehen?", fragte David. „Ich würde sagen, dass wir gar nicht versuchen, uns irgendwie anzuschleichen. Wir gehen die Hauptstraße mit erhobenen Händen runter und bitten um Einlass", erwiderte Ethan auf seine Frage. „Wenn du meinst. Wenn sie friedlich sind, dann ist es so auf jeden Fall besser, als wenn wir versuchen würden, uns irgendwie einzuschleichen. Wenn sie jedoch ein Haufen Schweineficker sind, dann werden sie uns direkt auf der Straße abknallen. 50/50 Chance. Lass es uns versuchen."

Beide stiegen vom Hausdach runter und begaben sich in Richtung der Hauptstraße. Als sie auf dieser angekommen waren, hoben sie die Hände in die Luft und gingen langsam auf das Tor zu. Plötzlich ertönte ein Schuss und die beiden blieben auf einen Schlag stehen und schauten nach oben zu den Wachposten. Einer der Wachen zielte auf sie und der andere, welcher den Schuss abgegeben hatte, hatte sein Gewehr in die Luft gerichtet. Es handelte sich anscheinend nur um einen Warnschuss. „Wer seid ihr?!", rief einer der Wachen nach unten. „Wir sind Überlebende und bitten um Zuflucht", erwiderte David, während Ethan die beiden beobachtete. „Legt eure Waffen ab! Wir schicken jemanden nach draußen, der euch zum Bürgermeister begleiten wird." Ethan und David schauten sich an. „Haben wir denn eine andere Wahl?", flüsterte Ethan. Beide legten ihre Waffen ab und nahmen die Hände wieder über den Kopf. Das große schwere Tor öffnete sich und eine Gruppe von drei bewaffneten Männern kam auf sie zu. Der Vorderste nahm sein Gewehr runter und sammelte die Waffen von Ethan und David ein. „Willkommen in Hillsborow. Mein Name ist Peter. Mein Kamerad muss Sie leider noch einmal durchsuchen, bevor wir Sie in unsere Stadt lassen können. Ist das in Ordnung für Sie?", sagte einer der Männer. Ethan und David nickten und der Mann, welcher gerade eben die Waffen von ihnen eingesammelt hatte, begann sie abzutasten. „Die sind sauber", sagte er. „Alles klar. Dann folgen Sie mir bitte. Der Bürgermeister wurde benachrichtigt und erwartet Sie im Rathaus", erklärte ihnen Peter und ging mit der Gruppe zurück in die Stadt. Hinter ihnen wurden die Tore wieder geschlossen. „Das ist unsere kleine Gemeinde Hillsborow. Mittlerweile leben hier 63 Menschen, darunter sieben Kinder, welche erst hier geboren wurden. Die Männer und Frauen haben alle eine Aufgabe und die Kinder gehen zur Schule. Wir haben fließendes Wasser und Elektrizität, welche wir aus Solarzellen und Windenergie gewinnen. Im hinteren Bereich der Stadt haben wir unsere Landwirtschaft angesiedelt. Wir haben Tiere, Felder und ein Gewächshaus, in dem wir unterschiedlichstes Obst und Gemüse anbauen. Außerdem haben wir eine Krankenstation mit einem Arzt und eine Bar. Zusätzlich haben wir Teams, die durch die Städte ziehen und nach Vorräten und Brauchbarem suchen. Und, wo kommt ihr her?" „Wir waren in einem Bunker einige hundert Kilometer östlich von hier. Dort haben wir die 15 Jahre überlebt, bis uns langsam die Nahrung ausging. Dann haben wir uns auf den Weg gemacht, um andere Überlebende zu finden", antwortete David ihm. „Das ist doch schön. Überleben ist das Wichtigste. Der Rest ist nur noch zu einer Nebensache geworden. So, wir sind da. In diesem Gebäude ist das Büro des Bürgermeisters. Ich bringe euch noch hoch", erklärte ihnen Peter, während er mit der Hand in Richtung einer schön verzierten Tür zeigte. David, Ethan und Peter traten ein. Das Gebäude war von innen sehr schön gestaltet. Man kam in eine Vorhalle mit zwei großen Treppen auf den Seiten, welche oben zusammenführten. Alles war penibel gereinigt und der Marmorboden glänzte. Als sie die Treppe hochgegangen waren, kamen sie in einen weiteren Flur. Am Ende des Ganges war die Tür, auf der Bürgermeister stand. Peter klopfte und von innen hörte man: „Herein!" Peter öffnete die Tür und die Gruppe trat ein. Der Bürgermeister sprang auf und ging auf die Männer zu. Es war ein Mann um die 40 Jahre, der längeres Haar und einen 3-Tage-Bart trug. Seine Kleidung war eher lässig und nicht so, wie Ethan und David es erwartet hätten, als sie das Gebäude betreten hatten. „Das sind Ethan und David, George. Wir haben sie vor unserem Tor aufgegabelt. Sie waren die 15 Jahre nach dem Krieg in einer Bunkeranlage östlich von hier, bis ihnen die Nahrung ausging", sagte Peter ihm als Vorstellung. „Hi, Freunde, freut mich, euch kennenzulernen. Mein Name ist George. Ich bin hier der Bürgermeister, aber das auch nur, weil ich damals angefangen habe, die Stadt aufzubauen und von den anderen Gründern leider keiner mehr am Leben ist. Jeder in unserer Stadt hat aber eine wichtige Aufgabe, die er zu erfüllen hat. Jeder muss sich einbringen, damit unser System hier funktioniert. Und ihr beide, wollt ihr ein Teil unserer kleinen Gemeinde werden? Dann erzählt mir mal bitte etwas von euch. Was habt ihr vor dem Krieg gemacht?", sprach George zu den beiden und schaute sie anschließend mit fragenden Augen an. David ergriff als Erster das Wort: „Hallo, George, mein Name ist David. Ich war vor dem Krieg Soldat und war vor dem Bunker eingesetzt, als die Bomben fielen. Ich war sozusagen zur falschen Zeit am richtigen Ort. Anschließend waren wir die 15 Jahre mit am Ende 76 Leuten in dem Bunker. Langsam begannen uns jedoch die Vorräte auszugehen, und da ich nicht warten wollte, bis es so weit ist, entschieden wir uns, loszuziehen und unser Glück draußen zu versuchen." „Das ist ja sehr interessant. Und was ist mit dir, Ethan?", fragte George. „Ich bin Ethan und war vor dem Krieg für den Geheimdienst tätig." George und David schauten ihn verblüfft an. „Das erklärt einiges", sagte David. „Und die anderen aus eurer Gruppe sind im Bunker geblieben und warten darauf, dass ihr sie nachholt, wenn ihr etwas gefunden habt?" David und Ethan schauten sich fragend an und nickten sich dann gegenseitig zu. „Nicht alle sind dageblieben. Etwas außerhalb des Ortes warten noch einige Freunde von uns", erklärte David. „Ah, ihr wolltet erst mal schauen, ob die Luft rein ist. Das ist clever von euch gewesen und zusätzlich noch mutig, dass ihr eure Sicherheit riskiert, um den anderen ein neues Leben zu ermöglichen. Das respektiere ich. Leute wie euch könnten wir hier wirklich gut gebrauchen. Ich würde sagen, dass wir kurz etwas essen und uns noch etwas besser kennenlernen. Danach könnt ihr entscheiden, ob ihr euch uns anschließend wollt und eure Freunde holt, oder ob ihr weiterzieht und euer Glück woanders versucht. Folgt mir!", sprach der Bürgermeister. Sie gingen ein paar Gebäude weiter. „Hier haben wir unser Gemeinschaftshaus. Jeder hat natürlich sein eigenes Gebäude, solange das noch vom Platz her möglich ist, aber abends treffen sich die Leute gerne hier und trinken oder essen etwas gemeinsam. Da die meisten Menschen hier gerade am Arbeiten sind, wird jedoch zurzeit nicht viel los sein." Die Gruppe trat ein und erblickte eine schön eingerichtete Gaststätte. Die Bedienung begrüßte sie herzlich und die drei nahmen am Tresen Platz. „Hallo, Jenny. Das sind unsere neuen Freunde David und Ethan." Jenny begrüßte die beiden per Handschlag. „Bitte, mach uns drei doch etwas von deinem berühmten Hackbraten warm und dazu ein schönes Bier." Sie nickte und George wandte sich wieder den anderen zu. „Ihr müsst wissen, dass, auch wenn die Welt am Abgrund steht, wir versuchen, uns einige Annehmlichkeiten zu gönnen. So haben wir uns eine eigene kleine Brauerei gebaut, in der wir Bier für unsere Gaststätte herstellen. Zusätzlich haben wir noch ein paar Destillen, mit denen die Einwohner sich Schnaps brennen und den hier abgeben." Nach kurzer Zeit erhielten die Männer ihr Bier und stießen miteinander an. Der erste Schluck Bier nach einer so langen Zeit war traumhaft. „Wow, mir hat noch nie ein Schluck Bier so gut geschmeckt", sagte David, während er sichtlich genoss. Kurze Zeit später kam auch der Hackbraten und die Männer aßen gemeinsam. Im Anschluss setzten sie die Führung weiter fort, welche sie vorhin mit Peter begonnen hatten. „Und Freunde, wie sieht es aus? Wollt ihr dabei sein, wenn wir hier versuchen, eine neue Gesellschaft aufzubauen, oder zieht ihr lieber weiter? Es ist für uns beides in Ordnung. Wir kommen bis jetzt auch gut zurecht, aber mit eurer Hilfe wäre es natürlich noch besser. Außerdem ist es unser Ziel, Hillsborow immer weiter auszubauen und sämtliche Überlebenden in die Gemeinschaft zu integrieren. Ich lasse euch kurz alleine und rauche eine. Ihr könnt euch ja beraten und mir sagen, wozu ihr euch entschieden habt." George ging ein Stück weg und fing eine Unterhaltung mit einem anderen Einwohner aus Hillsborow an. „Was meinst du, Ethan?", fragte David. „Es wirkt mir hier irgendwie zu perfekt. Das hört sich alles so gut an, dass ich annehme, dass es irgendwo einen Haken geben muss. Wir sollten aber auch an Isabelle denken. Es geht ihr zwar schon um einiges besser, aber wenn die Leute hier einen Arzt haben, dann wäre eine vernünftige Nachbehandlung wohl das Beste für sie. Ich würde sagen, dass wir es riskieren sollten. Falls es nicht klappen sollte, dann schnappen wir uns so viele Vorräte wie möglich und verschwinden in einer Nacht-und-Nebel-Aktion. Was meinst du dazu?", antwortete Ethan. „Ich denke, du hast recht. Die anderen brauchen auch mal eine Konstante. Einfach mal ein bisschen runterkommen und Menschen treffen, die nicht unseren Tod wollen. Lass es uns machen." David und Ethan gingen zu George zurück. „Hey, George, wir haben uns beraten und würden gerne Ihr großzügiges Angebot annehmen. Wir würden gleich losgehen und die anderen abholen gehen." „Das freut mich. Wie viele Leute habt ihr denn noch bei euch?", fragte George. „Ihr könnt sonst gerne einen Wagen oder einen Lkw von uns nehmen." „Wir haben auf dem Weg leider welche verloren. Wir sind nur noch acht Leute", erklärte David. „Aber wir sind hier mit einem Wohnmobil angekommen. Wir können da kurz hingehen und fahren dann damit zurück nach Hillsborow rein." George schaute die beiden an und erwiderte: „Können wir gerne auch so machen, aber ich kann euch dort auch hinfahren. Dann hüpft ihr raus und fahrt mit dem Wohnmobil hinter mir her zurück nach hier. Ich muss nur noch kurz Jenny Bescheid sagen, dass sie das Gästehaus fertig macht. Wir müssen leider erst neue Häuser für euch vorbereiten. Bis dahin müsstet ihr noch dort wohnen." David und Ethan nickten und gingen George hinterher. Dieser ging noch kurz zu Jenny und teilte ihr die Anzahl der Leute mit und dass sie die Gästezimmer fertig machen solle. Anschließend gingen sie zu einem Jeep und stiegen ein. Sie fuhren los und vor ihnen wurde das Tor geöffnet. „Ihr müsst mir sagen, wo ihr euch hingestellt habt!", rief der Bürgermeister ihnen im Fahrtwind zu, da der Jeep kein Verdeck hatte. Ethan erklärte ihm den Weg und teilte ihm mit, wo er abbiegen musste. Sie näherten sich dem Punkt, an dem sie das Wohnmobil mit den anderen abgestellt hatten. Als die drei nur noch ca. 150 Meter entfernt waren, sah David Charly mit einem Gewehr auf sie zielen. Er stellte sich im Fahrzeug hin und winkte mit beiden Armen, um den anderen zu signalisieren, dass alles in Ordnung sei. Charly nahm die Waffe runter und rief die anderen aus ihren Verstecken zurück. Der Wagen stoppte vor der Gruppe und die drei stiegen aus. „Hallo, Freunde, ist hier alles ruhig gewesen? Das ist George. Der Bürgermeister von Hillsborow. Er hat uns angeboten, dass wir in seiner Stadt Zuflucht finden können", sagte David zu den anderen, während er diese mit Handschlag begrüßte. „Hallo, freut mich, euch kennenzulernen. Mein Name ist George. Ich würde sagen, dass wir erst mal zurück in unsere Gemeinde fahren und uns bei einem kalten Getränk besser kennenlernen", erklärte George in die Gruppe, während er wieder in seinen Jeep stieg. „Fahrt mir einfach hinterher. Ich zeige euch dann alles."

Die Gruppe nickte und alle anderen stiegen in das Wohnmobil. Charly setzte sich an das Steuer und startete den Wagen. „Und? Wie sieht's da aus? Können wir uns dort ein neues Leben aufbauen?", fragte er, während er George folgte. „Es scheint da eine heile Welt in dieser zerstörten zu sein. Alles, was wir gesehen haben, wirkte völlig normal, wie vor dem Krieg. Sie haben Strom, medizinische Versorgung, Nahrungsmittel, einfach alles. Es kommt einem schon fast zu perfekt vor", antwortete Ethan und David nickte ihm zustimmend zu. „Wenn es so sein sollte, wie sie es uns verkauft haben, dann könnte das ein Neuanfang sein. Falls es sich doch als Show herausstellen sollte, dann packen wir unsere Sachen und versuchen unser Glück woanders", fügte David noch hinzu. Charly war damit einverstanden und folgte weiter dem Bürgermeister bis nach Hillsborow. Die Tore wurden wieder geöffnet und die Gruppe fuhr direkt zu dem Gemeindehaus zu Jenny durch. Hier erklärte George allen, bei einem kalten Getränk, noch einmal, wie es um die Stadt bestellt war und wie die Planung aussehen soll.

„Und? Was sagt ihr dazu? Wollt ihr hierbleiben?", fragte George. Die Gruppe beriet sich kurz und stimmte dann zu. „Das freut mich. Ich würde sagen, dass Jenny euch gleich erst mal eure vorläufigen Unterkünfte zeigt, bis die Häuser fertig sind. Morgen sprechen wir dann weiter, wie ihr uns in der Gemeinde unterstützen könnt und wo eure Stärken liegen."

„Ach ja. Eure Freundin sieht mir irgendwie nicht so ganz gesund aus. Ich würde sie gerne in unsere Krankenstation bringen, damit sich unser Arzt mal ihren Arm anschauen und sie etwas aufpäppeln kann. Ist das in Ordnung für dich?", fügte er noch hinzu und schaute anschließend Isabelle tief in die Augen. „Ja, das wäre sehr nett von Ihnen", antwortete Isabelle und ging mit George mit.

„Soll ich mitkommen?", rief Ethan noch hinterher, aber Isabelle schüttelte den Kopf und erwiderte, dass er sich ausruhen solle und sie es schon alleine schaffen würde.

„Folgt mir bitte", verkündete Jenny. Die Gruppe ging hinter Jenny her und folgte ihr nach draußen. Sie gingen ein Stück die Straße entlang und jeder, den sie sahen, schaute sie zwar etwas misstrauisch an, grüßte jedoch sehr freundlich. Sie kamen zu einem großen Gebäude. „Tut mir leid, aber Neuankömmlinge müssen wir leider erst immer hier unterbringen, bis die neuen Wohnungen hergerichtet sind. Das ist nur eine alte Sporthalle, in die wir ein paar Betten und Trennwände gestellt haben. Sobald die richtigen Wohnungen bezugsbereit sind, können sie dort schlafen." Die Gruppe nickte und bedankte sich bei Jenny. Anschließend öffneten sie die Doppeltüren und traten in die Halle ein. „Ist doch gar nicht so schlecht hier. Wenigstens ist alles sauber und wir haben mal wieder eine Art vernünftiges Bett", freute sich James und schmiss sich auf das erste Bett, was in der Halle stand. Die Betten waren in einer Reihe aufgestellt und mit Trennwänden aus einem Krankenhaus abgeteilt. Vor den Betten war ein Tisch aufgebaut, auf dem belegte Brote, Obst und Wasser standen. Jeder aus der Gruppe suchte sich jetzt einen Schlafplatz. Auf den Betten lag frische Kleidung für jeden bereit. Jenny, die noch in der Tür stand, fragte: „Habt ihr noch irgendwelche Fragen? Ansonsten könnt ihr morgen ab 8 Uhr in das Gemeinschaftshaus kommen. Dort gibt es dann Frühstück." „Eine Frage hätte ich noch. Da hier ja alles wie früher zu sein scheint, habt ihr nicht rein zufällig auch eine funktionierende Dusche?", wollte James voller Erwartungen wissen. Jenny lachte und antwortete: „Da habt ihr Glück. Wenn ihr durch die Tür geht, dann sind da zwei Gruppenduschen. Eine für Frauen und eine für Männer. Handtücher liegen in den Umkleideräumen davor. Ich wünsche euch viel Spaß und wir sehen uns morgen." Als Jenny den Raum verlassen hatte und die Tür in das Schloss fiel, sprangen alle auf und rannten mit der Kleidung unter dem Arm in Richtung Dusche. Die Leute rissen sich die Kleider vom

Körper uns stürmten in die Dusche. Sie zelebrierten den Augenblick, als das Wasser auf ihren Körper traf, als wäre es das erste Mal, dass sie duschten. Sie wuschen sich die Anstrengungen und Qualen der letzten Zeit einfach von ihrem Körper ab. Nachdem sie die Duschparty beendet und sich frische Kleidung angezogen hatten, gingen alle in ihr Bett. Es dauerte nur eine kurze Zeit und die gesamte Gruppe fiel in einen tiefen Schlaf.

KAPITEL 11: DER NEUBEGINN

Am nächsten Morgen stand die Gruppe gegen 8 Uhr auf und machte sich geschlossen auf zum Gemeinschaftshaus. Hier wurden sie herzlichen empfangen und Jenny brachte sie zu einer langen Tafel, an der sie Platz nahmen. In dem großen Raum waren einige andere Leute, die an den Tischen saßen und die Neuankömmlinge musterten. Jetzt kam auch George in den Raum und begrüßte sämtliche Leute, die sich im Gemeinschaftshaus befanden. Er setzte sich zu der Gruppe an die Tafel und sprach zu ihnen: „Guten Morgen, Freunde. Habt ihr alle gut geschlafen?" Die Gruppe antwortete ihm in heiterer Stimmung, dass alles super war und auch die Dusche ein Traum gewesen sei. Zwei junge Mädchen begannen jetzt mit Jenny den Tisch zu decken. Es gab Eier, selbst gemachtes Brot, Aufschnitt aus der eigenen Zucht und Säfte. Zusätzlich gab es Kaffee, was bei dem Großteil auf die meiste Freude stieß. Jetzt öffnete sich die Tür und Isabelle kam in den Raum. Sie hatte einen neuen Verband und schob einen Tropf neben sich her. Sie sah jetzt schon deutlich besser aus als noch den Tag zuvor. Sie nahm auch Platz an der Tafel und die Gruppe begrüßte sie. Sie begannen zu essen.

„So, Freunde, ich hoffe, allen geht es gut. Ich würde gerne mit euch sprechen, darüber, was wir euch bieten können und was ihr für die Gemeinschaft tun könnt. Was würdet ihr denn gerne machen und wo liegen eure Stärken? Ethan und David habe ich schon gefragt und sie hätte ich gerne in unserer Such-Einheit, die außerhalb der Stadt nach Vorräten und Überlebenden sucht", sagte George in die Runde. Charly meldete sich sofort und gab an, dass er dieser Einheit auch gerne angehören wolle, was George nach kurzer Nachfrage nach seiner Vergangenheit auch gleich abnickte. Jetzt meldete sich Isabelle zu Wort: „Ich habe vor dem Krieg Medizin studiert und würde gerne in der Krankenstation anfangen, wenn das möglich wäre. Ich könnte noch viel von Dr. Pike lernen und ihn unterstützen." „Das klingt sehr gut. Medizinische Angestellte können wir immer gebrauchen. Das machen wir so", erwiderte George und zog aus seiner Hemdtasche einen kleinen Block und einen Bleistift, um die Namen und die Positionen zu notieren. Als Nächster kam James an die Reihe, der sich anbot, sich um die Fahrzeuge zu kümmern, da er früher Mechaniker war. Auch dies wurde dankend angenommen und notiert. „Wir haben noch einen anderen Mechaniker, aber der wird sich sicher über eine Unterstützung freuen", erklärte George noch darauf. „So, jetzt bleiben noch die Jüngeren von euch. Was stellt ihr euch denn vor, was ihr für die Gemeinschaft gerne machen würdet?" Michael meldete sich sofort und äußerte, dass er gerne bei der Patrouille dabei wäre. George schaute ihn fragend an und blickte dann zu David und Ethan hinüber. „Er ist zwar noch sehr jung, aber Michael ist ein sehr cleverer Junge, der uns schon oft geholfen hat, und mit Waffen kann er auch umgehen. Schaden würde es auf jeden Fall nicht, wenn wir ihn mitnehmen würden", kam als Antwort von David. „Alles klar. Ich vertraue deinem Urteilsvermögen. Ich nehme an, dass du dich, ihn und die anderen nicht in Gefahr bringen möchtest." „So sieht es aus", antwortete David nur. „Dann hätten wir jetzt noch Steve und Ed. Wie sieht's bei euch aus?" Die beiden zuckten mit den Schultern. „Ich würde euch gerne im Gartenbereich einsetzen. Ihr müsstet Samen säen und euch um die Ernte kümmern. Würde euch das passen?", fragte George. Die beiden schauten zu ihrem Vater rüber und nickten dann dem Bürgermeister zu. „Alles klar, dann haben wir ja alle verteilt. Heute machen wir dann noch einen auf ruhig, damit ihr morgen ausgeschlafen seid und uns unterstützen könnt. Die Gruppe machte sich auf eine Erkundungstour und zog durch die Straßen des kleinen Ortes. Sie begrüßten sämtliche Leute, die sie trafen, und stellten sich überall vor. Dies zog sich über den ganzen Tag hin und sie machten nur zwischendurch eine kurze Mittagspause. Am Abend trafen sie sich wieder mit George im Gemeinschaftshaus und aßen gemeinsam. Anschließend begaben Sie sich zurück in die Halle und unterhielten sich noch längere Zeit, bis sie einschliefen.

Am nächsten Morgen nach dem Frühstück ging jeder in den Bereich, für den er sich entschieden hatte, und die Leute erklärten ihnen die Abläufe. Die Gruppe um Charly, Ethan, Michael und David traf sich bei den Fahrzeugen und bereitete sich auf eine Tour nach draußen vor, um nach Vorräten und anderen brauchbaren Gegenständen zu suchen. Zusätzlich hatten sie von George eine Liste mit spezielleren Dingen bekommen, nach denen sie suchen sollten. David fragte Karl, welcher der Führer der Gruppe war, was auf der Liste stände, dieser erwiderte jedoch nur, dass das erst mal egal sei und das Augenmerk auf den Vorräten liegt. Die Gruppe bestand zusätzlich aus zwei weiteren Männern, wodurch die Anzahl bei acht Leuten lag. „So, ich begrüße die Neuen bei uns. Wir werden heute in eine kleine Stadt fahren, in der uns noch ein paar Freunde etwas schulden. Das müssen wir abholen. Wir nehmen den 10-Tonner und den Pickup. Russel und Whitey nehmen den Pickup und der Rest springt beim 10-Tonner auf die Ladefläche. Ich fahre diesen", erklärte Karl allen Beteiligten. Die Leute bewaffneten sich und befolgten die Worte von Karl. Der kleine Konvoi setzte sich in Bewegung und vor ihnen wurde das Stadttor geöffnet. Die Fahrt dauerte eine Weile und in der Gruppe herrschte absolute Stille. Niemand sprach mit dem anderen und jeder wirkte irgendwie angespannt. Die Männer im Pickup fuhren voraus und nach einiger Zeit erreichten die beiden Fahrzeuge einen kleinen Ort, in dem sie anhielten. Karl drückte dreimal auf die Hupe und stieg dann aus. „Ich hole ab, was uns noch geschuldet wird. Sichert ihr die Umgebung." Aus einem Gebäude trat ein älterer Herr, auf den Karl zuging. Die Männer begannen, sich zu unterhalten. „Kannst du verstehen, worum es da geht?", fragte David Ethan. „Nein, die sind zu weit weg", kam als Antwort. Plötzlich holte Karl aus und schlug dem alten Mann ins Gesicht. Jeder hob sofort seine Waffe an und kontrollierte die Umgebung noch genauer. „Alles in Ordnung, Karl?", rief Charly rüber. „Ja, alles bestens. Er hat nur nicht alles, was er uns noch schuldet." Der Mann hielt seine blutende Nase und rief etwas in das Gebäude. Jetzt kamen einige Männer aus dem Gebäude, die schwere Kisten trugen. Diese luden sie auf den Lkw und verzogen sich dann wieder zurück in das Haus. Sie sahen sichtlich ängstlich aus und hatten den Blick durchgehend auf den Boden gesenkt. Russel und Karl sprangen auf den Lkw und zurrten die Ladung mit Spanngurten fest. „Was zum Geier läuft hier?", fragte Ethan die anderen. Karl packte den alten Mann jetzt am Kraken und zog ihn dicht an sich heran. Der Mann hob völlig verstört die Arme und ging in eine defensive Haltung, während Karl ihm etwas sagte. „So, wir sind hier fertig. Wir müssen noch in einen anderen Ort!", brüllte Karl den anderen zu und machte sich wieder auf den Weg zum Lkw. Die anderen nahmen ihre Waffen wieder etwas runter und gingen auch zu den Fahrzeugen zurück und bestiegen diese. „Karl, was zum Teufel war hier gerade los?", fragte David ihn, als alle wieder beim Lkw waren. „Du bist neu hier und kennst noch nicht alle Aspekte des Jobs. Wir haben vielen Leuten geholfen und dafür bekommen wir jetzt auch Hilfe zurück. Die Orte schulden uns etwas und das fordern wir wieder ein, und wenn die Menschen nicht liefern können, dann müssen wir manchmal etwas grob werden, um sie daran zu erinnern, wer wir sind", erwiderte Karl. „Also beklauen wir die anderen?", wollte Michael wissen. „Junge, du kennst die Welt hier draußen nicht. Wenn man überleben möchte, dann muss man manchmal ein Schwein sein. Wenn die anderen unseren Preis bezahlen, dann unterstützen wir diese natürlich auch mit unserem Schutz. Und jetzt müssen wir weiter." Karl sprang in das Fahrerhaus des Lastwagens und startete diesen. Die Gruppe auf der Ladefläche schaute sich verstört an, aber schwieg. Die Wagen setzten sich wieder in Bewegung und fuhren weiter in Richtung nächste Stadt. Dort angekommen, begann das gleiche Spiel von vorne und die Ladung auf der Ladefläche vergrößerte sich. „So Freunde, eine Stadt haben wir noch auf der Liste, danach geht es zurück nach Hillsborow. Die Gruppe fuhr weiter in den nächsten Ort. Am Ortseingang war ein Schild aufgestellt, auf dem stand: „Wir sehen uns in der Hölle, ihr Diebe!" Karl drosselte die Geschwindigkeit etwas, da das Schild bei der letzten Tour noch nicht hier gestanden hatte und er ein komisches Gefühl dabei hatte. Der Pickup fuhr jedoch ungehindert weiter. Plötzlich gab es einen lauten Knall und der Pickup hob von der Erde ab. Karl trat sofort auf die Bremse und die Leute auf der Ladefläche wurden gegen das Fahrerhaus geschleudert. Die Ware wurde zum Glück gesichert, sodass die Gruppe nicht von den Kisten erschlagen wurde. Sie mussten sich erst mal sammeln und schauten dann zum Pickup hinüber. Dieser lag auf dem Dach neben der Straße und war von unten völlig zerfetzt. Ethan sprang von der Ladefläche und lief zum Pkw. Im Boden war ein riesiger Krater. „Scheiße, ich glaube, hier ist ein selbst gebauter Sprengsatz hochgegangen. Das muss eine heftige Menge an Sprengstoff gewesen sein. Er lief weiter durch den Rauch, bis er beim Wagen ankam. Die Gruppe war jetzt in Stellung gegangen und sicherte die Umgebung. Jeder hatte die Fenster und Dächer der umliegenden Häuser im Visier. Ethan schaute in das Fahrzeugwrack. Russel und Whitey müssen wohl sofort tot gewesen sein. Von ihnen war nicht mehr viel übrig geblieben. Von beiden waren die Beine abgerissen und die restlichen Knochen im Körper waren völlig zertrümmert. Im Kopf von Russel steckte ein großes Stück Metall, was wohl vom Unterboden des Fahrzeuges stammte. „Beide sind tot! Die Explosion war so extrem, dass sie keine Chance hatten", rief Ethan den anderen zu und machte sich wieder auf den Weg zu ihnen. Auf einmal flog etwas auf Ethan zu und landete direkt neben ihm. Es war ein Molotov-Cocktail, der neben ihm auf dem Boden zerschellte und sofort eine große Fläche auf dem Boden entzündete. Ethan sprang zur Seite und hatte glücklicherweise nichts abgekommen. Er schüttelte sich einmal und lief in geduckter Haltung weiter zum Lkw. Karl haute den Rückwärtsgang rein und trat auf das Gaspedal. Ethan machte einen großen Sprung, als er auf der Höhe des Lkws war und klammerte sich an einer Seite des Fahrzeugs fest. Die anderen zogen ihn über die seitliche Begrenzung hoch und auf die Ladefläche. „Scheiße, wo kam das denn her?", fragte Ethan die anderen und ging mit seinem Gewehr in Anschlag. Er suchte in der ungefähren Richtung, wo die Flasche hergekommen sein musste. „Ich glaube von dem Dach des ersten Gebäudes auf der linken Seite", rief Charly. Plötzlich zischten Kugeln durch die Luft und durchschlugen die Windschutzscheibe des Lkw. Das Fahrzeug wurde langsamer und kam nach kurzer Zeit komplett zum Stehen. „Fuck! Warum fahren wir nicht weiter? Wir müssen hier weg!", brüllte David. „Ich glaube, es hat Karl erwischt!", schrie Ethan zurück und sprang im selben Zug wieder von der Ladefläche. Die anderen zielten weiter auf das Dach und konnten jetzt zwei Leute sehen. Einer der beiden entzündete gerade wieder einen Molotov-Cocktail. David feuerte einen gezielten Schuss auf den jungen Mann ab und traf ihn direkt in den Hals. Der Mann ließ sofort den Molotov-Cocktail fallen und drückte auf die offene Wunde an seinem Hals. Der Molly schlug auf dem Boden neben ihm auf und der Mann ging sofort in Flammen auf. Er schlug um sich und versuchte, irgendwie das Feuer zu löschen, was jedoch nicht funktionierte. Er stolperte vor sich hin und blieb an der Dachkante hängen. Jetzt konnte er sich nicht mehr halten und stürzte kopfüber vom Dach. Er sah aus wie ein riesiger Feuerball, der auf die Erde zuraste. Nach drei Stockwerten schlug er mit voller Wucht auf dem Asphalt auf. Sein Schädel zersplitterte und sein Genick brach. Er war sofort tot. Der andere Schütze eröffnete weiterhin das Feuer auf die Gruppe. Ethan legte jetzt an, während die anderen ihm Sperrfeuer gaben. Er verpasste dem Mann auf dem Dach einen direkten Treffer in den Kopf. Anschließend herrschte Stille. Ethan durchblickte noch weiterhin das Visier seiner Waffe und kontrollierte die Dächer. „Scheinen die Einzigen gewesen zu sein", rief er den anderen zu. Er lief zur Fahrer-Tür und riss diese auf. Karl war in sich zusammengesackt und fiel sofort aus der der Fahrerkabine. Ethan konnte ihn auffangen und ließ ihn langsam zu Boden gleiten. Er war noch am Leben, hatte aber einen ganz schwachen Puls. Er war von mehreren Kugeln direkt in die Brust getroffen worden und verlor sehr viel Blut. „Scheiße!", rief Ethan. „Da können wir nichts machen. Seine Brust ist völlig durchlöchert. Er wird nicht mal mehr die Fahrt nach Hillsborow überstehen, geschweige eine Notoperation." Karl hechelte und hatte sichtlich Schmerzen. Zitternd griff er nach dem Arm von Ethan und schaute ihm tief in die Augen. Dann ging sein Blick nach unten und er schaute auf die Pistole, welche Ethan im Holster stecken hatte. Ethan wusste, was er von ihm wollte. Er nickte ihm zu, zog die Waffe und entsicherte sie. Jetzt legte er sie ihm an den Kopf und sagte: „Gleich ist das Leiden vorbei. Du hast es fast geschafft." Dann drückte er den Abzug und schoss Karl eine Kugel durch den Kopf. Er legte ihn ab und stand wieder auf. Die anderen schauten ihn entsetzt an. „Ich musste es tun. Er hat sich nur gequält und hatte keine Chance, zu überleben. Ich habe ihm seinen Frieden gegeben." Die anderen sagten nichts darauf, aber sie verstanden, was er gerade getan hatte und dass es wirklich die humanste Lösung war. Ethan setzte sich auf den Fahrersitz und schlug mit seinem Gewehr die zerschossene Scheibe heraus. „Lasst uns wieder zurückfahren." „Warte!", rief David. „Jetzt will ich auch sehen, wofür die Leute sterben mussten. Ich öffne ein paar Kisten!" Ethan stellte den Motor wieder ab und stieg aus. Er kletterte auf die Ladefläche, auf der sich David bereits an einer Kiste zu schaffen machte. „Die Kisten sind mit Vorhängeschlössern verschlossen", erklärte David den anderen. Charly kam jetzt dazu und schlug mit dem Gewehrkolben auf das Schloss ein. Beim dritten Treffer ging es auf. David hob langsam den Deckel an und alle starrten in die Kiste. Sie war voller Alkoholflaschen. Sie öffneten eine weitere, in der sich mehrere AK-47 und ein Raketenwerfer befanden. „Scheiße, bereiten die sich auf irgendeinen Krieg vor?", fragte Charly. „Irgendetwas stimmt mit diesem Haufen an Irren überhaupt nicht. Das Ausrauben und Bedrohen von Menschen, und das für Suff und Knarren. Irgendetwas haben die damit vor und ich nehme an, dass es nichts Gutes sein wird", erwiderte David. „Mir fällt gerade auf, dass das nicht sonderlich gut aussieht, wenn wir von unserer ersten Tour zurückkommen und wir die einzigen Überlebenden sind. Wie sollen wir denen das denn erklären? Die glauben doch, dass wir die Typen umgebracht hätten", merkte Michael an. „Wir sagen einfach die Wahrheit. Ihre Leute sind, Entschuldigung waren, völlige Versager und nachdem wir in einen Hinterhalt gerieten, konnten nur die Guten überleben", erklärte Ethan. „Lasst uns zurückfahren und dem Bürgermeister mal ein paar Fragen stellen, was unsere Wirkliche Aufgabe im Außendienst sein wird."

Die Gruppe fuhr zurück nach Hillsborow und hielt vorm Tor: „Wir sind zurück! Lasst uns rein!", rief David aus dem Fahrzeug zu den Wachposten. „Wo sind Karl und die anderen?", fragte die eine Wache. „Es gab einen Hinterhalt. Der Pickup ist in eine Sprengfalle gefahren und wurde zerrissen. Karl hat noch versucht, nach hinten auszuweichen, aber wurde dabei mehrfach durch die Frontscheibe in die Brust getroffen. Wir waren auf der Ladefläche etwas geschützter und konnten anschließend die Angreifer ausschalten. Ihren Freunden war aber nicht mehr zu helfen. Die Ladung konnten wir aber retten", erklärte Ethan aus dem Fahrerhaus. „Ihr wartet da unten, ich muss erst den Bürgermeister benachrichtigen." Nach einiger Zeit öffnete sich das Tor und George erschien vor ihnen. „Was zum Teufel ist passiert?", brüllte er mit einem Gesichtsausdruck, den die Gruppe noch nie bei ihm gesehen hatte. Ethan erklärte die Situation erneut. „O. k., o. k. Aber die Ladung habt ihr noch, oder?" fragte er jetzt wieder ruhiger. „Ja, die Ware ist noch auf der Ladefläche", erwiderte Charly. „Na dann kommt mal rein. Wir treffen uns gleich im Gemeinschaftshaus und reden über die ganze Geschichte." Ethan startete das Fahrzeug und fuhr zum Platz, wo die Kisten abgeladen wurden. „Kann ich euch helfen?", fragte David die Männer, welche die Kisten reintrugen. „Ihr habt schon genug geholfen, ihr Penner. Seit Ewigkeiten sind Karl und die anderen bereits unterwegs und es ist noch nie etwas passiert!", bekam er als Antwort zurück. „Alles klar, schon gut." David ging zu Ethan. „Wir sollten mal unauffällig nachschauen, wo die Kisten hingebracht werden. Würde mich interessieren, was da noch so rumsteht." Die Gruppe ging ein Stück zur Seite und schaute den Männern hinterher, die die Kisten wegbrachten. Sie brachten sie in ein Gebäude neben dem Rathaus. „Da drinnen sollten wir uns heute Abend mal umschauen. Wer weiß, was die noch vor uns verbergen." Die Gruppe nickte sich zu und ging gemeinsam in das Gemeinschaftshaus. George war bereits da und redete mit

Jenny. Es schien ein hitziges Gespräch zu sein, aber die Gruppe konnte nicht hören, worum es ging. „Setzt euch doch schon einmal. Ich bin sofort bei euch!", rief George den anderen zu. Diese nickten und setzten sich an einen Tisch. David schaute den beiden weiterhin bei ihrer Unterhaltung zu. Plötzlich griff George mit ziemlicher Gewalt nach Jennys Arm und zog sie zu sich heran. Dann flüsterte er ihr was in das Ohr und ließ sie wieder los. Sie stürmte aus dem Raum und der Bürgermeister kam auf die Gruppe zu. Er hatte ein breites Lächeln im Gesicht und setzte sich an den Tisch. „So, dann lasst mal hören, was heute falsch gelaufen ist, und zwar jedes kleine Detail." Die Gruppe fing an.

Am Abend trafen sich David und Ethan neben dem Rathaus mit dem Plan, sich in dem Gebäude mit den Vorräten etwas genauer umzuschauen. Sie schlichen sich langsam an das Haus heran und schauten sich um. „Ich glaube, die Luft ist rein", flüsterte David. Ethan ging vorne an die Tür, während David weiter Ausschau nach ungebetenen Gästen hielt. „Die Tür ist mit einem Vorhängeschloss gesichert, aber ich glaube, ich müsste das aufbekommen", sagte Ethan und zog einige Metallteile aus seiner Tasche. „Das ist gut, aber mach keinen Krach und bitte beeile dich", flehte ihn David an. Nach kurzer Zeit konnte Ethan das Schloss öffnen und winkte David zu sich herüber. „Dann lass uns mal nachsehen, was wir hier drinnen finden." Beide betraten das Gebäude und schlossen die Tür wieder hinter sich. „Wir hätten vielleicht bedenken sollen, dass es abends ziemlich dunkel ist. Ich kann meine Hand vor Augen nicht sehen", sagte David. „Ganz ruhig mein Freund. Wie dein ungeschultes Auge vielleicht vorhin übersehen hat, sind sämtliche Fenster gründlich vernagelt worden und ich habe eine Taschenlampe dabei. Das wird man von draußen nicht sehen können", erklärte ihm Ethan in leicht ironischer Weise. Er schaltete die Taschenlampe ein und die beiden schauten sich um. „Hier gibt es gar nichts!", teilte David entsetzt mit. Der komplette Raum war leer. „Ganz ruhig. Die Kisten werden sich ja wohl nicht in Luft aufgelöst haben. Wir werden hier schon noch etwas finden. Da vorne gibt es eine große Doppeltür, die wird uns schon weiterführen."

Die beiden gingen durch den großen leeren Raum auf die beiden Türen zu. Ethan öffnete diese vorsichtig und leuchtete hinein. „Scheiße, was ist das denn?", fragte David. Es war ein langer beleuchteter Gang aus Beton, der nach unten führte. Er war 2,50 Meter hoch und 2 Meter breit. Ethan machte die Taschenlampe aus und die beiden folgten vorsichtig dem Weg nach unten. Nach ungefähr 25 Metern und 4,5 Metern Höhenunterschied gab es eine weitere Tür. Auch diese Tür wurde durch Ethan geöffnet und beide schlichen hinein. Sie befanden sich jetzt in einem großen, gut beleuchteten Keller mit ziemlich großen Ausmaßen. Überall waren Kisten gestapelt. An den Seiten standen zusätzlich Gewehre aufgereiht. Sie öffneten ein paar der Kisten und entdeckten auch hier nur ein riesiges Waffenarsenal. Von Gewehren, über Granaten, hin zu Minen und Raketenwerfern. „Fuck! Was wollen die damit machen? Hier sind mehr Waffen als hier Menschen leben. Ob er die verkaufen will?", fragte David. „Wofür denn verkaufen? Geld ist nichts mehr wert und an sich hat er oben doch alles, was man zum Leben braucht. Er muss einen anderen Plan haben. Es muss noch andere Menschen geben, die er damit bekämpfen will. Die Frage ist hierbei nur: Wer ist hierbei der Gute und wer der Böse?" Sie verließen den Keller und das Gebäude wieder unauffällig.

KAPITEL 12: DAS MISSTRAUEN STEIGT

Am nächsten Morgen trafen sich wieder alle im Gemeinschaftshaus und aßen zusammen. George verkündete, dass aufgrund
der Vorkommnisse vom vorherigen Tag die Touren erst mal aus-
fallen würden. Isabelle, der es schon erheblich besser ging, verabschiedete sich anschließend von den anderen und begab sich
zu ihrer neuen Arbeitsstelle im medizinischen Gebäude der Gemeinde. „Guten Morgen, Dr. Pike, wie geht es Ihnen?", fragte
sie den Arzt der Gemeinde mit einem Lächeln im Gesicht. „Guten Morgen, Isabelle. Mir geht es gut an diesem schönen Morgen, und Ihnen? Bereit, den Menschen zu helfen?", antwortete
er mit seiner freundlichen Art. „Auf jeden Fall. Ist irgendetwas
Neues reingekommen oder erwarten mich die alten Gesichter?"
    „Nein. Zum Glück sind nur die alten Patienten hier. Ist al-
les ruhig hier. Sind Sie bereit für die Visite?" „Wenn Sie es sind,
Doktor." Die beiden gingen los und der Arzt untersuchte die Patienten, die in den Betten lagen. Zurzeit befanden sich nur fünf
Leute in den Zimmern. Eine hatte sich bei der Arbeit das Bein
gebrochen. Ein anderer war auf einer Tour angeschossen worden, war aber nicht mehr im kritischen Zustand. Einer hatte einen Herzinfarkt erlitten und die beiden Letzten waren einfach
nur sehr alt und mussten betreut werden. Dies wurde aber hauptsächlich durch die beiden Schwestern erledigt, die noch in der
Krankenstation arbeiteten. Als Erstes besuchten sie die Frau mit
dem gebrochenen Bein und schauten sich die Narbe an. Isabelle wechselte den Verband, während der Arzt die Patientin nach
ihrem Wohlbefinden ausfragte. Anschließend begutachteten sie
den Mann mit der Schusswunde. Diese war aber schon sehr gut
verheilt und der Mann würde wohl in ein paar Tagen entlas-
sen werden können. Auch hier wurde der Verband gewechselt.
Die Frau mit dem Herzinfarkt wurde von den beiden nur kurz
begutachtet und dann begaben sie sich in den Aufenthaltsraum
und tranken einen Kaffee. „Sollte wieder ein ruhiger Tag wer-

den heute. Wollen wir mittags zusammen im Gemeinschaftshaus essen gehen?", fragte Dr. Pike, während er sich entspannt
auf dem Stuhl zurücklehnte. „Wenn alles gut läuft, dann werden
die Tage hier relativ ruhig werden, jedoch müssen wir immer
bereit sein, falls ein Notfall reinkommt." „Können wir machen,
Dr. Pike. So sollte es ja eigentlich sein, dass alles ruhig ist. Dann
merkt man, dass das System, was wir hier haben, funktioniert."
Beide lächelten und stießen mit ihren Bechern an. Nach dem
Mittag machte Isabelle Inventur und ging die Bestände der Medikamente durch. Plötzlich herrschte ein riesiger Tumult in dem
Flur der Krankenstation. Leute schrien rum und es gab ein riesen
Durcheinander. Isabelle stürmte auf den Flur und verschaffte sich
einen Überblick. In dem Augenblick kam auch Doktor Pike auf
den Gang: „Was zum Teufel ist hier los?" Alle brüllten durcheinander. „Ruhe hier!", rief er erneut. „Erklärt mir, was passiert
ist!" Einer der Leute ergriff das Wort: „Wir haben an der Mauer
gearbeitet und wollten diese ausbessern. Da ist Jimmy von dem
Gerüst gestürzt. Er ist nicht mehr ansprechbar!" „Wo ist Jimmy
jetzt?" „Wir haben ihn draußen auf der Ladefläche unseres Wagens." „Isabelle! Bereite bitte schon mal einen Operationsraum
vor!" Isabelle nickte und lief los. Der Arzt ging mit den anderen zum Wagen und begutachtete erst einmal den neuen Patienten. Anschließend nahm er die Vitalfunktionen des Patienten
auf. „Wir müssen ihn sofort reinbringen. Er hat nur einen ganz
schwachen Puls." Die Männer fassten mit an und Jimmy wurde in den Operationssaal gebracht, in dem Isabelle schon wartete. „Doktor, wie geht es ihm?", fragte sie den Arzt. „Äußerlich
scheint er unverletzt. Wir müssen ihn abtasten, um Knochenbrü-
che auszuschließen. Anschließend müssen wir sehen, wie es mit
inneren Verletzungen an den Organen aussieht." Doktor Pike
begann den Mann abzutasten und zu kontrollieren, ob er Frak-
turen erlitten hatte. „Notiere bitte: Linker Arm: Elle und Spei-
che gebrochen. Linkes Fußgelenk: Gebrochen. Der Rest scheint
unversehrt zu sein." Jetzt tastete er den restlichen Körper des
Mannes ab. „Sein Unterleib füllt sich mit Blut. Er hat wohl innere Verletzungen. Wir müssen ihn sofort öffnen und die Blu-

tung stoppen. Bitte geben Sie mir das Skalpell, Isabelle." Isabelle reichte ihm das Messer und der Doktor begann sofort mit einem Schnitt in die Bauchdecke. Es strömte sofort eine große Menge an Blut aus Jimmy und der Arzt griff in die offene Wunde und tastete nach der Verletzung. „Ich kann hier nichts fühlen. Geben Sie mir bitte den Spreizer. Wir müssen uns einen besseren Überblick verschaffen. Doktor Pike öffnete jetzt die Wunde und versuchte zu erkennen, was den starken Blutverlust verursachte. „Scheiße, er hat sich die Milz zerstört. Wir können nur versuchen, die Wunde so gut wie möglich zu versorgen und hoffen, dass es noch nicht zu spät ist. Geben Sie mir die Klammern und das Nähzeug. Wir müssen die Blutung stoppen. Sehen Sie die Öffnung, aus der das Blut fließt?", fragte er Isabelle, welche ihm zunickte. „Gut, dann drücken Sie die bitte ab. Ich versuche dann, das beschädigte Organ zu versorgen." Beide machten sich an die Arbeit und halfen Jimmy, so gut es ihnen möglich war. „So, danke Isabelle. Bitte holen Sie uns ein paar Blutkonserven. Die Blutgruppe von allen Gemeinde-Bewohnern ist auf dem Zettel neben dem Kühlschrank, in dem sich das Blut befindet, angegeben." Isabelle rannte los und lief völlig blutverschmiert an den Männern vorbei, die Jimmy gebracht hatten. „Scheiße, was macht ihr da drin mit ihm? So schlecht sah er doch gar nicht aus?", rief ihr einer der Männer zu, als er das ganze Blut auf ihr sah. Isabelle antwortete jedoch nicht und holte das Blut, nachdem sie geprüft hatte, welche Blutgruppe Jimmy hat. Anschließend lief sie zurück in den OP und wollte die Konserve an Doktor Pike übergeben. Dieser schüttelte aber bereits den Kopf. Er hatte einfach zu schwere Verletzungen. Wir konnten ihm nicht mehr helfen. Aber du hast wirklich dein Bestes gegeben. Ich bin froh, dass du bei uns bist. Ich werde rausgehen und es seinen Freunden mitteilen." Pike verließ den Raum und klopfte Isabelle dabei beruhigend auf die Schulter. Sie schaute zu Jimmy rüber, der blutverschmiert und leblos auf dem Operationstisch lag. Langsam rollte eine Träne ihre Wange runter. Sie dachte, jetzt, wo sie in Hillsborow angekommen waren, dass das Sterben aufhören würde. Sie begann die medizinischen Instrumente einzusammeln und legte sie in eine Schale auf einem Tisch. Anschließend brachte sie die Konserven wieder in den Kühlschrank. Als sie die Konserven wegehängt hatte, bemerkte sie eine weitere Tür in dem Raum. Es war eine massive Stahltür und Isabelle fragte sich, was sich wohl dahinter befinden würde. In diesem Teil des Gebäudes hatte sie sich bis jetzt noch nicht häufig aufgehalten und die Tür war ihr noch nie aufgefallen. Sie schaute noch einmal durch einen Spalt an der Tür, wo sich Doktor Pike aufhielt, und ging dann anschließend zu der Metalltür.

Vorsichtig drückte sie die Klinke runter und öffnete die Tür. Sie trat ein und schloss die Tür wieder hinter sich. Jetzt suchte sie an der Wand nach einem Lichtschalter, da nur etwas Licht vom Notausgang-Schild über der Tür den Raum erhellte. An der Wand fand sie schließlich eine Reihe von Lichtschaltern, welche sie jetzt einen nach dem anderen betätigte. Als sie alle gedrückt hatte, drehte sie sich langsam um und schaute in den Raum. Es handelte sich um eine Art Labor. Sie befand sich nur in einem Vorraum, welcher von dem Labor durch Sicherheitsglas getrennt war. Es gab eine Schleuse, welche man passieren musste, um in das Labor zu kommen. Davor hingen mehrere Anzüge, wie Isabelle sie nur aus Filmen kannte. Filme, bei denen es um Viren ging. Sie näherte sich der Schleuse und schaute durch die Scheiben in das Labor. Es wirkte alles sehr steril und in großen Schränken an der Wand waren viele Reagenzgläser und Röhrchen eingelagert. Sie ging jetzt an die Tür und drückte auf den roten Knopf der ersten Schleuse. Es ertönte nur ein Piepen und nichts tat sich. Sie schaute jetzt genauer hin und entdeckte, dass sich unter dem Knopf eine Fläche befand, auf die wohl eine Stempelkarte gelegt werden müsste, um die Tür zu öffnen. Sie drehte sich um und ging wieder in Richtung des Lagerraumes. Sie schaltete die Lichter aus und ging durch die Metalltür zurück in den Krankenhausbereich. Vorsichtig schloss sie die Tür wieder hinter sich. „Na, Isabelle. War es interessant?", sagte Doktor Pike, welcher in der Ecke lehnte und Isabelle anschaute. „Doktor Pike! Sie haben mich zu Tode erschreckt! Ich wollte nicht spionieren, ich wollte nur schauen, was es hier noch gibt. Was ist das hier?" „Das ist das Projekt von George. Ich bin da nicht eingeweiht. Es gibt einen anderen Mann, der sich hierum kümmert. Der wird aber immer erst spät abends von zwei Wachen hergebracht und später wieder weggeführt. Er muss isoliert leben, da ich ihn noch nie in Hillsborow gesehen habe. Ich wurde nie eingeweiht, was sich hier zuträgt, und ich gebe dir einen Tipp: Frag du besser auch nicht nach. Ich hatte früher schon mal einen Kollegen, der auch auf diesen Raum gestoßen ist und unbequeme Fragen an George gestellt hat. Ich habe ihn danach nie wiedergesehen. George sagte uns nur, dass er wegwollte und sein Glück woanders versucht. Das habe ich natürlich nie geglaubt. Er wird hier irgendwo verscharrt unter der Erde liegen." „Scheiße! Und Sie haben sich nie gefragt, was hier vor sich geht und warum um die ganze Sache so ein Geheimnis gemacht wird?" „Wenn Menschen dafür umgebracht werden, dann halte ich mich lieber raus. Ich bin hier, um den Menschen zu helfen. Wenn mir noch was zustoßen sollte, dann kann mir das im Endeffekt egal sein, aber was sollen die guten Menschen von Hillsborow machen? Die sind auf mich angewiesen, wenn ihnen etwas passiert." Das verstand Isabelle auf eine gewisse Art, aber sie wollte sich nicht so einfach abspeisen lassen und herausfinden, was hier vor sich ging. „Alles klar, Doktor. Ich werde mich zurückhalten und hier weiter meine Arbeit machen. Vergessen wir doch einfach, was hier passiert ist. O. k.?", fragte sie ihn, während sie genau wusste, dass es nicht ihr letzter Besuch in dem Raum gewesen war. Dr. Pike nickte ihr zu und die beiden verließen still den Raum.

KAPITEL 13:
DIE WAHRHEIT UND EINE ENTSCHEIDUNG

Einige Zeit war seit den Entdeckungen von Isabelle, Ethan und David vergangen und alle lebten ihr vorgegebenes Leben in Hillsborow weiter. James und seine Söhne hatten sich blendend eingelebt und gingen freudig ihrer Arbeit nach. Ethan und David hatten lange überlegt, ob sie den anderen von dem geheimen Waffenbunker und ihrer Tätigkeit für George erzählen sollten, und hatten sich jetzt endlich dazu entschieden, es allen zu gestehen. Sie sagten allen Bescheid, dass sie am Abend etwas mit ihnen bereden müssten und daher keiner ausgehen sollte. Um 21 Uhr saßen alle zusammen in der Sporthalle, in der sie immer noch lebten, und David ergriff das Wort. Er sprach leise und mit beruhigender Stimme: „Schön, dass ihr alle da seid. Ich hoffe, bei euch ist alles in Ordnung und ihr kommt gut mit den Leuten hier aus." Alle nickten, außer Isabelle, die etwas verhalten lächelte. „Ethan und ich möchten euch etwas erzählen. Ich weiß nicht, ob es euch irgendwie beeinflussen wird, aber wir finden, ihr solltet es wissen. In dieser Stadt läuft anscheinend nicht alles so traumhaft, wie es auf den ersten Blick scheint." Jetzt horchte Isabelle plötzlich interessiert auf. „Der Job, welchem Ethan, Michael und ich nachgehen, beinhaltet keine Fahrten durch verlassene Städte, um nach Konserven und dergleichen zu suchen, sondern es handelt sich um Erpresser-Touren." Die Gruppe schaute sich überrascht an, jedenfalls diejenigen, die nicht mit dabei waren, und begann zu flüstern. „Ich weiß, dass das jetzt überraschend kommt, aber das ist die Wahrheit. Wir müssen kleine Siedlungen von Menschen abfahren und dort Kisten abholen. Wenn die Leute nicht hören oder zu wenig haben, dann sind die Leute von hier nicht unbedingt zimperlich." Alle waren entsetzt, als sie den Schilderungen von David weiter zuhörten. „Das ist aber nicht das Einzige, was uns Sorgen macht. George hat in der Stadt in einem riesigen Bunker Unmengen an Waffen und Strahlenschutzanzügen gebunkert. Wir wissen noch nicht, wofür er das alles braucht, aber es sieht so aus, als würde er sich für einen Krieg gegen jemanden vorbereiten. Die Frage ist, wo wir hierbei sein oder stehen wollen?" Jetzt begann eine riesen Debatte. Die Tuddlers konnten das Ganze erst mal gar nicht glauben. „Wir sagen ja auch nicht, dass alle hier so sind. Es gibt auch viele gute Menschen, die nichts von alledem wissen und hier nur in Frieden leben wollen", fügte Ethan noch hinzu. „Mir ist da aber auch was aufgefallen", meldete sich Isabelle plötzlich zu Wort und erzählte den anderen von dem Testlabor, welches sie im Krankenhaus gefunden hatte. „Hier läuft irgendetwas ganz komisches. Du denkst, dass es sich um Viren handelt, Isabelle? Scheiße, wir sollten uns hier schnellstmöglich aus dem Staub machen. Hier braut sich was zusammen, was mir ganz und gar nicht gefällt." Die Gruppe schaute sich schweigend an und überlegte, was sie jetzt machen sollte. „Nehmt mich mit!", ertönte es plötzlich von hinten. Alle erschrecken furchtbar und drehten sich zu der Stimme um, die aus den Waschbereichen kam. Es war Jenny, die ein paar Handtücher unter dem Arm trug. „Ich wollte euch nicht belauschen, ich wollte euch nur ein paar frische Handtücher bringen und da habe ich euer Gespräch mitgehört. Bitte nehmt mich mit, wenn ihr hier verschwindet. Ich hasse es hier und vor allem hasse ich den Bürgermeister. Er ist ein Schwein." „Jenny! Hast du alles mitbekommen, was wir besprochen haben?", fragte Charly. Jenny nickte. „Wir wissen ja noch gar nicht, was wir machen. Was weißt du über die Geschichten, die wir gerade erwähnt haben?" „Ich bin auch nicht in alles eingeweiht, aber im Gemeinschaftshaus hört man so einiges, wenn die Leute was getrunken haben. George hatte damals mit seinem Bruder, Peter, dessen Frau und 20 anderen Leuten überlebt. Sie wollten eine Zuflucht für die Menschen, die überlebt hatten, errichten und haben damit auch zusammen begonnen." „Du meinst Hillsborow?", fragte Michael. „Nein, sie haben sich früher woanders niedergelassen und dort lief auch alles gut. Es kamen immer mehr Menschen, die sich der Gemeinde anschlossen und ihren Beitrag leisteten. George fühlte sich schon da wie der Anführer, weil er mit seinem Bruder und den anderen die Stadt gegründet hatte, jedoch wollte sein Bruder, dass alle gleichberechtigt sind und alles demokratisch abgestimmt werden sollte. Eines Abends, nachdem George schon einiges getrunken hatte, kam es zu einer Auseinandersetzung mit zwei anderen Männern. George meinte, sie würden ihm nicht gehorchen, was er nicht tolerieren konnte. Sie fingen an, sich zu prügeln, wobei George schnell merkte, dass er keine Chance hatte. Er griff hinten in seine Hose und holte eine Pistole hervor, während sie sich auf dem Boden rumrollten. Die Menge, die sich mittlerweile um die Männer gebildet hatte, schrie auf. Er wollte die Männer erschießen, jedoch schlug einer der Männer die Waffe, kurz bevor George abdrückte, zur Seite. Der Schuss löste aus. Plötzlich ertönte ein Kindergeschrei und die Männer schauten vom Boden zur Seite. Es lag eine Frau auf dem Boden und ein kleines Mädchen hatte noch die Hand von der Frau in ihrer Hand. Alles wurde still und plötzlich kam Peter angelaufen. Es war die Frau seines Bruders, die der abgegebene Schuss direkt in den Kopf getroffen hatte. Peter schrie und hielt seine Frau in den Armen. George war schockiert, was er, zwar nicht mit Absicht, getan hatte. Peter starrte ihn nur mit einem hasserfüllten Blick an und ließ ihn von den anderen festhalten. Er ging auf ihn zu und George war der festen Überzeugung, dass er jetzt sterben würde. Er versuchte sich noch zu entschuldigen und schob die Schuld auf die anderen, jedoch wollte Peter das gar nicht mehr hören. Er hielt jetzt eine Ansprache an alle, die im Kreis um ihn herumstanden, was mittlerweile aufgrund des Schusses und der Schreie fast alle waren, und teilte mit, dass es morgen früh eine Abstimmung geben würde, was mit George passieren sollte. Er hatte allen Grund dazu, seinen Bruder zu töten, jedoch wollte er seinen Maximen treu bleiben und die neue Stadt demokratisch aufbauen. Am nächsten Tag fand die Abstimmung anonym statt. Es standen vier Möglichkeiten zur Auswahl: Der Strick, Verbannung, Haft und Begnadigung. Anschließend erfolgte die Auszählung, wobei es ein Kopf-an-Kopf-Rennen zwischen der Todesstrafe und der Verbannung gab. Einige treue Freunde von George hatten auch für die Begnadigung gestimmt, das war jedoch nicht die Mehrheit. Am Ende wurde George aus der Stadt verbannt und sollte sich nie wieder dort blicken lassen. Er flehte um Gnade und bat immer wieder um Entschuldigung, jedoch rückte Peter nicht mehr von der Entscheidung des Volkes zurück. Peter befahl ein paar Männern, dass sie ihn mit einem Fahrzeug mehrere Hundert Kilometer weit wegfahren sollten, um ihn dort rauszulassen. Drei seiner treuesten Männer folgten ihm dabei in die Verbannung. Den Männern wurden die Augen verbunden und sie wurden gefesselt auf die Ladefläche eines Wagens geschmissen und dann weggebracht", erzählte Jenny den anderen wie bei einer Geschichtsstunde. „Das ist ja mal 'ne heftige Geschichte", sagte James mit aufgerissenen Augen dazu. „Anschließend schwor George Rache an der Stadt und bereitet sich seitdem darauf vor, die Gemeinde seines Bruders anzugreifen. Er fing langsam an, sich hier eine eigene Stadt zu errichten, wobei er immer dieses Wir-sind-alle-Freunde-Gelaber und so von seinem Bruder übernimmt, weil er weiß, dass es bei den anderen auch ankam. Er könnte hier in Frieden leben und hatte eine schöne Gemeinde erschaffen, jedoch kann er es einfach nicht vergessen und besonders nicht vergeben, dass sein Bruder ihn verbannt hat. Dafür sind die ganzen Waffen. Für den Krieg gegen seinen Bruder." „Und wofür ist das Labor unten?", fragte Isabelle, sichtlich verängstigt von der ganzen Geschichte. „George hatte zwar immer den Plan, seinen Bruder anzugreifen, jedoch wollte er das nie unvorbereitet tun. Er schickt gelegentlich einen Späher dorthin und lässt sich mitteilen, wie es um die Stadt steht. Und was soll ich sagen, der Stadt scheint es blendend zu gehen. Sie haben eine befestigte Stadt neben dem Damm errichtet, welcher sie auch mit genügend Strom versorgt. Peter hat wohl damit gerechnet, dass George, wenn er es überleben sollte, irgendwann einen Angriff starten würde. Daher ist die Verteidigung hervorragend ausgebaut worden. Es gibt eine starke Mauer und überall Wachtürme, mit Scharfschützen und schweren Maschinengewehren. In der Stadt lebten zum letzten Mal, als ich davon gehört habe, ca. 200 Menschen." „Ja, aber was ist mit dem Labor?", hakte Isabelle noch einmal nach. „Diese Stadt kann er nicht mit den paar Leuten hier einnehmen. Von hier würden vielleicht 20 oder so mitkommen. Und wie das Glück oder Pech manchmal so spielt, lief ihm eines Tages ein Chemiker in die Arme. George hatte jetzt einen neuen Plan. Er würde ein Giftgas entwickeln lassen, was er in die Stadt pumpen oder schießen könnte. So bräuchte er nur wenige Leute, um die Stadt einzunehmen. Quasi nur, um den ‚Rest' zu erledigen, der nicht durch das Gas gestorben war." „Scheiße! Das ist ja schrecklich. Er würde 200 Menschenleben opfern, um sich an seinem Bruder zu rächen? Wie verrückt muss man sein. Wie weit sind seine Vorkehrungen?", warf David dazwischen. „Es sieht so aus, als könnte es jetzt jederzeit losgehen. Ihm fehlten noch Schutzanzüge für seine Männer, welche ihr aber letztens mit dem Truck gebracht habt. Der Chemiker ist mit dem Giftgas fertig gewesen und wurde anschließend von Georges Männern liquidiert. Also, wie sieht es aus? Wollt ihr hier verschwinden und könnt mich mitnehmen?", wollte Jenny von den anderen wissen und schaute mit hoffnungsvollem Blick in die Gruppe. „Ich weiß nicht", sagte James. „Können wir denn einfach abhauen und die Menschen in der anderen Stadt sich selbst überlassen?" „Ihr kennt die Menschen doch gar nicht. In der Welt heutzutage heißt es: Jeder muss an sich selber denken. Wir können uns doch einen netten Platz suchen und von vorne anfangen", schluchzte Jenny dazwischen, wobei die anderen merkten, dass sie hier einfach nur noch wegwollte. „Ich weiß, dass wir dort niemanden kennen, aber wenn wir wegschauen, dann sind wir irgendwie mit schuld an dem Tod von 200 Menschen. Und wenn man sich diese Zahl heute betrachtet, könnte das ein nicht unerheblicher Anteil an Menschen sein, die im Umkreis von 500 Kilometern noch leben", erwiderte James und fügte hinzu: „Wir sollten abstimmen, ob wir fliehen wollen oder versuchen sollten, dass Massaker zu verhindern. Wir sind alle gleichberechtigt und die Mehrheit entscheidet." „Warte mal! Wir sollten uns dazu vielleicht erst mal fragen, in welcher Form wir den Angriff verhindern könnten? Wollen wir nur zu den anderen fahren und denen sagen, dass ein Angriff bevorsteht, oder wollt ihr das Problem bei der Wurzel packen und hier sabotieren?", warf Ethan ein. Das sahen die anderen auch ein und eine wilde Diskussion darüber begann, was sie überhaupt machen könnten. „Und wenn wir das Chemielabor einfach abfackeln?", fragte Steve. „Das könnte man machen, aber dann haben wir eventuell die Leute von hier auf dem Gewissen, wenn das Gift nicht durch Feuer neutralisiert wird und sich dann in der Luft verbreitet", antwortete Charly. „So wie wir hier alle am Debattieren sind, sollten wir doch erst mal abstimmen, ob wir es überhaupt machen wollen. Danach kommt dann der Plan oder halt nicht!", rief Ethan. „Bitte Handzeichen geben, wer dagegen ist und lieber fliehen würde." Es meldete sich nur Jenny. „Alles klar. Enthält sich jemand?" Jetzt meldete sich Ethan und zuckte mit den Schultern. „Alles klar. Dann wäre die Sache ja geklärt. Wir machen es und helfen den anderen."

Plötzlich meldete sich David zu Wort: „Ich habe einen Plan. Dazu brauchen wir dich, Jenny. Du musst dich umhören, wann die Geschichte gestartet werden soll. Wenn wir das wissen, klauen wir uns aus dem Keller einige schwere Waffen, Schutzanzüge und Sprengstoff. Anschließend entwenden wir zwei Fahrzeuge und verschwinden von hier. Wenn möglich, ohne viel Aufsehen zu erregen. Jenny muss uns dann noch genau den Weg beschreiben, wie man zu dem Lager der anderen kommt. Die eine Gruppe von uns fährt dann vor und warnt die anderen. Die anderen stellen den anderen eine Falle. Wir werden uns irgendwo auf dem Weg zu den anderen eine geeignete Stelle suchen und dort Sprengfallen platzieren. Wir sollten das auf jeden Fall bereits in einiger Entfernung von diesem Lager machen, falls der Wind schlecht steht, möchte ich nicht, dass das Gas hier rüberzieht. Dann sprengen wir die Sprengfallen und bearbeiten die Überlebenden mit allem, was wir haben. Alle, die bei der Tour dabei sind, werden wohl eingefleischte Anhänger von George sein und es verdient haben, was sie von uns bekommen. Falls doch jemand durchbrechen kann, dann wissen die anderen von dem Plan Bescheid und können sich auf einen möglichen Angriff vorbereiten und Abwehrmaßnahmen in die Wege leiten. Im Anschluss treffen wir uns dann alle in der Stadt von Peter und versuchen da unser Glück." Alle schauten sich fragend an, aber erkannten dann, dass der Plan wirklich gut war. Es müsste der Plan mit den wenigsten unschuldigen Opfern sein. „Seid ihr damit einverstanden?", fragte David in die Gruppe. Es kam ein einstimmiges Ja von den anderen. „Also Jenny, jetzt hängt es an dir. Ohne dich können wir den Plan nicht durchführen. Du hast doch bestimmt auch Freunde hier, die du nicht verlieren möchtest, oder?" Sie nickte zögerlich. „Wir brauchen unbedingt die Information, wann die Fahrt losgehen soll, damit wir in der Nacht zuvor von hier verschwinden können. Die Waffen besorgen wir schon vorher und verstecken diese außerhalb der Stadt, damit man uns nicht damit erwischt. Gibt es hier noch einen anderen Weg raus, außer durch das Haupttor?" „Ihr könntet durch die Kanalisation. Ihr kommt dann im Ort wieder raus, aber außerhalb der Stadtmauern." „Super! Den Weg musst du uns auf jeden Fall noch einmal zeigen. Den benutzen wir dann, um die Waffen rauszuschmuggeln." Jenny stimmte zu und die Gruppe war mittlerweile voller Motivation und glaubte sogar daran, dass der Plan funktionieren könnte.

„Das Wichtigste ist, dass wir uns nichts anmerken lassen. Wir müssen weitermachen, bis es wirklich losgeht. Wir werden bei unseren Fahrten nach Fahrzeugen in der Nähe Ausschau halten. Das ist nicht so auffällig, als wenn wir hier eins klauen und durch das Haupttor müssen.

Alle waren jetzt überzeugt von dem Plan und selbst Jenny war zwar noch zögerlich, erklärte sich aber einverstanden. In der kommenden Zeit verhielten sich alle unauffällig und gingen ihren Arbeiten nach. Die Außeneinsätze wurden auf ein Minimum reduziert und die umliegenden Gemeinden wurden nicht mehr überfallen, da George sämtliche Materialien zusammenhatte.

Eines Tages traf sich eine ausgewählte Gruppe um George im Gemeindehaus. Jenny wurde hier quasi als Einrichtungsgegenstand angesehen und die Männer machten sich keine Gedanken darüber, dass sie alles mithörte, als sie den Angriff auf die Stadt von Peter planten. Jetzt hatte Jenny die Information, die sie brauchte.

KAPITEL 14: DIE VORBEREITUNG

Jenny traf sich am nächsten Abend mit der Gruppe und weihte sie in die Pläne von George ein. Der Termin des Überfalls war in genau einer Woche geplant. „Jetzt müssen wir uns um die Waffen und die Fahrzeuge kümmern", sagte Ethan zu den anderen, „kannst du uns bitte zeigen, wie wir den Ort durch die Kanalisation verlassen können, Jenny?" Sie nickte ihm zu. „O. k., wir sollten uns hierzu etwas aufteilen. David und ich besorgen die Waffen aus dem Kellergewölbe. Ich glaube, es ist besser, wenn ich hier mit dabei bin, damit wir den korrekten Sprengstoff nehmen, den wir für den Hinterhalt benötigen. Außerdem sollten wir aufpassen, dass wir nur Material aus den Kisten nehmen und nicht aus den freistehenden Waffenständern. Das könnte zu sehr auffallen. James und Charly kümmern sich um die Fahrzeuge. Der Rest muss hier die Stellung halten, damit es nicht auffällt, dass wir weg sind." Michael wirkte etwas deprimiert, da er nicht in die Beschaffungsoperationen mit eingebunden war. Das merkte auch David und erklärte ihm: „Wenn hier jemand vorbeikommt und auf einmal alle verschwunden sind, dann ist das zu auffällig. Sind aber noch einige Leute hier, dann könnt ihr Ausreden für unsere Abwesenheit erfinden. Der Job hier ist genauso wichtig wie der draußen, damit unser Plan funktionieren kann." Das verstand Michael auch und legte wieder ein Grinsen auf. „So, dann weiß ja jeder, was er zu tun hat. Wir beginnen mit den Besorgungstouren morgen in der Nacht. Charly und James, passt draußen gut auf euch auf und lasst euch nicht von den Wachen sehen. Wenn ihr passende Fahrzeuge findet, dann macht sie so weit fertig, dass sie absolut fahrbereit sind. Sucht am besten nicht in direkter Umgebung, damit ihr die Fahrzeuge auch starten könnt, ohne dass das nachts eventuell jemand hört", beschrieb Ethan abschließend. Die Gruppe schaute sich an und alle hatten das Gefühl, dass sie hier etwas Wichtiges machten.

In der nächsten Nacht zogen die Gruppen los, um ihren Job zu erledigen. Ethan und David bewegten sich zu dem Waffenlager. Sie hatten zwei große Taschen mit, in denen sie die Waffen und den Sprengstoff transportieren wollten. Diese hatten sie von Jenny bekommen, weil sie Zugriff auf eigentlich alles in der Gemeinde hatte und sich unauffällig, wie ein Geist, durch die Einwohner bewegen konnte. Bei ihr fragte keiner nach, was sie mit irgendetwas vorhatte, was sie besorgte, weil alle davon ausgingen, dass es für George sein würde. Ethan öffnete wieder vorsichtig die Tür und die beiden traten ein. Sie gingen wieder den langen Gang entlang und kamen unten an der Tür an. Vorsichtig öffnete David diese und die beiden warfen einen Blick in die Kammer. „Scheint alles ruhig zu sein", sagte David zu Ethan und beide traten ein. Sie gingen durch die Halle und öffneten verschiedene Kisten und entnahmen Material. Sie besorgten sich einige Gewehre und Handfeuerwaffen. Zusätzlich nahmen sie ausreichend Munition für die Waffen aus den Kisten. „Für die Gruppe, die den Giftgas-Konvoi sprengt, sollten wir Schutzanzüge mitnehmen", merkte Ethan an. David nickte und antwortete: „Besorg du den Sprengstoff und ich hole die Anzüge." Sie teilten sich auf und besorgten die Gegenstände. Plötzlich hörten sie Stimmen, die den Gang runterkamen. Beide suchten ihre Blicke und gingen dann getrennt voneinander in Deckung und versteckten sich hinter Kisten. Sie verhielten sich ganz ruhig und warteten ab, was passierte. Aus Sicherheitsgründen lud jeder von ihnen schnell eine Pistole und entsicherte diese. „Ich habe dir schon hundertmal gesagt, dass du immer kontrollieren sollst, ob du die Tür oben korrekt verschlossen hast. Wenn George wüsste, dass das Schloss nicht zu war, dann kannst du dir ja vorstellen, was er mit dir machen würde. Besonders jetzt, wo es in die heiße Phase geht", hörten die beiden eine Stimme sagen. Jetzt öffnete sich die Tür der Halle und zwei Männer traten ein. „Wie oft soll ich es dir noch sagen? Ich schwöre dir, die Tür war verschlossen, als wir heute Morgen hier weggegangen sind", antwortete der andere. „Was sollen wir eigentlich für George von hier holen?" „Jetzt kurz vor dem Angriff will er auf alles gefasst sein. Daher sollen wir ihm eine zusätzliche Waffe holen und außerdem möchte er noch eine Flasche von dem guten Whisky", kam als Antwort. Die beiden gingen gezielt zu zwei Kisten und holten eine Waffe und den Alkohol. Hierbei kamen die beiden sehr nah an das Versteck von David und dieser hob langsam seine Waffe, um die beiden zu erledigen. Er schaute hinter den Kisten zu Ethan hinüber, der aber nur mit dem Kopf schüttelte und seinen Finger an die Lippen legte, um zu signalisieren, dass David sich ruhig verhalten solle. David nickte und senkte die Pistole wieder ab. Die beiden, die anscheinend auch bereits ein bis zwei alkoholische Getränke intus hatten, realisierten David jedoch nicht mal ansatzweise hinter den Kisten und holten bloß die Sachen. Anschließend verließen sie den Raum wieder und liefen den Gang hoch. David und Ethan trafen sich vor der Tür. „Alter, das war ganz schön knapp. Ich dachte schon, die hätten uns", seufzte David. „Wenn man nicht damit rechnet, dass hier jemand sein könnte, dann geht man einfach durch die Kisten und schaut nicht nach links und rechts. Das größere Problem wird jetzt nur sein, wie wir hier wieder rauskommen. Die Typen werden ja von außen wieder das Vorhängeschloss anbringen", sagte Ethan ruhig. David schaute ihn mit großen Augen an und zuckte mit den Schultern. „Wir müssen oben schauen, ob wir irgendwie ein paar Bretter entfernen können, damit ich nach draußen komme. Ich mache dann die Tür von außen für dich auf und wir holen die Taschen. Beide gingen nach oben und schauten sich an den Fenstern um, ob hier irgendwo eine gute Stelle wäre, an der sie das Haus verlassen könnten. „Sieht irgendwie nicht so gut aus. Ohne hier großartig Krach zu machen, werden wir hier nicht rauskommen. Da haben die beim Vernageln leider gute Arbeit geleistet", offenbarte David. „Das Haus hat eine zweite Etage. Wir sind ja gleich durch die Tür in den Keller gegangen, aber vielleicht sollten wir uns mal oben umsehen. Möglicherweise wurde sich hier nicht solche Mühe gegeben, weil keiner damit gerechnet hat, dass hier oben jemand versucht, einzusteigen." Sie gingen vorsichtig die Treppe hoch und schauten sich um. Die Räume im oberen Stockwerk waren auch komplett leer. Sie öffneten vorsichtig die Fenster und kontrollierten die Holzbretter. „Das hier sollte sich lösen lassen", flüsterte Ethan und zog an einem Brett. Dies ließ sich auch relativ leicht entfernen, gab dabei jedoch ein lautes Ächzen von sich. Die beiden schauten sich mit leicht zugekniffenen Augen an und bewegten sich keinen Millimeter. Sie schauten durch die Öffnung, ob sich jemand auf der Straße befand oder irgendwo das Licht angegangen war. „Scheint alles in Ordnung zu sein. Ich muss aber noch ein Brett abnehmen, damit ich durch die Öffnung passe", erwähnte Ethan leise. Er setzte beim nächsten Brett an und zog daran. Dieses wurde aber an sich nur durch das andere gehalten und war nur noch mit einem Nagel befestigt. Daher löste es sich sehr gut und der Krach hielt sich in Grenzen. „Alles klar. Geh wieder runter. Ich gehe nach vorne und öffne die Tür. Dann holen wir die Taschen", erklärte Ethan und quetschte sich anschließend durch den Spalt. Er war jetzt auf einem Balkon. Er kletterte über die Brüstung und ließ sich so weit wie möglich herunter. Dann ließ er los und landete auf dem Rasen. Er schaute sich um und schlich an der Hauswand zum Eingang. Ethan holte aus seiner Tasche seine Utensilien, um das Schloss zu knacken. Plötzlich hörte er jemanden rufen: „Was machst du da? Weg von der Tür!" Ethan hielt inne und fragte sich, wie er jetzt handeln sollte: Sollte er ihn beiseiteschaffen oder auf unwissend tun? Der Mann, der gerufen hatte, kam näher, das hörte Ethan an den lauter werdenden Fußschritten. „Was willst du hier?", fragte die Stimme noch einmal mit Nachdruck. „Oh, sorry, Bruder. Ich habe leider etwas viel getrunken. Ich suche die Unterkunft von den letzten Ankömmlingen. Ich kann mich aber gar nicht daran erinnern, dass die Tür abgeschlossen war", erwiderte Ethan mit lallender Stimme, als wäre er betrunken. Ethan drehte sich um und stand mit wackelnden Beinen vor dem Mann. „Moin Chef, kannst du mir den Weg zeigen?", brabbelte Ethan. „Scheiß Neue! Die, die gerade erst frisch von draußen kommen, schlagen immer über die Stränge. Komm her und ich zeige dir die Sporthalle." Ethan stolperte auf den Mann zu und bedanke sich. Die beiden gingen zur Sporthalle. „Schaffst du den Rest alleine?", wollte der Mann wissen. „Ja, danke Mann. Sie sind ein Gelehrter und Held. Ich gehe pennen." Hier trennten sich die Wege der beiden. Ethan torkelte durch die Tür und schloss diese hinter sich. Die anderen schauten ihn verblüfft an. „Was war das denn und wo ist David?", wollten sie wissen. „Wir wurden überrascht und ich musste improvisieren. David ist noch in der Waffenkammer. Den hole ich gleich raus. Ich muss wieder los." Ethan verließ die Sporthalle wieder und machte sich auf den Weg zur Waffenkammer. Dort angekommen, fing er erneut an, die Tür zu knacken. „Sag mal, willst du mich verarschen?", hörte er erneut hinter sich und erkannte die Stimme von vorher. „Oh, Scheiße!", dachte sich Ethan. Der Mann kam auf ihn zugestürmt. „Was soll ich sagen?", erwiderte ihm Ethan. „Du kommst jetzt mit zu George!", fauchte er und packte Ethan am Arm. In einer blitzschnellen Bewegung riss sich Ethan frei und drehte den Angreifer um. Er griff ihn von hinten und legte seinen Arm um seinen Hals. Anschließend drückte er zu. Der Mann zog an seinem Arm, aber vergebens. Ethan hatte ihn fest im Griff und drückte ihm die Atemwege zu. Es dauerte nicht lange und die Abwehr des Mannes wurde schwächer, bis er letztendlich völlig schlaff in den Armen von Ethan hing. Ethan ließ ihn vorsichtig zu Boden und flüsterte ihm dabei zu, dass es ihm leidtäte. Er durchsuchte die Taschen des Mannes und fand ein Schlüsselbund. Er ging zur Tür und öffnete das Schloss. „David, ich bin es, Ethan. Du kannst rauskommen." David erschien in der Dunkelheit mit einer der Taschen unter dem Arm. „Das hat aber ganz schön lange gedauert. Was hast du denn noch veranstaltet?", fragte er mit leichtem Grinsen im Gesicht. „Es gab leider Probleme. Ich musste einen Mann ausschalten, der mich gleich zweimal überrascht hatte." Das Grinsen entwich umgehend aus dem Gesicht von David. „Verdammte Scheiße! Gab es denn keine andere Möglichkeit?", fragte er leicht verärgert. „Leider nicht, sonst hätte ich das natürlich nicht gemacht. Wir müssen jetzt leider irgendwie die Leiche loswerden, ohne, dass uns jemand sieht oder die Leiche findet, bevor es losgeht." David schüttelte den Kopf und antwortete: „Na ja, jetzt können wir das ja leider auch nicht mehr ändern.

Was wollen wir machen?" „Vergraben wird wohl etwas ungünstig, da die aufgewühlte Erde jedem auffallen würde. Wir müssen ihn irgendwie aus der Stadt schaffen. Wir müssen zu Jenny, damit sie uns den Tunnel zeigen kann. Ein anderer Plan würde mir jetzt spontan auch nicht einfallen", erklärte Ethan ruhig und sachlich. „Ja, muss wohl", erwiderte David kurz. „O. k., wir bringen erst mal die Taschen zu unserer Unterkunft und suchen Jenny. Sie soll uns dann sagen, wo es hinausgeht. Anschließend holen wir die Leiche. Wir müssen uns aber beeilen, da es schon bald wieder hell werden wird." Beide nickten sich zu und deponierten die Leiche erst mal in einem der leeren Zimmer. Anschließend nahmen sie die Taschen und machten sich unauffällig zu der Sporthalle auf. Dort versteckten sie die Taschen und gingen zu Jennys Haus. Sie klopften vorsichtig an ihrem Schlafzimmerfenster. Im Inneren ging das Licht an und Jenny öffnete das Fenster. „Was ist los? Gibt es irgendwelche Probleme?", fragte sie mit zitternder Stimme. „Es gab leider einen kleinen Zwischenfall und wir müssen eine Leiche aus der Stadt schaffen. Du müsstest uns bitte zeigen, wo der Tunnel ist. Wir hätten die anderen gefragt, aber die sind leider noch nicht wieder von der Fahrzeugbeschaffungstour zurück." „Wen musstet ihr umbringen und warum?", fragte Jenny schockiert. „Einer von Georges Leuten, der uns in der Waffenkammer überrascht hat. Beim ersten Mal konnte ich ihm noch eine Lüge erzählen, aber als er mich das zweite Mal erwischt hat, war der Zug leider abgefahren." „Alles klar. Wartet kurz, ich ziehe mir was über und komme raus." Die Gruppe setzte sich zu der Waffenkammer in Bewegung und Ethan holte den toten Körper aus dem Gebäude. „Alles klar, folgt mir", flüsterte Jenny und ging vor. Als sie die Leiche erkannte, sagte sie nur: „Das war eh eines der größten Schweine hier. Ihr habt der Stadt einen Gefallen getan." Sie gingen an die östliche Mauer. Dort befand sich ein Steingebäude, auf das Jenny zuging. „Hier müssen wir rein. Ich habe den Schlüssel. Durch die Versorgungsschächte, in denen die Rohrleitungen verlaufen, können wir unter der Mauer durch und kommen in einem anderen Gebäude auf der anderen Seite wieder heraus", erklärte Jenny den anderen und ging voraus. „Normalerweise ist die Tür abgeschlossen, aber eure Freunde sind ja noch unterwegs auf der Suche nach einem fahrbaren Untersatz. Ich warte hier und achte darauf, dass uns keiner überrascht. Ihr müsst einfach nur der Treppe in den Keller folgen und dann immer geradeaus, bis ihr auf der anderen Seite wieder hochgehen könnt." Ethan und David nickten ihr zu und machten sich auf den Weg in das Gebäude. Sie stiegen die Treppe runter und folgten den Leitungen. Plötzlich hörten sie Stimmen vor sich und gingen an der Wand in Deckung, so weit das in dem Flur möglich war. „Das sind doch Charly und James. Die Stimmen erkenne ich doch", flüsterte David und trat auf den Flur. „Hey, Jungs, wir sind es. Alles klar bei euch?", flüsterte David den anderen im Flur zu. „David, bist du das? Was macht ihr den hier?", kam es von Charly zurück. Die vier Männer begrüßten sich und Charly sah den Toten, der auf der Erde lag. „Wollt ihr uns irgendetwas erklären? Was macht euer neuer Kumpel hier mit euch unten?", wollte James von den beiden wissen. „Es gab leider ein kleines Problem, was ich nicht sonderlich gut erklären konnte. Dabei ist unserem Freund hier etwas die Luft weggeblieben. Jetzt müssen wir den Kollegen noch irgendwo loswerden, sodass ihn keiner finden kann", erklärte Ethan ruhig. „Alles klar, wir sehen uns dann wieder oben. Ist vielleicht besser, wenn wir schon wieder vorgehen, damit hier nicht so ein großer Trupp aus dem Keller kommt. Wir reden später darüber, wie alles gelaufen ist", merkte Charly an. Anschließend trennten sich die Wege der Gruppe wieder. Charly und James gingen wieder aus dem Keller und machten sich auf den Weg zu ihrer Unterkunft. Ethan und David gingen in die andere Richtung und brachten die Leiche auf der anderen Seite wieder nach oben. „Ich würde sagen, dass wir den einfach in näherer Umgebung in ein Haus schmeißen", sagte Ethan. „Ich würde ungerne sehen, dass ein paar wilde Köter mit einer Hand im Maul bei der Wache auftauchen. Wie wäre es, wenn wir den Körper ein paar hundert Meter weiter in einen Kofferraum von den Autowracks stecken? Da kommt kein Tier ran und wir haben unsere Ruhe." Das hielten beide für eine gute

Idee und machten sich auf die Suche nach einem Fahrzeug, bei dem der Kofferraum nicht verschlossen war. Nach ca. 15 Minuten hatten sie einen passenden Wagen gefunden und entsorgten die Leiche. Anschließend machten sie sich wieder auf den Weg zurück. Als sie aus dem Keller kamen, wartete Jenny immer noch auf sie und schloss die Tür wieder hinter ihnen zu. Jenny verabschiedete sich von den beiden und jeder machte sich auf zu seiner Unterkunft. Als sie in der Sporthalle ankamen, warteten bereits alle anderen auf sie und Ethan erzählte ihnen anschließend, wie alles gelaufen war und wie es zu dem Mord gekommen war. Anschließend fragte Ethan Charly und James, ob sie etwas Passendes gefunden hätten. „Wir haben ca. 30 Minuten vom Lager entfernt einen alten Parkplatz entdeckt. Hier haben wir zwei Wagen gefunden, welche wir wieder fitmachen konnten. James hat die Kisten durchgecheckt und wieder zum Laufen gebracht. Die Räder sind leider noch platt und wir müssen noch einen Kompressor besorgen, um diese wieder aufzupumpen, aber an sich sind die Wagen einsatzbereit. Benzin haben wir aus umliegenden Autos besorgt und zusätzliche Kanister in die Kofferräume gestellt. Die Batterien waren leider auch platt, aber mit ein paar Tricks konnten wir die Autos zum Starten bringen und ließen sie etwas laufen, um sie wieder aufzuladen. Theoretisch sind wir, bis auf die Reifen, abfahrbereit. Hierum werden wir uns die Tage noch kümmern. Ich habe aber auf dem Weg bereits eine Werkstatt gesehen. Wenn wir Glück haben, gibt es hier Kompressoren, welche wir über den Zigarettenanzünder laufen lassen können. So weit wäre das alles von uns." Alle hatten jetzt sämtliche Informationen, wie das Unterfangen voranschritt. „So weit, so gut. Dann lasst uns alle versuchen, wenigstens noch etwas Schlaf zu bekommen." Die Gruppe legte sich hin und schlief fast unverzüglich ein.

KAPITAL 15:
DIE UMSETZUNG UND DER ANGRIFF

Zwei Tage nach diesem Abend begann es unter den Männern von George zu Getuschel zu kommen. Die Männer fragten sich, wo ihr Kamerad abgeblieben war, den Ethan aus dem Weg geräumt hatte. George berief eine Sitzung ein, zu der auch Ethan, David, Michael und Charly eingeladen wurden. „Wie ihr alle höchstwahrscheinlich schon mitbekommen habt, ist leider einer unserer Männer verschwunden. Vor zwei Tagen war er abends noch mit seinem Kumpel, Eric, auf Patrouille durch unsere Stadt. Am nächsten Morgen war er spurlos verschwunden. Hat einer von euch etwas bemerkt oder weiß, wo er sich aufhält?", erklärte George der Gruppe. Sofort begannen die Leute zu murmeln, aber keiner konnte etwas zu dem Verbleib von Harold sagen. „Es ist doch irgendwie komisch, dass seitdem die Neuen hier angekommen sind, immer wieder Freunde von uns sterben oder verschwinden", merkte einer der Männer an und schaute vorwurfsvoll zu der Gruppe rüber. „Es tut uns wirklich leid, dass einer der Männer vermisst wird, jedoch haben wir keine Ahnung über den Verbleib", erwiderte Ethan daraufhin. „Wir können gerne versuchen, ihn mit euch zu finden, aber wir können leider auch nichts dazu sagen, wo er abgeblieben ist. Seid ihr sicher, dass er sich nicht einfach aus dem Staub gemacht hat? Habt ihr geprüft, ob er der Einzige ist, der verschwunden ist? Eventuell ist er mit einem Mädel durchgebrannt." Die anderen schauten sich fragend an. „Uns ist kein weiteres Fehlen eines unserer Bürger bekannt", antwortete George daraufhin. „Alles klar. Danke für euer Angebot, uns zu helfen, ihn zu suchen. Ich habe noch etwas mit den anderen zu besprechen und muss euch leider bitten, zu gehen. Vielen Dank." Die Gruppe stand auf und machte sich in Richtung Ausgang auf den Weg. Die Blicke der Gruppe trafen sich beim Rausgehen noch mit dem Blick von Jenny, die ihnen zunickte.

Später am Abend kam Jenny in die Unterkunft der Gruppe und erzählte ihnen, was anschließend besprochen wurde. „George traut euch nicht und die anderen tun das auch nicht. Der Angriff soll bestehen bleiben, aber ihr sollt nicht eingeweiht werden. Wir haben nur noch wenig Zeit, um alles vorzubereiten. Wie sieht es mit den Fahrzeugen aus?", fragte Jenny die anderen. James drehte sich zur Gruppe und erklärte: „Die Wagen sind bereit zur Abfahrt. Ich war gestern noch einmal mit Charly draußen und habe die Räder aufgepumpt. Außerdem haben wir in diesem Zuge gleich die Waffen in den Fahrzeugen verstaut." Jetzt ergriff Ethan das Wort: „Vielen Dank, James. Dann sind wir ja so weit. Wir müssen uns noch überlegen, wie wir hier vor dem Angriff rauskommen, ohne dass jemand uns bemerkt und gegebenenfalls die Route geändert wird. Jenny, hast du die Karte besorgt und markiert, welchen Weg der Konvoi nehmen wird?" Sie nickte und reichte Ethan die Karte, auf der sie mit einem roten Stift markiert hatte, welchen Weg die Wagen nehmen werden. Dies hatte sie bei den Unterhaltungen der Leute aufschnappen können. Ethan studierte die Karte und zeigte den anderen, wo die besten Stellen seien, um den Hinterhalt zu planen. „Wie wäre es mit der kleinen Brücke hier? Wenn wir die mit dem Sprengstoff präparieren, können wir die einfach in den Fluss bomben." Dies hielten eigentlich alle für einen guten Einfall. „Das sollten wir so machen. Wir müssen noch die Gruppen aufteilen. Wir brauchen einige, die die andere Stadt warnen, und den Angriffstrupp, der den Konvoi angreift. Falls die es doch irgendwie durchschaffen, müssen die anderen auf jeden Fall gewarnt werden. Ich sollte auch beim Angriffstrupp dabei sein, damit ich den Sprengstoff installieren und zünden kann. Hier hätte ich gerne noch David dabei, als Sicherung und Schützen. Zusätzlich packen wir noch Michael ein, der uns unterstützt. Der Rest sollte zu der Stadt fahren. Charly, du musst auf die Leute aufpassen und dem Stadtchef, Peter, die Lage erklären. Isabelle muss auf jeden Fall auch dabei sein, damit sie sich bei einem möglichen Angriff um die Verletzten kümmern kann. Du, James, musst die Karre am Laufen halten und dich um deine Söhne kümmern." Mit diesem Vorgehen waren alle einverstanden. „Jenny, wann wollen die anderen losfahren?", fragte James. „Gleich zum Morgengrauen, also müssten wir uns nachts in Bewegung setzen. Wenn wir Glück haben, merkt nicht einmal jemand, dass wir gar nicht mehr in unseren Betten liegen. Wenn wir gegen 2 Uhr nachts losfahren, dann haben wir genügend Zeit, den Sprengstoff anzubringen, und die anderen haben Zeit, um in die Stadt zu fahren."

Die nächste Zeit bis zum Unterfangen verhielt sich die Gruppe ruhig und sorgte dafür, kein Aufsehen zu erregen. In der Nacht vor dem Angriff packte jeder seine Sachen und die Gruppe machte sich auf den Weg durch die Tunnel in die Freiheit. Unter ihre Bettdecken hatten sie Handtücher gestopft, falls jemand reinschauen sollte. Jenny führte die Gruppe nach draußen und anschließend übernahm James die Führung zu den Fahrzeugen, was ca. 30 Minuten dauerte. Die Gruppe teilte sich auf die Fahrzeuge auf und setzte sich in Bewegung. James hatte wirklich gute Arbeit geleistet, da die Fahrzeuge ohne Probleme ansprangen. Er suchte immer die alten Modelle aus, weil dort noch weniger Technik und Computer im Spiel waren. „Wie weit ist die Strecke ungefähr?", fragte Steve seinen Vater. „Nach der Karte zu urteilen, werden wir bis zu der Brücke ungefähr 2,5 Stunden benötigen und noch weitere 3 Stunden zu der Stadt", erwiderte er. Die beiden Fahrzeuge bahnten sich ihren Weg durch die dunkle Nacht, immer der roten Linie auf der Karte hinterher. Die Straßen waren hier relativ frei, wodurch sie sehr gut durchkamen. Nach 3 Stunden kamen sie an der Brücke an. Die Gruppe stieg aus den Autos und streckte sich erst mal. „Alles klar. Ich würde sagen, ihr fahrt gleich weiter und wir machen uns an die Arbeit. Wir haben zwar noch reichlich Vorlauf, bis die anderen nachkommen, aber ihr müsst Peter noch die Situation erklären und eventuell die Kinder aus der Stadt bringen", sagte David. James und die anderen waren damit einverstanden. Die Leute der Gruppe verabschiedeten sich noch herzlich voneinander und dann teilten sie sich auf. Der zweite Wagen setzte sich wieder in Bewegung und Ethan ging an den Kofferraum, um den Sprengstoff zu holen. „Dann werde ich mich mal an meine Arbeit machen. Michael, kannst du mir helfen? David, es wäre cool, wenn du dich ein bisschen umschauen würdest. Die anderen werden zwar noch nicht hier sein, aber es könnte ja sein, dass hier noch andere Gruppen unterwegs sind." David nickte und schnappte sich sein Gewehr. Michael folgte Ethan und sie gingen zur Brücke. „Ach, David! Suche zusätzlich schon mal nach einem guten Ort, an dem wir in Deckung gehen und die anderen, wenn nötig, beschießen können. Danke dir!", rief Ethan David nach. David hob im Weitergehen nur den Daumen, was jedoch bei dem nächtlichen Himmel fast nicht sichtbar war. „O. k., Michael, du musst die Taschenlampe halten, wenn ich die Sprengsätze verkabele." Beide nickten sich zu und Ethan überlegte, wo er am besten den Sprengstoff anbringen könnte, damit die Brücke auch den größten Schaden nehmen würde. Leider waren die Pfeiler schwer zugänglich, da die Brücke über einen Fluss verlief. „Ich werde mich wohl ein Stück abseilen müssen, um an einem der Pfeiler zwei Ladungen anzubringen. Wir werden die Sprengsätze, so weit es möglich ist, schon hier oben vorbereiten. Anschließend lasse ich mich hinunter und bringe sie an. Kannst du mir bitte das Seil aus dem Wagen holen? Ich habe vorhin eins im Kofferraum gesehen", fragte Ethan ihn. Michael lief los und holte das Seil. Ethan bereitete die Bomben vor und verkabelte diese. Anschließend steckte er diese wieder in die Tasche und hängte sich diese um. Er wickelte sich das Seil um den Körper und machte es auf der Brücke fest. „Es kann sein, dass du mir nachher etwas helfen musst. Die Kabeltrommel mit dem Kabel für die Zündung lasse ich auch bei dir stehen. Diese müssen wir später zu unserem Posten mitnehmen. Ich hoffe nur, dass das Kabel reicht." Ethan ließ sich langsam über das Geländer ab und schwang in der Luft. Er zog sich gegen den Pfeiler und machte den ersten Sprengsatz fest. Als er damit fertig war, schwang er sich unter der Brücke auf die andere Seite des Pfeilers und machte hier den zweiten fest. Anschließend ließ er die leere Tasche in den Fluss fallen. „Hier unten ist alles in Ordnung. Ich werde mich jetzt wieder hochziehen." Langsam zog sich Ethan wieder am Seil hoch und war in kurzer Zeit wieder oben am Geländer angekommen. Er sprang über die Brüstung und machte das Seil wieder ab. „Wir müssen das Kabel irgendwie verstecken, damit man es nicht auf Anhieb sehen kann, wenn man hier vorbeifährt", erklärte er Michael und bedeckte das Kabel mit Dreck und Laub, was er hinter der Brücke einsammelte. Michael ging langsam voraus und wickelte vorsichtig das Kabel ab. Jetzt kam auch David wieder zurück. „Ich habe eine gute Stelle gefunden, an der wir in Deckung gehen können. Ich werde noch den Wagen hinter die Brücke fahren und in dem Wald verstecken. Wir treffen uns gleich vorne an dem Wald." David fuhr den Wagen weg und Ethan und Michael rollten das Kabel weiter ab. Sie trafen sich an der Straße und David zeigte ihnen den Punkt, welchen er sich überlegt hatte. Es handelte sich hierbei nur um eine Vertiefung im Boden, in welcher man jedoch, wenn man sich hinlegte, geschützt war und nicht gesehen wurde. Das Kabel reichte auch bis zu diesem Punkt und Ethan schloss den Zündmechanismus an das Kabel an. „So, dann können wir jetzt nur noch warten. Ich werde die restlichen Waffen aus dem Fahrzeug holen, damit wir alles griffbereit haben."

„Wie lange müssen wir noch fahren?", fragte Isabelle James. „Wir sind gleich da. Ich würde sagen, dass wir etwas weiter vorne parken und ich mit einer weißen Flagge zum Tor gehe. Ich möchte vermeiden, dass die direkt auf uns schießen, wenn wir auf die Wachen zufahren." „So können wir das machen, aber sei bitte vorsichtig", erwiderte Isabelle. James stoppte nach kurzer Zeit den Wagen und stellte ihn in einem Waldweg, kurz neben der Straße, ab. Seine Söhne drückten ihn zur Verabschiedung. James ging ein Stück in den Wald und kam mit einem langen Ast zurück. Er nahm aus dem Kofferraum ein weißes Tuch, was Isabelle mitgenommen hatte, um damit gegebenenfalls Wunden verbinden zu können. Dieses Tuch wickelte er um den Ast und baute daraus eine weiße Flagge, um den Wachen zu signalisieren, dass er in Frieden kommt. Jetzt machte er sich auf den Weg und ging die Straße entlang. Es waren, der Karte nach zu urteilen, noch ca. 20 Minuten Fußweg, die ihn von dem Lager trennten. Als er sich nach einiger Zeit den Toren näherte, hob er die weiße Flagge weiter über seinen Kopf und begann, diese leicht zu schwenken, um auf sich aufmerksam zu machen. Plötzlich ertönte ein Schuss, der durch die Stille der Nacht hallte. „Keinen Schritt weiter, Fremder!", ertönte eine Stimme. Es war einer der Wachposten, die das Tor bewachten. Neben dem Tor waren zwei hohe Türme, auf denen jeweils zwei Wachen standen, die jetzt auf James zielten. James hörte das Wasser rauschen, was durch den Damm schoss. Er hob die weiße Flagge und jetzt auch den anderen Arm. „Hallo, mein Name ist James Tuddler. Ich bin hier, um mit Peter zu sprechen", erklärte er den Wachen. „Woher kennst du den Namen unseres Bürgermeisters? Wer hat dich geschickt und was willst du von ihm?", fragte einer der Wachen. „Ich bin hier, um ihn zu warnen. Wir waren in der Stadt seines Bruders, George, und sind von dort geflohen, um euch vor einem Angriff zu warnen. Bitte lasst mich mit Peter sprechen, es ist dringend!" Die Wachen sahen ihn jetzt völlig verblüfft an. „Der Bruder des Bürgermeisters ist tot. Die Wachen haben ihn damals nach seiner Verurteilung rausgefahren und erschossen!" „Das ist so leider nicht korrekt. Es wäre das Beste gewesen, wenn ihr es so gemacht hättet. Er wurde aber nur weggefahren und ausgesetzt. Da Unkraut nicht vergeht, hat er einen neuen Ort aufgebaut und begonnen, kleine Gemeinden zu plündern. Daher muss ich unbedingt mit eurem Bürgermeister sprechen." Die Wachen senkten jetzt langsam die Gewehre und schauten ihn völlig ungläubig an. Einer der Wachen flüsterte seinem Nebenmann zu: „Ich habe keine Ahnung, ob er uns hier irgendwelche Lügen auftischt, aber hol lieber Peter her. Das sollte er sich anhören." Der Nebenmann nickte ihm zu und verließ über eine Leiter den Wachturm auf der Innenseite der Mauer. „Ihr wartet da und keine plötzlichen Bewegungen! Wir holen den Bürgermeister und er entscheidet, ob er mit Euch reden möchte!", rief die Wache James zu. Es dauerte einige Minuten, aber plötzlich gingen die drei restlichen Wachen wieder mit ihren Gewehren in Anschlag. Das Tor öffnete sich und ein dünner Mann trat mit der Wache, die vom Turm gestiegen war, durch die Türen. „Hallo, mein Freund. Mein Name ist Peter und ich habe gehört, dass Ihr mir etwas zu erzählen habt", sagte er zu James. „Hallo, mein Name ist James. Vielen Dank, dass Ihr mich anhört. Es geht um Ihren Bruder und einen bevorstehenden Angriff auf Ihre Gemeinde." „Wir sollten das hier nicht vor unseren Toren besprechen. Bitte tretet doch ein", antwortete Peter und zeigte mit einer Handbewegung auf das Tor. James trat dichter und die Wache kam auf ihn zu. „Bitte hebt Eure Arme. Ich muss Euch durchsuchen", knurrte die Wache. James folgte den Anweisungen. „Er ist sauber", gab die Wache an Peter weiter. Jetzt gingen sie zu dritt in die Stadt. „Wir haben leider nicht viel Zeit für allzu lange Erklärungen. Der Angriff ist für heute Mittag geplant." Peter stutzte und forderte ihn zum Weiterreden auf. „Dein Bruder plant einen Angriff auf deine Stadt. Da er aber durch häufige Ausspähaktionen weiß, dass du dich hier verschanzt hast und er mit seinen wenigen Leuten keine Chance gegen dich hätte, hat er einen Chemiker beauftragt, Giftgas zu entwickeln, um dieses über die Mauern zu schießen und euch so zu erledigen." „Giftgas, sagst du. Das kann doch nicht Euer Ernst sein. Die halbe Welt liegt in Trümmern und er möchte uns mit Giftgas ausrotten? Ich wusste, dass mein Bruder sauer auf mich ist, aber das geht selbst für ihn zu weit. Warum zum Teufel sollte er so etwas machen?", protestierte Peter ungläubig. „Er hat dir nie verziehen, dass du ihn aus der Stadt verbannt hast. Seine neue Gemeinde hat er nur mit dem Ziel aufgebaut, euch irgendwann zu erledigen und sich zu rächen. Ist jetzt aber auch egal, warum das Ganze passieren soll, viel wichtiger ist jetzt, dass wir Schritte einleiten, um den Angriff abzuwenden. Theoretisch haben wir schon einen Plan gestrickt, um das Unheil von euch abzuwenden, aber man weiß ja nie, ob der Plan genauso funktioniert, wie vorher erdacht", erklärte ihm James. „Was habt ihr euch denn überlegt und wie kann ich sicher sein, dass Ihr mir die Wahrheit erzählt und mich nicht nur täuschen wollt, damit ich einen Fehler mache und unsere Stadt noch einfacher zu überlaufen ist?", wollte Peter wissen. „Wir haben durch eine Freundin in der Stadt deines Bruders erfahren, welche Strecke ihr Angriffskonvoi nehmen wird. Freunde von mir sind auf halber Strecke zurückgeblieben und versuchen, den Konvoi in die Luft zu sprengen. Sie haben dazu eine Brücke vermint. Falls alles gut geht, dann können wir sie vielleicht so ausschalten und das Ganze abwenden, aber wenn nicht, dann solltet Ihr auf das Schlimmste vorbereitet sein. Vertraut Ihr mir?" Peter starrte auf den Boden und dachte nach. Langsam hob er seinen Blick und antwortete James zögerlich: „Bleibt mir denn eine andere Wahl? So eine verrückte Geschichte kann sich doch keiner ausdenken. Habt Ihr einen Plan, was wir vielleicht machen sollten?" James wusste jetzt, dass er ihn überzeugt hatte. „Wir müssen die Frauen und Kinder aus der Stadt schaffen. Falls die Truppen deines Bruders es wider Erwarten schaffen sollten, unsere Sprengfalle zu überwinden. Dann müssen wir dafür sorgen, dass sich in der Stadt so wenige Menschen wie möglich aufhalten. Gibt es irgendetwas, wo die Menschen hinkönnen? Es müsste jedoch in einiger Entfernung sein. Habt Ihr Fahrzeuge, mit denen wir die Leute von hier wegschaffen können? Sie sollten fragen, wer sich zusätzlich noch freiwillig meldet, um die Stadt zu verteidigen. Wenn wir die Angreifer nicht vernichtend schlagen, dann werden sie Euch ewig jagen. Sie sind das Böse für sie, weil Ihr Bruder es den Menschen dort so eingeredet hat." „Verdammte Scheiße! Hätte ich ihn damals gleich getötet, dann wären wir nicht in dieser Lage. Alles klar, dann lassen Sie uns keine Zeit verlieren. Wir haben eine Sirene. Colin! Geh die Sirene läuten und lass sich alle Leute vor dem Rathaus versammeln. Sanchez! Du schnappst dir ein paar Männer und machst die Lkws klar. Ladet Waffen und Proviant auf. Bedenkt aber auch, dass sehr viele Menschen auf den Ladeflächen Platz finden müssen, also übertreibt es nicht. Nur das Nötigste bitte. Wie sollen die Männer, die hierbleiben sich gegen das Giftgas verteidigen und den Feind bekämpfen?", fragte er James. Er überlegte und erklärte dann: „Wir müssen sie vor der Stadt abfangen, dass sie gar nicht in der Lage sind, das Giftgas abzufeuern. Das ist unsere einzige Chance. Leider haben wir keine Ahnung, ob das Zeug durch Feuer neutralisiert wird, wodurch sprengen oder anzünden sehr gefährlich ist. Unsere Freunde an der Brücke haben daher extra Schutzanzüge geklaut, damit sie nicht mit dem Gas in Kontakt geraten. Leider haben wir aber für uns und euch keine mehr. Wir müssen die Gegner mit gezielten Schüssen ausschalten, um sicher zu sein, dass nichts passiert. Das heißt, dass wir uns irgendwo entlang der Straße positionieren müssen und dann zuschlagen, wenn sie an uns vorbeifahren. Etwa eine halbe Stunde Fußmarsch von hier entfernt, warten noch Freunde von mir, die uns dabei unterstützen können." Die Leute machten sich zu den anderen auf und trafen nach kurzer Zeit bei diesen ein. James erklärte ihnen die Lage und die Gruppe machte sich auf den Weg, um einen geeigneten Platz für ihren Angriff zu finden. Anschließend bezogen sie Stellung an einer engen Kurve, von der sie gerade Sicht auf heranfahrende Fahrzeuge hatten.

„Alles klar! Ich glaube es geht los. Ich höre in der Ferne Lkws kommen. Legt eure ABC-Schutzmasken an", sagte Ethan den anderen mit ruhigem Tonfall. Die Anzüge hatten Sie bereits zuvor angezogen. Die Situation spannte sich unverzüglich an und Michael und David legten die Masken und Waffen an und schauten durch das Visier in Richtung Brücke. „Sobald der erste Truck auf der Brücke ist, zünde ich die Sprengladungen. Ich hoffe, der zweite fährt dann direkt mit rein", erklärte Ethan den anderen. Plötzlich sahen sie, wie zwei Trucks um die Ecke bogen. „Macht euch bereit", flüsterte Ethan mit durch die Maske verzerrter Stimme. Als der erste Truck die Brücke befuhr, legte Ethan den Hebel um. In einem mächtigen Feuerball explodierte die Brücke samt Lkw. Unter dem ohrenbetäubenden Geräusch der Explosion, sackten die Brückenpfeiler in sich zusammen. Das brennende Wrack des Lkw, welches bei der Explosion einen Satz in die Luft gemacht hatte und anschließend wieder aufgeschlagen war, brach durch die Fahrbahn. Der Lkw stürzte mit den Teilen der Brücke in den Fluss und blieb verkeilt unter dem klaffenden, noch brennenden Loch, wo sich gerade noch ein Übergang befand, liegen. Der andere Lkw-Fahrer trat mit voller Kraft auf die Bremse. Er befand sich bei der Explosion ein Stück hinter dem anderen Fahrzeug. Der Lkw rutschte unaufhörlich auf den Abgrund zu. Plötzlich kam das Fahrzeug zum Stoppen, wobei schon ein Vorderrad in der Luft über dem brennenden Wagen hing. „Macht sie fertig!", schrie Ethan und die Gruppe eröffnete das Feuer auf den Lkw. Überall in der Front des Lkws schlugen die Kugeln ein. Der Beifahrer bekam sofort einen Halsschuss und versuchte, die stark blutende Wunde abzudrücken. Dies half aber nur kurze Zeit, weil ihn kurz darauf mehrere Salven durchlöcherten und er regungslos in sich zusammenfiel. Der Fahrer bückte sich und legte den Rückwärtsgang ein. Mit einem Ruck setzte sich der Lkw rückwärts in Bewegung. Von hinten hörte der Fahrer die Leute brüllen, die sich unter der Plane auf der Ladefläche befanden. Um diese nicht zu gefährden, versuchte er gar nicht erst, zu drehen, sondern trat das Gaspedal, mit noch eingelegtem Rückwärtsgang, komplett durch. Der Wagen entfernte sich von der Brücke und Ethan sprang, mit dem Gewehr im Anschlag, auf und feuerte unaufhörlich weiter. David und Michael taten es ihm gleich. Die Front des Fahrzeuges war schon von Kugeln durchsiebt und die Scheibe war nur noch spartanisch in einigen Ecken vorhanden. Plötzlich schlug der Fahrer das Lenkrad doch komplett ein und fuhr in einen Waldweg ein. „Scheiße, wo wollen die denn hin? Warum fahren sie einen anderen Weg?", schrie David und stellte das Feuer ein. „Fuck! Ich hoffe, die Penner kennen nicht noch eine andere Strecke. Dann haben wir ein Problem. Die Brücke ist futsch und wir können sie nicht auf direktem Weg verfolgen. Los, schnell in den Wagen! Wir müssen zu den anderen und sie warnen, falls sie wirklich nicht aufgeben und ihre Mission auf anderem Weg fortsetzen!", rief Ethan den anderen zu. Die Gruppe lief zum Wagen und David startete umgehend den Motor und trat auf das Gaspedal. Michael starrte aus dem Heckfenster und sah den Rauch und das Feuer, was von unterhalb der explodierten Brücke kam. Es hatte irgendwie eine beruhigende Wirkung auf ihn. Es war kurz so, als wäre alles vorbei und sie hätten ihre Mission erfüllt und könnten sicher zu den anderen zurückkehren.

In kurzer Entfernung von der Brücke nahmen alle ihre Sauerstoffmaske ab. Nach nur einigen Minuten ertönte plötzlich ein lauter Knall und David verriss das Lenkrad. Er hatte keine Möglichkeit mehr, gegenzusteuern, und der Wagen kam mit hoher Geschwindigkeit von der Straße ab. Er überschlug sich mehrfach und landete schließlich auf dem Dach und blieb liegen. Nach kurzer Zeit kam David wieder zu sich. Er schaute sich um und musste erst mal überlegen, wo er war und was passiert war. Nach einigen Sekunden erinnerte er sich wieder, was kurz zuvor geschehen war. „Scheiße! Geht's euch gut?", hörte er Ethan mit zitternder Stimme fragen. Michael stöhnte zurück: „Alles gut, aber ich glaube, dass ich mir den Arm gebrochen habe." „Bei mir scheint so weit alles gut zu sein. Ich habe vielleicht 'nen leichtes Schleudertrauma und eine Platzwunde am Kopf, aber ansonsten ist alles gut", sagte er zu Ethan. „Was ist passiert?", wollte Ethan jetzt wissen. „Keine Ahnung. Ich glaube, der rechte Vorderreifen ist irgendwie explodiert. Danach konnte ich die Karre nicht mehr unter Kontrolle halten und wir haben uns überschlagen. Lasst uns erst mal raus hier und uns den Schaden ansehen. Dann können wir uns auch den Arm von Michael besser anschauen." Die drei kletterten durch die zerstörte Heckscheibe nach draußen, da die Karosserie so verzogen war, dass sich die Türen nicht mehr öffnen ließen. „Wen haben wir denn da? Das sind doch die netten Herren, die meine Leute umgebracht und mir mein neues Sexspielzeug geklaut haben", hörten sie auf einmal eine Stimme sagen und erschraken dabei. Es war die Stimme von Lewis Jefferson, dem General, der Isabelle vergewaltigt hatte und James mit der Peitsche bestrafen ließ. „Aufstehen und keine falsche Bewegung", sagte er und zielte mit seiner Pistole auf die Gruppe. Neben ihm stand noch ein Mann, der eine Maschinenpistole bei sich hatte. „Erik! Hol ihre Waffen aus dem Autowrack und leg sie in unseren Kofferraum. Ich werde sie im Auge behalten. Ihr geht ein Stück weg von dem Wagen", erklärte Lewis. „Was für ein unwahrscheinlicher Zufall das doch ist. Da hält man mal kurz an, weil man pissen muss, und dann hört man ein Fahrzeug kommen und denkt sich: Die sollten wir lieber stoppen! Und siehe da, man trifft ein paar alte Freunde wieder." Ethan sah ihn mit starrem Blick an: „Was wollen Sie von uns? Bring es doch einfach hinter dich und jag uns eine Kugel in den Kopf." „Für was hältst du mich? Ich bin doch kein Unmensch. Ich werde euch erst mal mit zu uns ins Lager nehmen und dann schauen wir mal, was mit euch passiert. Ich gehe aber davon aus, dass wir ein Barbecue veranstalten werden. Das Problem für euch wird sein, dass wir leider nichts haben, was wir auf den Grill werfen könnten. Und jetzt geht zu unserem Wagen. Vorwärts!" Die Gruppe ging mit gesenktem Kopf vor und Ethan flüsterte zu David: „Hast du das gehört? Die wollen uns fressen. Wir müssen sie irgendwie überwältigen." „Schnauze! Ihr sollt gehen und nicht labern", sagte Lewis und stieß Ethan mit seiner Waffe von hinten in den Rücken. Jetzt bogen sie ein Stück in den Wald ab und dort stand ein verrosteter Kleinwagen. „Ihr steigt hinten ein. Erik! Du fährst und ich behalte die beiden im Auge. Falls ihr auch nur eine falsche Bewegung macht, dann knalle ich euch auf der Stelle ab!", brüllte Lewis. Alle stiegen in den Wagen ein und Lewis verdrehte sich auf dem Sitz so weit, dass er alle drei auf der Rückbank mit seiner Waffe ins Visier nehmen konnte. Erik startete den Wagen und fuhr los. So fuhren sie einige Zeit die Straße entlang, wobei Erik immer wieder fragte, wo er lang muss. „Keine Ahnung, wie wir jetzt zurückkommen. Die Helden da hinten haben ja die verdammte Brücke gesprengt. Das nehme ich auf jeden Fall an. Oder was habt ihr da hinten in die Luft gejagt? Wir konnten nur die Explosion hören, waren aber leider nicht dicht genug dran, um uns das Ganze noch anzusehen. Und?" Ethan nickte. Erik fragte jetzt wieder, wo er an einer Weggabelung abbiegen sollte und Lewis schaute kurz nach vorne zur Straße. Blitzschnell griff Ethan nach Lewis' Arm und drückte diesen gegen die Kopfstütze. Es lösten sich zwei Schüsse, Erik kam ins Schlingern und griff nach hinten, um seinem Chef zu helfen. Alles passierte in kürzester Zeit. Jetzt realisierte auch David, dass es seine Chance war, um in die Situation einzugreifen. Er saß direkt hinter dem Fahrer und griff jetzt um die Kopfstütze. Er legte seinen Arm um den Hals von Erik und drückte diesen mit voller Kraft zu. Erik versuchte, den Würgegriff zu lösen, und ließ deshalb von Ethan ab, der immer noch mit Lewis um die Waffe kämpfte. Langsam wurde der Widerstand von Erik weniger und hörte schließlich komplett auf. Der verlangsamte jedoch nicht seine Fahrt, da der Fuß von ihm immer noch auf das Pedal drückte. Der Wagen nahm jetzt aber einen anderen Kurs und kam immer weiter seitlich an den Rand der Straße und gefährlich nahe an die Bäume, die am Wegrand standen. Auch Lewis realisierte das und griff mit einer seiner Hände nach dem Lenkrad. Diese Situation nutzte Ethan jetzt endgültig und drückte die Waffe mit aller Gewalt in die Richtung von Lewis. Dieser merkte, wie sein Finger, welcher noch am Abzug war und nun in dem Fingerschutz verdrehte, brach. Plötzlich löste sich erneut ein Schuss. An die Frontscheibe spritze Blut und Lewis riss das Lenkrad jetzt komplett zur Seite. Der Wagen sprang über den Graben und zischte genau durch zwei Bäume. Michael ergriff jetzt durch die beiden Vordersitze das Lenkrad. Er versuchte, den endgegenkommenden Bäumen auszuweichen, was jedoch nur bis zu einem bestimmten Punkt möglich war. Nach einigen Metern standen zwei Bäume so eng, dass es hier keine Ausweichmöglichkeit mehr gab. „Festhalten!", schrie Michael. Er riss das Lenkrad herum und der Wagen prallte, mit enormer Wucht, seitlich gegen die Bäume. Der moosige Waldboden und der Sprung über den Graben hatte den Wagen schon etwas abbremsen können, jedoch war es immer noch ein erheblicher Schlag. „Scheiße! Wie geht es euch? Alles in Ordnung?", rief Ethan. „Ich glaube, es geht mir noch so wie bei unserem ersten Autounfall heute", erwiderte David. „Wie sieht es bei dir aus, Michael?" Michael stöhnte zurück: „Mein Arm ist wohl immer noch gebrochen, aber ich war so zwischen den Sitzen verkeilt, dass mir nicht noch mehr passiert ist." Der Wagen war stark am Rauchen und plötzlich entwickelte sich daraus ein Feuer, was aus der Motorhaube schlug. „Scheiße, es brennt. Wir müssen hier raus!", rief Ethan und stemmte sich gegen die Tür. „Das können wir auf dieser Seite vergessen. Hier ist der Baum und die Karosserie ist total verzogen. Die Tür bekommen wir nicht auf." Jetzt versuchte David, die Tür auf sei-

ner Seite zu öffnen. „Scheiße! Meine klemmt auch." Der Wagen
füllte sich immer mehr mit Rauch und die Gruppe begann zu
husten. Plötzlich schlugen die Flammen auch durch das Arma-
turenbrett des Wagens. „Wir müssen hier unbedingt schnell raus!",
brüllte Ethan und reichte David die Waffe. „Schlag damit das
Fenster ein, damit wir da durch rauskriechen können." David
griff nach der Waffe und schlug damit auf das Fenster ein. Nach
einigen zaghaften Hieben zog er komplett durch und das Fenster zersplitterte. Er schlug mit der Waffe das zersplitterte Glas
nach unten und schuf einen Weg nach draußen. Er lehnte seinen
Oberkörper raus und schob sich in die Freiheit. Anschließend
half er erst Michael und dann Ethan aus dem Fahrzeug. Als alle
gerettet waren, hörten sie plötzlich etwas aus dem Fahrzeug.
„Hilfe! Helft mir doch bitte. Ihr könnt mich hier doch nicht verbrennen lassen!" Der Schuss hatte Lewis zwar am Kopf getroffen, jedoch nicht tödlich verletzt. „Alter! Der Typ lebt ja noch.
Wollen wir ihm raushelfen oder wenigstens den Gnadenschuss
verpassen?", fragte Michael die anderen. „Lass ihn verbrennen.
Was er Isabelle angetan hat, ist nicht zu entschuldigen. Er hat es
verdient", antwortete Ethan und David nickte zustimmend. Sie
standen auf und entfernten sich langsam und humpelnd vom
brennenden Wagen. Im Hintergrund hörten sie noch für kurze
Zeit die Schreie voller Qualen, bis diese auch verstummten. „O. k.,
Michael, wir kümmern uns jetzt erst mal um deinen Arm und
dann müssen wir versuchen, einen Wagen zu finden und die anderen zu erreichen", erklärte Ethan. Er ging noch einmal zurück
und hebelte mit einem Ast den Kofferraum auf, um ihre Waffen
zu holen. Anschließend begannen sie, ihre Verletzungen zu versorgen, und machten sich auf den Weg die Straße entlang.

James, seine Gruppe sowie Peter und seine Leute harrten schon
geraume Zeit in ihrer Stellung aus. „Wie lange wollen wir hier
warten? Müssten sie nicht schon längst hier sein, wenn sie durch-
gebrochen wären?", fragte einer aus Peters Gruppe. Alle schauten angespannt und fragend zu Charly. „Zeitlich gesehen, wäre
jetzt ungefähr der Zeitraum, in dem die anderen auftauchen

müssten, aber wir warten so lange es halt dauert. Entweder kommen die anderen und greifen uns an oder unsere Freunde und geben Entwarnung. Das heißt: Egal wie es gelaufen ist. Irgendjemand wird die Straße entlangkommen. Falls hier in ein paar Stunden keiner auftauchen sollte, dann fange ich an, mir Gedanken zu machen", erklärte er allen. Plötzlich hörten sie etwas in der Ferne. „O. k., Leute, es ist so weit. Gezielte Schüsse auf die Leute." Auf einmal sahen sie einen Lkw auf sie zurasen und der Fahrer des Lkw sah es nur noch kurz überall im Wald aufblitzen. Bruchteile bevor ihn die ersten Kugeln in den Körper und in den Kopf trafen. Der tote Fahrer verriss das Lenkrad und der Lkw prallte gegen eine Erhöhung am Straßenrand und kippte um. Einige Meter rutschte dieser noch auf die Gruppe zu, bis er letztlich zum Stehen kam. Jeder stellte das Feuer wieder ein und es herrschte absolute Ruhe, während der Rauch noch aus ihren Läufen stieg. Auf einmal sprangen Leute hinter dem Fahrzeug hervor, die den Sturz von der Ladefläche unbeschadet überstanden hatten, und begannen, auf die Gruppe zu feuern. Die anderen schmissen sich in den Graben, um in Deckung zu gehen. Es entstand ein Stellungskrieg, wobei die Gruppen ca. 100 m voneinander entfernt lagen. Charly drehte sich zu Peter: „Wir müssen irgendwie seitlich an die anderen rankommen, damit wir sie ausschalten können. Ich brauche zwei Leute von dir, mit denen ich sie durch den Wald umgehen kann, um sie dann zu töten." Peter nickte und rief Colin und Sanchez zu sich. „Alles klar, Jungs. Ihr müsst mit Charly versuchen, die Gegner zu umgehen, damit wir sie ausschalten können", erklärte er den beiden, woraufhin diese nickten und Sanchez antwortete: „Die greifen unsere Heimat an! Ich bin zu allem bereit. Lasst uns die Schweine fertigmachen." Die Gruppe robbte ein Stück an ihren Leuten vorbei und kroch dann seitlich in den Wald. Nach einiger Zeit sagte Charly: „Alles klar. Ich denke, wir können uns jetzt geduckt weiter vorbewegen. Sobald wir an ihnen vorbei sind, greifen wir an. Wie viele von denen habt ihr gesehen?" „Also, ich habe fünf gezählt, die vom Lkw gesprungen sind", erwiderte Sanchez und schaute zu Colin. „Ich könnte schwören, dass es sechs waren", kam von ihm. „Gut, dann gehen wir erst mal vom Schlimmeren aus. Das heißt, wir drei gegen die sechs, aber wir sind eindeutig in der besseren Ausgangslage. Sie konzentrieren sich zurzeit nur auf die andere Gruppe und rechnen nicht damit, dass wir sie gleich angreifen. Seid ihr bereit?" Alle waren bereit und das Dreier-Gespann teilte sich etwas auf, damit sie nicht gebündelt ein gutes Ziel abgaben. Jetzt gingen sie geduckt in einer Reihe auf die Straße zu. Als sie dicht genug waren, gab Charly ein Handzeichen und jeder schoss auf die anderen einen Schuss. Die ersten beiden gingen sofort tot zu Boden. Die anderen vier wussten gar nicht, wie ihnen geschah und wo das Feuer herkam. Sie schossen weiterhin auf die andere Gruppe. Charly nahm den nächsten ins Visier und verpasste ihm einen direkten Kopftreffer. Der Mann, welcher neben ihm lag, bekam eine Blutfontäne ins Gesicht und begann, ungezielt auf die drei zu schießen. Colin wurde ins Bein getroffen und ging zu Boden. Auch Charly bekam einen Schuss in die Schulter und ließ dadurch sein Gewehr fallen. Sanchez, welcher der beste Freund von Colin war, lief wutentbrannt auf den Schützen zu und schoss ihm mehrfach in den Oberkörper. Die Gruppe war jetzt am Truck angekommen und ging hinter diesem in Deckung. Colin wurde von Charly über den Boden gezogen. „Bis jetzt nicht schlecht, bis auf die ein bis zwei Rückschläge. Vier erledigt, das heißt, wir haben noch zwei vor uns. Colin, du kannst nicht laufen und wartest hier. Sanchez, du gehst auf die linke Seite vom Truck und ich auf die rechte. Das Gewehr kann ich nicht mehr halten, aber ich nehme meine Pistole." Damit waren alle einverstanden, außer Colin, der sich gerne etwas mehr eingebracht hätte. Charly schaute um die rechte Ecke des Trucks, als plötzlich in den Reifen und den Unterboden neben ihm Projektile einschlugen. „Wir machen euch fertig, ihr Wichser!", rief eine Stimme von der anderen Seite. „Gebt auf, ihr Hurensöhne! Ihr habt keine Chance!", kam es von Sanchez zurück. Charly ging jetzt hinter dem Lkw noch einmal auf Sanchez' Seite und flüsterte ihm zu: „Du hältst gleich einfach die Waffe raus und versuchst, irgendwie auf die zu ballern. Ich werde dann hinter dir vorbeispringen und versuchen, gezielt auf sie zu schießen, wenn sie sich nach dem Deckungsfeuer wieder aus ihrer Deckung bewegen, um auf dich zu schießen. Alles klar?" Sanchez nickte. Er hielt die Waffe über die Ecke und schoss einfach in die Richtung, aus der das Feuer der anderen kam. In diesem Moment sprang Charly zur Seite, legte sich flach auf den Boden und nahm die Visierung vor sein Auge. Als Sanchez aufhörte zu feuern, hob der Erste seinen Kopf und Charly streckte ihn direkt nieder. Plötzlich ertönte ein Schrei: „Wartet! Ich ergebe mich", hörte man den letzten Übrigen rufen. „Hier ist George. Ich möchte mit meinem Bruder Peter reden und dann könnt ihr mit mir machen, was ihr wollt." Das hörte auch Peter und kam langsam aus seiner Deckung. „Hallo, George. Schmeiß deine Waffe weg, steh langsam auf und komm raus!", befahl Peter seinem Bruder. George schmiss sein Gewehr weg und stand mit erhobenen Händen auf. „Na, Bruderherz, alles klar bei dir?", fragte er seinen Bruder mit einem Grinsen auf dem Gesicht. „Was hattest du bloß vor? Nicht genug, dass du meine Frau erschossen hast, weil du nicht in Frieden mit den anderen leben konntest, jetzt wolltest du auch noch mich und unsere ganze Stadt auslöschen. Ich hätte dich damals nicht gehen lassen dürfen. Du und deine Anhänger habt gerade eben vier von meinen Leuten erschossen und zwei sind verwundet", erwiderte Peter traurig. „Wo sind unsere Freunde?", rief Charly jetzt erzürnt dazwischen. „Schön, dich wiederzusehen, Charly. Hätte nicht gedacht, dass ihr die Verräter seid. Du meinst bestimmt die Gruppe, die unseren ersten Truck und die Brücke in die Luft gesprengt hat und dann versuchte, uns zu erschießen, oder? Wenn die noch nicht hier sind, dann gehe ich mal davon aus, dass sie tot sind. Wir mussten ja leider einen kleinen Umweg fahren, weil die Straße nicht mehr passierbar war, wodurch ich nicht schauen konnte, wie es denen geht. Hätte sie ja sonst gerne mitgenommen. Hatten ja anscheinend das gleiche Ziel." Charly stürmte jetzt auf ihn zu und schlug ihn mit voller Kraft ins Gesicht. George ging sofort zu Boden und wischte sich das Blut von der Nase. „Du mieses Schwein. Dafür hast du den Tod verdient." Charly zog seine Pistole und richtete sie auf den Kopf von George.

„Warte!", rief Peter und drückte mit seiner Hand den Lauf der Waffe nach unten. „Danke, Bruderherz. Du hast ja anscheinend doch noch etwas für die Familie übrig." Peter schüttelte den Kopf: „Nein, George. Du bist keine Familie mehr für mich. Das warst du seit dem Tag, als ich dich verbannt habe, nicht mehr. Es ist meine Schuld, dass das alles passiert ist. Weil ich es nicht beendet habe. Hast du noch irgendwelche letzten Worte, bevor ich dich zu deinem Schöpfer schicke, der über dich richten wird?" „Warte! Nur noch eine Sache. Ich will dir noch ein Geschenk geben", erklärte George und griff dann vorsichtig mit zwei Fingern in seine Hosentasche. „Ganz ruhig, George. Mach bloß keinen Fehler", sagte Charly und hob die Waffe wieder, mit dem Lauf auf seinen Kopf gerichtet. Jeder folgte seinen Fingern, wie sie langsam wieder aus der Tasche fuhren. Er zog einen viereckigen schwarzen Gegenstand aus der Tasche. Vorsichtig hob er diesen an. „Was hast du da?", fragte Peter ihn. George hob den Gegenstand immer weiter in Richtung seines Kopfes. Jetzt drückte er etwas und man hörte ein Klicken. „Zündung!", sagte er ruhig und ließ das Funkgerät zu Boden fallen. Ein finsteres Lächeln breitete sich auf seinem Gesicht aus und er legte die Hände hinter seinen Kopf. „Was hast du getan?", brüllte ihn Peter an. Plötzlich ertönten in der Ferne mehrere mächtige Explosionen und ein tiefes Grollen, das durch den ganzen Wald hallte. Die Waffe in Peters Händen zitterte und Tränen stiegen ihm in die Augen: „Was hast du bloß getan?", fragte er erneut mit piepsiger Stimme. „Ich dachte, du kennst mich wenigsten ein bisschen. Mein Plan A war natürlich, euch zu töten, und wenn sich das Gas verzogen hat, deine Einrichtung zu übernehmen und eine zweite Stadt zu gründen. Diese dann natürlich unter einem etwas anderen Regime, als du das hier gehandhabt hast. Selbstverständlich konnte ich mich nicht nur auf einen Plan verlassen. Es kann natürlich immer etwas schiefgehen. Daher habe ich vor einiger Zeit einen Spitzel bei dir eingeschleust, von dem keiner außer mir etwas wusste. Man weiß ja nie, wem man vertrauen kann. Unseren neuen Freunden hier scheint ja auch jemand etwas gesteckt zu haben, sonst wären sie wohl nicht hier", erklärte George und drehte seinen Kopf zu Charly: „Na, war es Jenny? Es war bestimmt Jenny. Hätte nicht gedacht, dass sie sich das traut. Hut ab. Na ja, weiter im Text. Mein Spitzel hat sich hier eingelebt und sich an euren Lebensstil angepasst. Ich ließ ihm über die Zeit verteilt immer wieder Sprengstoff bringen, das er am Damm und in eurer ganzen Stadt versteckte und scharfmachte. Falls etwas schiefgehen sollte, dann sollte er euch wenigstens zur Strecke bringen, auch wenn das bedeuten würde, dass ich tot wäre. Ach ja, macht euch keine Vorwürfe, dass ihr mich ja hättet stoppen können, wenn ihr mich vor meinem Funkspruch getötet hättet. Nach dem ersten Schuss, den ihr auf uns abgefeuert habt, habe ich meinem Kontakt schon Bescheid gesagt, dass er euer Zuhause hochjagen soll, wenn er in einer Stunde nichts mehr von mir gehört hat. Das war alles, was ich noch zu sagen hatte. Wir sehen uns auf der anderen Seite, mein Bruder." Peter wischte sich die Tränen aus den Augen, drückte seinen Lauf auf die Stirn von seinem Bruder und verkündete: „Gott möge deiner Seele gnädig sein, du mieser Bastard!", anschließend drückte er ab und das Hirn von seinem Bruder spritze auf die Straße hinter ihm. Peter sackte auf den Boden und ließ die Waffe aus seiner Hand gleiten: „Was für ein Tag", flüsterte er leise. Sofort fing er sich jedoch wieder und sprang auf. Wir müssen zurück in unsere Gemeinde und schauen, was passiert ist und ob die anderen es geschafft haben." Er lief los. Der Rest schaute sich an und folgte ihm umgehend. Den Verletzten wurde aufgeholfen und sie wurden beim Gehen gestützt. Schon von Weitem sahen sie eine riesige Rauchwolke aufsteigen, von da, wo sonst ihre Gemeinde gewesen ist. „So eine Scheiße!", rief Peter, als sie aus dem Wald kamen und die alte Heimat erblickten. Die Stadt war nur noch ein Trümmerfeld und der Damm war gebrochen. Das Wasser strömte unaufhaltsam ins Tal. „Wo sind die anderen langgefahren?", fragte James Peter mit ernster Stimme. „Sag mir, wo die anderen langmussten?", wiederholte er und packte Peter dabei am Kragen. Peter schaute nur mit leeren Augen auf sein zerstörtes Zuhause. „Hey, antworte mir!", schrie James erneut. „Keine Angst, sie sind oberhalb des Tales langgefahren. Wir können uns an einem Ort treffen, welcher meinen Männern in den Lkws bekannt war. Aber wo sollen wir denn jetzt hin? Wo soll ich meine Leute hinführen? Es ist alles verloren!" „Das passiert. Du musst nach vorne schauen. Wir finden schon etwas Neues für uns und deine Leute. In dieser Welt darf man sich nicht unterkriegen lassen. Wenn das Leben einen auf das Maul haut, dann muss man das wegstecken und wieder aufstehen. Es läuft nichts mehr nach Plan in dieser Welt. Du musst jetzt stark für dich und vor allem für deine Leute sein. Wenn wir uns treffen und du da mit deiner Einstellung auftauchst, dann ist wirklich alles verloren. Beiß die Zähne zusammen und sei für deine Leute da, Mann!", erläuterte ihm Charly. „So sieht es aus!", kam jetzt von hinten aus dem Wald. Alle drehten sich erschrocken um. David, Michael und Ethan humpelten aus dem Wald auf sie zu. „Scheiße, Leute, ihr habt es alles doch überlebt. Kommt her!", rief Charly und ging auf die anderen zu. „Mann, Junge, du siehst aber scheiße aus. Was ist denn mit euch passiert?", sagte David zu seinem Freund, während sich beide umarmten. „Du hast aber auch schon besser ausgesehen und was ist mit Michaels Arm passiert?", erwiderte Charly und betrachtete dabei den Arm von ihm, welcher durch die anderen notdürftig verbunden und geschient worden war. „Lass uns erst mal zu den anderen. Wenn wir bei unseren Leuten und der Gemeinde sind, dann können wir uns unsere Kriegsgeschichten erzählen." So trottete die Gruppe los und machte sich einen Waldweg entlang auf den Weg zu dem Treffpunkt, welchen Peter mit seinen Leuten vereinbart hatte. Nach einer gefühlten Ewigkeit erreichten sie eine Lichtung, auf der die anderen bereits warteten. Alle fielen sich in die Arme und Peter hatte nun die schwere Aufgabe, seiner Gefolgschaft zu erklären, was passiert war. Anschließend erklärte er: „Wir dürfen nicht aufgeben! Mein Bruder hat mir meine Frau genommen und jetzt auch noch unser Zuhause, aber wir müssen weiterkämpfen. Wir müssen für das Überleben kämpfen. Wir werden losziehen und einen neuen Platz finden, an dem wir uns niederlassen können. Alles, was uns nicht umbringt, macht uns nur stärker. Ich weiß, dass sich das alles wie aus einem schlechten Science Fiction Film angehört hat, wenn der Präsident nach dem Angriff der Aliens und deren gelungener Vernichtung an das verbliebene Volk seine Ansprache hält, aber so sieht es aus. Um bei den Filmen zu bleiben: Das Leben findet einen Weg!" Alle, die noch Jurassic Park von früher kannten, lachten in diesem Augenblick ein wenig, obwohl sie gerade diese schlechten Nachrichten erhalten hatten.

KAPITEL 16: EINE NEUE HEIMAT

„So, wie wollen wir die Suche nach einem neuen Heim gestalten?", fragte Peter die Gruppe. „Es gibt an sich nur zwei Möglichkeiten: Entweder wir bleiben alle zusammen und ziehen los, um eine neue Heimat zu finden, was jedoch dafür sorgen würde, dass wir Ewigkeiten brauchen würden, um voranzukommen. Zweitens könnten wir uns zurück zu eurem alten Standort begeben und versuchen, diesen wieder so gut wie möglich aufzubauen. Das würde ich aber lieber lassen, da ich nicht sicher bin, ob es nicht doch noch versprengte Truppen von deinem Bruder gibt, die uns da suchen würden. Und die letzte Variante wäre, dass die Menschen hierbleiben und wir mit einer kleinen Gruppe losziehen, um etwas Geeignetes für alle zu finden", erklärte Ethan daraufhin und schaute, auf eine Antwort wartend, in die Gruppe. „Ja, das ist eine gute Frage. Ich bin an sich nicht so der Freund davon, sich wieder aufzuteilen, aber in einer kleineren Gruppe könnten wir erheblich schneller vorankommen", erwiderte David. „Ich würde sagen, dass wir uns aufteilen. Man kann nicht mit hunderten Leuten durch die Gegend ziehen. Wir errichten hier unser provisorisches Lager für die Menschen. Vielleicht nicht unbedingt genau hier, damit die Menschen auch an Nahrung kommen", merkte Charly an. „Stimmt, das sollten wir auch berücksichtigen. Wir ziehen nach oberhalb des zerstörten Staudammes. Dort können wir uns von Fisch ernähren, wenn das Wasser nicht kontaminiert sein sollte. Alles klar, so machen wir das. Wir ruhen uns hier noch 1–2 Tage aus und dann suchen wir einen Platz zum Bleiben", meinte Peter daraufhin.

Die Gruppe ging zu den anderen und erklärte ihnen den Plan. Nach kurzem Einwand von einigen Leuten sahen alle ein, dass es auf diese Weise am besten sei. Die Gruppe bestieg die Laster und fuhr in Richtung des Staudammes, um dort das erste Lager aufzuschlagen. Nach einigen Tagen, an denen einige Zelte aufgeschlagen und Gruppen zum Fischfang und der Jagd eingeteilt wurden, traf sich die Gemeinschaft wieder, um die nächsten Schritte zu besprechen. „O. k., es sieht so aus. Dieses Lager ist nur etwas Vorübergehendes. Wir müssen eine neue Lokation finden, in der wir etwas geschützter sind. Wir brauchen befestigte Anlagen und eine Möglichkeit, um Strom zu erzeugen. Außerdem müssen wir wieder einen Verteidigungswall um das neue Lager einrichten, damit wir uns gegen mögliche Anschläge von anderen Gruppen verteidigen können. Ich frage euch, wer möchte bei unserem Spähtrupp dabei sein und versuchen, uns etwas Neues zu suchen? Bedenkt aber, dass die Gruppe nicht zu groß sein sollte, damit ein unauffälliges und schnelles Vorankommen gewährleistet ist", sprach Peter zu den Leuten. Jetzt meldeten sich einige Leute, die nicht hier warten wollten, bis die Gruppe zurück wäre, sondern selber etwas in die Hand nehmen wollten. Darunter waren David, Ethan, Charly, Jenny, Michael und drei Leute von den anderen. „Was ist mit dir, James?", fragte Ethan ihn. „Ich muss jetzt auch an meine Söhne denken, ich werde hier mein Bestes versuchen, um die Leute zu beschützen, aber ich kann da nicht wieder raus und durchgehend Angst haben, dass der Nächste, den wir auf der Straße treffen, vielleicht meine Söhne töten will. Wir brauchen jetzt endlich etwas Konstantes in unserem Leben." Jetzt meldete sich Isabelle zu Wort: „Was ist mit den Menschen in der Gemeinde von George? Dort waren nicht alle schlecht. Vielleicht könnten wir bei denen Unterschlupf finden und uns ihnen anschließen. Die meisten wussten nichts von den Machenschaften des Bürgermeisters." „Da hast du recht, aber wem könnten wir dort trauen? Vielleicht hat George noch Schläfer angewiesen, dass sie, falls etwas schiefläuft, auf uns warten sollen, um uns anzugreifen. Außerdem haben seine Leute andere Gemeinden angegriffen, welche nicht gerade positiv auf sie eingestellt sind. Die glauben uns doch nie im Leben, wenn wir sagen, dass jetzt alles anders wird und wir Frieden mit ihnen wollen. Ein Neuanfang wird das Beste für uns alle sein", erwiderte Ethan. „Ich kann das nicht akzeptieren. Dr. Pike braucht mich in der Gemeinde. Ich habe nur noch einen Arm und bin auch keine

Kämpferin. Ich möchte mich da einbringen, wo ich wirklich helfen kann. Ich werde zu den anderen gehen. Ich hoffe, wenn ihr etwas gefunden habt, dann sehen wir uns wieder." Isabelle ging zu den anderen und umarmte sie. Die Gruppe konnte nicht verstehen, was hier passierte. Sie waren wie eine Familie und ein Teil dieser Familie wollte jetzt das Nest verlassen. „Bist du dir sicher, Isabelle? Bitte bleib doch bei uns. Wir brauchen dich auch und ich möchte nicht, dass dir etwas passiert, wenn du zurück an diesen Ort gehst", sagte David mit Tränen in den Augen. „Es tut mir leid, David. Ich muss machen, was mir mein Herz und mein Gewissen befehlen. Wir werden uns sicherlich wiedersehen." Isabelle ging langsam zu einem der Trucks und packte ihre Sachen zusammen. „Warte, Isabelle!", rief James jetzt zu ihr. „Wir kommen mit dir mit. Wäre dieser ganze Scheiß nicht gewesen, dann ist die Gemeinde dort wirklich gut zu uns gewesen. Dort könnte ich mir einen Neuanfang gut vorstellen. Wir werden mit den Menschen dort reden und ihnen erklären, was passiert ist. Wenn wir Glück haben, dann hören sie uns zu und nehmen uns wieder auf. Außerdem, werden sie zurzeit auch nicht wissen, wie es weitergehen soll. Die Diebestouren von George werden jetzt auch entfallen, wodurch viele Einnahmen und Lebensmittel fehlen werden. Wir müssen dort ein neues System errichten." Auch James ging jetzt zu den anderen und verabschiedete sich herzlich. Seine Söhne taten es ihm gleich. „Hier soll sich also unsere Truppe trennen", merkte Charly traurig an. „Schade, dass das alles passiert ist. Wir haben schon einiges durgestanden und wir werden uns mit Sicherheit wiedersehen. Ich hoffe, der ganze Krieg und das Töten hören irgendwann auf und wir können alle wieder in Frieden zusammenleben. Macht es gut, Leute!" Jetzt packten auch James und seine Söhne die Sachen zusammen und nahmen ihre Waffen auf. Peter zeigte auf ein Fahrzeug und sagte: „Ihr könnt diesen Wagen nehmen. Der war immer sehr zuverlässig und sollte euch zurückbringen. Vielen Dank für eure Hilfe und dass ihr uns unterstützt habt." Alle nickten ihm dankend zu und verluden ihre Sachen in das Fahrzeug. James setzte sich auf den Fahrersitz und startete den Wagen. Langsam machte sich der Wagen auf den Weg in Richtung ihres alten Zuhauses. Die anderen schauten ihnen noch lange nach, bis sie im Wald verschwunden waren. „Alles klar. Ich würde sagen, dass wir uns auch auf den Weg machen sollten. Wie sind eure Namen?", sagte Ethan zu der Gruppe und den drei neuen Mitgliedern ihres Teams. „Hi Leute, mein Name ist Frank", sagte einer der drei Männer und deutete anschließend auf die anderen: „Das sind Jerome und Stuart." Frank war 41 Jahre alt und hatte vor dem Krieg als Elektro-Installateur gearbeitet. Jerome war bei der Navy gewesen und hatte daher eine militärische Ausbildung genossen. Er war 57 Jahre alt. Stuart war 21 und beim Ausbruch des Krieges stand er kurz vor der Einschulung. Er konnte weder lesen noch schreiben, hatte sich aber über die Zeit immer in die Gruppe eingebracht und ist zu einem wichtigen Mitglied der Gemeinschaft geworden. Er war ein ausgezeichneter Schütze und Jäger. Im Anschluss stellten sich die einzelnen Personen der alten Gruppe bei den Neuen vor. „Super, dann kennen wir ja jetzt unsere Namen und können loslegen. Packt eure Sachen ein und verabschiedet euch von den anderen. Wir werden in 30 Minuten aufbrechen", erklärte David der Gruppe und ging anschließend zu Peter. „Gut, das wäre schon mal geklärt. Peter, du musst die Leute hier bei Laune halten. Es gibt nichts Schlimmeres, als dass die Leute die Hoffnung verlieren. Wir werden versuchen, so schnell wie möglich mit guten Nachrichten zurückzukehren, jedoch kann ich euch nicht sagen, wie lange es dauern wird, bis wir etwas Geeignetes für diese Anzahl von Menschen gefunden haben werden. Du bist der Chef der Leute und sie respektieren dich. Teile Wachen, Jäger und Sammler ein, damit die Sicherheit und die Verpflegung gewährleistet sind. Mach es gut, Peter, wir sehen uns hoffentlich bald wieder." Peter war ergriffen und ängstlich nach dieser Ansprache von David, da die Last auf seinen Schultern lag, die Gruppe zusammenzuhalten und für ihre Sicherheit zu sorgen. „Danke für alles, David. Ich freue mich schon jetzt darauf, euch wiederzusehen. Ich hätte da aber noch eine Frage: Was machen wir, wenn ihr nicht zurückkehrt? Wie lange sollen wir hier warten, bis wir es auf eigene Faust versuchen sollen, etwas Festes zu finden? Ein Zeltlager am See ist zwar ganz nett, jedoch müssen wir auch irgendwann wieder ein richtiges Zuhause finden."

David schaute nachdenklich zu seiner Gruppe rüber und antwortete dann: „Wir haben eine starke Gruppe und ich bin optimistisch, dass wir etwas Geeignetes finden. Ich würde sagen, dass ihr, wenn wir in 3 Wochen nicht wieder da sind, versuchen solltet, etwas zu finden und diesen Ort zu verlassen. Wenn wir bis dahin nicht wieder zurück sind, dann muss uns irgendetwas passiert sein." Beide schauten sich an und nickten sich gegenseitig zu. Jetzt gaben sich die beiden die Hand und verabschiedeten sich. David kehrte zu seiner Gruppe zurück und machte sich auch bereit, die Reise anzutreten. „Dann wollen wir mal. In welche Richtung soll es gehen?", fragte Jerome die anderen. Sie holten jetzt die Karte heraus, auf der Hillsborow und der restliche Umkreis eingezeichnet waren. „Irgendwelche Ruinen finden wir wohl überall, das Wichtige ist, dass wir etwas Befestigtes haben und irgendwie an Strom herankommen", erwiderte Ethan. Charly schaute jetzt noch einmal genauer auf die Karte und zeigte dann auf eine Stelle auf dieser. „Hier sollten wir hin!", platzte es jetzt aus ihm heraus. Die Stelle, auf die er zeigte, war ein kleiner Ort namens Huntsville. „Scheiße, Junge, was sollen wir denn in dem Nest?", fragte Jerome. „Ich weiß, dass es hier eine Militärbasis gibt. Diese hat eine eigene Wasserversorgung und Generatoren für die Stromversorgung. Ich habe keine Ahnung, wie der Zustand der Einrichtung ist, jedoch hätten wir hier eine gute Verteidigungsposition gegen mögliche Angreifer. Was meint ihr, wie lange werden wir da wohl für brauchen, um den Stützpunkt zu erreichen? Außer ihr habt eine bessere Idee?" „Das hört sich schon nicht schlecht an, obwohl ich lieber eine unabhängige Stromversorgung haben würde, wie Windräder oder dergleichen", erwiderte David darauf. „Wenn wir uns da eingerichtet haben, können wir uns immer noch um langfristigere Aufbauten kümmern. Ich glaube einfach, dass wir vorerst nichts Besseres finden werden." „Habt ihr eine andere Idee?", fragte Charly. Die Leute schauten sich fragend an und schüttelten anschließend zögernd mit den Köpfen. „Vielleicht wäre es nicht schlecht, wenn wir an das Meer fahren würden. Hier könnten wir vom Fischfang leben und uns etwas Neues aufbauen. Am Strand ist es meistens auch windiger, was wir zusätzlich zur Energiegewinnung nutzen könnten", sagte Frank daraufhin. „Das wäre an sich auch nicht verkehrt.", erwiderte David, „aber bis zum Meer ist es noch eine ganz schöne Strecke. Ich würde sagen, wir gehen erst einmal auf Nummer sicher und suchen den Stützpunkt auf. Als Verteidigungsposten scheint mir das für die Menge an Leuten am sichersten zu sein. Falls auf diese Idee schon andere gekommen sind oder wir Anzeichen bemerken sollten, dass die Basis nicht sicher sein sollte, dann machen wir uns auf den Weg zum Meer. Wäre das ein Kompromiss für dich, Frank?" Nach kurzem Durchgehen der Optionen und dem Abwägen der Faktoren nickte Frank und teilte der Gruppe mit: „Ach scheiß drauf! Lass uns deinen Plan versuchen, Charly, aber falls uns dort auffallen sollte, dass eine Besiedelung des Stützpunktes nicht machbar sein sollte, lass es aufgrund von anderen Menschen oder Zerstörung sein, dann sollten wir meinen Plan verfolgen." Über diese zukünftigen Optionen waren sich die acht Leute aus der Gruppe einig und hielten den Plan so fest. Ethan teilte Peter den Plan mit und die Gruppe bereitete sich darauf vor, am nächsten Morgen aufzubrechen. Alle verabschiedeten sich und packten ihre Sachen und Waffen zusammen. „Hey, Peter! Hast du für unseren Trip irgendein Fahrzeug, was wir uns ausleihen könnten? Es wäre gut, wenn hier mindesten acht Personen drin Platz haben würden?", haute Ethan Peter an. „Nicht direkt, wir sind ja nur so schnell wie möglich mit den Lastwagen aus der Stadt geflohen, aber ich weiß, wo hier in der Nähe das passende Fahrzeug auf euch wartet." Ethan schaute ihn erwartungsvoll an. „Wir hatten früher für Touren um Lebensmittel zu suchen immer einen dieser kleinen Schulbusse für 20 Leute. Dieser steht in einer alten Scheune kurz vor unserem alten Zuhause. Ich werde dir beschreiben, wo ihr diesen finden könnt. In der Scheune befinden sich auch noch einige Fässer Benzin, da diese Karre auch nicht unbedingt wenig verbraucht. Der Wagen war uns auf jeden Fall immer treu und hat uns auf unseren Touren nie im Stich gelassen. Unauffällig ist jedoch etwas anderes, da die gelbe Farbe und der ziemlich laute Motor einen auf weite Entfernung ankündigen." „Ich glaube, in diesen Zeiten darf man bei so etwas nicht wählerisch sein. Du würdest uns sehr helfen, wenn du uns den Wagen überlassen würdest." „Kein Problem, Ethan. Mir fällt gerade ein, dass die anderen drei auch wissen, wo der Bus steht, sie werden euch hinführen können. Aber seid vorsichtig. Die Scheune ist nur ungefähr einen Kilometer von unserer alten Gemeinde entfernt. Ich meine wegen Gas und kranken Asis von meinem Bruder." „Vielen Dank, mein Freund, wir werden auf uns aufpassen und so versuchen, so schnell wie möglich mit guten Nachrichten wieder zurück zu sein. Passt auf euch auf."

Am nächsten Morgen machte sich die neue Gruppe auf zur Scheune. Auf dem Weg erzählten sich die neuen Kameraden von ihren alten Leben und wie es ihnen anschließend ergangen war. Dies war wohl ihre Kennenlern-Phase, bevor sie in ihr neues Abenteuer starten sollten. An der Scheune angekommen, schlichen sie sich leise in diese und kontrollierten von da aus die Umgebung, ob sich jemand von Georges Männern in der Umgebung befand, um sie abzufangen. In der Ferne sahen sie noch den Rauch von der alten Gemeinde aufsteigen. „Sieht alles ruhig aus!", sagte Stuart, als er von seiner Erkundungstour wiederkam. „O. k., alles klar. Dann wollen wir mal", erwiderte David mit einem Grinsen im Gesicht. Die Gruppe tankte den Bus voll, lud das Gepäck ein und ein zusätzliches Fass Benzin. „Ich würde sagen, dass wir starten können. Lasst uns ein neues Zuhause finden!", rief Michael in die Gruppe, der aufgrund seines gebrochenen Armes nur einen passiven Part bei der Arbeit leisten konnte. Die Leute lachten und hatten richtig gute Laune, dass jetzt etwas Neues vor ihnen lag. Charlys glatter Durchschuss in der Schulter hinderte ihn nicht daran, sich direkt hinter das Steuer zu setzten, aber kurz bevor er den Bus starten wollte, kam Jerome zu ihm: „Hey, Kamerad! Ich weiß, dass es nicht nötig ist, aber wie wäre es, wenn ich fahren würde. Angeschossen zu werden, scheint dich nicht aufzuhalten, aber ich denke, du solltest mal den Verband wechseln und dich etwas ausruhen. Ich übernehme die erste Fahrzeit. Wir können uns später ja abwechseln." Charly schaute ihn etwas vorwurfsvoll an, sah dann aber ein, dass er völlig recht hatte. Sie waren jetzt eine neue Gruppe und mussten sich gegenseitig helfen. Er erkannte, dass er nicht immer alles alleine übernehmen musste. „Alles klar, mein Freund, wir wechseln uns ab!", erwiderte Charly und fügte dann noch flüsternd hinterher: „und danke dir." „Alle hinsetzen und festhalten. Die Klassenfahrt geht los!", rief Jerome zu den anderen und schmiss den Motor an. Der Bus fuhr aus der Scheune und machte sich, anhand der Karte von Hillsborow und Umgebung, auf den Weg in Richtung Militärbasis. Die Menschen wirkten irgendwie zufrieden, was aber auch daran liegen konnte, dass sie jetzt wieder ein klares Ziel vor Augen hatten und gerade mal nicht auf sie geschossen wurde. Die Gruppe fuhr bei bestem Wetter in den Tag und hatte ca. einen 3-Tages-Trip vor sich, wenn sie ansatzweise gut durchkommen würden.

KAPITEL 17: DER WEG ZUR MILITÄRBASIS

Die Gruppe kam gut voran. Sie benutzten in dieser Gegend nur abgelegene Landstraßen, die zwar zum Teil durch die Natur zurückerobert wurden, aber wenigsten nicht mit alten Autos gepflastert waren. Am späten Abend fuhr Jerome an die Straßenseite und fragte die anderen, ob jemand anderes weiterfahren wolle oder sie die Nacht lieber hier Pause machen sollten. „An sich will ich keine Zeit verlieren, aber noch schlimmer wäre es, wenn wir den Wagen verlieren, wenn wir im Dunkeln etwas übersehen oder rammen. Außerdem kann man die Scheinwerfer über sehr weite Strecken sehen, was uns zu einem leichten Ziel macht", erklärte Ethan daraufhin. Die Leute waren sich nicht zu hundert Prozent einig, aber entschlossen sich dafür, dass sie lieber die Nacht Pause machen sollten. Die Gruppe verteilte sich im Bus und schlief auf den Sitzen. Am nächsten Morgen wachte Jenny auf, weil sie raus musste, um sich zu erleichtern. Sie schlich sich ganz leise durch den Bus, um keinen der anderen zu wecken. Als sie draußen war, schaute sie sich um und ging ein kleines Stück in den Wald hinein. Sie zog ihre Hose runter und hockte sich hin. Als sie so dort ihr kleines Geschäft verrichtet und ein Windzug um ihren entblößten Hintern wehte, stieß ihr plötzlich ein bestialischer Gestank in die Nase. Jenny musste sich zusammenreißen, dass sie nicht würgen musste. Sie beendete ihr Unterfangen und machte sich auf, den Gestank ausfindig zu machen. Je weiter sie in die Richtung ging, aus der sie diesen vermutete, desto schlimmer wurde dieser. Jenny hielt sich ihren Ärmel vor Mund und Nase und sah durch die Bäume eine Lichtung, aus der sie vermutete, dass hier der Ursprung sein musste. „Was ist das bloß?", fragte sie sich innerlich. In ihr entstand eine Mischung aus Neugierde und Angst. Sie wollte dem Ganzen auf die Schliche gehen, hatte aber auf der anderen Seite Angst, was sie dort entdecken könnte.

Michael wachte auf und streckte sich. Auch sein Körper meldete sich und er verließ leise den Bus. Er entfernte sich jedoch nur ca. zwei Schritte vom Bus und legte los. Plötzlich hörte er einen Schrei durch den Wald ertönen. Er unterbrach sofort seine Erleichterung und packte seinen kleinen Kumpel wieder ein. Er sprang in den Bus und rief den anderen zu: „Hey, Leute! Aufwachen! Ich habe draußen einen Schrei gehört." Es waren alle sofort hellwach und griffen aus Reflex zu ihren Waffen. „Fuck, was ist los, Michael?", fragte Jerome. „Ich stand gerade draußen am Pissen und auf einmal hörte ich eine Frau schreien. Es kam aus dieser Richtung." Michael zeigte mit dem Finger in die Richtung, aus der er glaubte, den Schrei gehört zu haben. David schaute sich im Bus um: „Oh Gott, wo ist Jenny?" Panisch schaute sich die Gruppe um und jeder überlegte, wann er sie das letzte Mal gesehen hatte. „Ich habe sie gestern das letzte Mal vor dem Einschlafen gesehen", sagte Stuart. Den anderen ging es hierbei nicht anders. Die Gruppe sprang aus dem Bus und lief in die Richtung, in die Michael gezeigt hatte. Ohne darüber nachzudenken, wer sie hören könnte, riefen sie nach ihrem Namen und hofften auf eine Antwort. Leider vergebens. Plötzlich sahen sie auch die Lichtung und erst jetzt fiel ihnen der beißende Gestank auf, welcher schon seit einiger Zeit in der Luft lag. Das Adrenalin hatte dies bis jetzt komplett ausgeblendet, aber jetzt reichte nicht einmal dies aus, um diesen Geruch zu überdecken. „Scheiße! Wonach stinkt das hier so?", fragte Michael mit verzogenem Gesicht. „Das ist Verwesung", antwortete Ethan sofort und entsicherte dabei seine Waffe. Sie kamen auf die Lichtung und ca. 100 Meter auf dieser freien Fläche sahen sie Jenny auf dem Boden knien. „Jenny, was ist los? Was zum Teufel machst du da?", rief David zu ihr hinüber. „Hat dich jemand angegriffen oder bist du verletzt?", hing er seiner Frage noch an. Die Gruppe sondierte die Umgebung, ging aber schnellen Schrittes auf sie zu. Als sie näher kamen, entdeckten sie, dass Jenny vor einem ausgehobenen Loch kauerte. Sie kamen nun immer dichter und konnten langsam immer weiter in das ausgehobene Loch schauen. „Jenny, was ist los?", flüsterte Charly ihr zu. Sie weinte nur und zeigte nach unten in das

Loch. Jetzt konnten sie auch entdecken, was Jenny dort gefunden hatte. In dem Loch lagen ca. 20 Baby-Leichen. Alle wiesen fürchterliche Entstellungen auf. Frank drehte sich zur Seite und musste sich übergeben. „Oh mein Gott. Was ist hier bloß passiert? Wo kommen all diese Babys her und warum sind die so deformiert?", fragte Jenny die anderen. Die Gruppe stand völlig ratlos vor dem Loch und hatte keine Ahnung, mit was sie es hier zu tun hatte. „Ich habe nur eine Erklärung hierfür. Die Strahlung! Es muss hier in der Umgebung eine Gemeinde geben, die früher ein Zuhause hatte, das näher an einem Einschlagspunkt einer Atombombe gelegen haben muss. Die Überlebenden waren anscheinend weit genug entfernt, dass sie die Bombe überlebten, jedoch scheint die Strahlung ihnen irreparable Schäden zugefügt zu haben, aufgrund dessen sie leider keine gesunden Kinder zur Welt bringen können. Sie konnten zwar aus dem verseuchten Gebiet fliehen, jedoch haben sie wohl so viel Strahlung erlitten, dass die Flucht für die Nachkommen nicht ausreichte", erklärte Ethan den anderen. Plötzlich hörten sie jemanden aus der Entfernung nach ihnen rufen. Alle erhoben sofort die Waffen und zielten in die Richtung, aus der die Geräusche gekommen waren. Am anderen Ende der Lichtung trat jemand aus dem Wald. Die Person hatte eine weiße Flagge in der Hand, welche sie schwenkte. „Wer sind Sie? Kommen Sie nicht näher!", brüllte Charly. „Bitte! Ich will keinen Ärger. Wir haben Sie gesehen und dachten, dass Sie vielleicht Hilfe benötigen", kam von der Person zurück, was nach der Stimme zu urteilen eine junge Frau war. „Nein danke! Wir brauchen keine Hilfe. Wir werden uns jetzt wieder auf den Weg machen und Sie hier in Ruhe lassen. Jeder geht seines Weges und alle können glücklich und zufrieden weiterleben", rief David zurück. „Hey!", flüsterte Ethan zu den anderen, „sie sagte: Wir haben Sie gesehen. Ich glaube nicht, dass sie alleine ist." „Wer ist noch bei dir?", schrie David zu ihr hinüber, „und bleiben Sie endlich stehen!" „Niemand. Ich bin ganz alleine hier", antwortete die junge Frau und ging weiter auf die Gruppe zu. „Sie sagten doch gerade: Wir haben Sie gesehen. Wer sind wir?" „Da müssen Sie sich verhört haben. Ich bin ganz alleine hier und wollte nur wissen, ob bei euch alles in Ordnung ist." „Junge Frau, ich bin kein Biologe, aber ich nehme an, dass, wenn Sie nicht die heilige Maria sind, dieses Loch nicht durch eine Person alleine gefüllt wurde", rief Ethan zu ihr rüber. Plötzlich blieb die junge Frau stehen. „Willst du dich über unser Elend lustig machen? Der Heilige Vater hat uns das Leben gerettet, jedoch verwehrt er uns nun, neues zu schenken. Und jetzt legt eure Waffen auf den Boden, kniet euch hin und legt die Hände hinter den Rücken, ihr Sünder." Die Gruppe schaute sich fragend an und war sich nicht sicher, was hier gerade vor sich ging: War die Frau verrückt oder waren sie in eine Falle getappt und waren gerade umstellt. „Wir wollen keinen Ärger. Wir werden jetzt einfach wieder da hingehen, von wo wir gekommen sind, und keiner braucht verletzt zu werden", sagte David zu der Frau, welche sich jetzt nur noch einige Meter von ihnen entfernt befand. „Okay, Leute, langsam rückwärtsgehen. Lasst uns hier bloß schnell abhauen." „Halt, Sünder!", schrie die Frau sie an, „ihr bleibt stehen und ihr werdet eure Waffen niederlegen. Das ist die letzte Warnung!" Sie gab eine Art Zeichen mit der Hand und plötzlich schlugen einige Kugeln neben der Gruppe im Boden ein. „Ihr seid umstellt und habt keine Chance, hier rauszukommen. Macht es euch doch nicht schwerer, als es sein muss." Plötzlich hörten sie Geräusche hinter sich und drehten sich auf der Stelle um. Hinter ihnen standen sechs bewaffnete Männer, die ihre Gewehre auf sie richteten. Auch hinter der Frau erschien jetzt eine Gruppe von bewaffneten Personen, welche auf sie zielten. „Scheiße! Was sollen wir jetzt machen?", flüsterte Jerome den anderen zu, während er merkte, wie seine Waffe in der Hand zitterte. „Wir haben keine Chance, wir müssen uns ergeben. Wir schauen erst mal, was passiert, und versuchen dann, eine Lösung zu finden", erklärte Ethan den anderen. „Ist o.k.", sagte Ethan zu der Frau und warf seine Waffe zur Seite. Die anderen schauten ihm dabei zu und taten ihm es im Anschluss gleich. Daraufhin knieten sie sich nieder und nahmen die Hände hinter den Kopf. Die Männer kamen jetzt angelaufen und fixierten die Hände der Gruppe mit Kabelbindern hinter ihren Rücken. Nur Jenny wurde nicht gefesselt. Die junge Frau ging auf Jenny zu und sprach zu ihr: „Dich hat unser Herr und Erlöser geschickt. Du bist die Erste von vielen, die neues Licht in unsere Welt bringen werden." Die junge Frau nahm Jennys Hand und führte sie langsam von der Gruppe weg. Jenny stand so unter Schock, dass sie gar nicht mitbekam, was hier gerade passierte. „Hey, du Schlampe! Lass deine Finger von ihr!", brüllte David sie an und versuchte, aufzuspringen, aber er wurde sofort wieder zu Boden gedrückt. Plötzlich merkte er einen Stich in seinem Hals und die Welt um ihn herum wurde schwarz.

KAPITEL 18: DIE SEKTE

Unter starken Schmerzen wurde David wieder wach. Er war mit Handschellen, welche mit einer Kette an der Decke befestigt waren, angekettet. Seine Füße berührten nur ganz leicht den Boden und Blut floss seine Arme herunter, da die Handschellen in seine Handgelenke schnitten. „Ahhh! Fuck! Was ist hier los? Was ist passiert?", schrie er aus voller Kehle. „Hör auf zu fluchen, du Sünder! Wir sind dir dankbar dafür, dass du uns eine gesunde neue Schwester gebracht hast, die als Erste einen gesunden Nachfahren unseres Propheten zur Welt bringen kann, aber du musst erst gereinigt werden, bevor wir auch nur darüber nachdenken können, was mit dir passieren soll", antwortete die Stimme einer Frau. Diese trat jetzt langsam aus dem Schatten hervor und kam auf David zu. „Wo sind wir hier und was habt ihr mit mir vor? Was habt ihr mit meinen Freunden gemacht und wo ist Jenny?" „Schweig!", rief die Frau und schlug David dabei mit einem Stock auf seinen entblößten Oberkörper. David schrie vor Schmerzen. „Du wirst nur noch sprechen, wenn ich dich etwas frage. Hast du das verstanden?", erklärte die Frau ihm mit Nachdruck. „Leben in dieser Scheißwelt eigentlich nur noch Irre? Wo zum Teufel bin ich hier, du verdammte Hure?" „Hör auf, zu fluchen, Unwürdiger!", schrie sie und schlug David erneut. „Dies war mal ein altes Kloster, aber nachdem wir unsere alte Zuflucht leider, aufgrund des Krieges, verlassen mussten, hat uns der einzig wahre Prophet hierhergebracht, um ein neues Leben zu starten und das Fortbestehen der Welt zu ermöglichen. Eine Welt, in der der Glaube und die Menschen wieder rein sind." „Oh Scheiße, wieder so 'ne beknackte Sekte, bei der der Anführer nur scharf auf Sex war und die Weiber drauf reingefallen sind." Darauf gab es sofort den nächsten Schlag mit dem Stock. „So wirst du nicht über unseren Propheten sprechen. Er hat uns hierhergeführt und ist das Licht der neuen Welt. Ich denke, dir werden deine Blasphemie und dein vorlautes Mundwerk, das vor Unwissenheit überläuft, bald vergehen, wenn die Reinigung erst mal begonnen hat. Dies wird jedoch nicht mir zur Ehre werden. Diese Arbeit wird einer unserer Brüder erledigen. Ich hoffe für dich, dass die Reinigung deinen Geist errettet und du danach die Wahrheit sehen kannst. Ich möchte wirklich, dass du einer von uns wirst. Wir wollen, dass jeder Mensch ein Teil von uns wird und den Glauben des Propheten in sich trägt. Darum geht es doch nur noch in dieser zerstörten Welt. Wir werden die Welt verbessern. Der Prophet hat uns bereits vor dem Krieg gesagt, dass der Tag des Jüngsten Gerichts bevorsteht und wie immer sind seine Worte in Erfüllung gegangen. Er ist das Licht und die Zukunft. Entweder wirst du ein Teil von uns, oder du wirst als Sünder deine Strafe erhalten." Noch bevor David hierzu etwas sagen konnte, stach ihm von hinten jemand eine Spritze in den Hals und er verlor erneut das Bewusstsein.

Jenny folgte der jungen Frau wie in Trance. Sie war nicht im Begriff, sich gegen sie zur Wehr zu setzten. Sie gingen durch das Waldstück, aus dem die Frau erschienen war, und folgten einem Trampelpfad, welcher sie nach ca. 20 Minuten zu einem großen Gebäude führte. Es sah sehr alt aus und war zum Teil aus Holz und Feldsteinen gefertigt. Es hatte zwei Etagen und einen Turm, welcher in die Baumkronen ragte. Als sie das Gebäude durch die schweren Holztüren betraten, erreichten Sie einen prächtigen Vorraum, in dem links und rechts zwei Treppen nach oben führten und aus dem im Erdgeschoss mehrere Türen abgingen. Zwischen den Treppen war ein alter Kamin, welcher prachtvoll verziert war. An den Wänden hingen Ölgemälde, welche den Weltuntergang, aber auch friedliche Situationen zeigten. Über dem Kaminsims hing das größte Bild in der Vorhalle. Es zeigte einen Mann in weißer Robe, der ein Baby in den Himmel hielt, welches von Sonnenstrahlen eingehüllt war. Jenny bekam dies alles nur schemenhaft mit. Die junge Frau führte sie eine der Treppen hinauf und öffnete eine der Türen auf dem oberen Gang. Dahinter befand sich ein Flur, von dem eine Reihe von Türen abging. Die junge Frau ging zielstrebig mit Jenny an einigen dieser Türen vorbei, bis sie zu einer Tür kamen, welche eine schön verzierte Holztür hatte, auf der in der Mitte eine Frau zu sehen war, welche auf dem Boden kniete und ein Baby zu einer riesigen Hand reichte, welche aus dem Himmel ragte. Die Frau schloss die Tür auf und deutete mit einer Handbewegung an, dass Jenny eintreten solle: „Hier kannst du dich erst einmal ausruhen. Sobald unser weiser Führer Zeit hat, wird er dich besuchen kommen, um zu prüfen, ob du würdig bist, unsere Tochter für ihn zu gebären." Jenny schaute sie ungläubig an und die Frau packte sie am Arm und schubste sie in den Raum. Jenny, die durch die ganze Situation immer noch etwas wackelig auf den Beinen war, konnte sich nicht mehr halten und brach auf dem Boden zusammen. Hinter ihr schloss sich die Tür wieder und sie hörte, wie die Tür von außen verschlossen wurde. Jenny richtete sich wieder auf und begann, den Raum zu untersuchen und zu prüfen, wo sie sich befand. „Oh, Mann! Was ist das nur für ein Ort?", fragte sich Jenny, während sie langsam ihre Blicke durch den Raum streifen ließ. Das Zimmer war eigentlich recht schön und wohnlich eingerichtet. Gegenüber der Tür stand ein breites Bett aus Holz, auf dem strahlend weiße Bettwäsche lag und sich sogar noch einige Plüschtiere zur Dekoration befanden. Neben dem Bett befand sich ein Schrank, welchen Jenny vorsichtig öffnet. In diesem Schrank gab es saubere Unterwäsche und einige Kleider, welche an einer Stange hingen. An den Wänden hingen überall Bilder, welche stark an die verzierte Tür erinnerten. Auf dem Sideboard neben der Tür stand eine Vase mit frischen Blumen und daneben ein Schale mit Obst. Der Raum hatte noch eine zweite Tür, welche sie jetzt öffnete, um zu sehen, was sich dahinter befand. Es war ein Badezimmer. Jenny ging zum Waschbecken. Langsam schaute sie nach oben und blickte in den Spiegel. Sie war dreckig und ihre Augen waren durch das Weinen rot unterlaufen. Vorsichtig drehte sie den Wasserhahn auf und zu ihrer Überraschung kam Wasser aus dem Hahn. Jenny hatte sofort ein Grinsen auf dem Gesicht. Es war nicht einfach in der heutigen Zeit, ein funktionierendes Waschbecken zu finden. Sie ließ sich die Hände mit dem Wasser volllaufen und warf sich dieses anschließend in ihr Gesicht. Es war herrlich erfrischend. Jetzt drehte sie sich in einer Bewegung um und ging ein paar Schritte nach vorne. Sie streckte ihre Hand aus und drückte die Armatur nach oben. „Wahnsinn!", platzte es aus ihr heraus. Die Dusche funktionierte auch. Jenny sprang bekleidet unter die Dusche und ließ das Wasser über ihren Körper laufen. Es war wie eine Reinigung und Befreiung. Sie wusch sich den Dreck ab und somit alles, wofür dieser stand. Sie wusste nicht, was das für Leute waren, in deren Hände sie gefallen waren, aber in diesem Augenblick war sie einfach für sich alleine und blendete alles andere aus. Der Dreck auf ihrem Körper und der auf ihrer Kleidung färbte das Wasser, welches auf dem Boden ankam, in eine braune Flüssigkeit. Es war ihr Schmerz und ihre Angst, den sie sich gerade abwusch. Jedenfalls für diesen Augenblick war sie frei und in ihren Gedanken. Plötzlich klopfte es an der Tür und eine Stimme rief von draußen: „Unser Anführer wird in 30 Minuten bei dir sein. Bitte mach dich fertig und zieh dir etwas Hübsches für ihn an." Die Entspannung, welche sie gerade eben noch gefühlt hatte, verschwand blitzartig und ihr Körper verspannte sich erneut.

Als David erneut wach wurde, merkte er, dass er dieses Mal auf einem Tisch lag. Er öffnete vorsichtig die Augen und merkte dabei, dass sich noch alles bei ihm drehte. „Was zum Teufel, habt ihr …, was war …, was passiert …?", brachte er nur stammelnd und flüsternd hervor und merkte hierbei selber, dass er noch unter starken Beruhigungsmitteln oder Drogen zu stehen schien. Er schaute an sich runter und sah, dass neben dem Tisch jemand stand, der sich runterbeugte und irgendetwas mit ihm machte. Er versuchte, sich zu bewegen, jedoch hatte er keine Kontrolle über seinen Körper und konnte gerade so seine Finger etwas bewegen. „Was machst du …?", versuchte er zu schreien, was jedoch nur in einem verlangsamten Flüstern seinen Mund verließ. „Ganz ruhig, wir müssen deinen Körper reinigen. Dies ist der erste Schritt hierfür. Es werden noch viele weitere folgen müssen, bevor du ein Teil von uns werden kannst und deinem Ketzerischen abschwörst. Unsere Gemeinde ist die Zukunft der Menschheit und jeder Mensch sollte sich uns anschließen, jedoch ist dies nur möglich, wenn ihr euer altes Leben abstreift und nur unserem einzig wahren Anführer folgt. Als Erstes müssen wir deinen Körper reinigen, bevor wir uns um deinen Geist kümmern können", antwortete ein Mann mit sehr beruhigender Stimme. David versuchte, jetzt etwas genauer an sich hinunterzuschauen. Er richtete mit aller Kraft seinen Kopf auf und schaute langsam von oben herab. Sein Blick traf erst das Gesicht des Mannes, der gerade mit ihm gesprochen hatte. Dieser ließ jetzt von seiner Arbeit ab und grinste David surreal an. David schaute weiter nach unten und sah aus seinem Winkel, dass seine Brust voller Blut war. Sein Adrenalin-Pegel stieg an und sein Puls schnellte hoch. Er schaute noch einmal zu dem Mann herüber und sah, dass dieser in seinen blutverschmierten Händen ein glühendes Messer hielt und hinter ihm ein Feuer in einem alten Steinofen brannte. „Mach dir keine Sorgen, das ist alles ganz normal und du wirst mir dafür danken, wenn die bösen Gedanken und Gefühle deinen Körper verlassen haben. Ich war auch erst skeptisch, als mir das widerfahren ist, jedoch kann ich dir heute vergewissern, dass es die komplette Glückseligkeit ist, wenn du die Fesseln deines alten Lebens erst einmal abgelegt hast." Jetzt blickte David wieder auf seinen Körper und sah, dass sein Oberkörper von tiefen Schnitten gezeichnet war. Aus seinem Blickwinkel konnte er nicht erkennen, was genau passiert war, aber er erkannte, dass das glühende Messer schwere Wunden in seinem Körper hinterlassen hatte. Durch die Hitze waren die Wunden jedoch sofort kauterisiert, was wohl der einzige Grund war, weshalb er noch nicht verblutet war. Die Wunden hatten zwar trotzdem geblutet, aber nicht genug, um einen tödlichen Blutverlust zu verursachen. Durch die Mittel, welche ihm gespritzt wurden, merkte David die Schmerzen kaum, welche eigentlich enorm hätten sein müssen. „Möchtest du es sehen?", fragte der Mann ihn freudestrahlend und ging etwas vom Tisch weg zu einem Schrank, welcher am Ende des dunklen Raumes stand. Er öffnete ein Schubfach und kam anschließend mit etwas in der Hand wieder. David dachte jetzt, dass er nun wohl den Todesstoß bekommen würde. Der Mann hob seine Hand und David versuchte zu schreien. „Ganz ruhig, mein Freund. Das ist nur ein Spiegel. Du brauchst keine Angst vor mir zu haben. Wir werden bald Brüder sein, sobald du einsiehst, dass wir die letzte Hoffnung der Menschheit sind und du dich uns mit all deiner Liebe und deinem Geist anvertraust. Ich möchte dir nichts Böses." Sein Blick ging langsam in Richtung des Spiegels und als er seine Brust in dem Spiegel erblicken konnte, füllten sich seine Augen mit Tränen und ein leiser Schrei verließ seinen Mund. Auf seiner rechten Brust war ein großes Kreuz eingebrannt und über seinem kompletten Oberkörper waren Wörter eingeritzt und -gebrannt, welche er jedoch nicht verstehen konnte. Er konnte unter dem Blut folgende Wörter entziffern: peccatum, caedes, furtum, infidelis. Mehr konnte er nicht erkennen. „Was ... Was ... Heißt ...?", brachte er heraus. „Das wirst du verstehen, wenn du anfängst, die Schriften unseres großen Anführers zu studieren und zu verstehen. Es ist Latein. Dein Körper muss deine Missetaten auf der Haut tragen, damit du deinen Geist davon befreien kannst. Vertraue mir, ich weiß, wovon ich rede", erklärte der Mann ruhig und hob dabei seine Kleidung an, sodass David seinen Oberkörper sehen konnte. Dieser war übersät von entstellenden Narben, bei denen auch lateinische Wörter zu lesen waren. „Ihr kranken Schw ...", stotterte David dem Mann entgegen. Plötzlich öffnete sich die Tür und die Frau, welche David zuvor mit dem Stock geschlagen hatte, trat wieder ein. „Wie sieht es aus, Bruder? Bist du für heute fertig mit ihm?" Der Mann nickte ihr grinsend zu: „Für heute ist mein Werk vollbracht, aber es ist noch ein weiter Weg, bis wir diesen Mann einen Bruder nennen können. Bitte verbinde seine Wunden und betäube ihn wieder. Ich werde ihn anschließend zu den anderen bringen. Die Frau begann, Davids Wunden zu versorgen, und redete dabei beruhigend auf ihn ein. Im Anschluss ging die Frau zum Schrank, aus dem der Mann vorhin den Spiegel geholt hatte, und kam mit einer Spritze wieder. „Ruhe dich erst mal etwas aus. Du musst jetzt schlafen", flüsterte sie ihm ins Ohr, drückte ihm dabei die Spritze in die Schulter und pumpte das Mittel in seinen Arm. David wurde wieder schwarz vor Augen.

Jenny saß auf dem Bett. Sie hatte immer noch ihre nasse Kleidung an. Sie wollte niemandem den Gefallen tun, sich für irgendjemanden hübsch zu machen. Plötzlich hörte sie, wie der Schlüssel in das Schloss gesteckt wurde. Ihr Puls stieg sofort an und sie begann, schwerer zu atmen. Die Tür öffnete sich und die Frau, welche sie vorhin begleitet hatte, kam in das Zimmer. Sie ging zielstrebig auf Jenny zu und verpasste ihr umgehend eine Backpfeife. „Warum kannst du nicht hören, mein Mädchen? Dir wurde doch gesagt, dass du dir für den Anführer etwas Schönes anziehen solltest. Ich glaube, du verstehst noch nicht, was das für eine Ehre ist, dass du auserwählt wurdest, um dem Anführer ein Kind zu schenken. Er ist gleich hier, also beeile dich und zieh dir ein Kleid an!" Die Frau ging schnellen Schrittes zum Schrank und holte ein Kleid heraus. „Zieh dich aus!", schrie die Frau im Befehlston. Jenny schaute sie an und nahm vorsichtig das Kleid. Sie schaute es sich an und plötzlich schmiss sie es zu Boden. Die Frau schaute sie entgeistert an und Jenny spuckte ihr ins Gesicht. „Zieh die Scheiße doch selber an!", äußerte sich Jenny nur zu ihr. Die Frau verzog ihr Gesicht und man konnte sehen, wie die Wut in ihr aufstieg. Sie holte aus und schlug Jenny erneut. Sie holte sofort noch einmal aus und wollte gerade zuschlagen, als plötzlich jemand hinter ihr rief: „Halt! Das reicht jetzt. Ist das die Art, die wir dich hier gelehrt haben? Sie ist unser Gast und du schlägst sie? Ist das christlich?", rief ein Mann in weißer Robe. Die Frau sank sofort auf die Knie vor ihm: „Es tut mir leid, unser Licht und Anführer. Sie wollte sich nicht für Sie schön machen und hat mich angespuckt. Ich wollte nur, dass sie etwas mehr Respekt zeigt und sich freut, dass Sie sie auserwählt haben, um unseren Engel zu gebären, der uns neue Hoffnung spenden soll." „Keine Angst, aber jetzt lass uns bitte alleine. Ich möchte ungestört mit unserer neuen Schwester sein", erwiderte der Anführer ruhig. Die Frau nickte, sprang auf und verließ den Raum. „So, mir wurde gesagt, dass dein Name Jenny sei. Mein Name ist Vindex (Erlöser). Die Leute hier sind meine Söhne und Töchter und wir stehen zwischen dem Abgrund der Menschheit und dem Fortbestehen unserer Art. Es war die Rache Gottes, welche die Menschheit getroffen hatte. Wir hatten den Glauben verloren und unsere neuen Götter hießen Geld, Macht und Vergnügen. Gott schaute sich dies mit weinendem Auge an, jedoch kann der Mensch sich nur selber helfen und muss verstehen, wo seine Fehler liegen, um diese zu verstehen und zu korrigieren. Da der Mensch aber nicht einsehen wollte, dass er sich auf dem falschen Weg befand, war dieser Weg unausweichlich und nur die Glaubenstreuen werden diese Apokalypse überleben. Unsere Gemeinschaft ist eine der wenigen Bastionen, die zwischen dem Untergang und der Hoffnung stehen. Die Menschen müssen sich für eine Seite entscheiden: Die Plünderer, Mörder, Vergewaltiger und Diebe wählten den Weg des Teufels und werden dafür ihre gerechte Strafe bekommen und von Gott oder seinen Vollstreckern gerichtet werden. Die andere Seite ist der Weg des Glaubens und der unerschütterlichen Hingabe an Gott. Diese Menschen werden überleben und eine neue, bessere Welt errichten, in der nur ein Gott regiert." „Wow, und was bist du dann für ein Vogel? Wenn es nur einen Gott gibt, dann sind wir doch alle seine Handlanger auf Erden und sollten gleichgestellt sein, oder?", antwortete Jenny patzig. Vindex hatte ein leichtes Lachen im Gesicht: „Ich bin sein Auserwählter, um die Menschen in die richtige Richtung zu lenken und als sein Vertreter auf dieser Welt in seinem Namen zu regieren." „Wie oft hat man das schon von verschiedenen Sektenführern gehört? Ihr habt doch alle irgendwelche Komplexe und werdet nicht damit fertig, dass ihr nur ein ganz kleines Rädchen im System seid. Du bist auch nicht mehr wert als ich und ich werde dich bestimmt nicht anhimmeln, wie es deine gehirnamputierten Zombies machen, die hier rumlaufen. Mir reichte die eine gerade schon. Wenn die alle so drauf sind, gute Nacht, Menschheit." Vindex setzte sich neben Jenny auf das Bett, welche daraufhin sofort ein Stück zur Seite wich. „Du musst wirklich keine Angst vor uns haben. Wir versuchen, die Menschheit zu retten, und nicht den Menschen Schaden zuzufügen. Und jetzt ruhe dich aus. Bis zur Zeremonie sind es noch 3 Tage, bei der uns der Segen von Gott übergeben wird und wir uns danach zurückziehen können, um das Fortpflanzungsritual zu vollführen. Bis dahin wirst du hierbleiben und es wird dir an nichts mangeln. Ruhe dich aus." Vindex grinste zu Jenny rüber, welche seinen Blick nur verstört und mit Abscheu erwiderte. „Ich werde mich dir niemals hingeben. Lieber sterbe ich!", schrie sie ihm ins Gesicht. „Zum Glück hast du dabei kein Mitspracherecht. Es ist Gottes Wille, und dem musst du dich fügen, ob du willst oder nicht." Er stand auf und verließ den Raum. Jenny hörte durch die Tür, wie er mit jemandem sprach. „Du passt auf sie auf! Sorge dafür, dass sie sich nichts antut. Ich mache dich dafür verantwortlich, wenn sie sich etwas antun sollte. Die Folgen für dich werden furchtbar sein. Hast du das verstanden?" Leise erfolgte die Antwort: „Ja, mein Licht. Ich werde alles tun, was Ihr von mir verlangt." Jenny legte sich zusammengekauert auf das Bett und begann zu weinen. In ihrem Kopf rasten die Gedanken, mit den Fragen, was sie jetzt bloß machen solle. Nach einiger Zeit schlief sie ein. Die 3 Tage lag sie quasi lethargisch auf dem Bett und bekam dreimal am Tag etwas zu essen gebracht. Dies rührte sie aber fast gar nicht an.

Am dritten Abend wurde Jenny plötzlich durch ein dumpfes Geräusch wach und schreckte hoch. Vor der Tür war etwas Schweres auf den Boden gefallen. Jenny schaute aus dem Fenster und sah, dass es bereits dämmerte. „Oh Gott!", schoss es ihr durch den Kopf, „es ist bald so weit. Was soll ich machen? Ich könnte den Spiegel im Badezimmer einschlagen und mit einer Scherbe alles beenden." Jenny blickte nachdenkend in die Leere. Auf einmal nickte sie. Sie hatte sich für den Selbstmord entschieden. Wie in Trance stand sie auf und schlich, wie in Zeitlupe, in Richtung des Badezimmers. Dort angekommen, blickte sie in den Spiegel. Sie erkannte sich selbst kaum wieder. Es war, als würde sie eine Fremde im Spiegel erblicken und sie wäre nur ein Zuschauer, welcher sie beobachtete. Plötzlich holte sie aus und schlug mit der Faust in den Spiegel. Sie sah zu, wie ihr fremdes Ich, welches sie gerade noch im Spiegel beobachtet hatte, in kleine Teile zersprang. Jenny nahm eine Scherbe aus dem Waschbecken und hob sie langsam hoch. Langsam führte sie diese in die Richtung ihres Halses. Sie setzte die Spitze an und drückte diese gegen ihren

Hals. Ein Tropfen Blut rollte nun langsam an ihrer Haut herunter. Plötzlich sprang die Tür auf und Jenny drehte sich, mit der Scherbe am Hals, blitzschnell um und rief: „Ihr könnt mich nicht besitzen. Ich werde mein Schicksal selber bestimmen!" „Warte!!", schrie eine junge Frau, „ich bin hier, um dir zu helfen. Ich schwöre es!" Jenny schaute sie fragend an, nahm die Scherbe aber nicht von ihrem Hals. „Ganz ruhig. Ich bin Betty und mir stand das gleiche Schicksal wie dir bevor. Ich war die Auserwählte vor dir." „Ich glaube dir kein Wort. Ich bringe es jetzt zu Ende!", erwiderte Jenny mit Tränen in den Augen. „Halt! Sieh doch!" Betty ging zurück zur Tür und öffnete diese. Vor der Tür lag eine Frau in einer Blutlache. „Sie sollte dich bewachen. Ich habe sie ausgeschaltet, damit wir fliehen können. Ich kenne mich hier aus. Du musst mir jetzt folgen. Die Zeremonie wird bald beginnen und dann wirst du geholt werden. Was hast du zu verlieren. Die Spiegelscherbe kannst du ja gerne behalten. Wenn ich dir nicht die Wahrheit gesagt habe, dann kannst du es immer noch beenden. Wir müssen jetzt weg! Ich erzähle dir alles, was mir passiert ist und was ich weiß, wenn wir in Sicherheit sind." Betty schaute Jenny fragend an und deutete zur Tür. „Ich habe mich auch in Lebensgefahr gebracht, um dich herauszuholen. Bitte vergiss auch das bei deinen Überlegungen nicht." Zögernd nickte Jenny ihr zu und nahm langsam die Scherbe von ihrem Hals. Sie behielt sie jedoch noch in der Hand und ging jetzt vorsichtig auf Betty zu. „Gut. Wir müssen leise sein. Folge mir." Sie verließen den Raum, gingen jedoch in die andere Richtung, als die, von der sie gekommen waren. Betty flüsterte: „Die anderen machen sich alle für die Festlichkeiten heute Abend fertig. Es war nur die Wache abgestellt, die auf dich aufpassen sollte. Das verschafft uns vielleicht die Möglichkeit zur Flucht." Am Ende des Flures öffnete Betty vorsichtig eine Tür und beide verschwanden in diesem Raum. Jenny blickte sich um. Das Zimmer hatte ungefähr den gleichen Grundriss wie das Zimmer, in dem sie gefangen gehalten wurde, jedoch war dieses Zimmer mit alten Sachen vollgestellt und überall befand sich eine dicke Staubschicht. „Was machen wir jetzt? Ich bin übrigens Jenny", sagte

Jenny. „Freut mich", antwortete Betty, „wir verschwinden auf dem Weg, auf dem ich auch reingekommen bin. Wir können durch das Fenster abhauen." Unerwartet wurde die Tür aufgestoßen, durch die sie gerade reingekommen waren. Ein Mann in schwarzer Robe sprang herein und stürmte auf die beiden Frauen zu. „Ihr Heiden! Der Anführer hat euch erwählt und so dankt ihr es ihm? Kommt jetzt mit mir, dann werde ich euch nichts tun", sagte er und streckte den Arm nach Betty aus. Betty wich zurück und zog ein Messer aus ihrer Tasche, mit dem sie bereits zuvor die Wache vor Jennys Zimmer erledigt hatte. Der Mann blockte den Angriff von Betty ab und packte ihre Arme, sodass sie ihm mit dem Messer nichts anhaben konnte. „Verschwinde!", rief sie Jenny zu. Diese stand in einer Art Schockstarre da und beobachtete die Geschehnisse. Wie aus heiterem Himmel durchzog Jenny ein Ruck und sie ging zielstrebig auf den Mann zu, der so mit Betty beschäftigt war, dass er dies nicht einmal merkte. Jenny rammte dem Mann die Scherbe in den Hals, welche sie immer noch in der Hand hatte. Dieser ließ sogleich von Betty ab und griff sich mit beiden Händen an die klaffende Wunde, welche er jetzt am Hals hatte. Das Blut spritzte zwischen seinen Fingern hervor und traf die Frauen im Gesicht und auf ihrer Kleidung. Der Mann versuchte zu sprechen, jedoch kam nur ein Röcheln hervor. Er taumelte durch den Raum und sackte in einer Ecke auf dem Boden zusammen. Seine Bemühungen, sich irgendwie gegen seine Verwundung und seinen bevorstehenden Tod zu wehren, wurden immer schwächer. Langsam rutschen seine Hände von seinem Hals und in seinem kalten Blick sah man, dass das Leben aus ihm gewichen war. Der komplette Boden war von Blut getränkt. Jenny hatte zufällig genau die Halsschlagader erwischt, wodurch der Blutverlust enorm war und der Tod nicht lange auf sich warten ließ. Jennys Puls war extrem hoch und sie versuchte, nicht bewusstlos zu werden. Sie hatte einen völlig Fremden umgebracht, was ihrem Verfassungszustand nicht gerade zuträglich war. „Oh Gott! Was habe ich getan?", stotterte sie und ließ die blutige Scherbe fallen. „Du musstest es tun!", flüsterte ihr Betty zu, um sie zu beruhigen, „er wollte uns töten. Du hast uns beide gerettet. Er hat es nicht anders verdient. Ich weiß, dass das jetzt alles etwas viel für dich ist, aber wir müssen unbedingt hier raus, bevor die anderen etwas merken. Ansonsten haben wir keine Chance, hier lebend herauszukommen. Folge mir jetzt!" Sie ergriff Jennys Hand und zog sie zum Fenster. Beide sahen aus, als wären sie einem Horrorfilm entsprungen, da sie überall an sich Blutspritzer hatten. Betty öffnete das Fenster. „Siehst du? Wir können an dem Rosengitter hinunterklettern, was unter dem Fenster nach unten führt. Geh du vor, ich folge dir dann. Warte, wenn du unten angekommen bist, ich zeige dir dann, wo wir hinmüssen." Jenny nickte und drehte sich um, um rückwärts aus dem Fenster zu steigen. Zitternd kletterte sie die Holzverstrebung hinunter und hockte sich unten ab, um etwas in Deckung zu gehen. Betty folgte ihr umgehend. „O.k., wir müssen runter vom Hof. Als ich verstoßen wurde, habe ich eine Hütte im Wald gefunden, in der ich mich versteckt habe. Die anderen scheinen diese nicht zu kennen, weil mich nie jemand dort gestört hat. Mir nach!" Die beiden liefen jetzt gebückt an der Hauswand entlang, bis sie an einem bestimmten Punkt über eine kleine Freifläche in den Wald liefen. Nach etwa dreihundert Metern sagte Betty: „O. k., wir können jetzt etwas langsamer machen, damit wir uns nicht noch verletzen, aber beeilen müssen wir uns trotzdem, damit wir es noch zur Hütte schaffen, solange wir noch etwas Tageslicht haben." Die beiden bewegten sich jetzt etwas langsamer und vorsichtiger voran. Nach ca. 30 Minuten erreichten sie eine Hütte im Wald. Diese sah ziemlich runtergekommen aus und die Fenster waren von innen abgeklebt worden. Betty ging vor und klopfte in einem bestimmten Takt gegen die Tür. Diese wurde ruckartig von innen aufgerissen und ein Gewehrlauf ragte ihnen entgegen. „Ist schon gut, Megan. Ich bin es nur und ich habe jemanden mitgebracht. Darf ich vorstellen: Das neue Opfer von Vindex und eine tolle und taffe Lady – Jenny." Langsam sank der Lauf des Gewehres nach unten. Megan musterte Jenny und sagte dann: „Hallo, Jenny, ich bin Megan. Bitte entschuldige den rabiaten Empfang von mir, aber heutzutage ist es mir so lieber, als dass ich eine Kugel in den Kopf bekomme. Aber kommt doch erst mal herein." Megan stellte das Gewehr von innen neben die Tür und winkte die beiden zu sich herein. „Wie geht es dir? Möchtest du etwas trinken?", fragte Betty Jenny, „setz dich doch erst mal hin." Die Hütte war von innen eigentlich sehr gemütlich eingerichtet. Das Haus bestand nur aus zwei Räumen. Es gab ein kleines Schlafzimmer und einen Wohnbereich, in dem es auch eine Küchenzeile mit einem Holzofen gab. In der Mitte des Raumes standen zwei Sofas mit einigen Kissen und Decken. Links und rechts von der Eingangstür befanden sich jeweils Schränke und eine Garderobe mit einigen Jacken. Die Fenster waren von innen abgeklebt worden, damit das Licht, welches von den Campinglaternen im Zimmer ausging, nicht von außen sichtbar war. Megan nahm einen Kessel vom Ofen, in dem heißes Wasser aufgesetzt war, und bereitete allen einen Tee zu. Jenny bedankte sich, als sie ihren Tee erhielt, und fragte anschließend: „Vielen Dank für eure Hilfe und, dass ihr so freundlich zu mir seid, aber warum helft ihr mir und wer seid ihr?" Betty begann zu reden: „Wie ich dir ja schon kurz erzählt hatte, war ich auch mal in den Fängen dieser Sekte gelandet. Ich bin 20 Jahre alt und war, als das Ganze mit dem Krieg anfing, erst ein kleines Kind. Da meine Eltern sich aber schon lange zuvor von der modernen Welt losgesagt hatten, lebten wir zu dritt in einem abgeschiedenen Waldstück ca. 100 km von hier entfernt. Sie brachten mir alles bei und erklärten mir, wie man autonom und ohne Hilfe überleben kann. Sie zeigten mir, wie man jagd, wie man Fallen baut und was es sonst noch so Essbares in der Natur gibt. So lebten wir, soweit es möglich war, glücklich zu dritt zusammen und waren von dem Zusammenbruch der modernen Zivilisation gar nicht sonderlich betroffen. Für uns war alles normal. Als ich 18 wurde, änderte sich mein Leben jedoch drastisch. Eines Tages erschienen Fremde bei uns zu Hause. Meine Eltern diskutierten darüber, was sie machen sollten. Sollten sie den beiden Fremden helfen oder sollten sie sie wegschicken? Meine Mutter setzte sich durch und wir halfen den Fremden und nahmen sie bei uns auf. Dies ging auch einige Tage gut, jedoch wollten die Fremden dann weiterziehen und wollten unsere Waffen und die Verpflegung mitnehmen. Mein Vater erklärte ihnen, dass dies nicht möglich sei, da wir es selber benötigten, und sie doch dankbar sein sollten, dass wir sie aufgenommen hatten. Damit wollten sie sich jedoch nicht zufriedengeben. Die Männer zogen ihre Waffen und bedrohten uns. Der eine Mann flüsterte dem anderen zu, dass sie mich doch als Spielzeug mitnehmen könnten, um mich zu benutzen, wenn ihnen danach wäre. Dies bekam mein Vater jedoch mit und stürzte sich auf den einen der beiden. Sie kämpften und plötzlich löste sich ein Schuss, der meine Mutter in den Bauch traf. Sie ging sofort zu Boden und schrie vor Schmerz. Mein Vater riss ihm die Waffe aus der Hand und schlug auf das Gesicht des Mannes ein, bis ihn der andere von ihm runterriss und ihn mit der Waffe bedrohte. Ich stand völlig geschockt und regungslos in der Ecke und schaute zu, was hier gerade passierte. Ich kannte eine solche Situation nicht. Für mich war es schon das Aufregendste gewesen, was ich je erlebt hatte, als ich die beiden Männer das erste Mal gesehen hatte, da wir ja immer nur alleine waren. Da meine Eltern mich aber immer darauf vorbereitet hatten, dass es böse Menschen auf der Welt gab, rief ich mir ihre Erziehung zurück ins Gedächtnis. Ich ging langsam einen Schritt nach vorne, was mein Vater sah. Er griff nach der Pistole des Mannes, welcher kurz zu mir geschaut hatte. Wieder kam es zu einem Handgemenge. Ich wollte jetzt zur Tür laufen, aber mit einer Hand stieß mich der Mann zurück und ich landete auf dem Boden neben dem Tisch. Jetzt gewann er die Überhand über meinen Vater und richtete wieder die Waffe auf ihn. Ohne ein Wort zu sagen, schoss er meinen Vater in den Kopf. In dem Augenblick sprang ich auf, griff nach der Öllampe, die auf dem Tisch stand, und schmiss diese auf den Angreifer. Das Glas mit der Flüssigkeit ging an ihm zu Bruch und er stand lichterloh in Flammen. Er schrie erbärmlich. Ich griff nach einem Stuhl und schmiss damit die Scheiben hinter mir ein. Die Flammen, die sich langsam im Haus verteilten, wurden dadurch noch mehr angefacht. Jetzt wachte auch der Freund des Mannes am Boden wieder auf, der durch den Schlag meines Vaters bewusstlos war. Ich ignorierte ihn und sprang aus

dem Fenster. Ich lief so schnell ich konnte und brachte mich in
Sicherheit. Ich versteckte mich über mehrere Stunden im Wald.
Am nächsten Tag näherte ich mich vorsichtig unserem alten Haus,
das jetzt nur noch ein verbrannter Haufen Elend war. Als ich die
noch rauchende Ruine durchsuchte, fand ich darin die verkohl-
ten Leichen von vier Personen. Es hatte außer mir niemand aus
dem Haus herausgeschafft. Die beiden Angreifer ließ ich an Ort
und Stelle liegen. Sollten sich doch die Tiere um ihre Körper
kümmern. Meine Eltern vergrub ich in unmittelbarer Nähe unseres Hauses und stellte zwei Kreuze für sie auf. Anschließend
stellte sich mir natürlich die Frage: Was soll ich jetzt machen?
Ich hätte dortbleiben können und die Hütte wieder neu errichten können, aber die gesamte Umgebung hätte mich immer an
alles erinnert. Daher entschloss ich mich, loszuziehen und mein
Glück woanders zu suchen. Ich hatte ja noch nie etwas anderes
gesehen als dieses Waldstück und die umliegenden Berge. So zog
ich durch die Lande. Manchmal traf ich auf Menschen, aber ich
schloss mich nie jemandem an und blieb für mich selbst. Die Er-
fahrungen mit den Fremden hatten sich eingebrannt, weshalb
ich Fremden eigentlich immer skeptisch gegenüberstand und keinen Wert darauf legte. Eines Tages, als ich gerade hier in der
Nähe unterwegs war – ohne besonderes Ziel, ich ging dahin, wo
mich mein Weg hinführte – umstellte mich eine Gruppe von
Menschen und entführte mich. Das waren die netten Leute, mit
denen du gerade das Vergnügen hattest. Über 6 Monate hielten
sie sich mich gefangen, schlugen mich, folterten mich und der
Anführer vergewaltigte mich unzählige Male. Zum Verdruss der
Sekte wurde ich jedoch nicht schwanger. Ich habe keine Ahnung,
warum, vielleicht aufgrund des Stresses oder weil ich gar nicht
schwanger werden kann. Keine Ahnung. Eines Tages verprügel-
ten sie mich wieder und ich glaube, sie hatten den Plan, mich zu
töten. Irgendwann blieb ich einfach liegen und tat so, als sei ich
tot. Das dachten sie wohl auch und trugen mich durch den Hin-
terhof in den Wald, wo sie mich einfach in eine Grube warfen.
Hier kam Megan ins Spiel. Als wäre es Schicksal gewesen, kam
sie an diesem Tag an der Grube vorbei. Sie lebte schon lange in

dieser Hütte und wusste von der Sekte, jedoch versteckte sie sich immer vor ihnen, sodass die anderen keine Ahnung hatten, dass sie überhaupt existierte. Hin und wieder spähte Megan die anderen aus, um zu sehen, ob es Neuigkeiten gab oder die Gruppe eventuell weitergezogen war. Dies wollte sie auch an diesem Tag tun, jedoch fand sie dabei mich. Sie merkte, dass ich nicht wirklich tot war, und schleppte mich den ganzen Weg in Ihre Hütte, um mich gesundzupflegen. Ich bin jetzt seit einem Monat hier. Meine Verletzungen habe ich auskuriert und Megan und ich sind ein Team geworden. Wir überlegten, ob wir wirklich hierbleiben oder ob wir nicht weiterziehen sollten. Da hat erneut das Schicksal zugeschlagen. Wir wollten wirklich gerade einen neuen Platz zum Leben finden, als wir gesehen haben, wie die Gruppe dich und deine Freunde gefangen nahm. Da kam bei mir alles wieder hoch und ich wusste, dass ich dich nicht demselben Schicksal überlassen konnte, was mir geschehen war. Die Leute dort sind verrückt und ich beschloss, dich dort rauszuholen. Megan wollte helfen, aber ich wollte sie nicht mit hineinziehen und bat sie, dass sie hier auf uns wartet. So, und jetzt sind wir hier und trinken Tee."

„Meine Fresse! Das ist aber eine harte Geschichte. Ich möchte euch beiden vielmals für eure Hilfe danken." Betty antwortete ihr: „Ich möchte, dass du mit uns kommst. Wir lassen das alles hinter uns und verschwinden von hier. Zu dritt haben wir eine bessere Überlebenschance." Jenny schaute die beiden Frauen an, welche auf eine Antwort von ihr warteten. „Es tut mir leid, aber ich kann nicht einfach verschwinden und meine Freunde der Sekte überlassen. Wenn die merken, dass ich verschwunden bin, will ich nicht wissen, was sie mit denen anstellen werden. Sorry, ich muss wenigstens versuchen, sie zu retten, auch wenn ich dabei sterbe. Jetzt habe ich das Überraschungsmoment auf meiner Seite, weil sie bestimmt davon ausgehen werden, dass ich versuchen werde, zu verschwinden. Ich muss es riskieren, solange, hoffentlich, noch alle leben. Vielleicht könnt ihr mir helfen, indem ihr mir mehr etwas mehr über die Bande und das Haus erzählt." „Jenny, das grenzt an Selbstmord. Bei mir war es noch relativ einfach, weil du in einem Raum gefangen warst, der nicht stark gesichert und relativ leicht zugänglich war. Das wird bei den anderen aber ganz anders aussehen. Die befinden sich im Keller des alten Gebäudes. Und die Kellerfenster sind vergittert, jedenfalls bei den Räumen, die überhaupt Fenster haben. Das heißt, man kann nur aus dem Erdgeschoss eine der beiden Treppen herabsteigen und das größte Problem: Man kommt auch nur auf diesem Weg wieder heraus. Bitte, denk noch einmal darüber nach. Eventuell schaffen es die anderen ja, aus eigener Kraft zu fliehen", erwiderte Betty leicht aufgeregt. „Ich kann nicht nur hoffen, dass alles gut wird. Diese Gruppe hat mich auch aus einer Art Sekte befreit und es ist das Mindeste, dass ich es versuche, ihnen zu helfen, auch wenn ich dabei sterben sollte." Betty und Megan schauten sich an und nach einer kurzen Zeit des Schweigens nickten sie sich zu. „O. k., Jenny. Wir können das nachvollziehen. In der heutigen Zeit sind diese Gemeinschaft und das Vertrauen, welches du zu deinen Leuten hast, das einzig Wichtige. Alleine wirst du es nicht schaffen, sie da herauszuholen. Daher werden wir dir helfen, und falls wir überleben sollten, könnten wir uns anschließend eventuell zusammentun und wir finden alle gemeinsam einen Platz zum Leben", erklärte Megan, während Betty grinste und zustimmend nickte. „Das ist so lieb von euch, aber das kann ich unmöglich von euch verlangen, dass ihr euer Leben für ein paar Fremde riskiert", schluchzte Jenny unter Tränen, da sie durch die Geste so gerührt war. „Wir kennen dich und das reicht. Wenn diese Menschen dir so unfassbar wichtig zu sein scheinen, dann müssen wir sie unbedingt kennenlernen. Wir werden die Sache zusammen schaukeln." Jetzt nahmen sich die drei in die Arme und Jenny war unfassbar erleichtert, dass sie diesen schweren Weg nicht alleine gehen musste.

„Ich glaube, er wird wach!", hörte David eine Stimme sagen. „Alte Säge! Genug geschlafen, es wird Zeit, dass du aufwachst und wir uns einen Plan überlegen, wie wir hier rauskommen können", sagte Charly zu David, während dieser langsam seine Augen öffnete. „Scheiße! Was ist jetzt schon wieder passiert? Alles dreht sich und mein Körper fühlt sich an wie aus Blei", erwiderte David mit leiser Stimme. „Du warst drei Tage weggetreten, wir hatten Angst, dass du nicht mehr aufwachst", erklärte Charly ihm. „Wie geht es euch? Sind noch alle vollzählig? Was ist mit Jenny passiert?", brach es aus David heraus, während er versuchte, aufzustehen. Die Schmerzen, die seinen Oberkörper durchzuckten, hinderten ihn jedoch sofort wieder an seinem Plan. „Du musst dich noch ausruhen. Die Arschlöcher haben deine Wunden zwar einigermaßen versorgt, aber diese sind trotzdem recht schwer", äußerte sich jetzt Ethan dazu und drückte Davids Oberkörper wieder leicht nach unten, um ihm zu signalisieren, dass er sich wieder hinlegen sollte. Jetzt meldete sich wieder Charly zu Wort: „Es tut mir leid, aber wir wissen nicht, was mit Jenny ist. Wir wurden hier hineingesteckt und sie wurde woanders hingebracht. Uns wurde nichts gesagt. Es wurden auch nur du und Frank von uns getrennt und von denen ‚bearbeitet'." „Wie geht es Frank? Ist bei ihm alles in Ordnung?", wollte David wissen. „Leider hat er die Tortur nicht so gut verkraftet wie du. Die Penner haben ihn kurz nach dir durch die Tür gestoßen. Er hat noch einen Tag gekämpft, aber dann ist er an seinen schweren Wunden und dem Blutverlust verschieden." David schluckte schwer und erwiderte darauf: „Oh, Mann. Das tut mir so leid. Aber was heißt, kurz nach mir und einen Tag durchgehalten. Wie lange war ich weg?" Michael schilderte ihm, dass er 3 Tage wie in Trance war und erst jetzt wieder zu sich gekommen ist. Gelegentlich war er mal kurz wach gewesen, sodass er etwas Wasser zu sich nehmen konnte, aber ansprechbar war er erst jetzt zum ersten Mal gewesen. David schaute sich um. Sie waren in einem fensterlosen Raum, an dem von der Decke eine einzelne Glühbirne in Fassung hinunterhing. Der Raum war ca. 4 Meter tief und 3 Meter breit. Zusätzlich gab es noch einen anderen Durchgang zu einem anderen kleinen Raum, in dem es ein Waschbecken und eine Toilette gab. Eine Tür, welche die beiden Räume voneinander trennte, gab es nicht mehr. An den Wänden standen vier Betten, also zwei an jeder Wand, wodurch der Mittelgang nur ca. 1 Meter breit war. David lag auf einem der Betten. Auf einem der anderen Betten lag der zugedeckte Körper von Frank. Das Laken, mit dem sie den Toten bedeckt hatten, war mit Blut durchtränkt. Die Gruppe lebte seit fast zwei Tagen mit dem Toten in diesem Raum. „Bis auf die 2 Male, wo ihr wieder hergebracht wurdet, haben wir überhaupt nichts von den anderen gesehen. Ich weiß auch nicht, warum sie es nur auf euch abgesehen hatten", erklärte Charly. „Vielleicht sind wir ja die Nächsten", warf Jerome ein. „O. k., wir müssen uns etwas überlegen, um hier rauszukommen. Ich habe keine Lust, so ein Bruder zu werden, und die Frauen kommen mir auch nicht unbedingt normal vor", sagte David. „Ihr seid ja schon ein bisschen länger hier als ich, zumindest im wachen Zustand. Gibt es irgendeine Möglichkeit, um aus dem Raum rauszukommen?", fragte David. „Wir haben alles kontrolliert. Die Tür ist wirklich massiv und hat das Schloss von außen angebracht, sodass wir da nicht rankommen, und Fenster gibt es nicht. Wir haben nur die Chance, dass wir sie irgendwie überrumpeln, falls sie wieder die Tür aufmachen. Falls sie uns nicht verhungern lassen wollen, dann nehme ich an, dass sie uns irgendwann etwas zu essen rumbringen. Wasser haben wir durch das Waschbecken, aber komplett ohne Nahrung werden sie uns bestimmt nicht lassen. Wenn sie uns töten wollten, dann hätten sie uns draußen einfach kurz erschossen. Warum uns hier festhalten, um uns dann verhungern zu lassen. Ich glaube, die haben auf jeden Fall noch etwas mit uns vor", teilte Ethan der Runde mit. „O. k., wie könnten wir es am besten machen? Wie ist es abgelaufen, als sie mich und Frank reingebracht haben?", fragte David die anderen. „Wir hörten auf dem Gang Schritte und wie die Tür von außen aufgeschlossen wurde. Sie öffneten die Tür und ein Mann zielte direkt mit der Waffe in den Raum. Er befahl uns, dass wir uns alle in das kleine Bad zurückziehen sollten. Da dies aus Platzgründen aber gar nicht möglich war, standen zwei von uns noch in dem Raum und mussten die Hände heben. Anschließend trugen euch zwei andere Typen in den Raum und warfen euch auf das erste Bett", erwiderte Charly. „Ohne dass mindestens auf einen geschossen wird, wirkt mir das nicht machbar. Waren die anderen bewaffnet?", wollte David jetzt wissen. „Sie hatten auf jeden Fall keine gezogenen Waffen. Vielleicht hatten sie etwas unter ihren Gewändern an, aber das kann ich dir nicht genau sagen. Hast du irgendeine Idee?" Jetzt zog sich David doch vorsichtig hoch und stand mit schmerverzerrtem Gesicht auf. Er ging zur Tür und schaute sich diese genau an. Anschließend blickte er zur Decke hoch. „O. k., ich glaube, es gibt vielleicht eine Möglichkeit, wie wir es versuchen könnten. Zu verlieren haben wir doch eigentlich eh' nichts." Die anderen schauten ihn gespannt an. „Die Tür geht nach außen auf, also können wir uns nicht irgendwie dahinter verstecken, richtig? Oberhalb der Tür befindet sich aber durch den Türrahmen ein kleiner Vorsprung und da die Decke relativ hoch ist, könnte sich eventuell darauf jemand verstecken und den bewaffneten Angreifer von hinten überwältigen. Die anderen müssten dann direkt auf die anderen losgehen und diese überwältigen. Ich würde es so versuchen. Etwas anderes würde mir auch nicht auf die Schnelle einfallen und ich denke, wir sollten keine Zeit verschwenden, denn ich habe keine Lust, noch mal in die Folterkammer zu kommen, und ich denke, ihr würdet da auch lieber drauf verzichten." „Der Plan hört sich nicht schlecht an, aber den anderen würde doch direkt auffallen, wenn einer von uns fehlt. Die haben in dem kleinen Raum doch die komplette Übersicht", warf Jerome daraufhin ein. „Das stimmt an sich, aber wir könnten es doch so aussehen lassen, als wäre ich auch an meinen Verletzungen gestorben. Wir nehmen die anderen Decken und ein paar Klamotten von uns und legen diese unter ein Laken, damit es genauso wirkt wie bei Frank. Gott hab ihn selig." „Scheiße! Die Idee könnte echt funktionieren, aber das Problem ist, dass du mit deinen Verletzungen auf die Tür klettern sollst. Ich glaube nicht, dass du das schaffen kannst", erklärte Ethan daraufhin. „Da hast du leider recht. Ich bin zurzeit nicht in der besten Verfassung, um auf der Tür auszuharren und anschließend noch jemanden zu überwältigen. Könnten wir nicht die Kleidung tauschen und ich gehe mit dem Rücken zur Tür ganz hinten in das Bad? Hier ist es so dunkel, ich glaube, das könnten die auf den ersten Blick übersehen." Ethan nickte David zu und auch die anderen schienen von dem Plan überzeugt zu sein. David und

Ethan tauschten ihre Oberteile und Ethan begab sich in Richtung der Tür. „Wollen wir mal sehen, ob ich hier oben überhaupt Halt finde." Er stieg auf eines der Betten. „Jetzt bräuchte ich etwas Hilfe von euch." Stuart ging schnell zur Tür und schaute Ethan fragend an. „Ich muss auf deine Schultern steigen, um auf den Türrahmen zu kommen", erklärte er ihm. Stuart stellte sich vor die Tür und Ethan kletterte, mit dem Rücken zur Tür, vom Bett auf seine Schultern, während er sich an der Wand und der Tür abstützte. Anschließend stellte er langsam seine Hacken auf den Türrahmen, welcher ca. 2,5 cm von der Wand in den Raum reichte. Er drückte seine Hände gegen die Decke und hockte somit quasi eingekeilt zwischen dem Türrahmen und der Decke. Es sah relativ ungemütlich aus, aber er schien wirklich Halt zu finden und war auch in der Lage, schnell zu reagieren und nach vorne abzuspringen. „Ganz ehrlich, ich glaube, das sollte funktionieren, wenn die Typen nicht direkt nach oben schauen, wenn sie reinkommen. Ich werde hier aber nicht die ganze Zeit hocken können, bis die anderen eventuell mal irgendwann auftauchen. Meine Beine sind bestimmt nach 5 Minuten bereits eingeschlafen und ich könnte nicht mehr nach vorne abspringen. Wir müssen also, sobald wir die Schritte hören, schnellstmöglich das Manöver von gerade eben durchführen. Das bedeutet jetzt immer absolute Ruhe und jemand, der direkt an der Tür steht und uns ein Signal gibt, wenn es losgeht. Stuart, du bist stabil und hast das gerade echt gut gemacht, ich würde sagen, wir bleiben bei der Konstellation, wenn dir das recht ist?", merkte Ethan an. Stuart stimmte zu und die anderen waren auch mit der Idee einverstanden. Ethan setzte sich direkt neben der Tür auf das Bett, um immer bereit zu sein, wenn jemand den Flur entlangkommen sollte. Stuart saß neben ihm und Charly lauschte an der Tür. So warteten sie Stunde um Stunde und keiner sprach dabei ein Wort.

Jenny, Megan und Betty machten sich auf den Weg. Megan gab den beiden eine Pistole und sie selbst nahm das Gewehr. „Wir sollten versuchen, so leise wie möglich zu sein. Benutzt die Waffen nur im absoluten Notfall", sagte Megan und drückte den beiden jeweils noch ein Messer in die Hand. Alle drei nickten sich gegenseitig zu. Sie zogen durch den Wald und kamen zügig voran. Nach einiger Zeit sahen sie durch die Baumkronen das große Gebäude der Sekte. „So, Leute, jetzt wird es ernst. Wie wollen wir vorgehen?", fragte Jenny die anderen beiden. „Die Frage ist natürlich, ob die beiden Leichen mittlerweile gefunden wurden. Vielleicht wurden aufgrund dessen die Wachen in dem Zimmer verstärkt. Sollen wir es versuchen, durch den alten Raum wieder einzusteigen oder suchen wir uns einen anderen Weg? Wenn wir den alten Raum nehmen, sind wir natürlich wieder im 1. Stock und müssen noch in den Keller vorstoßen. Ich würde eher vorschlagen, dass wir einen Weg in das Erdgeschoss suchen", erklärte Betty den anderen. „Das Problem ist natürlich, dass heute die Zeremonie angesetzt war und mittlerweile ist wohl jedem aufgefallen, dass die Hauptperson, also du, Jenny, nicht mehr da bist. Das könnte uns aber wiederum helfen. Wenn eventuell durch den Anführer ein paar von den verdammten Sektenmitgliedern auf die Suche nach dir geschickt wurden, könnte das Haus nicht komplett besetzt sein", erwiderte Megan. „Das Haus hat auf der Rückseite einen Hintereingang, welcher in die Küche führt. Wir sollten uns da mal umschauen. Vielleicht wird die Tür ja nicht bewacht, weil die Sekte davon ausgeht, dass Jenny auf der Flucht ist und nicht den Plan hat, hier wieder aufzutauchen. Unser Vorteil ist einfach, dass sie nicht mit drei Leuten rechnen und von denen sich hier auch noch eine auskennt", teilte Betty den anderen mit. Alle schienen mit diesem Plan einverstanden zu sein. Die Gruppe bewegte sich schleichend hinter das Gebäude und sondierte den Hintereingang. „Ich kann nichts Ungewöhnliches erkennen", flüsterte Jenny. „Ja, sieht alles ruhig aus. Ich würde sagen, dass wir es riskieren", stimmte Betty zu. Langsam näherten sie sich der Tür und Megan schaute durch das Fenster, was neben der Tür war. Sie nickte den anderen zu und signalisierte ihnen damit, dass die Luft rein war. Betty drückte langsam die Türklinge der Holztür runter und zur Überraschung der Gruppe war die Tür nicht verschlossen und öffnete sich. Die Gruppe trat in die

Küche ein. Im gesamten Gebäude brannte das Licht. Das hatten die drei schon von draußen bemerkt. Betty ging vorsichtig vor und signalisierte den anderen mit ihrer Hand, dass sie ihr folgen sollten. Sie war längere Zeit in diesem Gebäude gefangen gehalten worden und kannte sich gut aus. Aus der Küche führte eine weitere Tür, welche Betty jetzt behutsam öffnete, dann schaute sie durch einen Spalt in den Flur, welcher sich hinter der Tür befand. Sie flüsterte den anderen zu: „Sieht alles ruhig aus. Wo stecken die alle? Irgendwie ist mir ein bisschen zu wenig los." Die Gruppe schlich sich weiter in den Flur, von dem mehrere Türen zur Seite abgingen. Betty flüsterte den anderen zu, dass sie bis zur letzten Tür vorgehen müssten, damit sie in den Hauptflur kommen, von dem die Treppen in den ersten Stock und auch in den Keller abgehen. Als sie durch den Flur gingen, öffnete sich plötzlich eine der Türen, welche vom Gang abgingen. Allen stockte der Atem. Blitzschnell zog Megan ihr Messer hervor und hechtete einen weiten Schritt nach vorne. Der Mann in Robe, welcher gerade den Raum verlassen hatte, schloss noch lächelnd die Tür und drehte sich anschließend in die Richtung der Gruppe. Man sah nur noch für den Bruchteil einer Sekunde den Schrecken in seinen Augen, als er bemerkte, was gerade passierte, als schon die Klinge von Megan in seinen Hals traf und diesen regelrecht zerfetzte. Es sprudelten sofort Unmengen von Blut aus seiner Halsschlagader und ergossen sich über die Wand und den Fußboden. Der Mann versuchte noch, mit einem Griff zur Wunde die Blutung irgendwie zu stillen, aber der riesige Schnitt von links nach rechts seines Halses war so enorm, dass er nach kürzester Zeit auf dem Boden zusammensackte und am Blutverlust und dem Sauerstoffmangel verstarb. Die anderen schauten Megan erschrocken an, aber diese wandte sich ihnen nur kurz zu und sagte: „Wir müssen weiter, das hier können wir nicht verstecken, wenn noch jemand den Flur entlangkommt." Die anderen waren durch die Situation, welche sie gerade ansehen mussten, sowohl schockiert als auch positiv von Megans Fähigkeiten überrascht. Die Gruppe bewegte sich jetzt schneller und ging den Flur bis zum Ende entlang, bis sie die Tür erreichten, auf welche Betty vorhin gedeutet hatte. „O. k., wir müssen hier hindurch, um in die Vorhalle zu kommen. Von da aus können wir dann in den Keller und versuchen, deine Freunde zu befreien."

Ethan legte plötzlich den Finger an seine Lippen und signalisierte den anderen damit, dass sie ruhig sein sollten. Plötzlich sprang er auf und wies Stuart an, ihm zu helfen, auf den Rahmen zu klettern. Dieser schaltete sofort und ging in Position, um Ethan zu helfen. Es klappte tadellos und Ethan kauerte über der Tür. Stuart ging zurück zu den anderen, als sie auch schon hörten, wie der Schlüssel in das Schloss gesteckt wurde. Plötzlich hörten sie Schreien von der anderen Seite, dass sie alle von der Tür weggehen sollen, und wer sich nicht daran halten würde, werde sofort erschossen. Die Tür öffnete sich und die anderen befanden sich angriffsbereit auf der anderen Seite des Raumes. Ethan wartete, bis der erste Mann mit der gezogenen Waffe den Raum betrat und auf die anderen zielte. Mit einem großen und gekonnten Sprung hechtet er auf den Angreifer herunter und riss ihn damit zu Boden. Ethan griff sofort nach der Waffe des Mannes und es entstand ein Gerangel zwischen den beiden Männern um die Pistole. Die anderen schalteten sofort und griffen umgehend die beiden Begleiter des Mannes an. Der eine der Männer griff nach hinten und versuchte, eine Pistole zu ziehen, aber Jerome streckte ihn mit einem gezielten Schlag in das Gesicht sofort nieder. Stuart riss den anderen etwas unbeholfen nieder und Charly und Michael begannen, auf ihn einzutreten, da sie ja leider durch ihre Verletzungen eingeschränkt waren, was die Möglichkeit zu schlagen angeht. Als sich die Gruppe zu Ethan umdrehte, um ihm jetzt zu helfen, sahen sie, wie der Mann Ethan die Waffe jetzt endgültig wieder entreißen konnte. Er schubste Ethan in die Richtung der anderen und zielte auf die Gruppe. „Was habt ihr getan?", fragte er die Gruppe, während er auf die blutigen Körper seiner Brüder schaute, welche auf dem Boden lagen. „Wir wollen euch doch nur helfen, dass ihr die Erlösung erfahren könnt und eure Seelen gereinigt werden. Und jetzt weg von der Tür, sonst knall ich euch sofort ab!" Er deutete mit der Waffe an, dass die anderen sich auf das Bett und direkt an die Wand begeben sollten. Um ihnen nicht zu nahe zu kommen, stellte er sich auf der anderen Seite des Raumes auf das Bett und die zwei Parteien gingen jetzt langsam aneinander vorbei, bis er wieder bei der Tür war.

„O. k., wir müssen jetzt noch durch die Vorhalle und die Treppe runtergehen. Dann ist es nicht mehr weit. Ich hoffe nur, dass deine Freunde nicht getrennt worden sind und sich in einem Raum aufhalten", erklärte Betty den anderen beiden Frauen mit leiser Stimme. Die Gruppe ging schleichend in die Vorhalle und kontrollierte, ob sich irgendwo jemand aufhielt, aber es schien alles ruhig zu sein. „Alles klar. Scheint alles im grünen Bereich zu sein. Aber ich frage mich wirklich, wo die alle sind." Sie liefen durch den großen Raum und gingen jetzt langsam die Treppe hinunter. Unten angekommen, hörten sie plötzlich einen Tumult, der sich anhörte, als gebe es einen Kampf auf Leben und Tod. Die Frauen schauten sich an und gingen dann zielstrebig auf die Geräuschkulisse zu. Sie folgten den verwinkelten Gängen im Keller noch etwas, bis sie sahen, wo das Geschrei herkam. Jenny war sowohl aufgeregt als auch in freudiger Erwartung, dass sie ihre Freunde gleich wiedersehen würde. Plötzlich hörte sie aber nur noch eine ihr unbekannte Stimme, die sagte: „Und jetzt weg von der Tür, sonst knall ich euch sofort ab!" Jenny erschrak und flüsterte den anderen beiden zu: „Wir müssen ihnen helfen! Meine Freunde haben Probleme." Die drei schlichen sich an und sahen, wie ein Mann in Robe mit dem Rücken zu ihnen in der Tür stand und die Gruppe mit einer Waffe bedrohte. Jenny zog ihr Messer und schlug es dem Mann mit voller Wucht in den Rücken. Der Mann schrie und es löste sich ein Schuss aus der Waffe des Mannes. Völlig unter Adrenalin stach Jenny erneut auf den Mann ein. Wie im Blutrausch kippte ein Schalter in Jennys Kopf und sie begann, wie wild auf den Angreifer einzustechen. Die Gruppe schaute sie völlig entgeistert an, bis Megan sie von hinten von ihm herunterzog. Jennys Hände waren vollkommen mit Blut verschmiert und ihr Herz raste. Die Gruppe wusste gar nicht, was hier gerade passiert war, bis Betty plötzlich das Wort ergriff: „Hi, mein Name ist Betty und wir sind Freunde von Jenny. Wir wollen euch befreien, aber wir müssen uns beeilen. Ich nehme an, dass die anderen den Schuss wohl gehört haben werden. Bewegt euch, wir müssen hier weg!" Die Gruppe stieg über die drei Männer, die mittlerweile auf dem Boden vor ihnen lagen, und verließ den Raum. Michael rief noch kurz zu den anderen: „Wartet kurz!" Er ging noch einmal zurück und holte die beiden Waffen, die die Männer dabeihatten. Der dritte Mann war unbewaffnet gewesen. Anschließend verschloss er die Tür hinter sich und schloss die anderen damit ein. Er reichte Ethan eine Pistole. Anschließend wollte er David noch eine geben, aber der winkte ab und teilte ihm mit, dass er auf alle aufpassen müsse, weil er nicht in der Lage dazu sei, zu schießen. Die Gruppe nahm sich kurz in die Arme und David fragte in die Runde: „O. k., vielen Dank für eure Hilfe. Habt ihr eine Ahnung, wie wir hier wieder am besten rauskommen können?" Bevor Betty oder Megan antworten konnten, hörten sie auf einmal Stimmen, die den Flur entlang hallten: „Unten war ein Schuss und oben wurden auch Leichen von uns gefunden. Unser mächtiger Führer hat gesagt, dass wir alle eliminieren und in die Hölle schicken sollen. Nur das Mädchen soll am Leben bleiben, da sie die Auserwählte ist." „Scheiße, was machen wir jetzt?", ergänzte David anschließend noch. Jetzt zögerte auch Betty etwas, erwiderte dann aber: „O. k., ich kenne nur zwei Wege, die aus diesem Keller führen, und beide enden in der Vorhalle, wo sie höchstwahrscheinlich schon auf uns warten werden. Jetzt haben wir nur zwei Möglichkeiten: Entweder wir versuchen, uns durch einen der beiden Wege durchzukämpfen, und hoffen, dass die anderen keine guten Schützen sind, oder wir gehen weiter in die Katakomben dieses alten Klosters und hoffen, dass es irgendwo noch einen anderen Ausgang gibt, den ich bloß nicht kenne." Alle schauten sich fragend an und keiner wusste eine Antwort, die der Gruppe irgendwie helfen konnte und die richtige Lösung gewesen wäre. Plötzlich hörten sie Schritte den Flur entlangkommen, welche nicht mehr weit entfernt waren. „Scheiß drauf, lasst uns versuchen, einen anderen Ausgang zu finden. Falls wir nichts finden sollten, was uns hier raushelfen kann, dann müssen wir versuchen, die Treppen nach oben zu kommen, aber versuchen kann man es ja!", rief Megan rein. Die Gruppe lief los und bewegte sich jetzt von den Stimmen weg in die entgegengesetzte Richtung als die, aus der die drei Frauen gekommen waren. Von dem Gang gingen überall Türen zu den Seiten ab, jedoch erkannte die Gruppe, dass es sich nur um Abstellräume oder fensterlose Zimmer handelte, wenn die Türen offen standen. Am Ende des Flures gab es erneut eine Abzweigung. „Links oder rechts?", rief Jenny, während sie sich im Laufschritt der Kreuzung näherten. „Rechts!", rief Michael. Die Gruppe hörte auf ihn und bog gebündelt nach rechts ab. Dieser Gang wirkte noch älter und runtergekommener als der Gang zuvor. Am Ende des Ganges gab es eine weitere Treppe. „Fuck! Hier ist nur eine Treppe, die noch weiter nach unten führt!", schrie Stuart. „Was sollen wir jetzt machen?" Zum Umkehren ist es jetzt zu spät. Wie müssen da runter. Im Zweifelsfall können wir uns da eventuell besser verschanzen und den Angriff abwehren", erklärte Ethan, schon leicht außer Atem durch das Laufen. Die Gruppe lief die Treppe hinab bis zu einer großen massiven Holztür am Ende der Treppe. Links und rechts der Tür steckte jeweils eine Fackel in der Wand. „Das scheint irgendetwas Besonderes für die zu sein, wenn die hier Fackeln neben der Tür anbringen. Die Gruppe stemmte sich gegen die schwere Tür und drückte diese nach innen auf. Alle stolperten jetzt über die Türschwelle. Drinnen angekommen, drehten sie sich sofort um und verschlossen die Tür wieder und sicherten diese mit einem schweren Holzbalken, der in dafür vorgesehene Metallwinkel eingehängt wurde. „Das sollte die anderen erst mal aufhalten", sagte Jerome. Die Gruppe drehte sich um und sondierte den Raum. „Was ist das hier?", wollte Michael von den anderen wissen. „Das sieht mir aus wie eine alte Krypta. Hier wurden wohl früher die Mönche begraben oder so. Es sieht mir aber so aus, als hätten die Vögel hier auch noch etwas veranstaltet. Man erkennt eindeutig die alten Gräber, aber da vorne scheint es weiterzugehen, und das wirkt mir so, als wurde hier nachträglich etwas installiert, da hier auch Stromkabel verlegt sind", erklärte David. Langsam und vorsichtig bewegte sich die Gruppe zu dem weiteren Durchgang, der von der Krypta abführte. Betty öffnete langsam die Tür und die Gruppe ging hindurch. Auf der anderen Seite war wieder elektrisches Licht. Die Gruppe schaute sich um und es wirkte wie ein Trakt in einem Krankenhaus. Es war ein langer Flur, von dem einige Zimmer abgingen. Charly öffnete langsam die erste Tür und schaute in das Zimmer. „Ach du Scheiße, was geht denn hier ab?" Es war wirklich wie ein Krankenzimmer eingerichtet und in einem Bett lag eine Person, welche an medizinische Geräte angeschlossen war. Die Gruppe trat jetzt näher an das Bett heran. Plötzlich bewegte sich die Person im Bett und die Gruppe machte erschrocken einen Schritt zurück. Es handelte sich um eine junge Frau, welche mit Händen und Füßen an das Bett gefesselt worden war. Betty näherte sich ihr. „Ganz ruhig, wir sind hier, um dir zu helfen." Betty zog die Decke zurück und erkannte, dass die Frau schwanger war. Als sie das Nachthemd von ihrem Bauch entfernte, ertönte ein heller Schrei von Betty. Der Unterleib der Frau war völlig vernarbt. „Was zum Teufel geht hier vor sich?", fragte Betty mit zitternder Stimme. „Ich kann es nicht genau sagen, aber so, wie die Penner bis jetzt auf mich gewirkt haben, sieht mir das hier aus wie ihre Anzuchtstation. Deren glorreicher Anführer will doch Nachwuchs für deren gestörten Glauben haben. Das scheinen mir Frauen zu sein, die sie auf der Straße aufgegabelt haben, um aus ihnen lebende Brutkästen zu machen. Aber das ist auch nur eine Vermutung meinerseits", teilte Megan mit. „Hey, meine Kleine, kannst du mir sagen, was hier passiert ist? Was ist das hier für ein Ort und was ist mit dir passiert?", fragte sie die junge Frau, während sie ihr über die Haare strich. Die Frau stöhnte ganz leise und versuchte dann zu sprechen, was Megan jedoch nicht verstehen konnte. Sie ging ganz dicht mit ihrem Ohr an den Mund der Frau. „Bitte … bitte töte mich! Erlöse mich bitte", flüsterte die Frau ihr zu. Megan schossen die Tränen in die Augen. Die anderen fragten sie, was die Frau gesagt hatte, und Megan deute den anderen an, dass sie kurz mit ihr vor die Tür gehen sollen. „Sie hat mir gesagt, dass wir sie erlösen sollen. Wir müssen irgendwie versuchen, sie hier herauszubekommen. Aber als Erstes schauen wir in den anderen Zimmern nach, ob hier noch mehr Frauen sind." Das machte die Gruppe auch. In den ersten vier Zimmern waren nur noch Betten mit blutverschmierten Bettlaken, aber nicht die Personen, zu denen das Blut gehörte. Es gab insgesamt sechs Zimmer und eine Tür am Ende des Flures. Die Gruppe ging jetzt zur letzten Tür auf der linken Seite und öffnete diese. Auf dem Bett lag eine Person, jedoch war das Gesicht mit einem Laken abgedeckt worden. Megan ging zum Bett, hob das Laken kurz und signalisierte den anderen mit einem Kopfschütteln, dass hier nichts mehr zu machen war. Sie deckte das Gesicht wieder ab. Jetzt machte die Gruppe die Tür vom letzten Zimmer auf. Hier war das Bett wieder leer. Als sie gerade die Tür wieder schließen wollten, hörten sie auf einmal ein Geräusch aus dem Zimmer. Ethan zog seine Waffe und signalisierte den anderen mit seinem Finger auf den Lippen, dass sie ruhig sein sollten. Ethan schaute sich um und schritt langsam durch den Raum. Er hob seine Waffe und zielte hinter das Bett, bis er sehen konnte, dass sich hier niemand versteckte. Plötzlich hörte er wieder ein Geräusch. Jetzt konnte er auch durch sein Gehör orten, wo dies herkam. Er zeigte auf den Schrank, der in der Ecke des Raumes stand. Betty und Michael kamen jetzt hinzu und zielten mit ihren Waffen auf den Schrank. Ethan zählte mit seinen Fingern von drei herunter und riss dann in einem Zug die Schranktür auf. Sofort fiel ihm eine Person entgegen, die ihre Hände hob und auf den Boden aufschlug. „Bitte … bitte tötet mich nicht. Ich wollte doch nur helfen. Bitte tötet mich nicht!", rief der Mann aus dem Schrank den anderen zu. „Wer bist du und was machst du hier?", fragte David den Mann. „Das sieht man doch!", sagte Jenny, „das ist einer dieser Sektenbrüder. Obwohl der hier noch schlimmer zu sein scheint, weil er das den Frauen hier unten angetan hat. Wir sollten ihn auf der Stelle abknallen wie ein Schwein!" „Nein! Wartet bitte. Ich bin keiner von diesen kranken Mistkerlen. Ich bin

Arzt und habe nach dem Krieg in einer Auffangstation gearbeitet, um den Menschen zu helfen. Irgendwann kam eine Frau zur Station und bettelte mich an, dass ich ihrer Freundin helfen muss. Sie waren auf dem Weg zur Station, aber ca. einen Kilometer von der Station entfernt hat sich ihre Freundin schwer verletzt und konnte nicht mehr weitergehen. Sie flehte mich an, dass ich mit ihr mitkommen müsse, um das Leben ihrer Freundin zu retten. Weil ich geschworen hatte, allen Menschen zu helfen, die in Not sind, und sie mir sagte, dass ein Transport zur Station ohne vorherige Behandlung nicht möglich sei, habe ich mich darauf eingelassen und bin ihr gefolgt. Wir gingen ein Stück in den Wald und plötzlich bekam ich einen Schlag auf den Kopf. Ich bin erst wieder hier im Kloster zu mir gekommen. Man folterte mich und versuchte, meine inneren Dämonen auszutreiben oder so etwas in der Art. Nach einigen Wochen brachte man mich hier herunter und Vindex erklärte mir, dass ich demnächst neue Patienten bekommen werde. Danach fingen sie an, auf die Jagd nach jungen Frauen zu gehen und diese, nachdem sie von Vindex schwanger waren, hier unten anzubinden. Ich sollte dafür sorgen, dass sie überlebten. Die Sektenmitglieder kamen jeden Tag herunter und spritzen den Frauen etwas, was sie völlig willenlos und gefügig machte. Ich sorgte nur dafür, wie es mein Eid verlangt, dass sie am Leben blieben." „Das ist doch Schwachsinn! Du bist einer von denen und hast hier die Frauen gefoltert. Die Tür war doch nicht mal abgeschlossen, warum hast du nicht versucht zu fliehen?", schrie Jenny und richtete die Waffe auf seinen Kopf. „Warte bitte! Ich konnte nicht fliehen! Vindex hat mir eindrücklich gesagt, dass die Frauen, die bei meiner Flucht hier gefangen gehalten werden, sofort umgebracht werden und die Zukünftigen, durch meine Abwesenheit, keine Chance hätten zu überleben. Ich bin nur Arzt. Ich hätte keine Chance gehabt, die ganze Sekte zu töten, um dem Ganzen hier ein Ende zu setzen. Daher habe ich mich dazu entschieden, zu bleiben und den Frauen, so gut es mit möglich war, zu helfen." „Das ist mir irgendwie zu riskant. Ich habe keine Ahnung, ob der Sekten-Doktor, Mengele, wirklich die Wahrheit sagt. Ich habe keine Lust, dass wir ihm glauben und er uns dann vergiftet oder die anderen alarmiert. Vielleicht sollten wir ihn einfach abknallen. Oder ihm ins Bein schießen und ihn hier liegen lassen", teilte Charly der Gruppe mit. „Wenn ihr mir in das Bein schießt, könnt ihr mir auch direkt in den Kopf schießen. Als würde mich der Anführer als beschädigte Ware am Leben lassen." „Das sollten wir dann wohl lieber machen", sagte Charly und legte an. Plötzlich hörte die Gruppe Krach an der Tür. „Scheiße! Sie sind hier! Was sollen wir jetzt machen? Wir müssen der Frau auch helfen", verkündete Megan. „Es tut mir leid, aber der jungen Frau kann man nicht mehr helfen. Sie ist hier bereits seit langer Zeit ans Bett gefesselt und kann nicht mehr eigenständig laufen. Sie würde höchstwahrscheinlich nicht mal überleben, wenn ihr sie tragen würdet, weil ihr Herz den Stress nicht vertragen könnte und sie an einem Schock oder Herzinfarkt sterben würde. Es tut mir wirklich leid, aber da ist nichts mehr zu machen." Megan fing an zu weinen. „Das kann doch alles nicht wahr sein. Was ist nur aus der Welt geworden? Was sollen wir jetzt bloß machen?" Die Gruppe schaute sich fragend an und blickte immer wieder zu der schweren Tür, von der sie hörten, wie die anderen versuchten, sie von außen aufzubrechen. „Ich weiß, dass ihr mir nicht vertraut, aber ich habe vielleicht eine Möglichkeit, wie ihr hier verschwinden könntet", warf der Arzt jetzt den fragenden Gesichtern der Gruppe entgegen. „Na dann, rück raus mit der Sprache und wehe, du versuchst, uns zu verarschen", sagte Jerome. „Ich bin hier schon länger gefangen und habe irgendwann mal angefangen, mich umzuschauen, ob ich nicht vielleicht doch mit den Frauen verschwinden könnte. Wenn ihr mir das gestatten würdet, müssten wir einmal zurück in den Hauptflur", erklärte der Arzt und deutet mit seiner Hand auf die Tür. David nickte. Der Arzt ging vor und bewegte sich zur letzten Tür, die der Flur des Krankenbereiches hatte. „Diese Tür führt wieder zum unberührten Bereich des Klosters. Eigentlich war die Tür immer verschlossen, aber da ich eine Menge Zeit hier unten verbracht habe, habe ich es irgendwann geschafft, das Schloss zu knacken und mich dahinter umzusehen. Die Katakomben führen dahinter weiter, aber es ist stockfinster dort. Ich hatte mir aus Laken und einem Tropf zwei Fackeln gebaut, mit denen ich es geschafft habe, mich durch die Dunkelheit vorzukämpfen. Es gibt auch auf dieser Seite eine Treppe, die wieder nach oben führt. Ich muss euch aber gestehen, dass mich am Ende der Treppe wieder das schlechte Gewissen geplagt hat und ich deshalb nicht sagen kann, wo man hier rauskommt oder ob es überhaupt einen anderen Ausgang gibt. Das ist leider alles, was ich euch dazu sagen kann. Wenn ihr euch nicht den Weg freischießen wollt, bleibt euch aber wohl nichts anderes übrig." „Ich habe keine Ahnung, ob das so eine gute Idee ist. Erstens vertraue ich dem Typen immer noch nicht und zweitens … Keine Ahnung, irgendwie gibt es kein zweitens und ich glaube, wir haben eigentlich auch gar keine andere Wahl, als es zu probieren. Fuck, aber so sieht es wohl aus", erwiderte Ethan auf die Geschichte des Arztes. Plötzlich hörte man an der Tür ein lautes Knacken. „Es sieht so aus, als hätten wir auch nicht mehr lange Zeit, um uns für einen Plan zu entscheiden!", rief Michael. „Was ist mit der Frau? Wir können sie doch nicht einfach zurücklassen?", fragte Betty die anderen. „Ich werde bei ihr bleiben. Ich werde behaupten, dass ich mich versteckt habe, bis ihr weggelaufen seid, und mich dann wieder um sie gekümmert habe. Aber jetzt beeilt euch bitte", erklärte der Arzt. „O. k., wir müssen los. Wir kommen zurück und machen die Typen da oben fertig, damit diese ganze Scheiße hier endlich aufhört. Wenn du die Wahrheit gesagt hast, dann möchte ich dir danken, falls nicht, dann hoffe ich, dass du in der Hölle schmorst!", verkündete David. „Wie ist dein Name?" Der Arzt schaute ihn an und antwortete: „Ich heiße Harold. Danke für euer Vertrauen, aber ihr müsst jetzt wirklich los. Macht es gut und lasst die Schweine nicht davonkommen", antwortete der Arzt, während er die Hand von David schüttelte. Die Gruppe machte sich jetzt auf zur Tür und öffnete diese. Sie blickten in eine tiefschwarze Finsternis. „Ach ja, wir brauchen noch Licht. Wir müssen uns noch Fackeln oder Taschenlampen besorgen", erkannte Stuart nach einem Blick. „Wartet kurz!", erklärte der Arzt und ging in eines der Zimmer. Als er wieder herauskam, hatte er drei selbst gebaute Fackeln und

Streichhölzer, welche er den anderen gab. „Viel Glück euch." Die Gruppe machte eine der Fackeln an und begab sich auf den Weg in die Finsternis. Jeder der Gruppe blickte beim Hineingehen noch einmal zum Arzt und nickte ihm jetzt doch anerkennend zu. Hinter der Gruppe schloss der Arzt die Tür wieder und jetzt waren sie auf sich alleine gestellt. „O. k., Freunde. Ich habe keine Ahnung, wie weit es von hier ist, oder ob wir überhaupt herausfinden, aber wir sollten lieber nur eine Fackel anhaben, da wir insgesamt nur drei Stück haben. Bleibt alle dicht zusammen", teilte David den anderen mit und ging vorsichtig voraus. Die Gruppe ging zwischen den Gräbern der alten Mönche hindurch und versuchte, im flackernden Licht der Fackel den Weg ausfindig zu machen. Nach kurzer Zeit endeckten sie die Treppe, von welcher der Arzt gesprochen hatte. Langsam stiegen sie diese nach oben. Es handelte sich hierbei um eine Wendeltreppe aus massivem Gestein. Am Ende der Treppe befand sich erneut eine Tür, welche sie unter Anspannung vorsichtig öffneten. Auch auf der anderen Seite herrschte komplette Finsternis. „Wir müssten jetzt wieder auf der Höhe des normalen Kellers sein, aber durch die Wege, welche wir gegangen sind, würde ich behaupten, dass wir uns nicht mehr unterhalb der alten Abtei befinden. Wir müssen irgendwie außerhalb des Gebäudekomplexes sein", flüsterte Betty. Das Flüstern entsteht irgendwie automatisch bei einer bedrohlichen Situation, die auch noch mit der Dunkelheit einhergeht. David hielt die Fackel hoch und die Gruppe schaute sich um. „Das sieht mir auch irgendwie aus wie eine alte Gruft. Lasst uns schauen, ob wir hier einen Ausgang finden", sagte er zur Gruppe, als plötzlich die Fackel anfing zu flackern und die Flamme kleiner wurde. „Gib mir bitte die zweite Fackel", teilte er Michael mit, der auch die dritte noch bei sich trug. Er reichte ihm eine Fackel herüber, welche David noch mit der restlichen Flamme der alten entfachen konnte, bevor die alte erlosch. Links und rechts befanden sich die Särge der Verstorbenen und die Gruppe folgte dem mittleren Weg. „Da vorne geht eine weitere Treppe nach oben. Vielleicht kommen wir hier ja doch noch irgendwie raus", merkte Jenny an und deutete geradeaus auf eine

Steintreppe. Langsam folgten sie auch diesem Weg nach oben, in der Hoffnung, dass sie diese einen weiteren Schritt in Richtung Freiheit führen würde. In dem oberen Raum angekommen, schauten sie sich erneut um. „Das ist die Gruft des Klosters!", rief Megan und riss sich sofort wieder zusammen und entschuldigte sich für ihren Ausbruch. Sie flüsterte weiter: „Die kenne ich! Die steht etwas abseits der Abtei. Sie sieht von außen ziemlich runtergekommen aus. Ich glaube nicht, dass die Sekte weiß, dass sie mit dem Kloster verbunden ist." In dem Raum der kleinen Gruft stürmte die Gruppe sofort zur Tür und wollte diese öffnen. „Scheiße! Die Tür scheint verschlossen zu sein und sie wirkt mir sehr massiv. Wir müssen irgendwie versuchen, sie aufzubekommen", sagte Ethan. David leuchtete mit der Fackel die komplette Tür ab, um eine Möglichkeit zu finden, diese aufzubekommen. „Hat irgendwer von euch einen guten Plan?", fragte er in die Runde. „Die Tür ist aus massivem Holz und mit Metallbeschlägen verstärkt. Eintreten wird wohl nicht funktionieren." Ethan schaute sich die Tür genau an. „Wir müssen sie irgendwie aus den Scharnieren hebeln. Das scheint mir die einzige Möglichkeit zu sein. Also sucht etwas, mit dem wir eine Hebelwirkung hervorrufen können!" Die Gruppe schaute sich um, so weit es in dem Licht der Fackel möglich war. Stuart meldete sich plötzlich zu Wort: „Hier! Ich habe einen Holzbalken, vielleicht können wir den benutzen." Da die anderen nichts anderes Sinnvolles gefunden hatten, versuchten sie es mit diesem Balken. Da David, Charly und Michael für diese Arbeiten nicht in der Lage waren, schnappten sich die anderen das Holz und setzten es an. „Wir haben keinen Winkel, um eine Hebelwirkung zu erzielen", erklärte Jerome. „Wir müssen irgendetwas vor das Tor legen, damit wir darauf den Balken abstützen können." Plötzlich erlosch die Fackel. „Michael! Ich bräuchte mal bitte die letzte Fackel", rief David. Michael suchte im Dunkeln die letzte Fackel. Das einzige Licht, was jetzt noch im Raum zu sehen war, war der Mond, der unterhalb und oberhalb der Tür durchschien. Er reichte David die Fackel hinüber und er entfachte ein Streichholz, um sie zu entzünden. Plötzlich flackerte das Streichholz bedrohlich und war im Begriff, auszugehen. David drehte dies aber kurz und es brannte sofort in heller Flamme weiter. „Ich wollte es nur kurz spannend machen wie im Film. Wäre hier aber relativ egal gewesen, da wir noch ca. 20 Stück haben", erklärte David mit einem leichten Lächeln. Er entfachte die Fackel und der Raum wurde sofort wieder in ein warmes Licht eingehüllt. Die Gruppe schaute sich jetzt nach einem geeigneten Objekt um, das sie für die Hebelwirkung benutzen konnten. Leider war in dieser Gruft nicht viel, was man dafür hätte benutzen können. „Ich sage es nicht gerne, aber ich nehme an, dass es wohl auf einen Sarg hinauslaufen wird", brachte sich Ethan jetzt ein. Die anderen blickten ihn erst skeptisch an, aber die Zeiten, in denen man das aus Gründen der Pietät nicht getan hätte, waren wohl schon lange vorbei. Die Gruppe zog einen der schweren Särge aus der Wand und dieser knallte auf den Boden. „Tut mir leid, lass dich nicht stören und schlaf weiter", flüsterte Jenny dem Sarg zu, nachdem dieser auf dem Boden aufschlug. Die Leute, die körperlich dazu in der Lage waren, zogen den Sarg zur Tür und platzierten ihn so, dass der Balken unter die Tür und auf den Sarg gedrückt werden konnte und der Hebel gut passte. Jetzt gab Ethan das Kommando und sagte den anderen, wann sie zu drücken hatten. Mit lautem Quietschen schob sich die schwere Tür ein Stück in den Scharnieren nach oben, doch sobald der Druck der Gruppe nachließ, fiel diese mit einem lauten Knall wieder nach unten. „Fuck, wir müssen die Tür irgendwie abstützen, wenn wir sie ein Stück nach oben bekommen haben. David und Charly, könnt ihr bitte kurz schauen, ob ihr irgendetwas findet, was wir zum Abstützen benutzen können?", wollte Ethan wissen. Die beiden begannen sofort, sich umzuschauen und mit der Fackel nach etwas zu suchen, was man verwenden könnte. „Scheiße! Hier gibt es gar nichts. Keine Ahnung, wie wir das machen sollen. Wir müssen irgendwie versuchen, dass wir das in einem Zug geschafft bekommen", ließ Charly die anderen wissen. David schüttelte auch mit dem Kopf. Die Gruppe versuchte jetzt noch einmal, mit aller Kraft das Tor anzuheben. „Das sieht gut aus, noch 1 cm und wir sind aus dem Scharnier!", schrie Ethan unter voller Kraftanstrengung. Doch auch dieses Mal rutschte das Scharnier nicht heraus und das Tor knallte wieder in die Ursprungsposition. „Wir müssen den Balken irgendwie einmal umsetzen können, wenn wir auf einer bestimmten Höhe sind, damit wir den Rest schaffen", erklärte Ethan den anderen. Plötzlich fing die Fackel wieder an, bedrohlich zu flackern. „Warte! Ich habe eine Idee!", rief Michael. Er ging zu Jenny und nahm ihr das Messer aus dem Gürtel. „So! Startet jetzt noch einmal!" Die Gruppe wusste zwar nicht genau, was sein Plan sein sollte, aber mit all ihrer Kraft drückten sie die Tür nach oben. An dem Punkt, an dem sie die letzten beiden Male bereits gescheitert waren, war auch dieses Mal wieder Schluss. In diesem Augenblicke nahm jedoch Michael das Messer und verkeilte die Klinge direkt im Scharnier. Die anderen, bei denen die Kraft nachließ, senkten den Balken wieder ab. Zum Erstaunen aller hielt die Klinge aber das Gewicht der Tür auf. „Jetzt schnell! Wir müssen den Winkel ändern, damit wir die Tür ausheben können. Ethan zog das Holz heraus und setzte dieses an einer anderen Stelle an. „Jetzt noch einmal alle zusammen!", schrie er und die Gruppe legte ihr gesamtes Gewicht auf den Balken. Plötzlich sprang die Tür aus dem Scharnier und kippte nach hinten auf die Gruppe. Alle drückten sich der Tür entgegen und konnten diese dann so weit möglich auf einer Seite auffangen. Sie schoben die Tür zur Seite und waren frei. David schmiss die Fackel in den Keller, um nach der Lautstärke nicht noch mehr Aufmerksamkeit durch Licht zu erwecken. Die Gruppe schaute sich um. Durch den Krach, welchen sie hier verursacht hatten, bestand eine hohe Wahrscheinlichkeit, dass 20 schwer bewaffnete Männer draußen auf sie warteten. Zu ihrer Überraschung war vor der Tür aber niemand, der auf sie wartete. „O. k., lasst uns hier verschwinden", flüsterte Megan den anderen zu und deutete in Richtung Wald, der nur schemenhaft im Mondlicht zu sehen war. „Das können wir nicht machen", sagte Jenny mit leiser Stimme. „Wir wollten doch deine Freunde holen, und das haben wir geschafft. Lasst uns endlich hier verschwinden", erwiderte Megan. „Nein! Das können wir nicht machen. Irgendwer muss diese Leute aufhalten. Wir können die doch nicht einfach weitermachen lassen mit dem Foltern von Leuten, Vergewaltigen von Frauen und sonstigem Scheiß. Jemand muss etwas unternehmen!" „Ich sage es nicht gerne, Jenny, aber ich glaube, Megan hat recht. Wir müssen hier weg und uns neu aufstellen. Die andere Gruppe zählt auf uns, dass wir eine neue Heimat finden und wir sie danach abholen", musste Ethan leider einwerfen. „Mir reicht dieser ganze Scheiß hier so langsam. Wenn wir so etwas durchgehen lassen, dann sind wir nicht besser als die. Wir können nicht einfach wegschauen. Wir sind es der jungen Frau im Keller und Dr. Harold schuldig. Ich kann damit nicht leben, dass wir es vielleicht herausgeschafft haben, aber die nächste junge Familie vielleicht wieder in deren Fänge gerät. Wir müssen etwas unternehmen." Jenny brach in Tränen aus und drehte sich weg. Die Gruppe schaute sich fragend an und irgendwie landeten alle Blicke auf David und Ethan, damit sie eine Entscheidung treffen sollten. „So wie wir jetzt aufgestellt sind, können wir nicht viel ausrichten. Wir müssen zu unserem Wohnmobil und die Waffen holen, falls die Sekte das nicht eh schon geplündert hat. Mit unseren paar Pistolen und Messern haben wir keine Chance. Wissen wir überhaupt, wie viele Leute hier leben und auf diesen Spinner hören?", antwortete David und blickte bezüglich seiner letzten Frage zu Megan und Betty hinüber. „Genau sagen kann ich euch das auch nicht, aber ich nehme an, dass es mindestens 30 Leute sein werden. Wird auf jeden Fall nicht einfach, die auszuschalten, wenn wir das wirklich versuchen sollten. Ich würde mich lieber der Meinung von Megan anschließen und sagen, dass wir uns hier ganz schnell verpissen", fügte Betty hinzu. „Das mit dem Verschwinden ist insgesamt eine gute Idee. Egal, ob wir gleich zum Gegenschlag ausholen oder nicht. Hier müssen wir weg. Wir verschwinden hier jetzt erst mal und überlegen uns einen Plan. Dann stimmen wir ab, was wir machen werden, und dann geht es los. So oder so", erklärte Ethan den anderen. Damit waren alle erst einmal einverstanden und die Gruppe machte sich auf den Weg, um von der Abtei wegzukommen. „Wir müssen erst mal zu unserem Bus, nur um zu sehen, ob der noch da ist und wir unsere

Waffen holen können", sagte David, während die Gruppe sich auf den Weg machte. „Was ist, wenn die da bereits auf uns warten? Das wäre doch die perfekte Falle", wollte Michael wissen. „Ich gehe davon aus, dass entweder der Truck weg ist, weil die ihn gefunden haben und unsere Sachen haben wollten, oder sie, nachdem sie uns entführt haben, gar nicht mehr geschaut haben, wo wir herkamen, und er noch da ist und die nicht wissen, dass es den Bus überhaupt gibt", antwortete David. Die Gruppe ging weiter und näherte sich der Wiese, auf der sie entführt wurden. „Scheint alles ruhig zu sein", sagte Jerome. Sie gingen weiter bis zu dem kleinen Waldstück zwischen dem Feld und der Straße, auf dem ihr Bus stand. Die Gruppe observierte den Bus eine Zeit lang aus dem Waldstück, konnte aber keine Bewegung feststellen und entschloss sich daher, zu handeln. „O. k., ihr wartet hier! Ich schleiche mich mit einem Freiwilligen an den Bus heran. Wenn wir direkt erschossen werden oder man uns gefangen nimmt, dann spielt hier keinen Helden, sondern ihr macht euch vom Acker. Wer kommt mit? Und ich meine jemanden, der keine körperlichen Gebrechen hat und wirklich was tragen kann", redete Ethan Klartext mit den anderen. Stuart meldete sich freiwillig und die beiden zogen langsam an der Waldkante entlang los. Die Gruppe verfolgte ihren Weg im Mondschein mit den Blicken und hielt den Atem an. David erreichte den Bus als Erster und öffnete vorsichtig die Tür, nachdem er geprüft hatte, dass hier keine Sprengfalle angebracht war. Er winkte Stuart zu, dass er nachkommen konnte. Ethan betrat den Bus und schaute sich um. „Scheint alles ruhig zu sein. Die wollten wohl wirklich nur uns und hatten es nicht darauf abgesehen, was wir eventuell noch mithatten. Die beiden durchsuchten die einzelnen Sitze und griffen sich alle Waffen, die sie im Bus zurückgelassen hatten, als sie losgegangen waren, um Jenny zu suchen. Dadurch hatten sie noch einige Gewehre und ausreichend Munition, um wenigstens etwas entgegenbringen zu können. „Wir müssen noch Benzin aus dem Fass abzapfen, damit wir mit den Flaschen, die wir noch haben, Molotov-Cocktails bauen können", flüsterte Ethan, aufgrund der völligen Ruhe, zu Stuart. So machten sie es auch und Ethan saugte mit einem Schlauch Benzin aus dem Fass und füllte damit die Flaschen auf, welche Stuart ihm reichte. Ethan schickte ihn mit den Waffen erst einmal zu den anderen. In der Zeit nahm er sich einen Rucksack von einem der Plätze und stopfte die mit Benzin gefüllten Flaschen hinein. Er kam am Ende auf fünf Molotov-Cocktails, was nicht an dem unzureichenden Benzin gelegen hätte, sondern daran, dass die Gruppe nicht mehr Glasflaschen bei sich führte. Zusätzlich nahm er für jeden der Mollies ein Feuerzeug mit, welche sie in einer Vielzahl im Bus mitführten. Ethan verließ den Bus jetzt auch und lief geduckt zu den anderen, die im Wald auf ihn warteten. „O. k., lasst uns zählen: Wir haben die fünf Pistolen, welche wir auch schon im Haus hatten. Zusätzlich haben wir jetzt noch drei Sturmgewehre und fünf Mollies", zählte Ethan auf. „Gegen 30 Leute hört sich das immer noch nicht nach einer Übermacht an. Wir brauchen einen verdammt guten Plan, damit das irgendwie funktionieren kann", fügte Charly jetzt hinzu. „Ich sehe nur eine Möglichkeit, und das ist ein Plan, in dem wir das Gebäude nicht betreten müssen. Sobald wir da reinmüssen, um gegen alle zu kämpfen, sind wir am Arsch, weil die sich da natürlich besser auskennen", teilte Megan den anderen mit. „Sind wir jetzt eigentlich schon über den Punkt hinaus, dass wir abstimmen wollten, ob wir die Bande überhaupt angreifen wollen?", wollte Betty jetzt wissen. „Ich werde dir mein ganzes Leben danken, dass du mich da rausgeholt hast, aber wir müssen doch auch an die zukünftigen Opfer denken. Wir müssen das jetzt hier ein für alle Male beenden. Diese Sekte muss ausgelöscht werden!", erwiderte Jenny mit energischer Stimme. Betty schaute Jenny tief in die Augen und sah, dass sie sich nicht davon abbringen ließ, auch wenn sie es alleine machen müsste. „O. k., dann lasst es uns tun. Wie können wir diese Hurensöhne irgendwie überrumpeln und sie dann ausschalten?" Die Gruppe schaute sich fragend an. „Ich sage euch jetzt mal was. Wenn wir diesen kranken Scheiß durchziehen wollen, dann müssen wir ausgeruht sein. Wir verschwinden hier jetzt und schlafen erst mal eine Runde. Wir sind alle im Arsch und keiner kann mehr einen klaren Gedanken fassen. Wir werden morgen den Plan ausarbeiten. Die wissen eh' schon, dass wir weg sind, also ist das Überraschungsmoment weg. Wir verziehen uns ein paar Kilometer weg von hier und schlafen uns aus. Wir stellen Wachen auf, damit wir sicher sind. Morgen überlegen wir uns einen Plan und greifen an. Ist das in Ordnung für euch?", fragte David in die Runde. Die Gruppe war damit einverstanden. Mit ihrer Beute aus dem eigenen Bus zogen sie los und verzogen sich ca. 2 Kilometer die Straße hinunter in den Wald und schliefen. Die Wachen wurden alle 2 Stunden gewechselt. Am nächsten Tag begannen die Leute, sich einen Plan auszudenken. Wobei von Frontalangriff bis zu einer Ninja-Methode alles dabei war. Ethan meldete sich am Schluss zu Wort. „Ich habe eine Idee. Das Prinzip, was ich verfolge, sieht so aus, dass wir der Schlange den Kopf abschlagen müssen. Wir müssen irgendwie an deren scheiß Sektenguru herankommen, um den Rest aus der Reserve zu locken. Mein Plan wäre es, dass wir versuchen, diesen Oberaffen irgendwie aus dem Gebäude zu bekommen. Leider wird es nicht ausreichen, dass wir ihn abknallen, da die anderen sein Erbe fortführen würden, aber wenn wir ihn in unsere Gewalt bringen könnten, würden die anderen versuchen, ihn zu retten. Daher müssten wir von Betty wissen, wo er sich aufhält und wo seine Unterkunft ist. Wenn wir das wissen, lenken wir die anderen mit einem fingierten Angriff ab und schnappen uns das Oberhaupt. Die Restlichen werden dann versuchen, ihm zu helfen, und dann ist es für uns ein Kinderspiel, die Vögel über den Haufen zu schießen. Das wäre mein Ansatz." Die anderen schauten ihn verblüfft an. „Bis jetzt muss ich sagen, dass die militärischen Aktionen von Ethan immer eine gute Idee waren. Ich bin dabei", ließ David die anderen wissen. „Ich kenne dich zwar nicht, aber das hört sich für mich nach der besten Idee an, die von uns kam. Ich bin auch dabei", ergänzte Megan. Der Rest benötigte auch keine weitere Überzeugungskraft und stand hinter dem Plan von Ethan. „Alles klar, heue Abend bei der Dämmerung geht es los. Was wir genau machen, wenn wir den Anführer haben, werde ich euch noch erklären, aber wenn wir das Ganze richtig angehen, bin ich guter Hoffnung, dass wir die Schweine eliminieren können und die junge Frau und den Arzt vielleicht auch noch retten können, wenn sie noch leben sollten." Ethan weihte die anderen in seinen kompletten Plan ein. Er zog noch einmal los und begab sich zum Bus. Die komplette Gruppe war völlig erschöpft und ausgehungert. Er schaffte es, sich noch einmal unbemerkt zum Bus zu begeben und Nahrung für alle zu besorgen. Er wollte nicht, dass einer bei dieser schweren Operation körperlich versagt. Die Gruppe aß gemeinsam und es herrschte eine angespannte Stimmung. Jeder wurde durch Ethan angewiesen, was er bei diesem Angriff zu tun hatte, und ging jetzt in sich, um alles noch einmal durchzugehen. Gegen Abend war es so weit. Die gesamte Gruppe machte sich auf den Weg, um die Mission zu erfüllen und die Sekte zu besiegen. Sie konnten es nicht mit ihrem Gewissen vereinbaren, dass vielleicht die nächste nette Familie an der Straße angehalten wird und in deren Fänge gerät. Die Gruppe näherte sich leise und langsam der Abtei. „Unsere körperlich Eingeschränkten sind unsere Molotov-Leute. Ich weiß, dass der Wurf höchstwahrscheinlich schmerzhaft werden wird, aber schießen könnt ihr auf jeden Fall nicht. David, Michael und Charly nehmen die Mollies, Betty und Megan bereiten unseren Punkt Alpha vor, Jerome kommt mit mir, um das Primärziel zu beschaffen, und Stuart steht Schmiere, um uns zu warnen, wenn etwas schiefgehen sollte", erklärte Ethan noch einmal flüsternd. „Abfahrt, meine Freunde. Falls alles schiefgehen sollte und wir uns nicht wiedersehen, möchte ich euch sagen, dass es mir eine Ehre war und ich froh bin, dass wir nicht so welche abgestumpften Motherfucker geworden sind wie die Menschen, auf die wir getroffen sind. Ab geht's." Die Leute gaben sich zum Abschied noch einmal die Hand und dann begannen die einzelnen Gruppen, ihren Auftrag auszuführen. David, Michael, Charly und auch Jenny, weil sie zu emotional war, um einen Auftrag im Gebäude auszuführen, verteilten sich um das Gebäude und bereiteten die Molotovs mit einem Stück Stoff vor. Betty und Megan gingen zum Haupteingang, vor dem eine große Jesus-Statue in der Mitte stand. Stuart suchte sich eine erhöhte Position in einem Baum, um einen Überblick über die gesamte Fläche zu haben. Wenn etwas passieren sollte, war seine Aufgabe, von dieser Position auf die Feinde zu feuern und damit die anderen zu warnen, dass der Krieg jetzt losgehen sollte. Ethan hatte nicht den Plan, wieder an einer der beiden Stellen einzudringen, durch die sie bis jetzt schon reingekommen waren. Betty hatte ihm erzählt, dass es noch eine andere Möglichkeit gab, über den ersten Stock in das Haus zu gelangen. „Betty hat mich in einen völlig verrückten Plan eingeweiht, wie wir uns Zugang verschaffen können. Sie meinte, an der Hauswand würde eine Leiter lehnen, die wir einfach benutzen könnten. Das Zimmer des Anführers befindet sich am Ende des Ganges und hat leider keine Fenster, daher müssen wir versuchen, dass wir aus einem anderen Zimmer an ihn herankommen. Die Gruppe war entschlossen und die Operation konnte beginnen. Jerome und Ethan näherten sich vorsichtig der Hauswand, an der sich die Leiter befinden sollte. Ethan erblickte diese, schaute zu Jerome hinüber und deutete mit seinem Zeigefinger in diese Richtung. „Scheint alles still zu sein", flüsterte Ethan, „die haben sich entweder alle drinnen verschanzt, um uns aus ihrer Deckung abzuknallen, oder sie denken, dass wir nicht dumm genug dafür sind, noch einmal zurückzukehren. Was ich ihnen auch nicht verdenken könnte, da es eine ziemlich verrückte Idee ist." Die beiden holten sich leise die Leiter und begaben sich damit an die Wand und zu dem Fenster, welches ihnen Betty genau beschrieben hatte. Vorsichtig stellten sie die Leiter gegen die Wand und schauten sich noch einmal um. Jerome nickte Ethan zu. Die beiden kletterten jetzt vorsichtig die Leiter hoch und kamen oben am Fenster an. Die Fenster stammten noch aus früheren Zeiten und hatten nicht die Sicherheitsstandards, wie man sie von heute kennt. Ethan konnte mit einem Messer den Verschluss knacken und anschließend das Fenster langsam nach außen öffnen. Behutsam stiegen die beiden über den Rahmen und befanden sich jetzt im Haus. Die beiden schauten sich mit gezogenen Waffen um. „Genau wie Betty gesagt hatte. Dieser Raum dient nur als Abstellraum und ist kein Wohnraum der Sektenmitglieder. Wir müssen weiter. Nur im äußersten Notfall schießen, wenn möglich, nur das Messer benutzen", erklärte Ethan noch einmal mit fast lautloser Stimme. Die beiden gingen zur Tür und Jerome legte sein Ohr daran. „Kannst du etwas hören?", wollte Ethan wissen. „Ich höre Stimmen, aber diese kommen mir so vor, als würden sie nicht aus dem Flur kommen, sondern aus dem Erdgeschoss. Ich nehme an, dass sie sich unten verbarrikadiert haben." Mit absoluter Vorsicht und fast in Zeitlupe drückte Ethan den Türgriff herunter. Beide hatten die Waffen gezogen und waren bereit, sofort zu schießen, wenn auf dem Flur doch Wachen lauerten. Ethan steckte langsam den Kopf auf den Flur und schaute in Sekundenschnelle in beide Richtungen und zog anschließend seinen Kopf wieder herein. Er bewegte seinen Mund direkt an das Ohr von Jerome. „Vor der Tür des Anführers stehen zwei mit Gewehren bewaffnete Wachen. Die werden wir nicht lautlos ausschalten können, weil sie umgehend auf uns schießen werden." Jerome schaute ihn fragend an, als sie plötzlich einen Schuss hörten und erschraken.

Außerhalb der Abtei hatte sich Charly in Stellung gebracht und stand mit einem Molotov-Cocktail in der einen Hand und einem Feuerzeug in der anderen Hand bereit, um auf ein Zeichen zu warten, diesen durch eines der Fenster zu werfen. Plötzlich hörte er jemanden hinter sich, wie er ihm zurief: „Hände hoch, du Ungläubiger! Leg die Sachen langsam auf den Boden und leg die Hände hinter den Kopf!" Charly legte langsam den Mollie und das Feuerzeug auf den Boden, nahm die Hände hinter den Kopf und drehte sich vorsichtig um. Vor ihm stand ein junger Mann, welcher ihn mit einem Gewehr bedrohte. Der Mann schaute ihn mit düsterer Miene an und drehte anschließend seinen Kopf zur Seite: „Ich habe ei …", bekam er noch heraus, als Charly mit einem Satz auf ihn zusprang und mit ihm um das Gewehr kämpfte. Beide gingen zu Boden und es begann ein Kampf auf Leben und Tod um die Waffe. Da Charly jetzt völlig unter Adrenalin stand, bemerkte er hierbei die Schmerzen in seiner Schulter kaum. Charly schaffte es, sich auf den Feind zu rollen, und ließ die Waffe mit einer Hand kurz los, um ihm zweimal in das Gesicht zu schlagen. Der Mann steckte die Schläge ein und drückte Charly jetzt mit dem Gewehr nach oben. In diesem Moment sah er, dass seine Schulter wieder angefangen hatte zu bluten. Auch er ließ das Gewehr kurz los und drückte seinen Daumen so fest wie möglich auf die blutende Stelle. Charly schrie vor Schmerz und machte einen Satz nach hinten, wobei er jetzt auf den Rücken fiel, jedoch das Gewehr alleine in den Händen behalten konnte. Der junge Mann schaltete blitzschnell und sprang auf Charly. Er nahm wieder die Waffe an beiden Seiten in die Hände und versuchte, ihm diese zu entreißen. Charly klammerte sich mit seinem Leben an diese Waffe, obwohl er fürchterliche Schmerzen hatte. Der Angreifer merkte dies und ging jetzt zu einem anderen Plan über. Mit all seiner Kraft und seinem Gewicht drückte er das Gewehr runter in die Richtung von Charlys Hals. Charly hatte keine Kraft mehr, um sich gegen diesen jungen starken Mann zu wehren, und das Gewehr wurde immer tiefer gedrückt, bis es ihm allmählich die Luftzufuhr abdrückte. Charly kämpfte mit allem, was er an Energie noch hatte, aber langsam begann ihm schwarz vor Augen zu werden. Plötzlich ertönte ein Schuss und Charly merkte, wie der Druck umgehend nachließ. Er hechelte nach Luft und hustete, als er sah, was passiert war. Er schaute in das Gesicht des Mannes über ihm und sah, dass der halbe Schädel des Mannes fehlte. Erst jetzt bemerkte er, dass sein Oberkörper und sein Gesicht bedeckt waren mit Blut und Gehirnteilen. Der Mann hockte jetzt nur noch leblos auf ihm und sackte in sich zusammen. Charly drückte ihn mit seiner letzten Kraft von sich herunter und lag dann erst einmal eine kurze Weile auf dem Rücken, um wieder zu Atem zu kommen. Jetzt schaute er sich um, um herauszufinden, wo der Schuss hergekommen war. Er erblickte Stuart in einem Baum, der ihm zuwinkte. Allen war klar, dass jetzt die Hölle losbrechen würde.

Ethan und Jerome standen an der Tür bereit und wussten, dass Stille und Zurückhaltung jetzt keinen Sinn mehr machten. Sie wollten gerade auf den Flur stürmen und beginnen zu schießen, als sie Laufschritte auf dem Flur hörten. Sie gingen hinter dem

Türrahmen in Deckung und warteten. Die Männer jedoch liefen einfach an ihnen vorbei und wollten den Flur hinunter, um den anderen unten zu helfen. Einen Bruchteil, nachdem die Männer die beiden passiert hatten, trat Ethan auf den Flur und schoss den beiden Männern gezielt in den Hinterkopf. Jetzt trat auch Jerome hervor und sah, dass die anderen schon erledigt waren. „Nehmen wir uns ihre Gewehre!", sagte Ethan und marschierte zielstrebig auf die beiden Leichen zu. Er drückte Jerome auch eins in die Hand. „Holen wir uns den Wichser!" Die beiden gingen an die Tür des Raumes, in dem der Anführer der Sekte lebte. Sie wussten nicht, ob in dem Raum noch mehr Wachen waren, um ihn zu beschützen. Sie lehnten jeweils links und rechts neben der Tür und schauten sich kurz an. „Brechstange oder Diplomatie?", fragte Ethan Jerome. Dieser hatte hierauf auch keine passende Antwort und deutete an, dass Ethan das zu entscheiden hätte. Ethan machte sich bereit und trat mit einem kräftigen Tritt die Tür ein. Sofort wurde das Feuer auf ihn eröffnet. Er sprang sofort wieder in Deckung. „Gib auf, du Arsch! Es müssen hier heute nicht alle Leute sterben!", brüllte Ethan hinein. „Unter euch Ungläubigen will ich nicht leben, da sterbe ich lieber an der Seite meiner Brüder, die wenigstens an etwas glauben. Im Kampf für die gute Sache zu sterben, wird unser Herr mit dem Paradies belohnen. Ihr hingegen werdet in der Hölle schmoren, weil ihr seinen Plan zerstört habt, indem ihr mich tötet", wurde sofort aus dem Raum erwidert. Jetzt ertönten wieder Schüsse, die durch den Flur hallten. Plötzlich nur noch ein klickendes Geräusch. „Los!", schrie Ethan, „er hat keine Munition mehr. Das ist unsere Chance!" Die beiden stürmten das Zimmer und sahen, wie Vindex gerade zu einem Schrank hechtete, auf dem sich noch eine Waffe befand. Jerome legte kurz an und schoss ihm in sein linkes Bein. Vindex schrie daraufhin wie am Spieß. Die beiden näherten sich schnell und wollten ihn an den Beinen in den Flur ziehen. Vindex schrie immer noch aus ganzer Kehle und versuchte, sich an allen möglichen Gegenständen festzuklammern. Im Türrahmen fand er genügend Halt, um die beiden wirklich kurz aufzuhalten. Ethan drehte sich kurz um und schoss ihm, ohne mit der Wimper zu zucken, direkt in die rechte Hand. „Wir haben keine Zeit für solch einen Schwachsinn. Und hör auf zu schreien! Du hörst dich an wie ein achtjähriges Mädchen. Das ist doch peinlich vor deinen Leuten", sagte Ethan noch ruhig nach dem Schuss. Die beiden zogen ihn, unter seinen Schreien, weiter bis in den Raum, durch den sie eingestiegen waren. „Wie wollen wir ihn hier unterbekommen?", wollte Jerome wissen. Daraufhin packte sich Ethan Vindex beherzt, hob ihn hoch, wuchtete ihn auf die Fensterbank und schmiss ihn aus dem Fenster. „Das scheint mir der einfachste Weg zu sein. Und hör hin: Er schreit immer noch." Ethan griff noch kurz in einen der Schränke in dem Abstellraum und holte ein Seil hervor. „Jetzt können wir los." Die beiden stiegen die Leiter hinunter und blickten auf Vindex, der jetzt noch unbeweglicher war, da durch den Sturz sein anderes Bein gebrochen war. „Du gibst Deckung und ich ziehe ihn alleine!", befahl Ethan Jerome jetzt. „O. k., aber wo wollen wir denn hin?", erwiderte er nur. „Wir gehen zum Vorplatz, wo Betty und Megan in Stellung gegangen sind. Dort habe ich einen Plan. Mal sehen, wie verrückt sie wirklich nach ihrem Anführer sind."

Megan und Betty hatten Stellung auf einem Wall bezogen, der vor dem Haupteingang lag. Sie lagen etwas weiter auseinander, um den Bereich komplett einzu können, und richteten ihre Gewehre genau auf die große Tür. Als sie erst den einen Schuss hörten und anschließend die beiden weiteren, wussten sie, dass es jetzt losgehen würde. Doch es passierte erst einmal einige Zeit lang rein gar nichts. Nach kurzem Warten öffnete sich plötzlich doch die Tür und zwei Männer stürmten heraus. Megan und Betty zögerten nicht lange und eröffneten das Feuer auf die überraschten Männer. Aufgrund ihrer strategisch viel besseren Lage hatten diese keine Chance und wurden von mehreren Kugeln durchsiebt. Plötzlich hörten sie die Stimme von Ethan laut rufen: „Gebt uns Deckung, wir müssen an die Statue rankommen!" Betty und Megan begannen, vereinzelte Schüsse auf die Tür und die Fenster abzugeben, die sich an der Front des Hauses befanden, um damit dafür zu sorgen, dass keiner der anderen in Stellung gehen konnte, um auf die beiden zu schießen. Ethan zog Vindex bis zu der Statue und rief zu Jerome hinüber: „Fass mal mit an! Wir müssen ihn hier festbinden!" Jerome schmiss sich das Gewehr über den Rücken und lief zu Ethan. Sie richteten Vindex auf, was er mit lauten Schreien undankbar zur Kenntnis nahm. Jetzt drückte Ethan ihn gegen die Jesus-Statue und sagte Jerome, dass er das Seil nehmen solle, dass er aus dem Zimmer mitgenommen hatte. Damit umwickelte er Vindex und die Statue und zurrte die Enden des Seils hinter ihm fest. Als dies erfolgt war, gingen die beiden auch umgehend in Deckung. Ethan befahl, dass aufgehört werden sollte zu feuern. „Wir haben euren heiligen allmächtigen Anführer in unserer Gewalt. Schmeißt eure Waffen weg und wir geben euch die Chance auf ein faires Verfahren, in dem ihr eure Sicht schildern könnt. Wenn ihr auch nicht freiwillig hier sein solltet, ist das eure letzte Chance, euch zu ergeben!", brüllte Ethan aus voller Kehle.

David hörte die Schüsse auf der anderen Seite des Gebäudes und fühlte sich irgendwie nutzlos auf seiner Position. Ethan war der Chef dieser Operation und da er gerade noch seine Stimme hören konnte, wollte er auch nichts auf eigene Faust unternehmen. Zusätzlich war er durch seine Verletzungen natürlich etwas gehemmt. Plötzlich sah er, wie sich ein Fenster im Erdgeschoss öffnete und eine Frau heraussprang. David legte den Mollie auf den Boden und griff nach seiner Pistole. „Halt! Bleiben Sie stehen und ergeben Sie sich!", rief er der anderen zu, die ihn erst jetzt bemerkte. Die Frau riss sofort ihr Gewehr hoch und schoss ungezielt in die Richtung, aus der sie die Stimme gehört hatte. In einem Umkreis von 10 Metern schlugen Patronen neben David in die Bäume ein. David setzte an und zielte. Es folgten zwei Schüsse von ihm, welche die Frau direkt in die Brust trafen. Diese ging sofort zu Boden und ließ die Waffe fallen. Vorsichtig näherte sich David der Frau am Boden, die er noch röcheln hörte und daher wusste, dass sie noch am Leben war. Er schob das Gewehr zur Seite, sodass sie keine Möglichkeit mehr hatte, heranzukommen. Er schaute der Frau ins Gesicht und zu seinem Erstaunen erkannte er, dass er diese Frau kannte. Es war die Frau, die ihn unten im Keller mit dem Stock geschlagen hatte. „Ach schön, dass wir uns mal wieder treffen. Wie geht es dir?", fragte er sie mit Grinsen auf dem Gesicht. „Bring es zu Ende, Ungläubiger! Ihr werdet alle in der Hölle landen", war ihre Antwort, während sie ihn mit Blut bespuckte. „Tut mir leid, aber ich denke nicht, dass du das verdient hast", antwortete er darauf und schaute sich die Wunden an. „Aua, ein Bauchschuss, was schon ziemlich scheiße ist und einer in die Brust. Das könnte noch ein bisschen dauern, bis das zu Ende ist. Aber ich wünsche dir noch viel Spaß beim Sterben." David durchsuchte die Frau, um sicher zu sein, dass sie nicht noch mehr Waffen bei sich hatte, aber das Gewehr war das einzig Gefährliche, was sie hatte. David nahm das Gewehr an sich und machte sich langsam auf den Weg, um sich eine neue Stelle zu suchen, wo er in Stellung gehen konnte, um im Falle eines Befehls von Ethan den Mollie werfen zu können. Die Frau schrie, jedoch mit leiser, kraftloser Stimme, hinter ihm her. „Sei kein Unmensch und erlöse mich. Lass mich hier nicht wie ein Tier verrecken!" David machte jedoch keine Anstalten, sich noch einmal umzudrehen. Er wollte, dass sie für das, was sie höchstwahrscheinlich vielen Menschen angetan hatte, langsam stirbt. Als sie das merkte, folgten noch unzählige Beleidigungen, bis David sie nicht mehr hören konnte.

Ethan hörte die Schüsse hinter dem Haus und hoffte, dass es seinen Leuten gut gehen würde. Er hatte jetzt aber weder die Zeit noch die Möglichkeit, um zu schauen, was da vor sich gegangen war. Er rief den anderen erneut zu, dass sie sich ergeben sollten, als plötzlich drei Männer durch die Tür stürmten und das Feuer auf sie eröffneten. Einer der vereinzelten Schüsse streifte Megan am Arm, worauf Betty völlig ausrastete und die drei Männer mit einem kompletten Magazin beschoss. Alle drei Männer gingen zu Boden, waren jedoch nicht sofort tot und schrien und rollten sich vor Schmerzen auf dem Boden. Ethan setzte dem Ganzen daraufhin ein Ende und tötete die Männer mit drei gezielten Schüssen. Einerseits wollte er nicht, dass sich die Männer quälten, aber hauptsächlich wollte er nicht, dass die Schreie den Kampfesgeist der übrigen Feinde weiter anfachten. „Leute, das muss doch noch nicht so enden. Ergebt euch und wir versprechen, dass wir uns eure Sicht erklären lassen und dann darüber entscheiden, was mit euch passieren wird. Wenn ihr euch nicht ergeben solltet, dann wäre das euer sicheres Todesurteil!", erklärte Ethan den verschanzten Sektenmitgliedern noch einmal. Plötzlich hörten sie eine Frau rufen: „Ich will mich ergeben. Ich möchte nicht sterben!", und sie trat langsam mit erhobenen Händen aus der Tür. Die Gruppe legte an und wartete, ob es sich vielleicht nur um einen Trick handeln würde. Die Frau wirkte völlig verängstigt und schien nicht bewaffnet zu sein. „Komm langsam zu uns herüber, dann passiert dir auch nichts!", brüllte Ethan mit angelegter Waffe zu ihr. Mit vorsichtigen Schritten und den Händen in der Luft kam die Frau auf Ethans Position zu. Vindex begann, sie zwischen seinen Schmerzensschreien auf das Heftigste zu beleidigen und sie als Verräterin zu bezeichnen, welche für ihren Verrat in der Hölle schmoren würde. Die Frau beachtete ihn gar nicht und stolperte weiter auf Ethan zu. Kurz bevor sie ihn erreichte, ertönte jedoch ein lauter Knall und die Frau ging zu Boden. Ethan schaute zu Betty und Megan hinüber, welche jedoch sofort den Kopf schüttelten. „Das passiert bei uns mit Verrätern an unserer Sache und unserem Anführer!", kam es schallend aus einem Fenster gerufen. „Ihr seid doch verrückt! Jetzt schießt ihr schon auf eure eigenen Leute, nur weil diese überleben möchten. Das kann doch Gott nicht von euch erwarten, oder doch?", schrie Megan jetzt hinüber. Vorerst hörte man nichts mehr aus dem Haus. Ethan flüsterte Megan und Betty zu, dass sie ihm Deckung geben sollten. Er nahm sich einen der übrigen Molotov-Cocktails und entfachte das Tuch mit einem Feuerzeug. „Das ist eure letzte Chance, die Waffen wegzuwerfen und mit erhobenen Händen herauszukommen", ließ Ethan die anderen wissen, „ich verspreche euch: Ich zähle bis 5, und dann werde ich euren Anführer abfackeln wie eine Wunderkerze." Ethan begann von 5 herunterzuzählen. Jetzt machte es bei Vindex klick und die Panik stieg in ihm auf. „Meine Freunde! Bitte hört auf ihn. Ihr müsst mich befreien. Gott befiehlt euch, mich zu retten!", Ethan erreichte die 3. „Das ist kein Spiel! Ihr müsst mich befreien. Ohne mich seid ihr gar nichts. Rettet euren Anführer!" Pure Angst vor dem bevorstehenden Tod ließ Vindex nahezu verzweifeln. Ethan war bei der 1 angekommen. Plötzlich rief jemand aus dem Haus: „Danke für deine Führung und dass du uns auf den rechten Pfad gebracht hast. Wir werden deine weisen Worte weitertragen und in der Welt, welche wir beherrschen werden, verkünden. Du wirst immer unser Anführer sein und als Märtyrer in die Geschichtsbücher eingehen!" „Das könnt ihr doch nicht machen! Ihr braucht mich! Ohne mich könnt ihr gar nicht existieren!", brüllte Vindex in Richtung des Hauses und konnte nicht fassen, was gerade passierte. „Das tut mir leid für dich. Du hast deinen Glauben wohl etwas zu gut in die Hirne dieser Menschen gepumpt. Die brauchen dich nicht mehr. Mach's gut, altes Haus", sagte Ethan und warf den Molotov-Cocktail in die Richtung von Vindex. Dieser konnte nicht mehr schreien, da er versteinert vor Angst war und auf sein Schicksal wartete. Der Brandsatz schlug oberhalb von ihm im Kreuz ein und es entstand umgehend ein Feuerball, der Vindex einhüllte. Das brennende Benzin lief herunter und verteilte sich auf seinem Körper. Zu dem Geräusch, was die lodernden Flammen von sich gaben, kamen jetzt wieder die Schreie von Vindex hinzu. Dies ging jedoch nur kurze Zeit so, da die Flammen ihm den Sauerstoff zum Atmen raubten und die Stimme verstummte. „O. k., das wirkte mir nicht so, als würde das die anderen beeinflussen, um aufzugeben. Ethan lief jetzt los in Richtung des ersten Molotov-Postens und schrie hinüber, dass sie die die Bude abfackeln sollten. Anschließend lief er weiter und brüllte dies noch mehrfach aus voller Kehle. Umgehend flogen die Mollies durch die Fenster des Gebäudes. Die anderen behielten ihre Stellung bei, um zu verhindern, dass die Sektenmitglieder aus dem Haus flüchten konnten. Die Gruppe starrte das Haus an, welches jetzt an mehreren Stellen zu brennen begann. Man konnte durch die Fenster die lodernden Flammen sehen und schwarzer Rauch stieg aus diesen hervor. Zusätzlich zu diesem Spektakel konnte man Schreie hören, welche die Gruppe bis in das Mark erschütterten. Durch den Haupteingang kamen zwei Personen gestürmt, welche bereits in Flammen standen. Kurz vor der Statue, wo Vindex noch immer vor sich hin glomm, stürzten sich die beiden Menschen auf den Boden und rollten sich wild herum, um das Feuer zu löschen. Schreie durchzogen die Nacht. Megan nahm sich ein Herz und erlöste die beiden mit zwei Schüssen.

David kontrollierte die Fenster auf der Rückseite des Anwesens, als sich auf einmal ein weiteres Fenster im oberen Geschoss öffnete. Eine Person trat hustend hervor und streckte den Kopf heraus, um an frische Luft zu kommen. Der dichte Rauch zog an seinem Körper vorbei. David legte das Gewehr, welches er von der mittlerweile verstorbenen Frau erbeutet hatte, an und behielt die Person im Visier. Diese wollte der Flammenhölle entkommen und stürzte sich aus dem Fenster. Mit einem dumpfen Geräusch schlug die Person auf dem Boden auf. David näherte sich vorsichtig und befahl, die Hände zu heben. Es handelte sich um einen jungen Mann, welcher seinen Anweisungen folgte. „Bitte hilf mir! Ich kann meine Beine nicht mehr bewegen. Oh mein Gott, bitte hilf mir!", brachte der Mann mit krächzender Stimme hervor. David befand sich jetzt in einer Zwickmühle. Er hatte irgendwie ein schlechtes Gewissen, den Mann hier einfach liegen zu lassen, jedoch hatte er natürlich auch keine Ahnung, was er vielleicht schon alles im Namen der Sekte getan hatte und vielleicht einen schlimmen Tod verdient hätte. „Alter, ich weiß nicht genau, was ich mit dir anstellen soll. Was war deine Aufgabe hier? Wie hast du deinem Anführer gedient?", wollte David von ihm wissen. „Bitte! Ich kann meine Beine nicht mehr spüren. Ihr seid doch keine Unmenschen. Du musst mir helfen", flehte der Mann. „Was war deine Aufgabe hier?", wiederholte David noch einmal mit harscher Stimme. „Ich wurde nur von der Gruppe eingesammelt und als ich bei dem irren Kram nicht mitmachen wollte, hat mich Vindex zum Koch der Gruppe gemacht. Ich schwöre es! Ich habe nur für die anderen gekocht. Ich habe niemanden entführt oder gefoltert. Ich wollte doch nur überleben. Das musst du doch verstehen. Hilf mir!" David schaute ihn fragend an. „Warte hier! Aber wo solltest du auch hingehen. Ich komme gleich wieder." David schaute sich um und bewegte sich jetzt um das Haus in Richtung Haupteingang zu den anderen. Das Gebäude stand mittlerweile lichterloh in Flammen.

Die drei beobachteten weiter den Haupteingang, aber es schien keiner mehr zu versuchen, das brennende Haus zu verlassen. „Das wirkt mir nicht so, als würden die noch versuchen, irgendwie aus dem Gebäude zu fliehen", streute Ethan in die Gruppe ein, welche angespannt alles sondierte. Plötzlich riss Ethan seine Waffe hoch, da er eine Person entdeckte, welche um das Haus schlich. „Nicht schießen! Ich bin es: David", kam es umgehend von der Person zurück. Plötzlich durchbrach ein lautes Krachen das Knistern des Feuers. Das Holzdach der alten Abtei brach durch das Feuer geschwächt in sich zusammen, wodurch die Flammen ungehindert in den Nachthimmel peitschten. „Scheiße! Ich glaube, da kommt keiner mehr lebend heraus!", machte sich jetzt Betty bemerkbar. „Vielleicht konnten ja welche in den Keller flüchten und sind dem sicheren Tod entgangen", erwiderte Megan daraufhin. „Ich habe auf der Rückseite noch eine verletzte Person, welche aus dem Fenster gesprungen war. Vielleicht bekommen wir ja aus ihm noch etwas heraus, ob es einen Fluchttunnel gibt, welchen mögliche Überlebende benutzt haben könnten", erklärte David den anderen. Plötzlich stießen auch Charly, Jenny, Jerome, Michael und Stuart zu Ethan, Betty, Megan und David, wodurch die Gruppe wieder vereint war. Gemeinsam folgten sie jetzt David zu der verletzten Person, von der er ihnen erzählt hatte, jedoch machten sie einen kleinen Umweg, um zu prüfen, ob aus der Gruft, durch die sie flüchten konnten, auch die anderen geflohen sind, jedoch schien hier alles unverändert. Die Gruppe verklemmte die Tür noch mit einigen Ästen und machte sich dann weiter auf den Weg zu dem Mann, welcher noch an der gleichen Stelle lag, an der David ihn zurückgelassen hatte. Der

Mann, der seine Beine nicht spürte, hatte auch nicht versucht, sich irgendwie mit den Armen über den Boden zu ziehen, um zu flüchten. „Na Alter, wie geht es dir?", sagte David zu dem Mann. „Oh, du bist zurückgekommen, um mich zu retten. Gott segne dich für dein gutes Herz", erwiderte der Mann von Freude übermannt. „Das müssen wir noch sehen. Gibt es noch andere Wege aus der Abtei, außer dem, durch den wir entkommen konnten?" „Ich bin doch nur Koch hier! Ich habe keine Ahnung von dem Gebäude und war noch nie in den Tunneln und Gewölben unterhalb der Abtei. Bitte, nehmt mich mit und bringt mich zu einem Arzt. Vielleicht kann man doch noch etwas an meiner Wirbelsäule retten, damit ich wieder laufen kann und euch helfen kann." „Denkst du, wir haben einfach irgendwo Chirurgen auf Lager, welche in einem voll ausgestatteten Krankenhaus auf uns warten? Wir können da auch nichts machen", erklärte Charly dem Mann. „Bitte, ihr müsst mir doch irgendwie helfen. Ihr seid doch gute Menschen." „Du aber nicht!", kam es plötzlich von Betty. „Du warst hier bestimmt kein Koch. Ich kenne deine Stimme. Du hingst andauernd bei dem Anführer rum. Du warst seine rechte Hand und warst hier bei allem eingeweiht. Du bist ein dreckiges Tier und hast den Tod verdient. Wir sollten ihn hier sich selbst überlassen. Eine Kugel ist noch zu schade für das Schwein!" Alle schauten sich erstaunt an. „Das hört sich irgendwie ein bisschen anders an als deine Geschichte. Und ich muss dir gestehen, dass ich ihr ein bisschen mehr vertraue als einer Person, die sich aus dem Fenster dieses Irrenhauses gestürzt hat. Und jetzt zum letzten Mal: Gibt es hier noch andere Wege heraus, oder ist deine ganze Bande umgekommen?", fragte jetzt Ethan und zeigte auf das brennende Gebäude, was direkt neben ihnen lag. „Die Schlampe hat doch keine Ahnung, wovon sie redet. Ich war hier nur ein ganz kleines Licht. Ich habe quasi noch nie mit dem Anführer gesprochen. Jetzt helft mir schon hoch und nehmt mich mit. Ihr müsst mich tragen! So welche Menschen wollt ihr doch nicht werden, die hilflose Personen sich einfach ihrem Schicksal überlassen." Alle schauten auf ihn hinunter. Man konnte die Verachtung in den Gesichtern der Gruppe sehen. „Macht, was ihr wollt, aber ich sage euch, dass dieses Schwein das Leben nicht verdient hat", sagte Betty und drehte sich um, bevor sie sich langsam entfernte. „Ich halte mich daran, was Betty sagt", ergänzte Megan und ging ihr hinterher. So schlossen sich immer mehr an, bis nur noch Jerome und der Verletzte sich alleine neben dem immer noch brennenden Haus befanden. „Du musst wissen, dass Frank mein Freund war und ihr Schweine ihn umgebracht habt. Für mich stellt sich nur die Frage, ob du schnell oder langsam sterben sollst. Aber Betty hat recht. Eine Kugel ist wirklich viel zu schade für eine Kreatur wie dich. Ich wünsche dir noch viel Spaß. Ich hoffe, es dauert lange, bis du hier in den Wäldern draufgehst. Mach es schlecht, du Arschloch!", verabschiedete sich Jerome. Auch er drehte sich jetzt entschieden weg und folgte den anderen. Der junge Mann brüllte der Gruppe hinterher, dass sie so etwas doch nicht machen könnten und dafür in der Hölle landen würden, jedoch war das Gerede von Himmel und Hölle das Letzte, was die Gruppe noch irgendwie verängstigen oder beeinflussen konnte. Die Gruppe wollte noch nicht weiterziehen, weshalb sie sich dazu entschiede, erst einmal zu Megan und Bettys Hütte zu gehen, um dort die restliche Nacht zu verbringen und ggf. auch noch einen weiteren Tag, sodass sich die Verletzten ausruhen konnten. Die weitere Vorgehensweise wäre dann, sich wieder mit dem Bus in Bewegung zu setzen, um den ursprünglichen Plan weiterzuverfolgen.

Die Gruppe hielt sich noch 2 Tage in der Hütte von Betty und Megan auf, um ihre Wunden zu lecken und dem täglichen Wahnsinn zu entfliehen. Am Morgen stand David auf und schaute in die Gruppe. Jeder hatte sich in der kleinen Hütte irgendwo einen Schlafplatz gesucht und überall lagen die Leute verstreut mit Decken und Jacken zugedeckt im Raum. „So, Freunde, wir müssen los! Wir haben etwas zu erledigen und dürfen die anderen nicht im Stich lassen. Sie zählen auf uns!" Die Menschen in der Hütte streckten sich und gähnten. „Alles klar, Chef. Lasst und noch etwas frühstücken, zusammenpacken und dann machen wir uns auf den Weg zum Bus", erwiderte Ethan verschlafen. Der Rest nickte nur zustimmend und begann, sich aufzurappeln. Sie hockten sich alle zusammen und begannen, einiges von den Vorräten von Megan und Betty zu essen. Anschließend packten sie alles zusammen, was sie für den Weg benötigen würden, und machten sich auf den Weg zum Bus. Untereinander wurde unterwegs leise geflüstert und sie erzählten sich gegenseitig, was sie so alles erlebt hatten. Es gab ja noch Leute aus der ursprünglichen Gruppe, welche natürlich alles über einander wussten, aber mittlerweile waren ja auch einige Neue hinzukommen, wodurch interessante Unterhaltungen entstanden und Überlebenstipps ausgetauscht werden konnten. Am Bus angekommen, sondierte die Gruppe erst einmal die Lage. „O. k., ihr bleibt erst mal hier und ich werde mich beim Bus umschauen", flüsterte Ethan und machte sich auf den Weg. Der Rest blieb in einiger Entfernung im Wald in Deckung. Ethan schlich zum Bus hinüber und achtete dabei genau darauf, sich leise zu verhalten und die Baumreihen auf der linken und rechten Seite der Straße genau im Blick zu halten. Es bestand immer noch die Möglichkeit, dass einige Sektenmitglieder das Feuer überlebt hatten und fliehen konnten. Außerdem war es zusätzlich möglich, dass eine andere Gruppe auf sie lauerte, weil sie den Bus an der Straße entdeckt hatten. Als Ethan nichts sehen konnte, betrat er langsam den Bus. Er blickte über die Sitze und konnte nichts erkennen. Es schien alles in Ordnung zu sein. Plötzlich hörte er ein Geräusch neben sich in der Sitzreihe und er sah etwas aus dem Blickwinkel neben sich auf dem Sitz. Ethan riss die Waffe nach oben und stolperte nach hinten. Sein Herz setzte einen Schlag aus. Obwohl er immer der harte Kerl gewesen war, war er sofort auf Adrenalin und zu Tode erschrocken. Er fiel auf den Boden und schaute nach oben. Er konnte auf einmal seinen Angreifer, welcher nach seiner jetzigen Ansicht sein Leben beenden würde, sehen. Es war ein Waschbär, welcher sich auf dem Sitz die Hände rieb und verstört auf Ethan herabsah. Der Waschbär sprang vom Sitz und kletterte über Ethan, um aus dieser wohl für beide unangenehmen Situation zu entkommen. Er lief aus der Tür und Ethan versuchte, ihn mit durchgestrecktem Hals, da er auf dem Rücken lag, mit seinen Blicken zu verfolgen. Erst jetzt konnte er wieder vernünftig durchatmen und ihm fiel ein Stein vom Herzen. Er war selber überrascht, dass ihn diese Situation so aus der Fassung gebracht hatte. Er konnte sich nicht daran erinnern, dass er bei früheren Missionen und auch bei Anschlägen je so die Fassung verloren hatte. Und das alles wegen eines Waschbären. Er war froh, dass die anderen nicht da waren und diesen Augenblick seiner Schwäche und Menschlichkeit nicht gesehen hatten. Er wollte der harte und starke Kämpfer bleiben, der keine Gefühle für seine Opfer hatte und immer genau wusste, was er tat. Unweigerlich brach es jetzt aus ihm heraus. Er begann wie ein kleines Kind zu lachen. Zu abstrus kam ihm diese Situation vor. Er dachte sich: „Was ich schon alles erlebt habe und ein Waschbär verursacht fast einen Herzstillstand bei mir. Scheiße!" Er lachte weiter und blieb dabei auf dem Boden des Busses liegen. Plötzlich erschrak er erneut, denn jemand sprang durch die noch offene Tür des Buses in den Innenraum. Sofort durchzuckte Ethan wieder die Furcht. „Was ist hier los?!", rief David mit einer Waffe im Anschlag, „Ich habe komische Geräusche aus dem Bus gehört. Was ist passiert?" Jetzt musste Ethan noch heftiger lachen. Die komischen Geräusche, welche David gehört hatte, waren sein Lachen. Er scheint zu selten wirklich herzhaft gelacht zu haben, als dass David dies einordnen konnte. Dieser Moment war so surreal, dass sich Ethan doch dagegen entschied, diesen kleinen Fauxpas für sich zu behalten. „Ein scheiß Waschbär hätte mich fast getötet!", schrie Ethan immer noch lachend. David wirkte verwirrt: „Was ist passiert? Was für ein Ding? He?", stammelt David nur, aber immer noch mit gezogener Waffe, da er sich noch keinen Reim darauf machen konnte, was hier los war. „Ich habe mir fast in die Hose gemacht, weil hier ein Waschbär im Bus war. ICH!" Jetzt verstand David so langsam, was passiert war, und senkte seine Waffe. Fast gleichzeitig begann auch er zu lachen. Erst ganz ruhig, doch dann platzte es auch aus ihm heraus. Jetzt kamen auch die anderen dazu, weil sie dachten, es gäbe Probleme. Jedoch fanden sie nur Ethan vor, welcher immer noch auf dem Boden lag und Tränen in den Augen hatte von seinem noch andauernden

Lachen, und David, welcher auf dem Fahrersitz zusammengesackt war und sich auch lachend die Hände vor das Gesicht hielt.
„Seid ihr jetzt verrückt geworden?", fragte Charly ungläubig.
„Was treibt ihr hier?", wollte auch Jenny mit Nachdruck wissen. „Unser unerschrockener Held Ethan wurde fast durch einen 30 cm großen Pelzträger zu Tode erschreckt!", brachte David nur stammelnd vor Lachen hervor. Die anderen schauten sich
verwirrt an. „Was?", wollte Jerome wissen. „Alles in Ordnung.
Hier war nur ein Waschbär drin. Wir können gleich weiter, sobald mein Puls unter 180 gesunken ist", erklärte Ethan die Situation. Jetzt begannen nach und nach alle zu lachen. David stand
auf und half Ethan hoch. „Alles klar, dann wollen wir mal wieder, du Maschine." Die Gruppe beruhigte sich wieder und alle
nahmen einen Platz ein. Jerome hängte sich hinter das Steuer.
„Wo soll die Reise hingehen?", fragte er nach hinten, als er den
Motor startete. David nahm die Karte auf, welche noch auf der
ersten Sitzreihe lag, und erklärte ihm den weiteren Weg. Die
Gruppe machte sich wieder weiter auf den Weg, um eine neue
Heimat zu finden.

KAPITEL 19: AUF GUTE WEITERFAHRT

Die nächsten 2 Tage ihrer Reise zur Militärbasis verliefen sehr ruhig. Sie hielten hin und wieder an, um Benzin zu besorgen, zu rasten und auf Nahrungssuche zu gehen. Sie näherten sich ihrem Ziel immer weiter, ohne dass sie auf neue Hindernisse trafen. Das Einzige, was sie immer mal wieder bremste, war, wenn die Straße versperrt war. Jedoch war es immer noch möglich gewesen, die Autowracks, Bäume oder eingestürzten Häuser zu umfahren oder die Hindernisse aus dem Weg zu räumen. Auch bei ihren Schlafpausen kam es zu keinen weiteren Treffen auf andere Überlebende. „Wie weit ist es noch?", wollte Betty wissen. „David schaute in die Karte. Er hatte sich an den alten verrosteten Schildern orientiert und antwortete ihr: „Wir müssten ca. in einer halben Stunde die alte Militärbasis erreichen. Mal sehen, was uns da erwartet." Die Gruppe nickte zustimmend, jedoch war durch die Angabe der Zeit die Stimmung wieder etwas angespannter. Noch 30 Minuten trennten die Gruppe von einer herben Enttäuschung oder einem neuen möglichen Ort zum Leben. Die letzten 25 Minuten wurden von jedem anders empfunden. Für die einen raste die Zeit und für die anderen war es die längste knappe halbe Stunde, die sie je erlebt hatten. Der Bus fuhr in einen kleinen Ort, welcher eigentlich nur aus Einkaufsläden und Bars bestand. „Hier scheinen wir richtig zu sein. Auch wenn der Stützpunkt nicht auf Karten eingezeichnet ist, hatte sich der Ort wohl auf die Soldaten eingestellt. Hier gibt es ja mehr Läden und Bars, als es wohl mal Einwohner gab", sagte Jerome nach hinten zu den anderen. „Alles klar. Sucht uns bitte einen Platz, an dem wir das Ungetüm etwas versteckt parken können. Den Rest laufen wir dann zu Fuß. Ich möchte verhindern, dass unseren Plan schon andere hatten und bewaffnet auf uns warten. Der Bus scheint mir leicht auffällig zu sein. Wir werden uns besser anschleichen", erklärte Ethan daraufhin. Michael stand auf und ging nach vorne an die Frontscheibe, um mit

Jerome nach einem geeigneten Platz Ausschau zu halten. Nach kurzem Fahren entdeckte Michael eine geeignete Nebenstraße, in der sie den Bus unterstellen konnten, ohne dass dieser sofort sichtbar für Fremde gewesen wäre. Jerome stoppte den Bus. „Wie sieht jetzt der Plan aus?", wollte er wissen. Die Gruppe schaute fragend zu den beiden Anführern David und Ethan. Anschließend sahen die beiden sich tief in die Augen, wartend darauf, wer als Erster einen Plan vorstellen würde. David hob die Hand und deutete auf Ethan und zeigte ihm damit, dass er ihm den Vortritt ließ. „Äh ja, die erste Frage, welche wir gemeinsam klären sollten, wäre, ob wir gemeinsam losziehen sollen oder ob wir die Gruppe aufteilen, um weniger auffällig zu sein? Wie wir schon erlebt haben, kann beides seine Vorteile und Nachteile haben. Wie steht ihr dazu?" Sie schauten sich fragend an, aber nach kurzer Zeit waren sie sich einig, dass diese Gruppe nicht mehr getrennt werden sollte. Megan und Betty waren zwar neu, aber durch die Erzählungen der anderen, während ihrer gemeinsamen Zeit, wussten sie, was schon alles passiert war, wodurch es ihnen auch lieber war, dass die Gruppe ihr Glück gemeinsam versuchte. „Dann wäre das ja schon mal geklärt. Ich würde behaupten, dass wir bis abends warten und uns dann mal umschauen, wie es auf dem Gelände aussieht. Wir müssen noch ein Stückchen laufen, bis wir den Stützpunkt erreichen, aber wir sollten auf jeden Fall noch etwas warten, bevor wir uns auf den Weg machen. Wir können uns hier ja mal in Gruppen umschauen, ob wir etwas Brauchbares finden, was wir in den Bus laden können. Wenn es dann dämmert, machen wir uns auf den Weg zur Basis. In einiger Entfernung suchen wir uns einen sicheren Platz und spähen den Stützpunkt aus. Wir achten auf Geräusche, Lichter oder Bewegungen. Dann entscheiden wir, wie unsere weitere Vorgehensweise sein wird. Hört sich das nicht nach einem unfassbar guten Plan an?" Alle richteten ihre Blicke auf David, um abzuwarten, ob er einen anderen Plan hatte oder ob er dem von Ethan zustimmen würde. „Das, Ethan, ist kein guter Plan", sagte David, während ihn alle verblüfft und überrascht anschauten. „Das, Ethan, ist ein geiler Plan. Ich habe dem nichts hinzuzufügen. Nicht überstürzt, klare Linie, guter Plan. Dann wollen wir uns jetzt mal auf die Suche nach nützlichen Dingen begeben. Bitte bleibt zusammen und zieht nicht auf eigene Faust los. Wir haben noch ca. 4 Stunden bis zur Dämmerung. Ich schlage vor, dass wir uns alle in spätestens 2 Stunden wieder hier treffen, gemeinsam etwas essen und uns dann geschlossen auf den Weg machen." So, wie David es geschildert hatte, machte es die Gruppe auch. Es wurden dieses Mal aber keine kleinen Gruppen gebildet, sondern zwei große, welche sich nach links und rechts aufteilten und sich auf den Weg machten, um plündern zu gehen. Ihr täglicher Shopping-Ausflug blieb dieses Mal ohne besondere Vorkommnisse und ca. 2 Stunden später trafen sich alle wieder am Bus. „Und, habt ihr irgendetwas Interessantes gefunden?", wollte David von der anderen Gruppe wissen. Ethan, der Teil der anderen Gruppe gewesen war, antwortete: „In dieser Stadt ist nicht viel zu holen. Wir haben aber zwei bis drei überlebenswichtige Utensilien für unser weiteres Bestehen gefunden." Ethan nahm eine große Reisetasche hoch und öffnete den Reißverschluss. Er zeigte den Inhalt den anderen. Die Gruppe fing augenblicklich an zu lachen. Jetzt hob auch David zwei große Einkaufstaschen hoch, woraufhin alle anfingen, herzhaft zu lachen. Sowohl die Tasche als auch die Tüten waren komplett mit Alkoholflaschen gefüllt. „Da hatten wohl alle denselben Plan!", rief Charly, immer noch lachend. „Viel mehr hatte der Ort hier auch nicht zu bieten!", schmiss Megan ein. Die Gruppe begann sich langsam wieder einzukriegen. „O. k., ich würde sagen, dass wir jetzt kurz etwas von unseren Reserven essen, dann machen wir uns auf den Weg", erklärte David den anderen. So geschah es auch und nach dem Essen, als die Sonne Richtung Horizont verschwand, aber es noch hell war, machten sie sich auf den Weg zur Basis. Während sie liefen, herrschte jetzt wieder absolute Stille. Alle waren gespannt, was sie erwarten würde. Es war wie bis jetzt jedes Mal, ein absolutes Glücksspiel. Es konnte sie das Paradies oder der Tod erwarten. Es war wie immer alles möglich. Sie mussten den Ort wieder ein kleines Stück verlassen. Der Stützpunkt lag etwas versteckt außerhalb des Ortes. Sie kamen an eine Waldgrenze, in welche aber eine asphaltierte relativ breite Straße führte. Hier war das erste Warnschild angebracht „Achtung! Militärischer Sicherheitsbereich. Schusswaffengebrauch bei unbefugtem Betreten!" „Jetzt wird es wohl ernst. Ab sofort herrscht absolute Stille, aber hat ja bis hier auch ganz gut funktioniert", flüsterte Ethan, während er sich an die Spitze der Gruppe begab und vorging. Die Gruppe folgte der Straße noch einige hundert Meter, während die Sonne immer weiter unterging. Sie waren links und rechts von hohen Wäldern umgeben. Plötzlich sahen sie vor sich einen Zaun, an welchem oben Stacheldraht angebracht war. Ethan schaute sich um und deutete dann mit seiner Hand auf die rechte Seite, um den anderen zu symbolisieren, dass sie jetzt die Straße verlassen sollten und sie den Rest im Wald weitergehen würden. Die Gruppe folgte ihm bedingungslos und keiner machte Anstalten, sich nicht daran zu halten, was Ethan vorgegeben hatte. Nach einigen Metern im Wald merkte Ethan jedoch, was diese große Menschenmasse für einen Krach in dem dichtbewachsenen Wald veranstaltete. Er blickte mit leicht ärgerlichem Blick zurück und bog dann wieder nach links ab in Richtung Straße. Er hielt es für klüger, wenn sie zwar nicht genau auf der Straße, aber auch nicht im Wald weitergehen würden. Sie zogen jetzt in einer langen Reihe genau an der Waldkante entlang. Ethan dachte sich, dass sie so eventuell nicht sofort gesehen werden, aber auch nicht so viel Krach machen würden wie ein Trupp betrunkener Holzfäller. Langsam lichteten sich die Bäume und sie kamen auf eine freie Fläche zu. Die Sonne war jetzt nur noch ein orangener Streifen über den Baumwipfeln. „Da vorne beginnt das richtige Militärgelände", flüsterte Ethan und zeigte in dem restlichen Tageslicht auf ein kleines Gebäude, was sich an dem Zaun neben einem Tor befand. „Der Kontrollposten", erwiderte David mit leiser Stimme. „Kannst du etwas sehen?" Ethan schüttelte den Kopf. Es war keinerlei Bewegung oder Aktivität zu erkennen. „So, jetzt wird es wohl ernst! Ich kann aber noch keinerlei Anzeichen dafür sehen, dass sich hier Menschen aufhalten. Das muss natürlich nichts bedeuten. Es kann auch sein, dass es die Bewohner nicht für nötig halten, am Zaun oder dem Kontrollposten Wachen aufzustellen, weil sie denken, dass von diesem Ort keiner etwas weiß." Ethan schaute auf die Gruppe. „Ich weiß, dass wir ab sofort immer zusammenbleiben wollten, aber ich kann nicht mit gutem Gewissen mit einer solchen großen Gruppe das Lager infiltrieren." Michael schaute ihn fragend an, weil er nichts mit dem Wort „infiltrieren" anfangen konnte. Er war ja sein Leben lang unter der Erde aufgewachsen und hatte seine Sprache nur von den Leuten aus dem Bunker gelernt. Wörter, welche aber nicht so häufig in Geschichten oder dem täglichen Sprachgebrauch vorkamen, waren ihm fremd. David drehte sich kurz zu seinem Ohr und erklärte ihm die Bedeutung. Jetzt waren alle im Bilde. „Ich muss erst mit ein bis zwei Leuten schauen, ob die Situation es zulässt, dass wir uns alle auf das Gelände begeben. Wenn wir da alle zusammen einmarschieren und mögliche Einwohner haben ein nachgelagertes Maschinengewehr-Nest angelegt, dann mähen die uns alle zusammen einfach über den Haufen. Dann hätten wir auch nicht viel geschafft." Dies schien die Gruppe plausibel zu finden und sie war auch damit einverstanden, dass vorab ein Erkundungstrupp die Lage prüfen sollte. „O. k., ich nehme David und Charly mit, da diese auch eine militärische Ausbildung genossen haben und hoffentlich noch wissen, wie man sich lautlos fortbewegt." Jenny warf daraufhin jedoch sofort ein: „Aber die beiden haben doch Verletzungen und können sich noch nicht richtig bewegen, wie soll das funktionieren?" Ethan schaute sie kurz nachdenklich an. „Da hast du auch recht. Planänderung: David und Charly bleiben hier. Falls es zu einem Kampf kommen sollte, brauche ich meine Begleiter in Bestform. Wie sieht es bei dir aus, Megan? Wollen wir unser Glück zu zweit versuchen? Ist vielleicht besser, da wir so noch weniger Geräusche von uns geben würden." Sofort ging eine Unruhe durch die komplette Gruppe. David und Charly protestierten und brachten sofort entgegen, dass es ihnen gut gehen würde und dass die Mission kein Problem darstellen würde. Betty war mit dieser Lösung auch nicht einverstanden, da sie nicht wollte, dass Megan alleine mitginge. Sie bot sich sofort als weitere Wegbegleiterin an oder beharrte darauf, dass sonst auch Megan hierbleiben sollte. Megan beruhigte sie sogleich und erklärte ihr, dass dies kein Selbstmord-Kommando werden sollte, sondern, dass sie nur kurz nach dem Rechten sehen würden. Nach einiger Zeit an Beschwichtigungen und dem Herabspielen des Geplanten, beruhigten sich alle und der Plan stand. „Falls ihr etwas Ungewöhnliches sehen solltet, dann dreht ihr sofort um und kommt sofort zurück. Ich will nicht, dass ihr versucht, mit den anderen zu verhandeln oder dergleichen. Das hat uns bis jetzt nur Ärger eingebracht. Wenn der Stützpunkt bewohnt ist, dann nehmen wir das so hin und ziehen weiter. Ist das o.k. für euch?" Megan und Ethan schauten sich kurz in dem Restlicht des Abends an und nickten Betty dann zu. „Ich möchte nicht, dass ihr alle auf einem Haufen hier auf uns wartet. Michael, Jerome, Betty und Charly: Ihr wartet genau hier! Stuart, David und Jenny: Ihr schleicht auf die andere Seite der Straße und sucht euch da Schutz. Wenn wir wieder zurück sind, dann holen wir euch dort ab." Alle waren einverstanden. Die Mission ging jetzt los und es lag eine Spannung in der Luft, die wie Elektrizität durch den Abendhimmel peitschte. Megan und Ethan machten sich auf den Weg. Sie gingen an der Waldkante entlang und näherten sich vorsichtig dem Zaun. Ethan schaute den langen Zaun entlang und flüsterte zu Megan: „Der scheint noch komplett intakt zu sein. Wir können versuchen, darüber zu klettern, was aufgrund des Stacheldrahtes nicht einfach werden wird, oder wir versuchen unser Glück am Wachposten." Megan zeigte nur zwei Finger in die Luft, um Ethan damit zu verdeutlichen, dass sie die zweite Variante bevorzugte. Ethan war damit einverstanden und sie schlichen den Zaun entlang, bis sie zum Häuschen kamen. Ethan warf einen kurzen Blick durch die Scheiben der Hütte. „Alles ruhig hier. Lass uns schauen, ob wir irgendwie durch das Tor kommen." Das Tor war auch nur ein Maschendrahtzaun wie der Rest, welcher jedoch auf Rollen und an Schienen angebracht war, sodass der Wachsoldat diesen nach Prüfung der Papiere zur Seite schieben konnte. Das Tor war jedoch durch ein elektrisches Schloss gesichert und bewegte sich nicht, als Ethan versuchte, diesen Teil zur Seite zu schieben. Ethan schaute nach oben: „O. k., wir müssen darüber klettern. Aber das Tor ist nur knapp drei Meter hoch und oberhalb befindet sich kein Stacheldraht. Das sollte machbar sein." Ethan ging vor, warf sich das Gewehr über den Rücken, welches er mitgenommen hatte, und begann vorsichtig, das Tor zu erklimmen, dabei darauf achtend, nicht unnötige Geräusche zu machen. Megan sah ihm im Mondlicht dabei zu und tat es ihm gleich, sobald Ethan die andere Seite erreicht hatte. Dieses Manöver ging ohne Zwischenfälle oder laute Geräusche von sich. „Die erste Hürde haben wir überwunden. Ich nehme an, wenn wir der Straße weiter folgen, kommen wir zum richtigen Lager und können schauen, was uns dort erwartet." Dies setzten die beiden auch so in die Tat um. Immer in leicht gebückter Haltung liefen sie, zwar fast lautlos, aber doch schnellen Schrittes die Straße entlang. Neben ihnen schimmerte das hohe Gras im Mondlicht, das sich fast mannshoch erstreckte, da sich schon ewig nicht mehr darum gekümmert wurde. Nach einiger Zeit sahen sie erneut ein Waldstück, in das die Straße führte. Sie folgten der Straße weiter und erkannten schnell, dass das Waldstück nur angelegt wurde, um den eigentlichen Stützpunkt vor neugierigen Blicken zu schützen. Nach kurzer Zeit hatten sie auch dieses durchquert und sahen, was dahinterlag. Es erstreckte sich jetzt ein komplettes Lager vor ihnen. Es bestand aus einer Vielzahl von einstöckigen Hütten mit Flachdach, damit die Gebäude nicht über die Bäume ragten. Das Lager war aber auch nicht sonderlich groß und Ethan überschlug kurz die Gebäude, welche er sehen konnte. „Ich nehme an, dass dies die Unterkünfte der Soldaten waren. Wenn wir davon ausgehen, dass pro Gebäude ungefähr 20 Soldaten wohnten, dann waren hier eventuell grob 400 Leute stationiert. Scheint mir aber alles verlassen zu sein. Ich sehe keine Lichter oder kann irgendetwas hören, was darauf schließen könnte, dass hier Menschen leben. Die Soldaten scheinen zum Krieg abgezogen worden zu sein und danach scheint die Anlage in Vergessenheit geraten zu sein. Lass uns mal schauen, was wir hier noch so finden können. An sich schon mal optimal, dass die Gebäude noch intakt sind und sich keine ungebetenen Gäste eingenistet haben.

Aber vielleicht haben sie sich auch ein zentraleres Gebäude gesucht. Wir müssen immer noch vorsichtig sein." Sie betraten jetzt langsam eine der Hütten und Ethan zog eine kleine Taschenlampe aus seiner Hosentasche. Vorsichtig schaltete er sie an, hielt jedoch seine Hand etwas darüber, sodass nicht der komplette Lichtstrahl durch seine Finger gelangte, um nicht sofort durch die Fenster gesehen zu werden, falls sich hier doch Menschen aufhielten. „Sieht mir nicht nach einem überstürzten Aufbruch aus. Die scheinen koordiniert abgezogen zu sein", erklärte Ethan, während er auf die Betten zeigte, welche immer noch militärisch korrekt gemacht waren. „Das ist doch ein gutes Zeichen, oder? Das heißt ja auch, dass hier seitdem keiner mehr geschlafen hatte", erwiderte Megan. Ethan nickte, fügte aber sofort hinzu: „Jedenfalls nicht in dieser Hütte." Auf diese Weise durchsuchten sie Hütte für Hütte, jedoch bot sich bei allen der gleiche Anblick. Nichts deutete darauf hin, dass hier Menschen waren. Als sie alle Hütten kontrolliert hatten, schauten sie sich weiter auf dem Gelände um. Es gab noch ein Schleppdach, was eigentlich wohl für die Fahrzeuge vorgesehen war, jedoch herrschte hier absolute Leere. „Das ist doch eigenartig. Warum sind hier nur diese Hütten? Irgendetwas müssen die Soldaten doch auch den ganzen Tag hier gemacht haben", merkte Megan verblüfft an. „Ja, das ist wirklich nicht normal. Der ganze Ort kommt mir für ein militärisches Gelände nicht normal vor. Wo ist die Kantine oder sind Schießstände oder Ähnliches?" Ethan schaltete die Taschenlampe wieder an und hielt dieses Mal keine Finger vor den Lichtstrahl, was Megan leicht beunruhigte. Auf der anderen Seite als der, von der sie gekommen waren, war wieder ein Waldstück. „Schau, in die andere Richtung führt auch eine Straße. Lass uns weitergehen und prüfen, ob es dahinter noch mehr Gebäude gibt", sagte er jetzt und begann weiterzugehen. Megan folgte ihm und dem Lichtstrahl der Taschenlampe. In dem kleinen Wald war es durch die Bäume so dunkel, weil nicht einmal das Mondlicht bis auf den Boden drang, dass ohne die Taschenlampe kein Vorankommen möglich gewesen wäre. Plötzlich sahen sie etwas mitten im Wald und am Ende der Straße. Ein riesiger Zementblock mit zwei großen und hohen Stahltoren. Diese maßen ca. 6 Meter Breite und 4 Meter Höhe in der Gesamtheit. Daneben befand sich noch eine normale Stahltür, welche wohl als Personeneingang fungierte. „Scheiße! Was ist das denn? Hier muss irgendetwas Geheimes abgelaufen sein. So etwas findet man nicht an normalen Stützpunkten." Ethan begab sich sofort an die Tür und zu seiner Überraschung stand diese einen Spalt breit offen. Er zog daran und mit einem lauten Quietschen öffnete sich diese langsam. Ethan und Megan schien das Blut in den Adern zu gefrieren. Wenn hier doch jemand sein sollte, dann würden sie es jetzt bestimmt merken, da das Quietschen durch die ganze Stille der Nacht zog. Megan und Ethan zogen sofort ihre Gewehre und gingen in Anschlag, um sich auf das Schlimmste vorzubereiten. So harrten sie einige Zeit aus und sondierten den Wald und die Tür. Nichts passierte. „Sorry!", sagte Ethan jetzt mit etwas lauterer Stimme, „hier scheint es aber wirklich ausgestorben zu sein. Das hätte selbst die Toten aufwecken können. Wie wollen wir jetzt weiter vorgehen?", wollte Ethan jetzt von Megan wissen. „Entweder gehen wir hinein und schauen uns erst einmal um oder wir holen die anderen. Du entscheidest", antwortete sie. „Ich würde sagen, dass wir erst die anderen holen. Dann ziehen wir in eine der Hütten ein und warten, bis es wieder hell ist. Morgen können wir uns dann einmal richtig hier umschauen und checken, was es mit diesem Bunker auf sich hat. Ach ja, falls wir bis morgen früh keine Gäste hatten, dann sollten wir auch noch den Bus holen. Falls doch etwas passieren sollte, hätten wir sonst keinerlei Fluchtfahrzeug." Megan war einverstanden und die beiden begaben sich jetzt wieder auf die Straße zurück. Ethan hatte dabei die ganze Zeit die Taschenlampe in der Hand und leuchtete ihnen den Weg. Die größte Anspannung war von ihnen abgefallen. Nachdem sie die Strecke erneut zurückgelegt hatten, riefen sie die anderen vorsichtig heran. Sie waren sich mittlerweile so sicher, dass sie alleine hier waren, dass sie riskierten, nach den anderen zu rufen und nicht erneut über den Zaun zu klettern, um sie leise zu holen. Links und rechts der Straße hinter dem Zaun traten Gestalten auf die Straße und man konnte ihre Silhouetten im Mondlicht sehen. David fragte als Erster durch den Zaun, wie die Lage aussieht. „Es scheint alles in Ordnung zu sein. Wir haben keine Indizien dafür gefunden, dass sich hier bereits andere Menschen angesiedelt haben. Kommt rüber", antwortete Megan der Gruppe. Langsam kletterten alle über den Zaun und die Gruppe machte sich gemeinsam auf den Weg zu einer der Hütten. Jeder suchte sich eines der Betten aus und schüttelte den Staub von Kissen und Decken. „O. k., es scheint zwar alles ruhig zu sein, aber ich werde die erste Wache übernehmen. Ich möchte nicht, dass wir alle schlafend überrascht werden", erklärte Charly und wünschte allen eine gute Nacht. Ungefähr 5 Stunden und drei Wachwechsel später schienen die ersten Sonnenstrahlen durch die dreckigen Fenster der Hütte. „Guten Morgen, liebe Familie", sagte David und streckte sich dabei. „Wir sollten uns langsam aufraffen und uns mal umschauen, wie es hier aussieht, was wir Sinnvolles finden können und das Wichtigste: Können wir hierbleiben und hier leben?" Alle waren einverstanden und erhoben sich aus ihren Betten. „Ich würde sagen, dass das Wichtigste ist, dass wir uns erst einmal den Bunker anschauen. Der Rest schien mir nicht so interessant und nach Nützlichem können wir auch noch später in den Hütten der Mannschaften suchen", erwiderte Megan. „Wir müssen schauen, was sich dort befindet und wie es mit der Stromversorgung aussieht." „Bunker?", fragte Michael. Alle schauten gespannt zu Megan und Ethan hinüber, da sie bis jetzt noch nichts davon erwähnt hatten, dass sie auch einen Bunker gefunden hatten. Die anderen hatten nur die Hütten im Mondlicht gesehen und waren davon ausgegangen, dass hier sonst nicht viel wäre. „Ja, wir haben ein Stück weiter im Wald einen Bunker gefunden. Wir sind noch nicht reingegangen, weil wir das lieber gemeinsam und bei Tageslicht machen wollten. Obwohl uns das im Bunker auch nicht viel bringen wird", teilte Ethan der Gruppe mit. Jetzt machten sich alle auf den Weg. Ethan ging voran und auf dem Weg betrachtete er die Umgebung. Es war sehr friedlich hier und wäre das hohe Gras nicht und dass einige Hütten verfallen waren, hätte nichts darauf schließen lassen, dass ein Großteil der Welt untergegangen war. Nach kurzer Zeit hatten sie den Wald erreicht und sie gingen weiter in Richtung Bunker. Dort angekommen, schauten sich alle außen um, konnten aber keine Auffälligkeiten feststellen.

KAPITEL 20: EIN NEUER BUNKER

„Na gut, dann wollen wir doch mal schauen, was sich unter uns befindet. Wir gehen zu viert hinein. Die anderen fünf halten uns von hier oben den Rücken frei, falls doch jemand auftauchen sollte. David, Megan, Jerome, ihr kommt mit mir nach unten. Der Rest bezieht Stellung um den Bunker. Sobald wir merken, dass die Luft rein ist, holen wir euch hier wieder ab. Sorgt dafür, dass jeder, der mit nach unten kommt, eine Taschenlampe hat. Es wird stockfinster sein und wir müssen versuchen, den Generatorraum zu finden, damit überhaupt die Möglichkeit besteht, dass wir uns Licht anmachen können", erläuterte Ethan den anderen. Mittlerweile stellte eigentlich keiner mehr die Pläne von Ethan infrage und jeder machte, was er der Gruppe vorschlug. Man kann aber sagen, dass es an sich wirklich keine Befehle von Ethan waren. Wenn jemand einen besseren Vorschlag hätte, würde er sich diesen anhören und abwägen, ob man es nicht lieber in dieser Form machen sollte. Er war kein Anführer, der allen seinen Willen aufzwängen wollte, sondern hatte einfach nur die Erfahrung und die Ideen, welche er einbrachte. Die vier Auserwählten öffneten jetzt die Stahltür des Bunkers und schauten in absolute Dunkelheit. Jeder schaltete seine Taschenlampe an und Ethan ging voran. David folgte ihm sofort. Der Raum, welchen sie jetzt betraten, hatte keine Verbindung zu dem, welcher wohl durch die beiden großen Stahltüren zu erreichen gewesen wäre. Es war nur ein kleiner schmaler Flur, in dem sie standen. Ethan leuchtete an den Wänden entlang und nach nur ein paar Metern führte eine Betontreppe nach unten. „Na dann wollen wir mal", sagte Ethan und stieg nach unten. Die Treppe war aufgebaut wie ein Treppenhaus. Nach ca. 2 Metern Höhenunterschied kam ein Versatz und dann ging es in die andere Richtung wieder 2 Meter nach unten. Dieses Spiel trieben sie sechsmal, bis zum ersten Mal eine Tür vom Versatz abführte. Auf dieser war ein Blitz zu sehen. „Alles klar. Hier scheint der Generatorraum zu sein. Ethan öffnete die schwere Tür und betrat den Raum. Er schaute an die Rückwand des Raumes, an der er einen gewaltigen Schaltkasten mit unzähligen Sicherungen und Schaltern fand. „Oh Mann, das wird nicht einfach werden. Hat jemand von euch Ahnung davon?", fragte Betty die anderen. „Das wäre leider das Spezialgebiet von Frank gewesen, den ja leider diese scheiß Sekte auf dem Gewissen hat", erwiderte Jerome. „Aber, wenn ich eins in der Navy gelernt habe, dann das, dass die Army alles idiotensicher baut und erklärt. Da dort auch viele Dummköpfe engagiert werden, darf alles nicht zu kompliziert gehalten werden. Leuchtet mir mal, ich schaue mir das mal an." Alle aus der Gruppe richteten jetzt die Taschenlampen auf die riesige verwirrende Wand. Jerome begann, die kleinen Texte zu lesen, welche überall verteilt neben den Knöpfen und Sicherungen standen. „Uninteressant, uninteressant, …", murmelte er, während er die Texte überflog. „Ah, das sieht doch nicht verkehrt aus. ‚Not-Aus – schaltet den kompletten Generator ab. Nur bei Feuer oder schweren Notfällen betätigen!' Schaut her, jemand hat den Not-Aus-Schalter benutzt. Das könnte aber wiederum gut für uns sein, da das bedeuten könnte, dass der Generator nicht einfach durchgelaufen ist, bis der Tank leer war oder er kaputtging." Er ging die Texte weiter durch. „Aha, kompletter Neustart des Systems. Alles klar. Hier steht, wie wir das System neustarten können." Er ging die einzelnen Schritte durch, welche in Zahlenreihenfolge zum Neustart angegeben waren. Bei Schritt 5 von 9 begannen kleine Lampen und Warnanzeigen an der kompletten Anlage zu blinken. „Es geht voran!", sagte er und machte weiter. Bei Schritt 8 vernahm man ein leichtes Dröhnen und spürte eine Vibration, welche die Gruppe in ihren Füßen fühlen konnte. „O. k., letzter Schritt. Jetzt wird es spannend. Geht lieber einen Schritt zurück. Nicht, dass uns das alte Ding gleich um die Ohren fliegt." Die Gruppe ging rückwärts in das Treppenhaus zurück und ging links und rechts neben der Tür in Deckung. Nur Jerome leuchtete jetzt noch auf die Schalttafel. „Letzter Schritt: Hauptstromzufluss freischalten." Es handelte sich um einen großen Hebel, welcher nach unten gezogen werden musste, um das Reset abzuschließen und den Strom wieder in alle Bereiche fließen zu lassen. „Dann wollen wir mal!" Jerome schloss die Augen und zog den Hebel nach unten. Mit einem leichten Knacken rastete dieser ein und Jerome öffnete vorsichtig die Augen. Helles Licht, was von der Decke auf ihn schien, blendete ihn. Von draußen hörte er ein verhaltenes Feiern der anderen und mehrere Zusprüche, dass er dies gut gemacht habe. Ein Stein fiel ihm vom Herzen. „Wow!", war das Einzige, was er sich selber zuflüsterte. Er prüfte noch einmal, ob alles vernünftig lief, aber bis auf ein paar Fehlermeldungen schien alles gut zu funktionieren. Die Tankanzeige war noch halb voll. Er ging jetzt mit leicht zitternden Beinen in das Treppenhaus zurück und schaute die anderen an. „Scheint so weit alles in Ordnung zu sein. Dann wollen wir mal schauen, was wir hier noch finden können." Ethan legte seine Hand auf die Schulter von Jerome und nickte ihm anerkennend zu. Sie machten sich jetzt weiter auf den Weg nach unten. Nach fünf weiteren Treppenabsätzen hatten sie den tiefsten Punkt erreicht. Ein langer Flur führte jetzt von der letzten Stufe auf eine weitere Stahltür zu. Das Licht funktionierte tadellos. Es schein bereits vor dem Krieg auf LED-Technik umgerüstet worden zu sein, sodass nicht sämtliche Glühbirnen beim Neustart hochgegangen waren. Hier und da funktionierte mal ein Strahler nicht, aber im Großen und Ganzen war der komplette Flur gut beleuchtet. An der Tür angekommen, wunderte sich Ethan. „Das ist komisch", sagte er, während er die Tür betrachtete. Es war eine massive Stahltür, welche mit einem Drehrad versehen war, welches die Stahlanker in den Absenkungen oberhalb und unterhalb der Tür versenkte. „Zwei Sachen sind hier komisch: Warum kann man bei einer Bunkeranlage die Tür von außen verschließen und öffnen, was bei Angriffen absolut keinen Sinn macht, und zweitens: Was war hier los?" Ethan deutete auf eine massive Metallstange, welche in das Rad gesteckt wurde, um zu verhindern, dass dieses benutzt werden konnte, um die Tür zu öffnen. „Irgendjemand hat diese Tür von außen verschlossen und wollte nicht, dass sie von innen geöffnet werden konnte. Zieht eure Waffen. Ich weiß nicht, wie lange das her ist. Vielleicht treffen wir auf Gegenwehr." Jeder zog seine Waffe und ging in Position. Der Puls stieg bei allen rapide an. Ethan zog mit aller Kraft an der Metallstange, bis sie sich mit einem lauten Quietschen löste und er sie in der Hand hielt. Er legte sie zu Boden und zog jetzt auch sein Gewehr vom Rücken. „Macht euch bereit!" Er drehte an dem Rad und man konnte beobachten, wie sich die Bolzen aus den Verankerungen lösten. Plötzlich sprang die Tür nach innen auf und ein Luftzug schoss von hinten an ihnen vorbei in den gerade geöffneten Bereich. „Das ist schon mal kein gutes Zeichen. Oder wie man es sehen will, ist es für uns doch ein gutes Zeichen. Hier war jeglicher Sauerstoff verbraucht. Die Zufuhr scheint mit Abschalten der Stromversorgung auch down gewesen zu sein. Na ja, uns sollte auf jeden Fall keine Gegenwehr drohen. Wir sollten aber noch ein bisschen warten, bis der Generator den normalen Stand wiederhergestellt hat, bevor wir diesen Bereich betreten", merkte Jerome an, der Ähnliches wohl schon einmal während seiner Navy-Zeit erlebt hatte. Die Gruppe wartete noch einige Minuten, als sie plötzlich Schritte hinter sich hörten. Alle richteten die Waffen auf die Treppe, als auf einmal die anderen die Stufen herabkamen. „Was macht ihr denn hier? Ihr solltet uns doch den Rücken sichern!", rief David verärgert. „Wir waren oben und haben plötzlich ein lautes Zischen vernommen. Wir hatten Angst, dass ihr in Schwierigkeiten seid, und sind euch dann gefolgt. Alles in Ordnung bei euch?", erklärte Michael der Gruppe mit fragenden Augen. „Ja, uns geht es allen gut. Ich weiß nicht, was ihr da gehört haben wollt", antwortete David. Jetzt meldete sich wieder Jerome zu Wort. „Im Wald neben dem Bunker werden die Lufteinlässe versteckt sein, als wir den Generator neu gestartet haben, wird Frischluft gezogen worden sein, welche erst einmal die zugewucherten Filter durchgeblasen hat. Dadurch das Geräusch, das ihr gehört habt." „Jetzt, wo schon alle hier sind, wollen wir doch mal sehen, was uns auf der anderen Seite erwartet", sagte David und ging als Erster durch die Tür. Ihm stieg sofort der Geruch von alter, verbrauchter Luft und Verwesung in die Nase. „Das riecht nicht nach Leben hier drinnen", teilte er den anderen mit, welche ihm jetzt vorsichtig folgten. Sie betraten einen großen Raum und auch wenn dieser völlig anders aussah, als der Bunker, in dem ein Teil der Gruppe jahrelang gelebt hatte, überfiel sie dennoch das beklemmende Gefühl, schon einmal hier gewesen zu sein. Dieses Gefühl hielt jedoch nur kurz an, weil sie plötzlich links von sich einen Leichnam sahen. Er lag zusammengesackt vor einer Wand, an welcher sich altes braunes Blut befand. Der Tote sah aus wie eine Mumie. Seine Kleidung hing nur noch an einem dünnen Skelett, was wie von Leder überzogen schien. Der Schädel der Leiche war oberhalb der Stirn zertrümmert. „Wurde er erschossen?", wollte Betty wissen. „Ich glaube nicht. Es gibt keine Wunde auf der Rückseite des Kopfes, wo das Projektil wieder ausgetreten wäre. Zusätzlich sehe ich auch keinen Einschuss in der Wand oder irgendeine Patronenhülse auf dem Boden. Ich nehme an, dass er hier eingeschlossen wurde und dann der Strom abgestellt wurde. Es gibt viele Fälle aus Katakomben oder dergleichen, wo sich Menschen verirrten und irgendwann ihre Taschenlampen ausfielen. Wenn der Mensch dann in Panik gerät, fasst man keinen klaren Gedanken mehr und die Leute beginnen einfach loszulaufen oder Ähnliches zu tun. Da kam es schon häufig vor, dass diese an einem Schädelbruch starben, weil sie im Sprint mit dem Kopf gegen eine Wand gelaufen sind. Der menschliche Geist kommt in solchen Fällen nicht gut damit klar und kann sich nicht überzeugen, ruhig zu bleiben. Das ist aber nur eine Theorie meinerseits", erklärte Ethan. Alle schauten ihn verblüfft an. „Gut, dann hätten wir das ja geklärt, aber seid bitte trotzdem vorsichtig, da dies nur eine Theorie ist, kann es immer noch sein, dass ihm jemand den Schädel eingeschlagen hat", fügte David dem hinzu. Der große Vorraum stand mit einigen Schreibtischen voll, welche durch niedrige Zwischenwände voneinander getrennt waren. In einem der kleinen Büronischen fand Megan die nächste Leiche. Ein Toter saß noch immer auf seinem Bürostuhl und hatte ein großes Loch in der Schädeldecke. Seine Zähne, welche gut durch die zurückgegangene, vertrocknete Haut zu sehen waren, waren an vielen Stellen abgebrochen. Eine Pistole lag neben ihm, welche immer noch in seiner Hand war, welche samt Arm von seinem Körper über die Zeit abgefallen war. Der Ärmel seines Hemdes baumelte leer an seiner Seite herab. „Der hat sich die Pistole in den Mund gesteckt und abgedrückt", erklärte Stuart, welcher Ähnliches auch schon häufiger gesehen hatte, den anderen, da nicht alle mit dem Weltuntergang und dem harten neuen Leben klarkamen. Vor dem Leichnam war der Schreibtisch voller Kerzenwachs. „Ich nehme an, dass er noch ein paar Kerzen gefunden hatte, und als diese dann auch erloschen sind, hat er diesen Ausweg gewählt", sagte Ethan. „Das kann ich ihm nicht verübeln", merkte Jenny an, der das Entsetzen klar in das Gesicht geschrieben war. „Wer hat diese Menschen hier einfach eingesperrt und sie diesem harten Schicksal überlassen? Was ist bloß aus den Menschen geworden?", fügte sie noch hinzu. In ähnlichen Positionen und tragischen Schicksalen fanden sie alleine in diesem Raum noch drei weitere Leichen. Auffällig war jedoch, dass keiner der Personen eine militärische Uniform trug. Sie schienen sich hier auch nur versteckt zu haben, um zu überleben. Der Raum hatte drei weitere Türen, welche noch von ihm abgingen. Die erste, welche sie öffneten, führte in einen Raum, der offenbar nur das Büro des Kommandeurs war. Dieses war jedoch leer und es schien auch keine interessanten oder nützlichen Gegenstände zu beherbergen. Bei der nächsten Tür handelte es sich um den Zugang zu den Toiletten. Megan ging sofort zu einem der Waschbecken und betätigte den Wasserhahn. Man hörte sofort laute Geräusche durch die Wände dröhnen und ein fürchterliches Rasseln und Klappern, doch plötzlich kam Wasser aus dem Hahn geschossen. Wenn man die Brühe Wasser nennen wollte. Es war eine braune undefinierbare Flüssigkeit, welche einen ekligen Geruch im Raum verströmte. „Die Rohre müssen erst mal die ganzen Ablagerungen freispülen. Dreh die beiden anderen Hähne auch noch auf und lass alle laufen. Wir schauen gleich noch einmal nach, ob wir eventuell frisches Wasser bekommen können", erklärte Ethan ihr optimistisch zunickend. Sie ließen das Wasser laufen und gingen zur nächsten und letzten Tür, welche vom Raum abging. David öffnete diese vorsichtig und in großer Erwartung, dass sie hier etwas Besseres finden würden als Leichen und Büroplätze. Die Tür führte in einen weiteren Flur, welcher links und rechts mit jeweils 10 Laboren eingerichtet war. Diese hatten Glastüren und große Glasscheiben daneben, wodurch sämtliche Labore gut einzusehen waren. „Was ist das hier?", wollte Charly wissen. „Sieht aus, als hätte die Army hier irgendwelche geheimen Experimente oder Ähnliches durchgeführt. Daher war der Stützpunkt eventuell auch so versteckt und nicht auf den Karten eingezeichnet", meinte Ethan zu den anderen. An der Wand des ersten Labors befanden sich Käfige, welche jetzt aber nicht mehr von schreienden Affen bewohnt waren, sondern nur noch ein Sammelsurium von Knochen, Haut und Fellresten boten. Im zweiten Büro lag eine weitere Leiche auf dem Boden in einer großen braunen Lache, welche wohl mal Blut gewesen war, bevor die Zeit diese färbte und verhärtete. In der ledrigen Haut an den Armen erkannte man mehrere große und tiefe Einschnitte. Daneben lag ein Skalpell, was ebenfalls von der braunen Masse bedeckt war. Auch hier schien es keinen anderen Ausweg gegeben zu haben. So gingen sie langsam ein Büro nach dem anderen ab, fanden aber nichts, was ihnen irgendwie weiterhelfen konnte. Die letzten Büros waren stärker gesichert als die zuvor. Sie hatten extra Luftschleusen und Schutzanzüge hingen in der jeweiligen Luftschleuse bereit. An den Wänden waren große Schränke, wo früher mal Proben aufbewahrt wurden, diese waren jedoch komplett ausgeräumt. Am Ende des Ganges war eine weitere Tür, welche jetzt durch Michael geöffnet wurde. Hier befand sich ein weiteres Großraumbüro, von dem erneut drei Türen abgingen. Hierbei handelte sich bei einer wieder um die Toiletten. Die zweite Tür war eine Doppeltür, welche die Gruppe zur Kantine brachte. Ein großer Raum, in dem sich an der linken Wand eine Essensausgabe befand und der sich ansonsten wie eine Universitätsmensa darstellte. Tische, Stühle und das war es auch schon. Von hier ging eine weitere Tür ab, welche in einen großzügigen Freizeitraum für die Soldaten führte. Es gab einige Sofas, einen Kicker, einen Billardtisch und einen großen Fernseher, an den zwei Konsolen angeschlossen waren. Die Gruppe ging zurück und wandte sich der letzten Tür in dem Groß-raumbüro zu. Diese schien strenger gesichert gewesen zu sein und konnte nur durch einen Fingerabdruckscanner geöffnet wer-den, jedoch hatte die Gruppe, welche jetzt tot verteilt in den Räumen lag, diese bereits aufgebrochen und aus der Veranke-rung an den Seiten gerissen. Hinter ihr befand sich eine Art Kom-mandozentrale. Hierüber war dieser Stützpunkt wohl mit der Armeeführung verbunden und konnte kommunizieren. An der Wand befand sich ein riesiger Bildschirm, welcher zwar an war, aber auf dem keine Informationen oder Karten angezeigt wur-den. Es schien auch nichts mehr zu geben, was hier angezeigt werden konnte. Daneben befand sich die Funkstation. Auch wenn an sich alles über Satelliten und das Internet funktionierte, hielt sich das Militär immer noch ein Hintertürchen offen und hatte auch ein analoges Funkgerät. „Eine Funkstation! Wir können damit versuchen, ob wir noch andere Menschen erreichen!", brüllte Charly fröhlich. „Gute Idee. Setz du dich doch bitte gleich dran und versuch dein Glück. Wir schauen, wo die nächste Tür hinführt. Stuart leistet dir Gesellschaft, damit du nicht so allei-ne bist", erwiderte Ethan, und Charly und Stuart machten sich umgehend an die Arbeit. Die nächste Tür, welche von der Kom-mandozentrale abging, war wieder aus Stahl. Diese war jedoch verschlossen. Sie sahen, dass auch die Gruppe vor ihnen versucht hatte, diese aufzubrechen, da diese von Kratzern und abgeplatz-ter Farbe übersät war, aber sie schienen gescheitert zu sein. Vor lauter Frust hatten sie auch den Fingerabdruckscanner, der sich daneben befand, zerschlagen. „Da kommen wir ohne schweres Gerät oder etwas Sprengstoff nicht durch", erklärte Ethan mit leichter Schwere in der Stimme. „Na ja, aber das Gute ist, dass wir hier alleine sind. Die Frage ist jetzt nur, wie wir weiter vor-gehen wollen." David sagte: „An sich denke ich, dass das hier eigentlich ein guter Platz ist. Die Frage ist nur, wie wir den Ge-nerator durchgehend mit Sprit versorgen wollen. Außerdem ist zwar der Bunker solide und ein toller Platz, aber die Sicherung oberhalb mit dem Stacheldrahtzaun um ein paar Unterkunfts-hütten ist nicht gerade solide. Für eine kleine Gruppe perfekt, aber für uns und die anderen eventuell nicht auf lange Zeit optimal. Aber an sich erst mal das Beste, was wir bis jetzt gesehen haben. Ich sage, wir schauen gleich mal in der Kantine nach, ob wir hier noch etwas Brauchbares an Nahrung finden, dann holen wir unseren Bus und bleiben für 1 bis 2 Tage hier und überlegen uns die ganze Sache noch einmal. Falls uns dann kein besserer Plan einfallen sollte, holen wir die anderen hierher. Ist das ein Plan oder was sagst du dazu?", fragte David. „Besser hätte ich es nicht ausdrücken können. Das machen wir so", kam es von Ethan zurück. Die beiden weihten die anderen in ihren Plan ein und stießen dabei auf keine Gegenwehr. Nach Prüfung des Lagerraumes und der Küche hinter der Essensausgabe fanden sie schnell heraus, dass bis auf ein paar Dosen Früchte keine Nahrung mehr vorhanden war. Der Stützpunkt schien immer relativ frische Ware geliefert bekommen zu haben, weshalb es fast keine haltbaren Konserven gab, die noch essbar gewesen wären. Ethan wollte nicht mit der kompletten Gruppe losziehen, um den Bus zu holen, weshalb diese wieder aufgeteilt wurde. Mit ihm kamen Megan und David. Charly und Stuart blieben am Funkgerät, um zu versuchen, Überlebende zu erreichen. Michael und Jenny sollten sich in den Hütten und den Schleppdächern auf die Suche nach Werkzeug machen, um das Tor am Wachposten zu öffnen, damit der Bus reinfahren konnte. Zusätzlich könnte man das Werkzeug eventuell auch verwenden, um die Stahltür im Kontrollraum aufzubrechen. Der Rest sollte oben Ausschau halten, ob sich ungebetene Gäste dem Bunker näherten. Der Plan stand und jeder ging jetzt seinem Auftrag nach. Megan und David folgten Ethan zu der Straße, kletterten wieder über den Zaun, sodass sie außerhalb des Militärgeländes waren. Sofort stellte sich wieder ein Gefühl der Verunsicherung bei den dreien ein. Als hätten sie ihren sicheren Hafen verlassen und wären jetzt wieder auf gefährlichen und unbekannten Gewässern. Sie zogen los in Richtung Ortschaft, um ihren Bus abzuholen. Nach einiger Zeit erreichten sie die Nebenstraße, in der sie diesen abgestellt hatten. „Es ist schon mal gut, dass er noch so dasteht, wie wir ihn abgestellt haben. Könnt ihr irgendetwas

Verdächtiges sehen?", wollte Ethan von den anderen wissen. „Scheint alles ruhig zu sein", antwortete Megan, was David nur bestätigen konnte. Vorsichtig schlichen sie sich zum Bus und stiegen durch die Vordertüren ein. Alles war noch an seinem Platz und so wie sie es hinterlassen hatten. David setzte sich auf den Fahrersitz und startete den Motor. Der alte Schulbus war so laut, dass es sich nach dem Schleichen so anhörte, als würden sie keinen Bus starten, sondern eine Bombe zünden. „Na ja, falls hier jemand sein sollte, dann hören sie den Bus auf jeden Fall durch diesen ruhigen beschaulichen Ort fahren. Packt die Waffen lieber nicht weg." Die kleine Tour blieb ohne jeglichen Zwischenfall. Als sie das Tor am Kontrollposten erreichten, warteten Jenny und Michael bereits auf sie, hatten das Tor jedoch noch nicht geöffnet. Der Bus hielt davor an und David stieg aus. „Na ihr beiden. Habt ihr nichts finden können, womit wir das Tor aufbekommen? Vielleicht sollte ich einfach mit dem Bus durchfahren." „Jetzt mal ganz ruhig, Rambo!", erwiderte Michael daraufhin. Er hatte die Rambo-Filme zwar nie gesehen, aber da James Tuddler ein riesen Fan gewesen war, hatte er ihm im Bunker darüber alles erzählt. „Jenny hat zwar einen Bolzenschneider gefunden, aber nachdem der Strom wieder funktioniert, können wir auch das Tor wieder öffnen. Das elektrische Schloss scheint noch intakt zu sein. Ich wollte nur warten und sichergehen, dass ihr es seid. Ich öffne euch." Michael ging in das Häuschen vom Wachposten und betätigte den Schalter für das Tor. Quietschend und nicht unbedingt geschmeidig bewegte sich das Tor zur Seite. David fuhr den Bus hinein und bremste hinter dem Tor wieder ab, sodass erst Jenny einsteigen konnte und Michael folgen sollte, sobald das Tor geschlossen war. Michael betätigte den Schalter erneut und das Tor fing an, sich langsam zu schließen. Er ging in die Richtung der Türen vom Bus und als er gerade einsteigen wollte, begann dieser zu beschleunigen. Michael erschrak und lief ein Stück hinterher. Als er wieder einsteigen wollte, machte der Bus wieder einen Satz nach vorne. David lachte am Steuer, als er Michael endlich einsteigen ließ. „Das war für den Rambo-Spruch. Und jetzt setz dich hin." Michael schüttelte den Kopf und konnte sich ein breites Grinsen jedoch auch nicht verkneifen. Auch Megan und Ethan feierten auf den Plätzen hinter ihm. Es war wieder, als würde eine Last von ihnen fallen, nur weil jetzt ein dünner Maschendrahtzaun zwischen ihnen und der Außenwelt lag. Sie stellten den Bus unter eines der Schleppdächer ab. „Hier an der Seite liegen Tarnnetze. Ich will nicht überfürsorglich klingen, aber so ein gelber Bus sticht schon ganz schön ins Auge. Ich wäre dafür, dass wir ihn wenigstens ein bisschen tarnen", erklärte Ethan den anderen, was sie auch für eine gute Idee hielten. So zogen sie eins der Netze über die Front des Busses, um das leuchtende Gelb etwas abzumildern. Wenn man genau hinschauen würde, würde man diesen zwar immer noch leicht erkennen, aber bei einem flüchtigen Blick sollte es ausreichen, um ihn zu verbergen. Die anderen, welche oben Wache halten sollten, waren jetzt auch zu ihnen gekommen und alle versammelten sich am Eingang. Jeder schnappte sich das Notwendigste aus dem Bus und ging nach unten zu Charly und Stuart. David stoppte noch bei den ersten Toiletten und schaute nach, wie sich das Wasser entwickelt hatte. Es war jetzt absolut klar und er stellte die Wasserhähne wieder ab, bevor er zu Charly ging. „Und Charly, wie läuft es? Konntet ihr schon jemanden erreichen oder einen Funkspruch abfangen?", wollte David wissen, als sie alle unten angekommen waren. „Moin, bis jetzt konnten wir leider noch nichts erreichen, aber es gibt noch einige Frequenzen auszuprobieren. Ich bin da erst mal noch guter Hoffnungen." „Danke dir, ich habe wie immer vollstes Vertrauen in dich. Wenn du keine Funkverbindung herstellen kannst, dann wird es hier auch keinen geben, mit dem wir Verbindung herstellen können." Charly wedelte sich symbolisch Luft zu: „Du machst mich ja ganz verlegen." „Du Spinner", erwiderte David bloß lachend und ging jetzt zu den anderen, welche sich im Aufenthaltsraum versammelt hatten. „So, Leute. Es war wie schon so häufig eine harte Reise. Ich glaube, wir haben uns mal etwas Entspannung verdient. Wir bleiben bis übermorgen hier und dann machen wir uns auf die Socken, um die anderen abzuholen. Ich weiß nicht, ob dieser Ort etwas für die Zukunft insgesamt ist, aber vorübergehend ist es das Beste, was wir seit Langem hatten. Ach ja, und eins noch", David stellte eine Tasche vor sich auf den Tisch, „wer hart arbeitet, der darf auch hart feiern. Ihr habt es euch verdient." David öffnete die Tasche und zog zwei Flaschen Tequila hervor. Die Gruppe schrie und feierte. Alle außer Michael hatten schon einmal Alkohol getrunken und jeder war jetzt absolut in der Stimmung, um sich mal für einen Abend von dieser Welt zu verabschieden und sich in Spaß und den Alkohol zu flüchten. Jenny lief sofort in die Küche und besorgte einen Stapel Gläser, welche sie neben die Tasche auf den Tisch stellte. Alle strömten herbei und plünderten die Tasche auf der Suche nach einem Getränk, was ihnen schmeckte. Obwohl der Geschmack in dieser Situation eher nebensächlich war. Die Wirkung war wohl eher das Entscheidende. Jetzt kam auch Charly herein, der sofort ein Lächeln im Gesicht hatte. Er ließ den Blick durch den Raum schweifen, bis er plötzlich etwas sah. Er ging zum Fernseher hinüber, unter dem sich auch eine Musikanlage befand. Er prüfte die CDs, welche in der Schublade darunter waren, zog schließlich eine hervor und legte sie ein. „Hey, Leute!", rief er in die Gruppe, „vielen Dank für euer Engagement. Aber das ist doch keine vernünftige Party ohne Musik." Er drückte auf die Play-Taste und umgehend kam das weltberühmte Riff von ACDC mit Highway to Hell. Jeder der Älteren war sofort aus dem Häuschen, da es keine Möglichkeit auf der Welt vor dem Krieg gab, dieses Lied nicht zu kennen, außer man wäre bei den Amischen gewesen. Für Michael und Stuart war es aber ebenfalls großartig. Sie kannten zwar das Lied nicht, aber Musik insgesamt und gerade dieser Rock war für sie etwas ganz Besonderes. Jeder schüttete sich diesen Abend hemmungslos zu. Was bei den ausgemergelten Gestalten, die seit Ewigkeiten nicht mehr richtig getrunken hatten, nicht sonderlich lange dauerte. Jerome tanzte zu sunglasses at night, welches sie auf einer Mix-CD, auf der Disco-Hits stand, gefunden hatten. Michael war relativ schnell auf dem Sofa eingeschlafen. Er hatte sich wenigstens nicht übergeben müssen. Nach und nach wurde es immer ruhiger. Die Menschen schliefen einfach auf dem Boden oder den

Sofas ein. Am Ende waren noch Jenny und David wach, die sich angeregt auf dem Sofa unterhielten. Nach einer Anzahl an Drinks, die manch einer als übertrieben bezeichnen würde, schaute Jenny David tief in die Augen. Mit lallender Stimme fragte sie ihn: „David, ich weiß, dass wir hier mittlerweile wie eine große Familie geworden sind, aber willst du mit mir schlafen?" David war über diese klare Anfrage sowohl überrascht als auch freudig erregt. Er war viel zu betrunken, um sich Sorgen darüber zu machen, warum dies eventuell keine gute Idee sei, oder dass ein großer Altersunterschied zwischen ihnen lag. Zusätzlich dachte er sich, dass sie beide ein bisschen Entspannung auf jeden Fall verdient hätten. Er nickte ihr nur zu und küsste sie vorsichtig auf den Mund. Jenny erwiderte diesen Kuss und es wurde stürmischer. Der zarte Kuss weitete sich zu einem massiven Zungenklinsch mit jeder Menge Fummelei aus. David schaute sich um. „Wollen wir nicht lieber irgendwo hingehen, wo wir ungestörter sind?" Jenny nickte ihn begierig an. David nahm sie an die Hand und führte sie in den Kommandoraum. Er drückte sie gegen den Tisch und hob sie anschließend an beiden Händen an ihrem Hintern hoch. David merkte trotz seines alkoholisierten Zustandes, dass Jenny gut in Form war und sowohl ihr Hintern als auch ihre Brüste, welche sich an ihn drückten, straff und knackig waren. Er küsste sie umso heftiger, als er merkte, wie seine Hose sich zu einem Gefängnis wandelte. Er rieb sich energisch an ihr, was sie auch mit leisem, vorsichtigem Stöhnen zu bemerken schien. Jetzt öffnete er langsam ihre Hose, während er ihren Mund und ihren Hals unaufhaltsam mit Küssen bedeckte. In Jenny zog eine animalische Begierde herauf und sie zog ihm das Shirt über den Kopf. Sie wollte ihn. Sie wollte ihn jetzt. David hob sie auf den Tisch und setzte sie ab. Er zog ihr mit einem schnellen Zug die Hose von den Beinen. Sie trug schwarze Boxershorts darunter. Die Welt befand sich am Abgrund, da hatte er wohl nicht mit einer Unterwäsche mit Spitzen rechnen können, aber das kümmerte ihn in diesem Moment auch nicht. Sie hätte einen Müllbeutel tragen können und sie wäre für ihn immer noch die schönste Frau der Welt gewesen. Was in diesen

Zeiten vielleicht sogar gestimmt hätte. Jenny griff jetzt auch nach unten zu seiner Hose. Sie streifte langsam sein Glied, was einen deutlichen Abdruck auf der Hose hinterließ, und öffnete diese behutsam. David küsste weiter ihren Hals und begab sich mit seinen Küssen langsam Richtung Süden. Er zog ihr das Shirt über den Kopf, wobei er am Hals erst stehen blieb, wodurch ihr die Sicht komplett genommen wurde. Jenny kochte vor Erregung, als er ihr in diesem blinden Zustand die Brüste knetete und den BH öffnete. In Verbindung mit dem BH zog er ihr das Shirt jetzt komplett über den Kopf, sodass sie wieder freie Sicht hatte und ihn mit lüsternem Blick anschaute. David umarmte sie und drückte ihren fast nackten Körper an sich. All die Angst und die Probleme waren bei beiden wie weggefegt. David begann, an ihren Nippeln zu saugen, welche den Abschluss von zwei perfekt geformten Brüsten darstellten. Jenny schloss die Augen und war in eine andere Welt eingetaucht. Es hätte einer dieser Momente sein können, wo sich zwei Liebende in einem 5-Sterne-Hotel in Paris zum ersten Mal lieben, aber in diesem Augenblick war der Konferenztisch in diesem Bunker nicht minder schlecht für sie. Langsam arbeitete er sich mit seinen Küssen weiter nach unten vor und zog ihr langsam die Boxershorts von den Beinen, wobei sie kurz und wohlwollend ihren Hintern anheben musste, um die lästige Bekleidung loszuwerden. Er küsste vorsichtig ihre Lippen, während ihre Oberschenkel seine Wangen wärmten. Sie stieß einen hohen kurzen Schrei aus und fühlte ein Kribbeln, was ihren ganzen Körper durchzog. So etwas hatte sie noch nie erlebt. Wenn sie dort jemand berührte, war es meistens nicht aus freien Stücken und sie hatte keine andere Wahl gehabt. Ihre Muschi glich jetzt einem Feuchtgebiet und sie zog energisch an Davids Kopf, um ihn erneut zu küssen. Dass er ihren Liebesnektar dabei im Gesicht verteilt hatte, schien sie für keine Sekunde zu stören. Sie wollte jetzt an seiner Zunge saugen. Sie wollte ihn in sich spüren. Sie riss seine Boxershorts nach unten und drückte ihn an sich. Sein Glied ragte hart nach oben und durchzog ihre feuchte Muschi. Wieder ertönte ein kleiner Schrei der Vergnügung über ihre Lippen. Bevor er ihn reinstecken konnte, drückte sie ihn nach hinten und stand vom Tisch auf. Mit einem Schwung drehte sie ihn um und drückte ihn jetzt gegen den Tisch. Ihre Zungen rekelten sich abwechselnd in ihren Mündern. Jenny drückte ihn nach hinten, sodass er jetzt mit dem Rücken auf die Tischplatte fiel. Jetzt ging sie langsam runter und küsste ihn oberhalb seines Gliedes, sodass dieser unterhalb ihres Kinnes und an ihrem Hals vorbeiragte. Sie spürte die brachiale Härte, welche davon ausging. Jetzt nahm sie ihn in die Hand, zog die Haut nach unten setzte ihre Lippen auf der Eichel an. Sie gab ihm einen liebevollen Kuss, bevor sie ihn komplett ihn den Mund nahm an. Sie saugte daran, als würde sie dies hauptberuflich machen. David durchzog ein Gefühl, das er schon lange nicht mehr gefühlt hatte. Wäre nicht der ganze Alkohol im Spiel gewesen, wäre die Liebesgeschichte hier auch schon bald vorbei gewesen, aber David und vor allem sein Körper dachten noch nicht an das Aufhören. Jetzt beugte er sich wieder nach vorne und nahm Jenny am Kopf. „Ich will dich! Ich will dich so sehr! Spring rauf", flüsterte er voller Begierde nach unten. Jenny stand auf und kletterte auf den Tisch. Sie hockte sich auf ihn und rieb sich an seinem Gemächt. Jeder Private-Dance wäre eine Bibelstunde dagegen gewesen. Jetzt griff sie nach hinten und führte sein Glied langsam ein. Durch die Feuchtigkeit ihres Intimbereiches und den Speichel an seinem Glied rutschte sein Penis rein, als würde man nackt in eine eingeseifte Rutsche springen. Beide stießen jetzt wieder ein Stöhnen aus, kurz bevor sich Jenny begann zu bewegen. Sie bewegte ihren strammen Hintern auf und ab und liebte jede Bewegung dabei. Sie wollte ihm Vergnügen bereiten und auch sie durchzog bei jedem Stoß in ihr ein wohliges Gefühl. David packte sie an den Haaren und schleuderte sie von sich herunter, sodass sie sich jetzt auf dem Rücken befand. Er schwang sich auf sie und drückte seinen Penis zwischen ihre Beine. In einem Zug drang er wieder tief in sie ein und küsste dabei ihre Brüste. In Jenny zog sich alles zusammen, als sie kam, und ein Gewitter an Glücksgefühlen durchflutete ihren Körper. Sie stieß einen hohen Schrei aus, der von den Wänden des Kommandoraumes widerhallte. Auch David war jetzt bereit, sich fallen zu lassen. Er schaffte es in seiner Lust, noch einen klaren Denkanker zu fassen, und zog sein pulsierendes Glied aus ihrer Scheide. Er wollte nicht in ihr kommen und damit vielleicht noch ein Kind in diese grausame Welt setzen. Es war auch der letzte Moment, wo dies noch möglich war, da er sofort, als er ihn rausgezogen hatte, auf ihrem Bauch kam und sie mit seinem Liebessaft bedeckte. Die beiden verschwitzten Körper sackten jetzt nebeneinander zusammen und Jenny begann zu kichern, als sie nach unten auf ihren Bauch schaute und sah, dass sie bedeckt war mit einer weißen dickflüssigen Masse. David lachte jetzt auch, während er noch schwer atmete und sich sein geschundener Brustkorb in hoher Frequenz hob und senkte. Beide hatten jetzt völlig abgeschaltet und lagen gedankenlos auf dem Rücken. „Das hat Spaß gemacht!", sagte Jenny und drehte ihren Kopf zu David. Auch er schaute sie jetzt an. Sein Blick wanderte jedoch nach einem kurzen Augenblick von ihren Augen nach unten. Er bestaunte ihren, von schweiß glänzenden Körper in seiner vollen Pracht. „Hey, meine Augen sind hier oben du Schweinchen", flüsterte Jenny und sah ihm dabei wieder tief in die Augen. „Sorry, ich kann es nur nicht fassen. Du bist so unglaublich schön. Das war seit Langem mal wieder ein Moment, in dem ich mich geborgen und frei gefühlt habe. Danke, dass du da bist", erwiderte er und schaute ihr dabei mit stechendem Blick in die Augen. Beide fühlten sich geborgen und freuten sich, dass sie diesen Schritt gegangen waren. Sie blieben noch einige Minuten so liegen und hielten sich dabei in den Armen, bis Jenny sagte, dass ihr kalt sei. Sie sammelten ihre Kleidung ein, welche verstreut neben dem Konferenztisch lag. „Wollen wir schlafen gehen?", wollte David von ihr wissen. „Ja, ich bin völlig erschöpft. Wie stehen wir jetzt zueinander? War das eine einmalige Sache oder möchtest du das wiederholen?", erwiderte sie. „Ich steh auf dich, Jenny. Wenn es nach mir geht, dann können wir das so oft du willst wiederholen." Jenny schaute ihn mit großen Kulleraugen an und gab ihm einen intensiven und vielsagenden Kuss auf seinen Mund. „Das freut mich!", sagte sie nur, ohne seine Worte zu bestätigen oder ihre eigenen Gefühle zu erörtern. David hatte aber gar nicht vor, hier nachzuhaken. Seine kleine Welt war in diesem Augenblick in Ordnung und das wollte er sich nicht mit Nachfragen oder Zweifeln zerstören. Selbst wenn das hier nur eine einmalige Sache gewesen wäre, wäre es diese wert gewesen. Nachdem sie wieder angezogen waren, schlichen sie sich zurück in den Aufenthaltsraum. Alle waren am Schlafen und niemand schien bemerkt zu haben, dass die beiden überhaupt weg gewesen waren. Jenny und David legten sich auf das letzte freie Sofa und schliefen in Löffelchen-Stellung nebeneinander ein.

Am nächsten Morgen wurde Ethan durch ein Geräusch geweckt. Er hörte eine Tür schlagen, was ihn im ersten Moment nicht sonderlich beunruhigte. Eigentlich regte ihn das sogar eher ein bisschen auf, da er gerne noch weitergeschlafen hätte. Er schaute sich in der Runde um und bemerkte, dass er der Einzige war, den das Geräusch aufgeweckt hatte. Ihm fiel auf, dass Jenny und David eng verschlungen nebeneinander auf einem Sofa schliefen, doch innerlich freute er sich darüber. Plötzlich durchzuckte ihn ein Schreck, der ihn bis in das Mark fuhr. Bei seinem sondierenden Blick über alle, die sich auf den Sofas befanden oder auf dem Boden lagen, merkte er, dass er insgesamt neun Personen gezählt hatte. Neun! Das hieß, dass alle hier waren und selig schliefen. Wer hatte die Tür zuknallen lassen? Voller Adrenalin, was ihn umgehend wach werden ließ, sprang er auf und ging zur Tür. Er blickte durch den Büroraum und konnte nichts Auffälliges sehen, was ihn kurz beruhigte. Jetzt schaute er durch die geöffnete Tür zu den Laboren und konnte dadurch sogar bis in den anderen Büroraum schauen, weil beide Türen offen standen. Plötzlich gefror ihm das Blut in den Adern, als er eine Person an der Tür vorbeihuschen sah. Es war nur eine Silhouette, aber er war sich sicher, dass dort jemand war. Er schlich zurück und weckte vorsichtig David, wobei er ihm den Mund zuhielt. „Wach auf! Hier sind Leute im Bunker!" Völlig schlaftrunken schreckte David hoch und weckte dabei Jenny. „Was ist denn los?", fragte sie verschlafen. David legte sich den Zeigefinger auf die Lippen und signalisierte ihr damit, dass sie ruhig sein sollte. „Hier ist jemand", flüsterte David ihr zu. Vorsichtig weckten sie die anderen und versuchten dabei, möglichst leise zu sein. Ethan wartete dabei an der Tür und prüfte, ob der oder die anderen durch den Laborflur kamen. Jeder schnappte sich jetzt seine Waffe und entsicherte diese. Die Gruppe verließ fast geräuschlos den Raum und ging im Nachbarraum in Stellung. Ethan schaute wieder durch den Gang und konnte jetzt eine Person erkennen. Er hatte ein Holzfäller-Hemd an und trug ein rotes Halstuch um den Arm. Es war Jack, der den alten Jerkins verbrannt hatte. Dies wusste Ethan aber natürlich nicht. Plötzlich hörte er ihn mit einem anderen reden. „Sie müssen hier irgendwo sein. Wir haben den Bus von ihnen doch aus der Stadt hierher verfolgt und in den Hütten draußen sind sie nicht. Das bedeutet, dass sie hier sein müssen." Plötzlich sah er durch den Flur noch weitere Personen in dem Büroraum. Eins, zwei, drei, vier. Mit Jack also mindestens fünf Leute, dachte sich Ethan. Jetzt begannen zwei von den Leuten jedoch mit jemandem zu reden, den er nicht sehen konnte. Einer stand links neben der Tür und der andere rechts und beide sprachen mit jemandem. Also bedeutete das, dass es mindestens sieben Leute waren. Vielleicht sogar noch mehr. „Scheiße", flüsterte Ethan und blickte zu David hinüber, der hinter einer der Arbeitsboxen in Stellung gegangen war. Er zeigte ihm mit den Fingern an, dass er sieben Personen identifiziert hat. Er fügte noch flüsternd hinzu: „Mindestens." Die Gruppe war voller Anspannung. Nach diesem ausgelassenen Abend am Tag zuvor, hatte sie die bittere Wahrheit in dieser Zeit wieder eingeholt. Alle Blicke ruhten auf Ethan, damit er ihnen Zeichen geben konnte. Plötzlich sah er, dass zwei der Fremden den Flur betraten, in dem sich die Labore befanden. Sie hatten Sturmgewehre und zielten in die einzelnen Labore. „Jetzt wird es ernst", flüsterte er den anderen zu. Er legte seine Waffe an und schoss auf die beiden Angreifer im Flur. Nach all den Versuchen, mit Fremden zu verhandeln, war er es leid, dass sie immer wieder reingelegt und angegriffen wurden, daher entschied er dieses Mal, dass er zuerst das Feuer eröffnen sollte. Den Linken traf er zweimal in die Brust, aufgrund dessen dieser umgehend auf dem Boden zusammensackte. Der Rechte bekam nur einen Treffer in den

Oberarm und hechtete mit einem beherzten Sprung in eines der Labore, sodass er nicht mehr von Ethan gesehen werden konnte. Jetzt wurde das Feuer auch auf Ethan eröffnet Am Türrahmen zum anderen Büroraum waren zwei weitere Personen in Deckung gegangen und schossen willkürlich durch den Flur auf die Tür, hinter der sich Ethan befand. Dieser ging sofort in Deckung. Alle suchten, so gut es möglich war, Schutz hinter den Bürokojen. Dass dies jedoch nicht optimal war, um sich vor Gewehrfeuer zu verstecken, merkten sie sehr schnell, als Betty durch die dünnen Wände einen Streifschuss am Arm erlitt. „Aua!", schrie sie, „mich hat's erwischt!" Wutentbrannt stürmte Megan von der anderen Seite des Raumes an der offenen Tür vorbei und schoss dabei ohne zu zielen durch den Flur. Sie wurde nicht getroffen und ließ sich neben Betty nieder, um sich die Verletzung anzusehen. „Das sieht gar nicht so schlimm aus. Das wird schon wieder", beruhigte sie Betty und nahm sie in den Arm, bevor sie die Wunde mit einem ihrer Ärmel notdürftig verband. „Was sollen wir jetzt machen? Wir sitzen in der Falle!", brüllte Stuart den anderen zu, während die Kugeln durch den Raum peitschten. Sowohl David als auch Ethan waren jedoch dabei überfragt. „Wir können uns hier nur weiter verbarrikadieren und versuchen, sie auf Distanz zu halten. Aber spart eure Munition", erwiderte Ethan nur. Plötzlich durchzog die Luft ein Feuerstreif. Noch bevor Ethan Achtung rufen konnte, schlug der Molotov-Cocktail an einer der Stellwände ein und verursachte einen gewaltigen Feuerball. Die entzündete Flüssigkeit regnete direkt auf Jerome nieder, welcher unterhalb der Wand in Deckung hockte. Ein qualvoller, markerschütternder Schrei durchzog den gesamten Bunker. Jerome sprang auf und lief los. Er war zu einer menschlichen Fackel geworden. Er versuchte, durch das Rennen und seine zappelnden Bewegungen vor dem Feuer zu flüchten. Das Feuer hatte jedoch bereits seine Kleidung mit der Haut verschmolzen und auch seine Sicht war auf fast null zurückgegangen, da das Feuer seine Netzhäute versengt hatte. Das Feuer entzog ihm zusätzlich den Sauerstoff zum Atmen. Er schaffte es nahezu, blind in den Flur zu gelangen, wo ihn sofort einige Patronen trafen.

Ethan hatte noch versucht, ihn aufzuhalten, als er an ihm vorbeistürmte, aber er war sich sicher, als er die Blasen werfende verkohlte Haut in seinem Gesicht und die verkrustete Schädeldecke, wo mal seine Haare gewesen waren, sah, dass es wohl keinen Sinn mehr hatte, hier irgendetwas zu versuchen. Es war wohl eher eine Erlösung, als ihn die Kugeln auf dem Flur durchsiebten. Er ging zu Boden und brannte langsam vor sich hin, bis die Kleidung restlos mit seinem Körper verschmolzen war und der Brandbeschleuniger komplett aufgebraucht war. Ein qualmender Haufen Fleisch blieb auf dem Boden zurück. Wenn es nicht die Form eines Menschen beibehalten hätte, wäre es schwer zu erkennen gewesen, was dies einmal gewesen ist. Das Feuer hatte sämtliche Konturen und Gesichtszüge verschwinden lassen. Ethan wendete den Blick wieder ab und erkannte jetzt mit Erschrecken, dass sich das Feuer, von dort, wo der Molotov-Cocktail eingeschlagen war, langsam aber sicher ausbreitete. „Scheiße! Wir müssen irgendetwas machen, sonst verbrennen wir oder sterben an der Rauchvergiftung!", schrie David den anderen zu. Die Schüsse von der anderen Seite schlugen ohne Unterlass weiter neben der Gruppe ein. Plötzlich ertönte ein Warnsignal über Lautsprecher. „Achtung! Der komplette Komplex wird abgeriegelt und die Zerstörung der Proben wurde eingeleitet. In einer Minute wird der Bunker hermetisch abgeriegelt. Bitte räumen Sie sofort das komplette Gelände!" Die Blicke der einzelnen Gruppenmitglieder rasten von einem Gesicht zum anderen. Niemand schien irgendeinen Plan zu haben. Die anderen schienen diese düstere Ankündigung komplett zu ignorieren und feuerten unbehelligt weiter. Als Ethan bereits einen Plan schmiedete, wie sie vielleicht mit einem Vorstoß durch die feindlichen Linien brechen könnten, was, das wusste er, zu fatalen Verlusten oder sogar zum Tod von allen führen könnte, knackte das Übertragungssystem erneut laut und eine Stimme war zu hören: „Los! Lauft zum Aufenthaltsraum zur verschlossenen Tür." Alle, die sich hierfür auf der falschen Seite des Raumes befanden, warfen sich an der letzten Ecke des Raumes auf den Boden und robbten über diesen, während die Projektile über ihnen einschlugen. Alle begaben sich in den Aufenthaltsraum und versammelten sich vor der Stahltür. Da die Belüftungs- und Abzugsanlage des Bunkers nicht mehr zu funktionieren schien, füllten sich beide Räume unaufhaltsam mit Rauch. Die Gruppe hustete und wartete darauf, dass etwas passierte. Plötzlich hörten sie hinter sich wieder die anderen rufen. „Weiter! Die haben sich weiter nach hinten verzogen. Gleich haben wir sie." Die anderen stürmten durch den Flur und sprangen über die immer noch rauchende Leiche von Jerome. Sie gingen neben der Tür in Stellung und versuchten, durch den dichten Rauch die Gruppe ausfindig zu machen. Die Gruppe starrte jetzt aufgeteilt zu beiden Türen, als Jack plötzlich durch den Türrahmen stolperte. Er wurde sofort von Patronen aus fünf verschiedenen Waffen der Gruppe getroffen und fiel wieder nach hinten in den anderen Raum. Seine Männer sahen dies, so gut man hier noch sehen konnte, und schrien wutentbrannt: „Ihr Schweine habt Jack getötet, dafür machen wir euch fertig. Ihr werdet hier unten so was von sterben!" Erneut flog ein Brandsatz in den Raum, der neben der Gruppe einschlug. Die Flammen peitschten durch den Raum und die Gruppe sprang zur Seite und jeder bedeckte sein Gesicht. Plötzlich ertönte ein Geräusch und die Gruppe hörte, wie sich die Tür entriegelte, welche bis jetzt immer verschlossen war. Ein Mann zog die massive Stahltür nach innen auf und winkte die Gruppe herein. Ethan deutete den andern an, dass sie zu dem Mann laufen und durch die Tür gehen sollten. Er riegelte den Rückraum mit seiner Waffe ab. Es schien für ihn auch keinen Grund mehr zu geben, dass er erst prüfen sollte, was hinter der Tür und wer dieser fremde Mann war. Hier würden sie sowieso sterben, also hatten sie nichts zu verlieren. Die Gruppe sprang auf und rannte das kurze Stück zur Tür. Ethan folgte als Letzter, wobei er noch einige Salven in den Rauch abgab, wobei er jedoch nicht mehr sehen konnte, ob er auch nur im Entferntesten etwas traf. Nachdem Ethan als Letzter durch die Tür getreten war, schob der Fremde die schwere Tür mit all seinem Gewicht wieder zu und drückte auf dem digitalen Pad neben der Tür auf einen roten Knopf. Man hörte, wie schwere Zylinder die Tür verriegelten. Der Mann drehte sich jetzt zu den anderen um. Er war ein großgewachsener Mann von knapp zwei Metern, welcher eine Gasmaske und Militärbekleidung trug. Seine langen Haare, welche aus der Maske hervorquollen, wirkten irgendwie fehl am Platz bei der restlichen militärischen Aufmachung. „Oh mein Gott!", brach es jetzt aus Stuart heraus, „sie haben Jerome umgebracht! Das müssen die Schweine büßen!" Die Computerstimme unterbrach ein Eingehen auf die Aussage von Stuart. „Hermetische Abriegelung abgeschlossen. Die vollständige Säuberung erfolgt in 5 Minuten." Der Fremde blickte auf die Uhr und sagte dann: „Keine Zeit zu trauern! Wir müssen hier so schnell wie möglich raus." Er lief vor und die Gruppe folgte ihm blindlings. Der Raum, in dem sie sich jetzt befanden, war voller Lebensmittelreserven, was die Gruppe im Vorbeilaufen mit großen Augen betrachtete, und einiger Computer und Bildschirme. Zusätzlich gab es wieder eine Funkstation. Sie traten durch eine weitere Tür und kamen in einen langen breiten Flur, welcher nur aus Beton war und in keiner Form ausgestattet oder verschönert wurde. Von der Decke hingen alle 5 Meter große Lampen, welche den Flur mit dem notwendigsten Licht versorgten. Der Weg stieg leicht an und die Gruppe geriet außer Atem, da der Fremde eine gute Geschwindigkeit vorgab. Am Ende des langen Flures gab es erneut eine große schwere Stahltür, welche von Hand geöffnet werden musste. „Bitte, helft mir mal!", rief der Fremde, während er eine Seite der Doppeltür entriegelte. David, Ethan und Michael stürmten mit an die Tür und zogen diese mit aller Kraft auf. Als der Spalt groß genug war, zwängten sich alle hindurch und befanden sich jetzt in einer überwältigenden Halle, welche mit Fahrzeugen, Waffen und anderem Material gefüllt war. Überall standen Kisten verteilt, bei denen es der Gruppe in den Fingern kribbelte, deren Inhalt herauszufinden. Es war wie das Mekka für Entdecker. Besonders in diesen Zeiten wäre bestimmt das ein oder andere nützliche Teil zu finden gewesen. „Was ist das hier alles?", wollte Megan wissen. „Keine Zeit, sich umzuschauen. Erkläre ich später", antwortete der Fremde nur kurz. Alle stürmten jetzt weiter, zu einem großen Fahrstuhl, welcher sich am

Ende der Halle befand. Er war groß genug, dass dieser anscheinend auch die schweren Fahrzeuge hier nach unten befördert hatte. Im Fahrstuhl befand sich auch bereits ein großes gepanzertes Fahrzeug. „Steigt ein! Wir müssen hier weg!", rief er den anderen zu, und alle befolgten seine Anweisungen in diesem Augenblick, ohne darüber nachzudenken. Es handelte sich um einen Truppenpanzer mit sechs großen Rädern. Der hintere Bereich, in dem sich die Soldaten normalerweise auf den Kampf vorbereiteten, während sie zum Krisenherd fuhren, war mit Waffen und Vorräten aufgefüllt, sodass es schwer war, dass überhaupt alle Platz finden konnten. Einige mussten auf dem Schoß eines anderen Platz nehmen, damit es passte. Es war jedoch trotzdem sehr eng und beklemmend. Ethan hatte vorne beim Fahrer Platz genommen, welcher jetzt seine Maske vom Gesicht zog und ihn kurz anschaute. Er startete den Motor des Ungetüms und dieser sprang ohne jegliche Probleme direkt an. Er öffnete die Tür, stieg aus und betätigte die Steuereinheit des Fahrstuhls, welcher sich umgehend in Bewegung setzte. Der Fremde lehnte sich jetzt wieder in die schwere Fahrertür und blickte auf Ethan: „Das wird knapp!", sagte er, während er auf seine Uhr blickte. „Wir haben nur noch 1 Minute und 30 Sekunden!" Ethan blickte ihn an: „Und dann passiert was?" Der Fremde starrte weiter wie besessen auf seine Uhr und erwiderte bloß: „Beweg dich, du scheiß Fahrstuhl! Ach ja, dann sterben wir hier alle. Der Bunker wird gesprengt." Jetzt entglitten auch Ethan die Gesichtszüge und auch aus dem hinteren Bereich hörte man, dass sich Unmut ausbreitete, da die Leute dies trotz des lauten Motors auch gehört hatten. Ethan war zwar eigentlich immer eher ruhig in allen Situationen, aber jetzt war auch er sehr beunruhigt. Er hasste Situationen, in denen er den Ausgang nicht beeinflussen konnte. Wenn er in einem Gefecht erschossen werden würde, dann wäre das für ihn in Ordnung, aber er wollte nicht in einem Fahrzeug verbrennen oder verschüttet werden, ohne dass er diesen Moment irgendwie beeinflussen konnte. Der Gruppe kam es vor, als würde sich der Fahrstuhl in Zeitlupe bewegen. Der Fremde stand immer noch in der Tür und blickte gebannt auf seine Uhr.

„Noch 45 Sekunden", flüsterte er vor sich hin. Plötzlich erreichte der Fahrstuhl die obere Ebene und blieb stehen. Der Fremde rannte direkt los und begab sich erneut zu einer Steuerkonsole, welche sich an der Wand befand. Unter einer lauten Sirene und zwei sich drehenden Warnleuchten öffneten sich die beiden riesigen Stahltore, welche sich vor ihnen befanden. Der Fremde sprang in den Truppenpanzer zurück und zog die Tür hinter sich zu. Er blickte erneut auf seine Uhr. „Festhalten!", brüllte er den anderen zu und fügte noch hinzu: „Wir haben nur noch 15 Sekunden!" Als die Türen weit genug offen standen, trat er auf das Gaspedal und der Wagen setzte sich mit einem Satz in Bewegung. Der Wagen schoss aus dem Bunker und Ethan erkannte die Umgebung sofort. Sie verließen den Bunker durch die beiden großen Stahltüren, welche neben dem Eingang lagen, durch den sie den Bunker betreten hatten. Der Gang und der Fahrstuhl hatten sie direkt zum Ausgangspunkt zurückgeführt. Der Fremde fuhr so schnell er konnte den Waldweg entlang und räumte dabei noch zwei Fahrzeuge zur Seite, welche den Weg blockierten. Hierbei handelte es sich um die Wagen von Jack und seiner Gruppe, welche sie gerade töten wollten und die jetzt im Bunker gefangen waren. Der Fremde begann herunterzuzählen: „3, 2, 1!" Abschließend mit der 1 ertönte ein lauter Knall und die Gruppe merkte, wie der Boden unter ihnen bebte. Ethan, der sich auch auskannte, öffnete die Dachluke und streckte seinen Kopf raus. Aus dem Waldstück, welches sie gerade über den Waldweg verlassen hatten, peitschte eine große Feuerwolke hervor und umgehend stieg eine Rauchsäule in den Himmel. Er sah, wie schwere Äste und ganze Bäume durch die Luft flogen, zog geistesgegenwärtig den Kopf wieder in das Fahrzeug zurück und schloss die Luke hinter sich. Dies stellte sich auch als eine sehr gute Idee heraus, da sie umgehend danach hörten, wie schwere Gegenstände auf das Fahrzeugdachte schlugen. Auch auf der Straße vor ihnen, welche durch die militärischen Baracken führte, fielen Äste und Beton nieder. Das Gebäude, was sich kurz vor ihnen auf der rechten Seite befand, wurde jetzt von einer der schweren Metall-Tore, welche sie soeben noch passiert hatten, getroffen und komplett zerstört. Der Fremde fuhr unbehelligt weiter und kam jetzt zu dem nächsten kleinen Waldstück, was er dann auch durchquerte. Man sah ihm an, dass er langsam ruhiger wurde und sein verzerrter angespannter Blick sich langsam entspannte. Sie fuhren jetzt auf das Tor zu, welches am Ende des Militärgebietes war und das sie beim ersten Eindringen überstiegen hatten. Er machte aber keinerlei Anstalten, langsamer zu werden, und durchbrach die Absperrung einfach mit seinem schweren und gepanzerten Fahrzeug. Als sie ein Stück außerhalb waren, wurde er langsamer und hielt auf der Straße an. „Das war knapp!", sagte er nur kurz und drehte sich nach hinten zu den anderen um. „Ist bei euch so weit alles in Ordnung?", fragte er in die Gruppe und stellte umgehend fest, dass Betty am Arm verwundet war. „Unter der linken Sitzbank befindet sich ein Erste-Hilfe-Koffer. Damit könnt ihr den verletzten Arm versorgen. Jetzt lehnte sich auch der Fremde zurück in den Sitz und atmete tief durch. Die Gruppe war absolut still und keiner sagte oder machte etwas, außer Megan, die direkt nach dem Erste-Hilfe-Koffer suchte. „Danke dir!", sagte Ethan und streckte dem Fremden die Hand zu. Dieser schaute ihn kurz an, ergriff dann seine Hand und erwiderte: „Kein Problem. Es sollte zwar nicht so eskalieren und ich hätte den Bunker gerne behalten, aber wenigstens geht es allen so weit gut. Wie ich vorhin kurz gehört hatte, ist aber einer eurer Freunde gestorben. Mein Beileid hierfür. Mein Name ist übrigens Bob." „Danke dafür", flüsterte Ethan und schaute ihm in die Augen. Jetzt stellte er sich auch vor und den Rest der Gruppe. Jeder bedankte sich für seine Unterstützung bei diesem Angriff durch die anderen. „Warum hast du uns geholfen?", wollte Jenny wissen. „Du warst doch sicher hinter deiner Stahltür und hättest einfach warten können, bis die anderen uns umgebracht hätten?" Bob drehte sich in seinem Sitz nach hinten und schaute Jenny an: „Das hätte ich vielleicht auch im Normalfall getan, aber ich muss euch gestehen, dass ich euch am Abend zuvor belauscht habe. In allen Räumen des Bunkers waren Kameras und auch der Ton wurde übertragen, also konnte ich bei eurem kleinen Besäufnis mitbekommen, was ihr gesagt habt. Es hörte sich nicht so an, als seid ihr wie die anderen, die noch über den Planeten laufen und welche ich bis jetzt kennenlernen durfte. Ihr habt davon gesprochen, dass ihr noch weiteren Menschen helfen wollt und ihr eine neue Heimat für euch und die anderen sucht. Das hörte sich nicht nach den selbstsüchtigen Menschen an, welche man sonst nur noch trifft. Ihr habt noch Hoffnung und seid menschlich geblieben, trotz dieser schweren Zeit. Ach ja, und keine Angst, als es auf dem Tisch im Besprechungsraum zwischen euch zur Sache ging, habe ich die Kamera ausgeschaltet." Er deutete dabei auf Jenny und David. Die Gruppe schaute sie jetzt überrascht an und Jenny begann umgehend rot zu werden. „So ist das also, wenn wir schlafen", erklärte Charly und begann zu lachen. Jetzt fingen alle an zu lachen und Jenny wollte am liebsten im Boden versinken. David nahm es einfach auf, ließ sich aber nicht anmerken, dass es auch ihm leicht unangenehm war, dass die anderen auf diese Weise davon erfahren hatten. „Oh, sorry! Ich dachte, ihr seid ein Paar. Ich wollte hier nichts verraten", sagte Bob jetzt mit leicht schlechtem Gewissen. „Ja, kein Problem. Ich wollte dir auch noch einmal danke sagen, dass du uns hier rausgeholfen hast. Ohne dich wären wir jetzt entweder alle verbrannt oder erschossen worden. Danke dir, Bob", merkte David darauf nur an. „Was ist jetzt der Plan? Was wollen wir jetzt machen? Fahren wir zu den anderen zurück oder suchen wir weiter?", wollte Michael wissen. „Das ist eine gute Frage. Wie steht es eigentlich mit dir, Bob? Willst du dich uns anschließen oder machst du lieber dein eigenes Ding?", sagte Ethan daraufhin und schaute Bob dabei in die Augen. „Also, wenn ihr nichts dagegen habt, dann würde ich mein Einsiedlerleben gerne mal auf Eis legen und mal wieder einer Gruppe angehören. Das heißt, wenn ihr nichts dagegen habt, dann würde ich euch gerne begleiten, ganz egal, wie euer weiterer Plan aussieht." „Dann hätten wir das ja schon mal geklärt", sagte Ethan mit freudiger Stimme. „Ich würde sagen, dass wir erst mal zu den anderen zurücksollten, und dann überlegen wir uns einen neuen Plan. Ich möchte vermeiden, dass die anderen denken, dass wir tot sind, und weiterziehen, daher ist es meiner Meinung nach sicherer, wenn wir uns erst mal dort wieder blicken lassen. Anschließend können wir überlegen, was wir als nächste Schritte in Betracht ziehen." Die anderen schienen diesem Plan zuzustimmen und der Wagen setzte sich wieder in Bewegung.

KAPITEL 21: ZURÜCK ZUM ZELTLAGER

Ethan erklärte Bob, welche Strecke er nehmen musste, und die Gruppe begann zu reden und sich mit Bob besser bekannt zu machen. Er erklärte, dass er früher auch beim Militär und Hubschrauber-Pilot war. Er sollte die Basis, welche gerade in die Luft geflogen war, anfliegen, um einen General abzuholen. Aufgrund eines Sturms und Gewitters hatte er leider technische Schwierigkeiten mit seiner Maschine und musste zwischenlanden. Als er jedoch landen wollte, wurde er vom Boden durch andere beschossen. Er konnte die Maschine wieder hochbringen und flüchten, jedoch hatten die Geschosse seinen Helikopter so stark beschädigt, dass er in einigen Kilometern Entfernung endgültig landen musste. Es war ihm nicht möglich gewesen, das Fluggerät wieder in Stand zu setzen, sodass er dieses stehen lassen musste. Anschließend machte er sich zu Fuß auf den Weg zu dieser Basis, um Meldung zu machen, dass er abgeschossen wurde und auf neue Befehle zu warte. Als er nach einigen Tagen endlich am Bunker eintraf, fand er diesen jedoch verlassen vor. Die hier stationierte Einheit schien abgerufen worden zu sein, da es nicht so aussah, als hätte es hier irgendwelche Kämpfe gegeben. Er dachte sich, dass es wohl sinnvoll wäre, wenn er hier warten würde, da er hoffte, dass die Einheit zurückkommen würde. Über das Funkgerät konnte er niemanden erreichen. So richtete er sich dort häuslich ein und bezog den Kontrollraum. Die schwere Metalltür des Raumes stand offen, als er eintraf, und irgendein Genie, das dort arbeitete, hatte das Passwort an einen der Bildschirme geklebt. Da er die restlichen Räume für seine Wartezeit nicht benötigte, schaltete er den Strom für die anderen Räume ab, um Treibstoff zu sparen. So verbrachte er seine Zeit dort und machte gelegentlich Touren in die Umgebung, um zu sehen, ob sich irgendetwas entwickelte, oder um Spirituosen aus der Stadt zu holen. Jeden Tag prüfte er mit dem Funkgerät so viele Frequenzen, wie er konnte, schaffte es aber in der gesamten Zeit nicht, irgendetwas Brauchbares zu empfangen. So fristete er seine Tage alleine und hoffte, dass irgendwann die Einheit zurückkehren würde. Dies trat aber nie ein. Er hatte schon mehrfach überlegt, sich das Leben zu nehmen, jedoch fehlte ihm immer der Mut, den Abzug wirklich zu betätigen. Mit seiner Hilfe bei der Gruppe hatte er wohl nicht nur ihre Leben gerettet, sondern auch sein eigenes. In weiterer Isolation und völlig alleine wäre wohl doch bald der Punkt gekommen, an dem er den Abzug hätte ziehen können. Als es wieder Abend wurde, beschloss die Gruppe, Pause zu machen und die Nacht nicht weiterzufahren. Mit diesem Fahrzeug kamen sie jedoch erheblich besser voran als noch mit dem alten Bus. Kleine Hindernisse konnte die starke Maschine ohne Probleme aus dem Weg schieben. Die Gruppe blieb aus Sicherheitsgründen die Nacht lieber im Fahrzeug und jeder versuchte, sich es so bequem wie möglich in diesem beengten Raum zu machen. Bob öffnete die Dachluke ein Stück, damit die Gruppe in der Nacht nicht ersticken würde. „Bob, ich hätte da noch eine Frage an dich: Was ist mit den Toten, die wir gefunden haben? Hast du die da eingesperrt?", wollte Jenny jetzt noch von ihm wissen. „So führten sie die Strecke die nächsten Tage ohne besondere Zwischenfälle fort. Gelegentlich hielten sie an, um ihren Truppenpanzer mit Treibstoff zu versorgen. Diesen klauten sie aus alten Autos oder Tankstellen, welche sie an der Straße sahen. „Wir haben jetzt noch ca. 4 Stunden Fahrt vor uns, bis wir zu dem Ort kommen, welchen mir Ethan beschrieben hat. Ich bin mal gespannt, was uns erwartet", erklärte Bob. „Wir auch!", stimmten Megan und Betty zu, welche auch nur diesen Personenkreis kannten und nur aus Erzählungen von den anderen gehört hatten. Es fühlte sich an, als seien sie unterwegs in ein Ferienlager. Sie waren zwar in freudiger Erwartung, hatten aber auch ein bisschen Angst, da sie in eine neue, ihnen unbekannte, Situation kommen würden. Die Fahrt ging weiter und die Spannung stieg bei allen merklich an. Als sie aus dem Waldstück bogen und den Platz erkannten, an dem sie die anderen verlassen hatten, wusste David noch, dass Peter etwas weiter den Fluss hinauf ein Camp errichten wollte, damit die Versorgung der Leute besser gewährt war. Sie fuhren ein Stück zurück, sodass sie wieder auf einen Waldweg kamen, welchen sie dem Fluss, etwas abseits, folgen konnten. Nach einigen Kilometern konnten sie durch die Bäume, welche sich zwischen ihnen und dem Fluss befanden, einige Aufbauten sehen und waren sich sicher, dass es sich dabei um die anderen handeln sollte. Durch eine Schneise im Wald, welche wohl die anderen angelegt hatten, um mit Fahrzeugen das Lager erreichen zu können, konnten sie direkt zum Lager fahren. „Das wirkt mir irgendwie alles ziemlich ruhig hier", sagte Ethan zu den anderen. „Wo sind die Wachposten oder Ähnliches? Die wissen doch, dass man niemandem mehr vertrauen kann." Er öffnete jetzt wieder die Dachluke und stieg nach oben, sodass sein Oberkörper herausragte. So fuhren sie noch einige Meter weiter, bis er Bob sagte, dass er anhalten solle. „Hallo! Ist hier irgendjemand? Peter?", rief er der geisterhaften Zeltstadt zu. Sie hatten das Lager provisorisch aus Holzbalken und Planen zusammengebaut. In der Mitte befand sich eine große Feuerstelle, welche jedoch nicht brannte. „Komisch. Keine Rückmeldung. Das sieht mir irgendwie alles verlassen aus. Hier stehen auch nur noch ein paar Fahrzeuge, die ausgeschlachtet wurden." Ethan kam jetzt wieder durch die Luke nach unten und machte die Beifahrertür auf. „Was hast du vor?", wollte Megan wissen. „Vielleicht ist das eine Falle. Ich bin mir nicht sicher, ob wir aussteigen sollten. Ich muss prüfen, was hier passiert ist!", erwiderte Ethan nur trocken und begab sich nach draußen. Auch David öffnete jetzt die schwere gepanzerte Klappe am Heck des Wagens und sprang nach hinten hinaus und tat es Ethan gleich. Da die anderen jetzt auch nicht zurückbleiben wollten, stieg jetzt jeder aus dem Fahrzeug. Ethan und David fingen wieder an, nach den anderen zu rufen, jedoch kam absolut keine Erwiderung auf ihre Rufe. Ethan schaute sich im ersten Zelt um. Es war komplett verlassen. Nichts deutete darauf hin, dass irgendetwas Schlimmes passiert war, aber normal kam ihm die Sache trotzdem nicht vor. Plötzlich ertönte ein Schrei, der die Idylle an dem Flussufer durchbrach. Jenny stolperte rückwärts aus einem der größten Zelte, die hier durch die anderen errichtet wurden. Sie drehte sich zur Seite und musste sich übergeben. Alle eilten jetzt zu Jenny und David zog vorsichtig die Zeltplane zur Seite. Ein furchtbarer Gestank stieg allen sofort in die Nase und mehrere begannen unwillkürlich zu würgen. David hielt sich einen Stofffetzen vor die Nase und betrat das Zelt, welches zusätzlich zum Geruch auch unzählige Fliegen beherbergte. Es war eine Art Krankenstation gewesen. Auf der linken und rechten Seite stand Bett an Bett, jedoch nicht leer. Auf den Betten waren Körper, die durch Laken zugedeckt waren. „Kommt bloß nicht rein!", rief David den anderen zu. „Was ist da drin?", wollte Stuart wissen. „Hier muss irgendeine Krankheit ausgebrochen sein. Ich will nicht, dass sich einer von euch infiziert. Bleibt draußen!", wiederholte er noch einmal eindringlich. Er konnte es nicht so ungewiss stehen lassen und begann, langsam die Laken von den Gesichtern der Toten zu ziehen. Die Ersten, welche er sah, waren ihm völlig fremd. Sie stammten wohl aus der Gemeinde von Peter und er hatte sie wohl noch nie gesehen oder hatte vergessen, dass er sie beiläufig mal in der Gruppe realisiert hatte. Als er jedoch weiterging, gefror ihm das Blut in den Adern. Das war der Anblick, den er vermeiden wollte, und warum er überhaupt die Laken nach unten zog. Er erkannte ein vertrautes Gesicht, auch wenn dieses nur noch leblos und fremd auf ihn wirkte. Er wusste aber genau, wen er dort vor sich liegen hatte. Es war James Tuddler. David lief eine Träne über das Gesicht. Er war ihm ans Herz gewachsen und immer ein treuer Gefährte gewesen. Er deckte sein Gesicht wieder zu und ging die Betten weiter durch, als ihm im nächsten Bett wieder das Herz stehen blieb. „Oh mein Gott! Nicht auch noch Steve!", schluchzte er mit kaum hörbarer Stimme. Ein Bett weiter war die Familie dann auch vollzählig, da auch Ed tot in einem Bett lag. „Die ganze Familie Tuddler. Das kann doch nicht wahr sein. Tränen flossen jetzt über sein komplettes Gesicht. Er war zwar auch immer relativ gefasst, aber den Vater mit seinen Söhnen hier verstorben im Bett zu sehen, ergriff ihn zutiefst. „Viellicht besser so. Wie schlimm wäre es gewesen, wenn es einer von ihnen überlebt hätte? Jetzt sind sie vielleicht zusammen an einem besseren Ort, wo sie auch wieder mit ihrer Frau und Mutter vereint sind", dachte sich David und wusste dabei, dass diese Überlegung ziemlich hart war. Er blickte weiter durch die restlichen Betten, konnte jedoch niemanden erkennen, welchen er jemandem zuordnen konnte. Mit gesenktem Kopf verließ David das Zelt. Alle starrten ihn an. „Was ist da drinnen? Was hast du gesehen?", wollte Michael mit zitternder Stimme wissen. „Es scheint hier irgendeine Art von Krankheit gegeben zu haben, die rasch zum Tod führte. Im Zelt sind einige Tote", flüsterte David. „Leute, ich muss euch auch gestehen, dass James und seine Söhne tot sind." Jeder, der die beiden kannte, begann jetzt in Tränen auszubrechen. Die ursprüngliche Gruppe hatte viel Zeit mit den dreien verbracht und sie waren für sie wie eine Familie geworden. Als sich alle wieder etwas gesammelt hatten, begann die Gruppe, das Lager weiter zu untersuchen. Sie fanden jedoch keinerlei Zeichen dafür, dass hier noch Menschen waren. „Kommt mal her!", rief Michael den anderen zu. Ein Stück abseits des Lagers stand er auf einer Anhöhe und wartete, dass die anderen zu ihm kamen. Als diese bei ihm auftauchten, erkannten sie, warum Michael sie herangerufen hatte. Er stand vor einer ausgehobenen Kuhle, die mit Leichen angefüllt war. „Alle hielten sich ihre Hand oder den Ärmel vor Mund und Nase. Der Gestank war unerträglich. „Scheiße! Die armen Schweine. Wie viele sind das? Das muss ja fast das komplette Lager gewesen sein", sagte David betroffen. „Geht nicht zu dicht heran. Wir wissen nicht, was sie umgebracht hat. Nicht, dass wir uns auch noch infizieren. Wir sollten uns noch einmal kurz umschauen und uns dann so schnell wie möglich von hier entfernen." Charly nickte und erwiderte: „Ist in Ordnung. Aber wir müssen noch James und seine Söhne beerdigen. Ich möchte nicht, dass die hier in einem Zelt verwesen. Ich werde das machen." Michael stimmte ihm zu und die beiden machten sich auf die Suche nach ein paar Schaufeln. Als sie welche gefunden hatten, bedeckten sie ihr Gesicht mit einem Tuch und holten die toten Körper aus dem Zelt, hoben drei Gräber aus und versenkten die Körper darin. Anschließend bedeckten sie die Leichen wieder mit Erde und stellten drei einfache Kreuze auf den Gräbern auf.

Mit seinem Messer ritzte Charly die Namen in das Holz und verabschiedete sich noch einmal von seinen drei Freunden. „Hey, David!", rief er, „ich verstehe das aber nicht ganz. Die Tuddlers sind doch mit Isabelle zurück zu der anderen Gruppe von George gefahren. Was machen die wieder hier?" Das brachte auch David zum Nachdenken. „Das ist eine gute Frage. Keine Ahnung, was in unserer Abwesenheit vorgefallen ist." Plötzlich rief Bob nach der gesamten Gruppe „Hey, Leute! Kommt mal her. Ich habe hier etwas gefunden." Die Gruppe machte sich sofort auf den Weg in die Richtung, aus der sie Bob rufen hörten. „Was hast du, Bob?", fragte Jenny, als sie in dem Zelt eintrafen, aus dem Bob gerufen hatte. „Ich habe einen Brief gefunden. Ich denke, dass ihr damit mehr anfangen könnt als ich." Bob übergab den Brief an Ethan, der sofort damit begann, diesen laut vorzulesen.

„Liebe Freunde, wenn ihr das hier lesen könnt, dann sind wir leider nicht mir hier. Eine schwere Krankheit hat unser Lager heimgesucht und eine Vielzahl unserer Freunde dahingerafft. Irgendetwas muss in dem alten Lager von George passiert sein. Als eure Freunde Isabelle, James, Ed und Steve dort ankamen, war schon die Hälfte der Leute infiziert und die Krankheit breitete sich immer weiter aus. Isabelle beschloss, den Leuten zu helfen, und blieb da, James und seine Jungs jedoch machten sich wieder auf den Rückweg zu uns. Dies war für uns leider die falsche Entscheidung gewesen, da die beiden bereits den Krankheitserreger in sich trugen und somit auch unser Lager ansteckten. Ich weiß nicht, ob ihr es schon gesehen habt, aber die drei sind auch leider verstorben. Mein aufrichtiges Beileid hierfür. Was aus Isabelle geworden ist, kann ich leider nicht sagen. Als die Sterberate immer höher wurde, mussten wir eine Entscheidung treffen. Ich und acht Überlebende, die keinerlei Symptome zeigten, haben sich dazu entschieden, das Lager aufzugeben, und sind geflohen. Der Weg zu der Militär-Station schien uns zu riskant, also wollten wir den zweiten Plan aufnehmen und uns zur Küste aufmachen. Wir werden versuchen, uns zu einer kleinen Ha-

fengemeinde aufzumachen, namens „Cold Harbour". Ich habe
euch eine Karte beigelegt, auf der ich die Stelle markiert habe.
Ich hoffe, euch geht es gut und dieser Brief erreicht euch. Wenn
es möglich ist, werden wir dort auf euch warten.
Mit freundlichen Grüßen
Peter und die restlichen Überlebenden.
Gute Reise und auf ein baldiges Wiedersehen!

PS: Falls Sie jemand sind, der diesen Brief zufällig gefunden
und nichts mit diesem Lager zu tun hat, möchte ich Sie bitten,
den Brief zurückzulegen. Sie können sich gerne nehmen, was
Sie brauchen, aber bitte vorsichtig, weil ich nicht weiß, wie lan-
ge der Erreger aktiv ist und was die Infizierten berührt haben."

Die Gruppe schaute sich betroffen an. „Noch neun Überlebende
von der ganzen Gruppe? Das ist echt heftig. Was sollen wir jetzt
machen?", wollte Charly wissen. „Ich weiß nicht, ob ihr einen
besseren Plan habt, aber ich würde versuchen, zu diesem Cold
Harbour zu kommen. Was sollten wir denn sonst tun? Dort können wir vom Fischfang leben und versuchen, uns etwas Neues
aufzubauen", schlug Ethan den anderen vor. Es begann eine kleine Diskussion innerhalb der Gruppe, jedoch hatte auch niemand
einen besseren Plan, welchen sie umsetzen konnten. „Dann wäre
das geklärt. Wir folgen den anderen", sprach Ethan als Macht-
wort, um die Diskussion zu beenden. „Alles klar! Ich würde sagen, dass wir uns gleich auf den Weg machen. Wir sollten hier
so wenig wie möglich Zeit verbringen, nicht dass sich doch noch
einer von uns ansteckt", erwiderte Jenny.

KAPITEL 22: COLD HARBOUR

Die Gruppe machte sich wieder auf zu ihrem Transportpanzer, Bob schaltete den Motor ein und drehte sich zu David um. „Wo müssen wir lang?" David schlug die Karte auf und studierte den besten Weg, wie sie zu dem Ort gelangen würden. „Wir müssen erst einmal Richtung Westen. Wir halten uns an die großen Straßen und ich hoffe, dass wir auf den Freeways am besten durchkommen. Trotzdem ist das eine ganz schöne Strecke. Wir werden sicherlich ein paar Tage benötigen, bis wir da sind. Wie sieht es aus, Bob, wie weit wird der Tank durchhalten, bevor wir neuen Sprit besorgen müssen?" Bob schaute auf die Tankanzeige und antwortete: „Je nach Straßenverhältnissen sollten wir noch ca. 400 km schaffen." Jetzt schaute David wieder auf die Karte und berechnete die ungefähre Entfernung zwischen den beiden Kreuzen, welche Peter für Sie eingezeichnet hatte. „Ich schätze, dass es bis dort ca. 1200 km sein müssten." Bob schaute wieder angestrengt nachdenklich und man sah, wie er im Kopf rechnete. „Also, theoretisch schafft das Fahrzeug auf der Straße 800 km und im Gelände ca. die Hälfte bei vollem Tank. Ich gehe jetzt einfach mal davon aus, dass wir bestimmt zweimal anhalten müssen, um zu tanken. Und dabei spreche ich nicht davon, dass wir mal kurz einen Tank von einem Auto aussaugen müssen. Der Tank fasst 400 Liter. Den muss man erst mal vollbekommen", erklärte Bob. „O. k., ich würde behaupten, dass wir erst mal losfahren. Wir können an der Situation jetzt gerade auch nichts ändern. Wir schauen erst mal, wie weit wir kommen und was wir auf der Strecke sehen können", warf Megan jetzt ein. „Es bringt doch nichts, wenn wir uns jetzt damit aufhalten." Diese klaren Worte schienen alle zu überzeugen. Man musste nicht immer alles analysieren und Zeit verschwenden. Es war jetzt das Credo, dass sie alles auf sich zukommen ließen und dann schon einen Ausweg finden würden. Die Gruppe setzte sich in Bewegung und machte sich jetzt erst mal über die Waldwege her, was in diesem Fahrzeug keine Probleme darstellte. Selbst kleine umgekippte Bäume stellten kein Problem für das Ungeheuer dar, was sie transportierte. Bob folgte den kleinen Wegen gemäß Anweisungen von David, der aussah wie ein Reiseführer, mit der Karte vor seinem Gesicht. Nach einigen Stunden kam die Gruppe endlich auf einen großen Freeway, welchem sie folgen mussten. Die Straße war 4-spurig und dadurch konnte die Gruppe die liegengebliebenen Autowracks relativ gut umfahren. Nach einiger Zeit auf dieser Straße begann es, zu dämmern, und die Gruppe wollte sich etwas Passendes für die Nacht suchen, um eine Pause einzulegen. Einige der Straßenschilder und Reklamen an der Seite der Strecke waren noch erhalten, sodass sie einen Rastplatz mit Tankstelle ausmachen konnten. Dies wollten sie nutzen, um die Nacht hier zu verbringen und gleichzeitig zu schauen, ob sie dort an Diesel kommen würden. Als sie auf dem großen Parkplatz hielten, welcher sich vor der Tankstelle und einem ausgebrannten Restaurant befand, bemerkten sie, dass der Parkplatz auch mit einigen Lkws bestückt war. „Das ist gut! Die Lkws haben auch große Tanks. Wenn wir Glück haben, dann können wir uns hier etwas abzweigen, um den Tank das erste Mal zu füllen", erklärte Bob. „Es ist jedoch schon relativ dunkel. Vielleicht sollten wir das erst morgen Früh machen, dass sich nicht noch einer verletzt", erklärte Betty den anderen. Dieser Vorschlag wurde dankend angenommen, weil jetzt gerade auch keiner die Lust verspürte, zwischen den Lkws rumzukriechen und Treibstoff mit einem Schlauch anzusaugen. Stuart öffnete die Heckklappe. „Was hast du vor?", wollte Jenny von ihm wissen. „Wir haben den ganzen Tag in dieser Karre gehockt. Ich muss mich mal strecken und mir die Beine etwas vertreten. Ich werde mich nicht weit von dem Wagen entfernen." Obwohl alle natürlich ein mulmiges Gefühl hatten, ging es ihnen nicht anders. Wenn man so lange saß, und das auch noch in einem Militärfahrzeug, was keinerlei Komfort bot, war es wie eine Erlösung, wenn man mal ein kleines Stück gehen konnte. Alle stiegen jetzt aus dem Wagen aus und streckten sich erst einmal. Jeder schüttelte sich die Beine aus und fing an, etwas hin und her zu spazieren. Michael begann sogar, etwas um den Wagen zu joggen, was bei den anderen für leichte Erheiterung führte. Ethan sondierte mit seinem Blick den Rastplatz, konnte jedoch keine verdächtigen Aktivitäten feststellen. Die Gruppe aß jetzt etwas von den Vorräten, welche Bob in dem Fahrzeug deponiert hatte. Die Nacht, welche sie wieder im Wagen verbrachten, verlief absolut ruhig und ohne besondere Vorkommnisse. Am nächsten Morgen machte sich die Gruppe auf, um Treibstoff für den Wagen aufzutreiben. Hierzu teilten sie sich in zwei Gruppen auf, wobei jeder eine Waffe am Mann hatte, weil man sich in diesen Tagen ja nie sicher sein konnte, was passieren würde. Es dauerte, zum Glück, in diesem Fall nicht lange, bis sie aus mehreren Lkws genügend Treibstoff zusammenhatten und sich wieder auf den Weg machen konnten. Die Lkws wurden hier wirklich abgestellt und dann wohl zum Krieg stehen gelassen, sodass die Tanks, nicht wie bei den meisten Pkws auf den Straßen, noch gefüllt waren. Die Gruppe folgte dem Freeway weiter und sie kamen ihrem Ziel immer näher. Das Fahrzeug, was sie hatten, hätte bestimmt auch ca. 90 km/h geschafft, jedoch wollten sie nicht das Risiko eingehen, dass dieses Schaden nahm, und sie wollten den Spritverbrauch geringhalten, sodass sie nur ca. 40 km/h fuhren. An Stellen, wo die Straße von Pkws blockiert war, wurde die Geschwindigkeit noch weiter gedrosselt. Bloß kein Risiko eingehen. Was Besseres als dieses Fahrzeug würden sie nie wiederfinden. Auf diese Weise folgte die Gruppe der Straße immer weiter, wobei sie durchgehend die Karte im Blick behielten. Nachdem der Tank erneut in Richtung Null ging, machten sie sich wieder auf die Suche nach Diesel, welchen sie abzapfen könnten. Dieses Mal konnten sie diesen direkt aus dem großen unterirdischen Tank einer Tankstelle am Straßenrand klauen. Die Tour dauerte insgesamt knapp 3 Tage, wobei sie vermieden, in der Dunkelheit zu fahren, um keinen Unfall zu riskieren. „Der Ort, welchen uns Peter markiert hatte, kommt jetzt immer näher. Wir sollten dort so in ca. 3 Stunden aufschlagen", sagte David zu der Gruppe. Langsam stieg die Nervosität bei der Gruppe. Jeder fragte sich, was sie wohl erwarten würde. Ist die andere Gruppe wirklich da oder war ihnen auf dem Weg etwas zugestoßen? Eventuell war dort auch gar nichts mehr und sie waren direkt weitergezogen. Alle diese Fragen würden sich in 3 Stunden aufklären. Die Zeit zog sich immer länger hin, doch plötzlich rief Bob von vorne: „Ich glaube, wir sind da!" David prüfte noch einmal die Karte und das Ortsschild, welchem sie sich gerade langsam näherten, und stimmte ihm dann mit einem Grinsen auf dem Gesicht zu. Die Menge jubelte und freute sich, dass die lange Fahrt jetzt ein Ende nehmen sollte. „Wo soll ich jetzt hinfahren?", fragte Bob die anderen. „Keine Ahnung. Auf der Karte wurde nur der Ort „Cold Harbour" angegeben, aber sonst waren keine Details genannt worden. Ich würde sagen, dass wir uns einen geeigneten Ort zum Parken suchen und uns dann mal in dem Örtchen umschauen. Vielleicht finden wir die anderen ja. Die Gemeinde scheint nicht sonderlich groß zu sein", antwortete Ethan, woraufhin sich Bob gleich ans Werk machte, um einen Parkplatz zu finden. Der Ort war ein beschauliches Fischerdorf, in dem es viele kleine Hütten und Häuser gab. Die dem Meer zugewandten Hütten waren ziemlich verfallen, was jedoch nicht dem Krieg verschuldet war, sondern eher Stürmen und dem Salzwasser. Die Gebäude im Stadtkern waren noch sehr gut erhalten. Man hätte meinen können, dass die Einwohner nur alle gerade zur See gefahren waren, um zu fischen. Solche Gemeinden waren es, bei denen die Menschen nicht durch Bomben umgebracht wurden, sondern durch chemische und biologische Waffen. „Das scheint mir eine gute Stelle zu sein. Hier sind wir so ziemlich in der Mitte des Ortes und können uns umschauen. Außerdem ist hier auch die Kirche, welche den höchsten Punkt in der Stadt ausmacht. Falls wir uns verlaufen sollten oder es zu Problemen kommt, dann finden wir den Wagen schnell wieder", erklärte Bob, während er den Wagen stoppte. Die Gruppe stieg aus dem Fahrzeug aus, streckte sich und schaute sich um. Es war sehr ruhig und beschaulich und wirkte auf die Gruppe äußerst friedlich. „Wir sollten uns gemeinsam umschauen. Ich möchte nicht, dass hier jemand verloren geht oder angegriffen wird", teilte Ethan den anderen mit. Dies wurde nickend zur Kenntnis ge-

nommen und jeder Einzelne prüfte seine Waffe und machte sie
fertig, um bei einem Angriff vorbereitet zu sein. Behutsam machte sich die Gruppe auf den Weg und zog durch die engen Gassen des Ortes, in denen die Häuser dicht an dicht standen und
auf beiden Seiten eine lange Strecke von Reihenhäusern bilde-
ten. Dabei sondierten sie mit ihren Waffen immer die Fenster
und Dächer der Gebäude. Ihnen fiel jedoch nichts Auffälliges
auf, was darauf hindeuten würde, dass es hier noch Leben in der
Stadt gab. Plötzlich zischte eine Gewehrkugel durch die Luft und
im Anschluss ertönte ein lauter Knall. „Scharfschütze! In Deckung!", brüllte Ethan und schmiss sich auf dem Boden in Deckung. Jeder tat es ihm gleich. Wie aufgeschreckte Rehe sprang
die Gruppe durcheinander und versuchte, sich irgendwo Deckung zu suchen. „Wo kam das her?", rief David. „Keine Ahnung! Wir haben den Einschlag der Kugel bereits gehört, bevor
wir den Knall hörten. Der muss in einiger Entfernung in Stellung gegangen sein!", erwiderte Ethan. „Okay, wir müssen von
der Straße runter. Hier sind wir ein leichtes Ziel." Ethan, der
hinter einem Auto lag, wobei er nicht einmal sicher war, ob sich
das Auto zwischen ihm und dem Scharfschützen befand, schaute sich um. Neben ihm befand sich eine Haustür, auf welche er
langsam zu robbte. Er betätigte den Türgriff, jedoch war diese
verschlossen. Jetzt sprang er auf und stürmte auf die Tür zu. Mit
einem lauten Krachen brach die Tür ein und Ethan fiel auf den
Boden im Haus. Hinter ihm schlugen erneut Projektile in den
Türrahmen ein. „Okay, Leute, der Typ ist kein Anfänger. Hat
jemand gesehen, wo die Schüsse herkamen?" Megan brüllte zu
ihm rüber: „Die Straße runter ist ein blaues Haus. So in ca.
400 Metern. Erster Stock, linkes Fenster." „Alles klar. Es kommen erst mal alle von meiner Seite hier in das Haus. Die auf der
anderen Seite geben Feuerschutz. Ballert einfach, so gut es geht,
auf das Fenster, damit der Schütze in Deckung gehen muss. Ich
zähle von 3 runter. Dann kommt ihr her und der Rest schießt",
erwiderte Ethan und zählte von 3 runter. Beim Ablauf dieses
Countdowns liefen Michael, Stuart, David und Jenny los. Betty,
Charly, Megan und Bob eröffneten sofort das Feuer. Der Plan

schien zu funktionieren, da es die Laufgruppe ohne Verluste in das Haus zu Ethan schaffte. „Wartet noch kurz da drüben. Könnt ihr dort irgendwie in ein Gebäude kommen oder müsst ihr die Straße überqueren?" Charly schaute sich um. Sie waren gebündelt hinter einem Fahrzeug in Deckung gegangen und die nächsten beiden Eingangstüren befanden sich einmal direkt vor dem Auto und die nächste ca. 6 Meter hinter ihnen. „Keine Chance!", brüllte Charly, „wir müssen rüber, sonst hat er freies Schussfeld auf uns." Ethan schaute sich um. „Wir müssen versuchen, dass wir mehr Positionen zum Schießen bekommen. Wir können uns nicht alle aus der Tür lehnen. David und Michael, ihr geht nach oben in den ersten Stock und schießt aus den Fenstern." Ethan wartete noch, bis die beiden ihre Position bezogen hatten. „Es geht jetzt wieder los! Ich zähle wieder von 3 runter. Bei null schlagt ihr oben die Fenster ein und beginnt zu feuern. Sobald ihr die Schüsse hört, könnt ihr loslaufen." Er begann erneut, runterzuzählen, und bei 0 brach erneut die Hölle los. Erst hörte man Glas splittern und anschließend zischten die Patronen durch die Luft. Charly sprang auf und schickte die anderen hinüber, welche von Ethan in den Eingang gezogen wurden. Charly folgte als Letzter und als er seine Hand zu Ethan ausstreckte, traf in plötzlich eine Kugel direkt in die Schläfe. Er sackte sofort nach vorne zusammen und landete in den Armen von Ethan, welcher mit ihm rückwärts in den Eingangsbereich fiel. Das Blut aus der klaffenden Wunde in Charlys Kopf ergoss sich auf Ethan. Charlys Körper begann unwillkürlich zu zucken, und Ethan drehte ihn zur Seite von sich herunter, um ihm zu helfen. Sein Körper lag jetzt wild zuckend auf dem Rücken und Ethan beugte über ihn. Er zog seine Augenlider auf, konnte jedoch keine Reaktion der Pupillen feststellen. Er drückte ihm eine Tischdecke auf die Wunde, welche er von einem kleinen Beistelltisch im Flur gerissen hatte. So plötzlich, wie das Zucken begonnen hatte, stoppte es jetzt auch wieder. Unter den Bemühungen von Ethan verstarb Charly in diesem winzigen Hausflur. Die Wunde war so heftig, dass er hier nichts mehr unternehmen konnte, um ihm irgendwie zu helfen. Ein direkter Kopfschuss hatte das

Leben von Charly beendet, nachdem er alles andere überstanden hatte. Er hatte immer alles versucht, um den anderen zu helfen, jedoch gab es hier keine Chance, ihm zu helfen. Nach dem, was die Gruppe schon alles gesehen hatte, war es vielleicht sogar das Humanste, was ihm passieren konnte. Er wird nicht einmal mehr den Einschlag der Kugel in seinem Kopf mitbekommen haben und bestimmt keine Schmerzen gehabt haben. Das Zucken resultierte nur aus Muskelkontraktionen, die unwillkürlich durch das zerstörte Gehirn ausgelöst wurden. Jetzt kam auch David wieder die Treppe herunter und brach sofort in Tränen aus, als er seinen Freund Charly auf dem Boden liegen sah. „Charly! Nein, Charly!", brüllte er aus voller Kehle und sank neben ihm auf den Boden. Er hielt vorsichtig die Hand seines Freundes, als ihn plötzlich die Wut packte. Er sprang wieder auf und stürmte in Richtung Tür: „Ich bring dich um, du Wichser! Ich mach dich fertig!" Kurz bevor er rausstürmen konnte, packte ihn Ethan und riss ihn zu Boden. „Das bringt doch nichts! Ich will das Arschloch auch tot sehen, aber wenn du jetzt rausgehst, dann haben wir hier zwei Leichen liegen. Wir brauchen dich. Wir müssen jetzt alle zusammenhalten, um das hier zu überleben. David wehrte sich heftig und versuchte, sich irgendwie von Ethan loszureißen, jedoch konnte er dem gekonnten Griff von ihm nicht entgehen. Irgendwann resignierte er und sackte weinend in den Armen von Ethan zusammen. Er und Charly waren wie Brüder gewesen, die alles zusammen erlebt hatten. Jetzt war er fort. „Es tut mir so leid, David, aber wir müssen uns überlegen, wie wir hier rauskommen. Wir müssen leider später um unseren Freund trauern, dafür haben wir jetzt keine Zeit, sonst sind wir alle als Nächste dran." Ethan schaute in die Runde. „Los! Schaut euch um, ob es hier einen Hinterausgang gibt, durch den wir fliehen können. Gegen den Typen da draußen haben wir keine Chance. Er hat einfach die bessere Position und wer weiß, ob er alleine ist. Vielleicht sind schon andere auf dem Weg, um das Haus zu stürmen. Wir müssen hier so schnell wie möglich weg!" Die anderen machten sich auf die Suche nach einem anderen Ausgang, als sie plötzlich die Geräusche eines Kettenfahrzeuges hörten. Alle schauten sich entsetzt an. „Beeilt euch!", schrie er. Ethan zog David auf die Füße, der aber fast wieder in sich zusammengesackt wäre. „David! Du musst dich jetzt zusammenreißen. Wir müssen hier weg", erklärte er ihm jetzt wieder mit ruhiger Stimme. David kam langsam wieder zu Sinnen und erwachte aus seiner Ohnmacht, welche durch diese schreckliche Situation ausgelöst wurde. Er tat es nicht für sich, sondern für die anderen aus seiner Gruppe. Er wollte sie jetzt nicht im Stich lassen und wollte vor allem für Jenny da sein und sein Möglichstes tun, um sie zu retten. „Wir können hier hinten durch den Hof verschwinden! Hier gibt es einen kleinen Garten, der zu einer anderen Gasse führt!", rief Michael durch das Haus. Das Fahrzeug kam immer näher und schaffte sich Platz auf den engen Gassen, indem es die Fahrzeuge einfach überrollte, welche sich ihm in den Weg stellten. David deckte das Gesicht von Charly mit der blutigen Decke zu und sprach ihm noch ein letztes Mal einige Worte zu. Dann liefen alle zu Michael, welcher an einer Hintertür in der Küche wartete. Die Gruppe verließ gemeinsam das Haus und lief durch den kleinen Garten, was sich mittlerweile eher wie ein Dschungel anfühlte, da hier seit Ewigkeiten nichts mehr gemacht wurde und die Pflanzen und Gräser sich ihren Platz auf der Welt zurückgeholt hatten. Plötzlich hörten sie einen lauten Knall hinter sich und das Dach des Gebäudes stürzte in einer großen Rauchwolke in sich zusammen. „Die schießen mit dem Panzer auf das Haus. Wir müssen weg hier!", brüllte Ethan jetzt wieder. Bob trat das Holztor am Ende der kleinen Gartenparzelle ein und schaute, ob die Luft rein war. „Sieht gut aus. Wir können hier durch", erklärte er den anderen. Alle liefen jetzt durch das Tor und schauten nach oben, um den Kirchturm zu finden. „Wir müssen hier entlang!", rief Betty, die den Kirchturm als Erste sah und mit dem Finger darauf deutete. Sie liefen los. Jegliche vorsichtig war jetzt nicht mehr vorhanden. Sie mussten da weg. Sie liefen den kleinen Weg entlang, bis sie wieder zu einer größeren Straße kamen, welcher sie folgen konnten. Ethan bog als Erster in die letzte Gasse, bevor sie wieder freien Blick auf ihr Fahrzeug hatten. Er deutete den anderen an, dass sie warten sollten. „Sieht ruhig aus an der Kirche, jedoch könnte es auch eine Falle sein", flüsterte Ethan den anderen zu. Jetzt meldete sich Bob zu Wort: „Ich laufe zum Wagen und sammle euch dann hier ein. Danach treten wir voll drauf und versuchen, hier wegzukommen." Ethan nickte ihm anerkennend zu. „Danke dir, Bob", erwiderte Jenny ihm und drückte ihm die Hand. Bob schlich an der Hauswand entlang und rannte dann so schnell er konnte zum Fahrzeug. Er sprang auf den Fahrersitz und startete den Wagen. Als er einige Meter gefahren war, hörte die Gruppe plötzlich ein lautes Zischen und sah etwas auf das Fahrzeug zufliegen. Dies geschah jedoch in den Bruchteilen einer Sekunde, wodurch sie nicht mehr zur Warnung rufen konnten, was Bob jedoch in dem lauten Fahrzeug eh nicht hätte hören können. Eine Rakete traf das gepanzerte Fahrzeug von Bob, was sofort stehen blieb und in Flammen aufging. Nur kurze Zeit später traf eine weitere Rakete das Fahrzeug, was dieses in Stücke riss. Bob hatte keine Chance gehabt, um dem zu entfliehen. Durch seinen Einsatz waren die anderen noch am Leben und auch jetzt hatte er sich wieder in die erste Reihe begeben, um den anderen zu helfen und sie zu beschützen. Jetzt trat neben dem Schreck auch Ratlosigkeit auf die Gesichter der Gruppe. „Was sollen wir jetzt machen?", fragte Megan. Alle schauten zu Ethan hinüber, doch auch dieser schüttelte nur langsam den Kopf. Jetzt ergriff David wieder das Wort: „Wir müssen uns erst mal verstecken, um Zeit zu haben, uns etwas zu überlegen. Kommt! Folgt mir!" Er lief jetzt in die entgegengesetzte Richtung, als die, in welche Bob gelaufen war. Die Rakete kam aus einer Straße, welche von der, auf der sie sich befanden, nicht einzusehen war. Sie folgten der Straße jedoch nur bis zur nächsten Abzweigung, um hier komplett aus den Augen der Fremden zu verschwinden, falls sie in die Richtung des zerstörten Panzers gehen sollten. In der nächsten Straße schauten sie sich um, auf der Suche nach einem geeigneten Platz zum Verstecken, als sie plötzlich eine Stimme hörten. „Kommt her! Hier könnt ihr euch vor den anderen verstecken!", rief ein Junge aus dem Eingang eines Hauses. Ohne zu prüfen, ob das nicht ein Hinterhalt sein könnte, machte sich die Gruppe auf zu dem Jungen. Nachdem alle eingetreten waren, verschloss der Junge die Tür und deutete den anderen an, dass sie ihm folgen sollten. Keiner stellte irgendwelche Fragen wie: Wer bist du? Was machst du hier? Wo bringst du uns hin? Sie wollten einfach nur weg von den anderen. Der Junge verließ das Haus mit den anderen im Schlepptau durch den Hintereingang. Sie zogen so noch durch einige Straßen und Gärten, bis sie etwas entfernt vom Stadtzentrum vor einem unscheinbaren Gebäude standen. Der Junge verschloss wieder die Tür hinter ihnen und ging in ein Nebenzimmer des Hauses, wo er eine hinter einem Schrank versteckte Tür öffnete und die Gruppe anwies, die Treppe dahinter nach oben auf den Dachboden zu gehen. Der Junge zog den Schrank wieder vor die Tür und verschloss die Tür dahinter von innen. Die Gruppe ging langsam und vorsichtig die Treppe nach oben. Als sie oben ankamen, starrten sie in mehrere Waffenläufe und auch sie rissen die Waffen nach oben. Der Junge rief jedoch: „Beruhigt euch alle! Das sind keine von der anderen Gruppe hier in der Stadt. Sie werden genau wie wir angegriffen und brauchten meine Hilfe. Jetzt nehmt schon alle die Waffen herunter!" Die eindringlichen Worte des Jungen schienen alle zu besänftigen und langsam gingen die Waffen nach unten. Da erkannte Ethan plötzlich ein bekanntes Gesicht. „Peter?", sagte er zu einem der Männer, die gerade noch ihre Waffen auf sie gerichtet hatten. „Ethan! Ihr habt es geschafft, uns zu finden." Die beiden fielen sich in die Arme. Es war nicht so, dass sie die dicksten Freunde gewesen waren, aber wenn man zu diesen Zeit ein bekanntes Gesicht wiedertrifft, dann war das so etwas von unwahrscheinlich, dass man sich einfach nur darüber freuen konnte. Auch die anderen wurden jetzt alle durch Peter begrüßt. Peter war mit dem Jungen und vier weiteren Personen auf diesem Dachboden, von denen die Gruppe aber keinen mehr aus dem Lager kannte. „Leute, ich habe noch eine Überraschung für euch. Isabelle, komm her!", sagte er und holte Isabelle aus einem abgetrennten Raum des Dachbodens. Alle, die Isabelle noch aus dem Bunker und ihrem Trip durch das Land kannten, fielen ihr jetzt in die Arme, oder in ihrem Fall in den Arm. „Schön, dich zu sehen, Isabelle. Wie kommst du denn hier her? In dem Brief von Peter stand, dass du in der Stadt von George geblieben bist", wollte David jetzt wissen. Isabelle hatte Tränen in den Augen. „In der anderen Stadt wurde es immer schlimmer. Die Menschen starben und es blieb nur eine Gruppe von ca. 20 Leuten übrig, die geflohen sind. Das Problem ist, dass das nicht unbedingt die Vorzeigebürger der Stadt waren. Sie machten sich aus dem Staub und nahmen Waffen und schwere Fahrzeuge mit. Ich nehme an, dass das die Leute waren, die ihr draußen getroffen habt. Ich war auch mit bei dieser Gruppe, jedoch wusste ich nicht, dass diese morden und plündern wollten, sonst wäre ich nie mitgekommen. Das müsst ihr mir glauben. Wir sind zum Lager von Peter gefahren, jedoch sahen wir gerade, dass sich eine kleine Gruppe auf den Weg machte und das Lager verließ. Sie wollten sie nicht direkt überfallen und folgten Peter unauffällig, bis wir hier in dieser Stadt ankamen, um zu sehen, wo sie hinwollten. Hier angekommen, schickten sie zwei Leute los, um Peter zu suchen. Ich schloss mich ihnen an. Als wir Peters Leute gefunden haben, wollten die anderen beiden alle töten. Sie erschossen sofort zwei Männer und wollten mit den anderen fortfahren. Das konnte ich doch nicht zulassen. Also zog ich die Waffe, die sie mir gegeben hatten, und schoss beiden in den Rücken. Ich wollte keine Menschen töten. Ich wollte doch immer nur allen helfen. Aber ich konnte doch nicht zulassen, dass sie diese unschuldigen Leute einfach hinrichteten. Ich musste es tun." Isabelle fiel David jetzt in die Arme und war nicht mehr in der Lage, weiterzusprechen. David streichelte ihr den Kopf und versuchte, sie zu beruhigen. Jetzt schaltete sich Peter ein: „Danach haben wir in diesem Haus Unterschlupf gesucht. Zufälligerweise hat der Besitzer hier auf dem Dachboden Marihuana angepflanzt und hatte deshalb die versteckte Tür, welche zum Glück offen stand. Daher konnten wir uns hier vor den anderen verstecken, als sie die Häuser durchsucht haben. Ich nehme an, dass sie dachten, dass wir aus dem Ort geflohen wären. Was wollen wir jetzt machen? Wir haben keine Vorräte oder Sonstiges. Wir haben uns bis jetzt nur davon ernährt, was wir im Haus gefunden haben. Das sieht jetzt aber eher schlecht aus. Wir müssen irgendwie die Stadt verlassen. Am besten noch heute Nacht." „Das hört sich gut an, aber wo wollen wir hin?", sagte Megan daraufhin. Alle schauten sich nur fragend an. Bis jetzt hatten sie immer irgendein Ziel gehabt, welches sie ansteuern könnten, doch dieses Mal war die Zukunft komplett infrage gestellt. „Okay, fassen wir zusammen: Wir haben keine Vorräte. Wir haben kein Fahrzeug, was bestimmt auch nicht einfach unbemerkt zu besorgen ist. Dieser Ort ist eine gute Strecke von der nächsten Stadt entfernt, was ihr ja auf der Hinfahrt sehen konntet. Waffen haben nur die Hälfte von uns und mit der Munition sieht es auch nicht gut aus. Sowohl Kampf als auch Flucht scheinen aussichtslos. Wir müssen uns irgendetwas überlegen", fasste Ethan sachlich zusammen. Er schaute in die Runde. „Peter, hast du noch die Karte, mit der ihr hierhergefahren seid?" Peter nahm eine zusammengefaltete Karte vom Tisch und gab sie Ethan. Dieser studierte diese eingehend, während die anderen ihn wartend beobachteten. „Alles klar. Ich habe vielleicht eine Idee. Wir befinden uns hier ja direkt an der Küste. Wir schnappen uns zwei kleine Beiboote vom Pier und verschwinden damit. Also wir verschwinden nicht wirklich, sondern fahren nur etwas weiter die Küste herunter, um uns ein größeres Schiff zu besorgen. Anschließend fliehen wir damit auf eine kleine Insel, die ca. 100 Seemeilen vor der Küste liegt. Eventuell treffen wir dort auf Menschen, ansonsten ist auf der Karte angegeben, dass es dort einen See gibt, welcher hoffentlich aus Süßwasser besteht. Nahrung bekommen wir durch Fischfang. Das wäre jetzt erst mal der nächste Schritt. Keine Ahnung, ob auch nur ein Schritt des Planes funktioniert, aber was anderes fällt mir zurzeit leider auch nicht ein. Habt ihr eine bessere Idee?" Die Gruppe schüttelte nur mit dem Kopf. Der Plan war zwar nicht bis ins letzte Detail ausgefeilt, jedoch war es das Einzige, woran sie sich festhalten konnten. „Dann versuchen wir es. Wir haben es gerade ca. 17 Uhr. Ich würde erst so gegen 2 Uhr morgens versuchen, unbemerkt zum Pier zu gelangen, damit hoffentlich die meisten der anderen schlafen", fügte David hinzu. „Warum nehmen wir erst zwei Beiboote, um uns irgendwo anders ein anderes Boot zu besorgen? Können wir nicht direkt am Pier versuchen, ein Schiff zu entern?", wollte Michael wissen. „Das wird zu laut sein. Die anderen würden es hören und das Feuer auf uns eröffnen. In den Beibooten sind wir nahezu lautlos, wenn wir paddeln, und so können wir schnellstmöglich den Ort und vor allem die Straßen hier verlassen", erklärte Ethan ihm. Die nächsten Stunden verliefen ruhig und jeder ging in sich und versuchte, sich noch etwas auszuruhen, bevor der Plan in die Tat umgesetzt werden sollte. Gegen 2:30 Uhr machte sich das Team bereit. Ethan impfte ihnen noch einmal ein, dass sie sich so still wie möglich verhalten und ihm auf Schritt und Tritt folgen sollten. Die Gruppe schob den Schrank zur Seite und Ethan öffnete vorsichtig die Tür zur Straße. Er schaute sich um und flüsterte dann den anderen zu: „Wirkt alles still. Folgt mir!" Die Gruppe schlich, unter der Führung von Ethan, an den Hauswänden entlang. Ethan hatte der Karte den Weg entnommen und berechnete jetzt die ungefähre Strecke anhand des Mondes und der Sterne. Die Sterne waren so gut zu sehen, wie er es noch nie zuvor bemerkt hatte. Die Nacht war völlig klar und es befand sich keine Wolke am Himmel. Hinzu kam noch, dass es seit Jahren keine Umweltverschmutzung mehr durch den Menschen gab, wodurch die Luft so sauber war wie zuletzt im 18. Jahrhundert, bevor der Mensch mit der Industrialisierung begonnen hatte. Die Gruppe schlich durch die kleinen Gassen und konnte bereits das Rauschen des Meeres wahrnehmen. „Es ist nicht mehr weit", flüsterte Ethan nahezu lautlos. Auf einmal merkten sie, dass sich das Geräusch ihrer Schritte veränderte. Aus dem gepflasterten Boden war jetzt ein Holzsteg geworden. Ethan nickte ihnen im Mondschein zu. Sie schlichen den Steg weiter entlang und befanden sich jetzt bereits über dem Wasser. „Scheiße", flüsterte Ethan, denn die Boote, welche sich neben ihnen im Wasser befanden, waren nahezu alle Leck geschlagen und auf den Grund gelaufen. Es handelte sich um alte Fischerboote, die höchstwahrscheinlich schon zum Krieg nicht mehr jung und in bester Verfassung waren. Einige kleine Beiboote waren komplett zerstört, da sich das Holz über die Jahre zersetzt hatte. Plötzlich tippte Jenny Ethan auf die Schulter und deutete auf eine kleine Hütte, die sich auf dem Steg befand. Vor ihr befand sich eine große verrostete Gitterbox, in der sich Ruderboote aus Plastik befanden. „Lang lebe das nicht abbaubare Material", flüsterte Ethan daraufhin. „Okay, das sind 4-Sitzer. Das heißt, wir benötigen vier Stück, damit wir alle Platz finden." Vorsichtig hoben sie das erste Boot aus dem Käfig und ließen es langsam in das Wasser ab. Anschließend nahmen sie zwei Aluminium-Paddel aus der Box neben dem Käfig und legten diese hinein. So machten sie es noch dreimal, wobei ihnen jedes Mal das Herz stockte, als sie irgendwo aneckten und gefühlt unfassbar laute Geräusche entstanden. Es war so, als wenn man sich als Jugendlicher betrunken nach Hause geschlichen hatte und dann noch den super Plan geschmiedet hatte, sich in der Küche etwas zu essen zu machen. Auch jetzt kam ihnen das Atmen bereits zu laut vor. Als sich alle Boote im Wasser befanden, schaute sich Ethan noch einmal um, ob jemand auf dem Weg zu ihnen war und sie bemerkt wurden, jedoch schien immer noch alles still zu sein. „Dann mal los!", sagte er und die Gruppe bestieg die Boote. Etwas unbeholfen, da noch nicht viele in ihrem Leben gepaddelt waren, begann sich der Konvoi in Bewegung zu setzen. Die Boote waren relativ breit, wodurch sie eine hohe Stabilität hatten und ein Kentern eher unwahrscheinlich war. Vorsichtig paddelten sie langsam vom Steg weg und Ethan behielt immer den kleinen Ort dabei im Blick. „Wir müssen aus der Bucht raus, dann können wir uns hinter den Klippen verstecken und die anderen können uns aus der Stadt nicht mehr sehen", gab Ethan leise an die anderen Boote weiter. Plötzlich sah Michael etwas Verdächtiges in dem Örtchen. „Ethan! Da sind Leute in der Stadt." Ethan drehte sich sofort wieder in die Richtung der Stadt. In dem dunklen Ort sah er, wie Taschenlampen durch die Gassen leuchteten. „Wir müssen uns beeilen", flüsterte er, jedoch mit Nachdruck. Sie waren jetzt circa 300 Metern vom Steg entfernt und hatten noch ungefähr die gleiche Strecke vor sich, um hinter die Felsen am Ende der Bucht zu gelangen. Jeder legte sich jetzt, so gut er konnte, ins Zeug und paddelte, als ob sein Leben davon abhängen würde. Auch die Personen in den Booten, die kein eigenes Paddel hatten, versuchten, mit ihren Händen zu paddeln, um noch etwas mehr Geschwindigkeit herauszuholen. Nach kurzer Zeit hörte man jedoch eine Person am Ufer rufen: „Sie sind auf dem Wasser!" Das strahlende Mondlicht und das ruhige Wasser, was durch ihre Boote und das Paddeln aufgewühlt wurde, hatten ihren Standpunkt verraten. Jetzt schrie Ethan: „Gebt alles! Wir müssen noch um diese Ecke kommen!", und deutete dabei auf die Felsen, die seitlich vor ihnen lagen. Die ersten Schüsse fielen in ihre Richtung und die Gruppe sah, wie neben ihnen vereinzelt Geschosse im Wasser einschlugen und hörten sie an ihren Köpfen vorbeifliegen. Plötzlich hörten sie leise, wie das Kettenfahrzeug sich dem Steg näherte. Ein Geschoss wurde von diesem abgegeben und schlug in den Felsen hinter ihnen ein. Dies hatte eine gewaltige Explosion zur Folge und abgesprengte Gesteinsfragmente flogen durch die Luft. Die Splitter verletzen zum Glück jedoch niemanden in den Booten. Die Gruppe hatte jetzt nur noch ein kurzes Stück vor sich, als Stuart einen Schuss in den Hinterkopf bekam. Er sackte sofort in dem kleinen Boot in sich zusammen. Am Anfang merkte Isabelle dies gar nicht und merkte nur, wie sie eine warme Fontäne an ihren Rücken und Hinterkopf bekam. Als sie mit der Hand über ihre Haare strich und diese dann in das Mondlicht hielt, sah sie jedoch, dass es sich nicht um Wasser handelte. In dem Mondlicht wirkte ihre Hand fast schwarz, wobei sie nicht sofort zuordnen konnte, was sie da an ihrer Hand sah. Sie drehte sich nach hinten und sah, wie Blut aus dem Kopf von Stuart schoss und wie sich der Boden des Bootes langsam damit dunkel färbte. Sie schrie lauf auf. „Paddel, Isabelle. Trauern müssen wir später. Wir müssen um die Ecke kommen!", brüllte Ethan sie aus einem der anderen Boote an. Megan und Betty, welche auch in dem Boot mit Stuart gesessen hatten, blendeten den schrecklichen Vorfall sofort aus und paddelten jetzt noch schneller als schon zuvor. Die Gruppe hatte jetzt nur noch einige Meter vor sich, bis sie um die Felsen biegen konnte, als sie erneut einen lauten Knall wahrnehmen konnte. Der Panzer hatte erneut auf sie geschossen und dieses Mal traf der Schuss direkt das kleine Boot, in dem sich einige Leute aus Peters Gruppe befanden. Peter und der kleine Junge befanden sich mit Michael in einem Boot, jedoch waren die anderen vier gesammelt in dem gewesen, was soeben getroffen wurde. Eine große Wassersäule erhob sich neben den anderen Booten, welche sofort ins Wanken kamen. Das Boot von David, Jenny und Ethan kenterte umgehend und die drei stürzten in das dunkle Wasser. Die Wassersäule bestand jedoch nicht nur aus Wasser, sondern war mit Blut und zerfetzten Körpern angefüllt, welche jetzt wieder zu Boden fielen. Der abgetrennte Kopf von einem der Leute aus dem Boot landete direkt auf dem Kopf von Betty, welche dadurch so schwer getroffen war, dass sie das Bewusstsein verlor. Megan konnte sie jedoch festhalten, sodass sie nicht aus dem Boot stürzte. Plötzlich hörte die Gruppe, mang der Gewehrschüsse, welche immer noch auf sie zuflogen, ein lautes Krachen. Während die drei, welche sich noch im Wasser befanden, sich wieder in das Boot zurückzogen, blickte Peter nach hinten und sah, wie der schwere Panzer durch den Steg gebrochen war und jetzt mit dem Rohr im Sand steckte und dabei langsam einsank. Jetzt hatte die Gruppe endlich die Biegung erreicht und alle paddelten so schnell wie möglich um die Felsen, um aus der Schusslinie der Angreifer zu verschwinden. Als sie es einige Meter hinter die Felsen geschafft hatten, begannen sie langsamer zu werden und jeder atmete jetzt kräftig durch. Der Puls der Gruppe war durch die Anstrengung und die Panik auf einen unfassbar hohen Wert gestiegen. Die einzelnen Personen hatten das Gefühl, dass man ihr Herz noch von einem Kilometer Entfernung schlagen hören konnte. Jetzt kam auch Betty wieder zu sich und musste erst mal realisieren, was vor sich ging. Sie hatte einen kleinen Blackout und wusste nicht, wo sie war oder was passiert war. Als sich jeder kurz für sich selber beruhigen konnte, ergriff Ethan wieder das Wort: „O. k., es ist schrecklich, was mit unseren Leuten passiert ist, aber wir müssen jetzt weiter. Wir müssen den Felsen folgen, bis wir wieder zu einem Hafen kommen, in dem wir uns ein Schiff besorgen können. Ich weiß nicht, ob uns die anderen verfolgen, aber zurzeit sind wir noch im Vorteil. Wir müssen weiter." Die

Gruppe, die mit ihren Kräften völlig am Ende war, nickte ihm bloß zu und sie begannen erneut zu paddeln. Sie folgten der Steinküste und näherten sich nach einiger Zeit wieder einem kleinen Hafen. „Wir steigen hier aus und schlagen uns zu Fuß zum Hafen durch. Ich möchte auf dem Wasser nicht wieder so ausgeliefert sein wie gerade eben", erklärte Ethan den anderen. Langsam wichen die Felsen einem wirklichen Sandstrand und als sie sich der Ortschaft langsam und vorsichtig näherten, begann die Sonne aufzugehen. Als sie am kleinen Hafen angekommen waren, schauten sie sich lange um, ob die andere Gruppe ihnen irgendwie über einen Landweg gefolgt war, jedoch konnten sie nichts Ungewöhnliches entdecken. „Es scheint alles ruhig zu sein", flüsterte David, „wir sollten schauen, ob wir ein Schiff finden, was noch seetauglich ist." Die Gruppe machte sich jetzt schleichend auf den Weg zum Hafen, in dem die Boote und Schiffe festgemacht waren. „Oh Mann, das sieht aber nicht so gut aus. Was machen wir, wenn wir hier nichts Vernünftiges finden?", fragte Michael, als sie sahen, dass sich die meisten Schiffe in einem Zustand befanden, den man eher als Schiffswrack bezeichnen würde. Durch schweren Seegang und die jahrelange Vernachlässigung waren die meisten der Schiffe Leck geschlagen und schauten nur noch zum Teil aus dem niedrigen Wasser. „Da vorne", flüsterte Jenny und deutete mit dem Finger auf ein Schiff, was nur zu einem kleinen Teil hinter dem schräg im Wasser treibenden Wrack eines Fischkutters herausragte. Die Gruppe machte sich auf den Weg zu dem Schiff. Es handelte sich um eine Yacht, welche sich jedoch in einem tadellosen Zustand befand. „Damit hat hier wohl erst vor Kurzem jemand angelegt und ist dann nicht zurückgekommen", erklärte Ethan und sprang an Deck des Schiffes. Er zog seine Pistole und begab sich unter Deck. „Hier ist alles ruhig. Keiner an Bord." Jetzt begab er sich in das Steuerhaus der Yacht. „Fast kein Sprit mehr, aber ansonsten scheint alles fahrtüchtig zu sein. Wir müssen unbedingt Treibstoff auftreiben, dann können wir uns hier endlich vom Acker machen." Die Gruppe teilte sich auf und machte sich auf die Suche nach Treibstoff für das Boot und eine Möglichkeit, diesen auch abzupumpen. „Hier!", rief Peter, der sich ein Stück nach hinten zu einer Yachthütte begeben hatte. „Hier sind große Treibstofftanks und Gasflaschen, aber ich bin mir nicht sicher, wie wir den Treibstoff abpumpen können." Die Gruppe schaute sich um und Michael entdeckte in der Hütte einen Schlauch mit Füllstutzen, welcher mit Hilfe einer Kurbel pumpen konnte. „Der Schlauch reicht nicht bis zum Boot. Ich versuche, die Yacht hier anzulegen, damit wir sie betanken können. Ethan lief zurück zur Yacht. Er löste die Taue, mit denen das Boot am Steg befestigt wurde, und nahm dann den Platz des Kapitäns ein. Er versuchte, den Motor zu starten. Er hörte, dass die Batterie für einen Zündfunken sorgte, was ihn zuerst beruhigte, jedoch sprang der Motor nicht an. „Scheiße! Jetzt komm schon. Lass mich nicht hängen!", schimpfte er mit dem Boot. Plötzlich begann der Motor, Lebenszeichen von sich zu geben, und mit einer schwarzen Rauchwolke startete dieser dann komplett. „Ja! Hatte wohl nur ein bisschen Staub angesetzt." Langsam setzte er das Boot und Bewegung und manövrierte es durch die alten Schiffswracks, die sich neben ihm befanden. Mit dem Bug schob er vorsichtig ein kleines Boot zur Seite, welches kopfüber vor der Tankstation im Wasser trieb. Er stellte den Motor ab und sagte zu den anderen: „Dann wollen wir mal. Macht das Ding voll und dann nichts wie weg hier." Michael schnappte sich den Schlauch und führte diesen in den Tank ein. Den Einfüllstutzen steckte er in den Tank des Bootes und begann zu kurbeln, so schnell er konnte. „Es läuft!", rief er glücklich zu den anderen, während er weitermachte. Die anderen machten sich nacheinander auf, langsam die Yacht zu besteigen. Plötzlich ertönte erneut ein lauter Knall und ein Projektil traf Peter direkt in die Brust. Er war der Letzte, der auf dem Steg stand und noch auf die Yacht klettern wollte. Er ging nicht zu Boden. Er schaute langsam an sich herunter und konnte nicht wirklich realisieren, was gerade geschehen war. Als Isabelle ihn anschrie, dass er auf das Boot kommen solle, und ihm die Hand ausstreckte, traf ihn erneut eine Kugel, welche seinen Hals durchschlug. Erst jetzt sackte er auf die Knie und hielt aus Reflex die Wunde an seinem Hals mit beiden Händen. Das dritte Geschoss, das jetzt noch abgegeben wurde, traf ihn direkt in sein linkes Auge und beendete den Kampf, welchen er gerade noch um sein Leben führte. Er stürzte nach hinten und lag leblos auf dem Rücken. Zwischen den Schüssen hatten David und Ethan bereits ihre Waffen gezogen und schauten den Steg hinunter, um zu sehen, wo die Schüsse herkamen. „Hinter den Fässern auf dem Steg sind Leute in Deckung gegangen!", brüllte Ethan. Beide eröffneten das Feuer, hatten jedoch keine freie Sicht auf ihre Ziele. „Michael!", schrie David, „zieh den Einfüllstutzen aus dem Tank des Schiffes und pumpe den Treibstoff auf den Steg und die Tanks." Michael begann sofort damit, das Benzin auf den Steg zu leiten. „Wir müssen hier weg. Alle unter Deck. Ethan starte den Motor, ich mache hier weiter und versuche, sie abzulenken." Ethan schaute ihn kurz an, dann reichte er seine Waffe an Jenny weiter und rannte ans Steuer. Jenny feuerte für ihn weiter, während er den Motor startete und Vollgas gab. David zog ein Sturmfeuerzeug aus der Tasche und entzündete es. Als sie einige Meter vom Steg entfernt waren und bereits wieder Schüsse auf das Boot abgegeben wurden, schleuderte er das Feuerzeug auf den Steg. Dieses blieb wirklich an und entfachte den Treibstoff, welchen Michael verteilt hatte. Der Steg ging sofort in Flammen auf und blockierte den Angreifern die Sicht auf ihre Yacht. Ethan gab Vollgas und die Yacht mit ihren großen und leistungsstarken Motoren entfernte sich schnell vom Steg. Als sie nach hinten schauten, sahen sie, dass die Flammen langsam kleiner wurden und die Schüsse auf sie erneut begannen. David und Jenny erwiderten das Feuer, obwohl sie nicht genau orten konnten, woher die Schüsse überhaupt kamen. Das Feuer hatte sich mittlerweile auf einige Flammen beschränkt, die sich um die Tanks befanden. „Sie sind neben den Tanks, David!", brüllte Jenny, während beide das Feuer auf die Angreifer bündelten. Plötzlich hörten sie ein lautes Zischen, auf das eine Explosion folgte, welche mehrere noch größere Explosionen nach sich zog und den Steg in einem riesigen Feuerball verschwinden ließ. „Ja!", feierte David, „einer von uns hat wohl eine Gasflasche erwischt. Das verbliebene Feuer und die Treibstofftanks haben dann wohl ihr

Übriges erledigt." Obwohl hier wohl auch gerade wieder einige Menschen gestorben waren, konnte es sich die Gruppe nicht verkneifen, zu jubeln und sich zu freuen. Wenn das die gleichen Leute gewesen waren, die sie am anderen Steg angegriffen hatten, dann hatten sie es zusätzlich verdient, zu sterben, weil es dann nicht nur Peter erwischt hätte, sondern auch noch Stuart und die vier aus Peters Gruppe. Ethan holte weiterhin alles aus der Maschine heraus, was möglich war. Er wollte erst mal so weit wie möglich vom Strand weg, bevor er die Geschwindigkeit drosseln wollte. Das Boot sprang durch die Wellen und alle hielten sich fest, um nicht aus dem Boot zu stürzen oder sich zu verletzen. Als sie weit genug vom Strand entfernt waren, sodass ihnen keiner mehr mit einem Gewehr oder anderer Waffe gefährlich werden konnte, reduzierte Ethan die Geschwindigkeit. Dies war auch der Punkt, an dem die Anspannung aus den Gesichtern der Gruppe verschwand und sich jetzt in nachdenkliche Trauer änderte. „Lasst uns kurz unserer gefallener Freunde gedenken. Sie haben uns immer unterstützt und waren für uns da. Peter, Stuart, Earl, Donny, Stan und Rick. Danke, dass ihr bei uns wart und es tut mir leid, dass ihr so tragisch und brutal von uns gegangen seid. Wir werden euch nie vergessen", schluchzte Isabelle mit Tränen im Gesicht. Die Gruppe schaute in Andacht auf den Boden und erst jetzt wurde ihnen klar, dass sie zum ersten Mal die Namen der anderen von Peters Gruppe gehört hatten. Sie hatten sich in dem Versteck nicht dafür interessiert und danach hatte es keine Möglichkeit mehr gegeben, sich auszutauschen und Smalltalk zu betreiben. Dieser Punkt, dass er die Namen nicht einmal kannte, machte David am traurigsten. Was waren sie über die Zeit für Menschen geworden, dass sie neue Freunde in ihren Reihen nicht einmal mehr nach den Namen fragten? Viele der Neuen waren immer schnell wieder von ihnen gegangen, sodass sie sich nur noch auf „ihre Leute" fixierten und neue nur eine zeitweilige Last waren, die sie auf die eine oder andere Weise wieder verlassen würden. Jeder hielt jetzt inne und trauerte auf seine eigene Art und Weise und hatte nicht das Bedürfnis, sich mit den anderen zu unterhalten. Nach einiger

Zeit meldete sich Ethan jedoch wieder zu Wort: „Ich möchte die Stille nicht durchbrechen, aber wir müssen schauen, wie wir zu einer der Inseln kommen. David, hast du noch die Karte?" David fand jetzt auch wieder in die Situation zurück und griff in seine Tasche. Er holte die Karte, welche durch die Strapazen und das Wasser schon reichlich mitgenommen aussah, hervor und reichte sie Ethan. „O. k., wir müssten von hier gestartet sein und wollen am besten zu dieser Insel." Er richtete die Karte nach Norden aus und betrachtete den Kompass im Boot. „Das bedeutet, wir müssen diesen Kurs weiter beibehalten und dann sollten wir auf geradem Weg zur Insel kommen. Ca. in 6-8 Stunden, würde ich schätzen", flüsterte Ethan sich selber zu, während er die Parameter prüfte. David setzte sich neben Jenny und nahm diese in den Arm. Seit ihrer gemeinsamen Nacht waren sie quasi unaufhörlich in gefährlichen oder verzweifelten Situationen gewesen, sodass noch gar keine richtige Möglichkeit bestand, dass die beiden reden oder sich darüber klarwerden konnten, wie es mit ihnen weitergehen sollte. Nach Reden war den beiden aber zurzeit nicht zumute, und so erwiderte Jenny nur seine Umarmung und die beiden blieben in dieser Position verharren.

KAPITEL 23: DIE ABGESCHIEDENHEIT

Nach ungefähr 5 Stunden wurde die Ruhe und bedächtige Stille auf dem Boot jedoch abrupt unterbrochen, als der Motor sich mit Aussetzern meldete. Jeder schreckte hoch und schaute fragend zu Ethan. Dieser war jedoch genauso verwirrt wie die anderen auch. Nach seinen Anzeigen war alles in Ordnung und er konnte sich nicht erklären, woran die Aussetzer liegen könnten. Plötzlich gab der Motor noch ein letztes Röhren von sich und stellte den Betrieb dann komplett ein. Ethan schaute auf die Tankanzeige, welche jedoch noch ein Drittel anzeigte. Wie man es aus allen Filmen gelernt hatte, klopfte er mit dem Zeigefinger auf die Armatur und zu seinem Erschrecken sackte die Tanknadel in einem Zug komplett auf null herab. Ethan hatte sich auf die Anzeigen verlassen und war auch kein Profi darin, was eine Yacht verbrauchte und insgesamt getankt hatte. Für ihn schien alles in Ordnung gewesen zu sein. „Scheiße, Freunde. Ich sage es nicht gerne, aber die Tankanzeige ist defekt und ich glaube, wir haben keinen Sprit mehr. Fuck! Ich hatte mit allem gerechnet, aber das trifft mich jetzt auch unerwartet." Er verließ das Steuerhaus und schaute sich auf dem Deck um. Weit und breit konnte er nur Wassermassen erkennen. „Wir sind aufgeschmissen", flüsterte er den anderen zu. Obwohl er eigentlich nichts dafürkonnte, machte er sich selber für den Fehler verantwortlich. Er war an das Steuer gegangen und wollte die Gruppe in Sicherheit bringen. Unter diesen Umständen hätte er einen sicheren Hafen auf dem Festland angesteuert. Jetzt waren sie auf dem Meer verschollen. Keine Küstenwache. Kein Land in Sicht. Keine Chance. „Was machen wir jetzt?", wollte Michael wissen. David und Ethan schauten sich fragend an. Normalerweise hatte einer von ihnen immer einen Plan gehabt, aber was konnten sie in dieser Situation tun. „O. k.", sagte David, „keine Panik! Michael, du gehst unter Deck und schaust, wie es mit dem Trinkwasser in den Tanks und möglichen Nahrungsmitteln aussieht.

Wir überlegen uns, was wir machen können." Michael machte sich gleich auf den Weg und die Gruppe schaute sich weiterhin fragend an. „Keine Ahnung", sagte Ethan nur. „Das ist kein Segelschiff. Ohne Treibstoff sind wir dem Meer ausgeliefert. Ich habe wirklich keine Ahnung, was wir daran ändern können." Diese Aussage verbesserte die aufgebrachte Grundstimmung leider in keiner Weise. „Wir können doch nicht einfach nur abwarten, was passiert. Hat denn keiner eine Idee, ganz egal, wie absurd diese auch sein mag", warf Megan mit leichter Panik in der Stimme ein. „Irgendetwas müssen wir versuchen. Wir haben doch nicht all diesen Scheiß überstanden, um dann auf einer Yacht zu verdursten. So kann es doch nicht zu Ende gehen", erwiderte Betty jetzt. Der Kampf gegen andere war immer etwas anderes gewesen als diese Situation, in der sie sich zurzeit befanden. Normalerweise war die größte Wahrscheinlichkeit, erschossen zu werden, aber verdursten und verhungern stand bis jetzt noch nie wirklich zur Debatte. „Na ja, theoretisch hat Ethan schon die Antwort geliefert. Es ist kein Segelschiff, aber dann ist es doch unsere Aufgabe, eines daraus zu machen. Anders werden wir uns nicht fortbewegen können oder zumindest nicht in die korrekte Richtung", erklärte Isabelle den anderen. Die Entschlossenheit, mit der Isabelle das den anderen erklärte, steckte die Gruppe zu neuem Tatendrang an. Was hatten sie zu verlieren? Einfach nichts zu tun, hätte in dieser Situation auch keinen Vorteil gebracht. Jetzt kam auch Michael wieder an Deck: „Wir haben noch ca. 30 Liter Wasser und bis auf ein Glas Marmelade nichts an Nahrung." „Das war wohl auch der Grund, warum der Kahn überhaupt an dem Hafen angelegt hatte", erwiderte David und bedankte sich bei Michael. „Ist erst mal egal. Ohne Nahrung kann ein Mensch bis zu 3 Wochen auskommen, das Wasser ist das Wichtigste. Das müssen wir auf jeden Fall einteilen. Jetzt sollten wir schauen, was wir finden, um ein Segel zu bauen." Die Gruppe machte sich im Schiff auf die Suche nach brauchbaren Dingen. Nach einer halben Stunde hatten sie alle Ecken der Yacht auf den Kopf gestellt und legten zusammen, was sie gefunden hatten. Bei den Motoren hatten sie eine Werkzeugkiste mit den wichtigsten Werkzeugen, Klebeband und Kabelbindern gefunden, was schon einmal ein guter Start war. Zusätzlich hatten sie Laken und Müllbeutel, um daraus das Segel zu bauen. Für den Mast mussten sie improvisieren. Außerdem befand sich zum Vertäuen ausreichend Seil an Bord. „Das sieht doch schon mal nicht schlecht aus. Ich würde sagen, dass wir für den Mast und den Baum irgendetwas aus der Einrichtung des Schiffes bauen müssen. Danach werfen wir alles von Bord, was wir nicht mehr benötigen, um das Schiff leichter zu machen." Alle stimmten zu und machten sich an die Arbeit. David und Ethan begaben sich in den hinteren Bereich des Bootes. Wo normalerweise die Reichen und Schönes angelten oder in das Meer sprangen, war der Boden mit Holz ausgelegt. Diese Holzdielen entfernten sie jetzt mit einer Brechstange, welche sich im Werkzeugkoffer befunden hatte. Die Dielen hatten jeweils eine Länge von 2 Metern und die beiden stapelten sie zu einem Haufen zusammen. Hieraus fertigten sie den Mast, wobei sie drei Bohlen mit Tape umwickelten, um das Ganze stabiler zu machen. Den Baum, um das Segel zum Wind auszurichten, machten sie auf die gleiche Weise. Das eigentliche Segel erstellten sie aus den Laken mit den Mülltüten als zweite Schicht. Zur Befestigung wurden die Kabelbinder und das Tape verwendet. „Wie wollen wir den Mast befestigen, dass er steht?", wollte Michael von ihnen wissen. Ethan erklärte ihm kurz: „Wir werden den Mast einfach gegen die Vorrichtung stellen, an der sich die Funkantenne, das Radar und was auch immer noch befinden. Anschließend wird das Ganze festgebunden und umklebt. Nach vorne spannen wir eines der Seile, welches dann oben am Mast befestigt wird. So sollte dieser eigentlich fest genug stehen und bei Wind nicht nach hinten wegklappen. Am Baum befestigen wir den Rest des Seils, sodass wir damit regulieren können, wie der Wind auf das Segel trifft. Das Ende des Seils können wir dann irgendwo am Boot befestigen und wenn nötig lockern oder anziehen. In der Theorie finde ich den Plan nicht schlecht." Die Gruppe vollendete den Plan gemeinsam und bestaunte am Ende ihr Werk. Es sah zwar nicht aus, als hätte man das Segel irgendwo käuflich erworben, jedoch spielte das Aussehen hier zum Glück keine Rolle. Bevor sie den Baum so einstellten, dass das Segel den Wind auffangen konnte, machten sie sich jetzt erst einmal an das Entrümpeln. Jeder begann, alles, was nicht notwendig war, um über der Wasseroberfläche zu bleiben, von Bord zu schmeißen. In Zeiten von Umweltschutz wäre das wohl eine Todsünde gewesen, in diesem Falle kümmerte sich aber niemand darum. Es begann bereits wieder zu dämmern, jedoch ließ sich die Gruppe nicht davon abhalten, weiterzumachen. Nach einigen Stunden trieb im Mondlicht eine riesige Menge an Müll, Türen, Lattenroste und alles, was man sich auf einem Boot vorstellen konnte, auf dem Meer. Da die Batterie noch funktionierte, konnten sie auch in der Nacht weiterarbeiten, da das Licht noch leuchtete. Nachdem sie wirklich nichts mehr finden konnten, was sie von Bord schmeißen konnten, setzte sich die Gruppe auf den Boden des ausgeschlachteten Schiffes und versuchte, etwas zu schlafen. Am nächsten Morgen sollte ihr Experiment beginnen, jedoch schien es Petrus nicht gut mit ihnen zu meinen. Das Wasser war spiegelglatt und es wehte kein Lüftchen. Da würde selbst das beste Segel der Welt nicht dabei helfen, vorwärtszukommen. So zog sich die Flaute weitere 3 Tage hin. Auf dem Schiff verschlechterte sich die Situation stetig und Ethan wusste, dass, wenn sie nicht bald mit Wind gesegnet werden würden, die Leute beginnen würden, aufeinander loszugehen. Mit Gesprächen und kleinen Spielen versuchten die Leute, sich immer noch bei Laune zu halten, jedoch würde dies nicht mehr lange funktionieren. Außerdem plagte die Gruppe schrecklicher Hunger. Das Wasser war auch an einem bedrohlichen Stand angelangt. Am Morgen des vierten Tages hatten sie die Götter wieder auf ihrer Seite. Die ausgelaugten Freunde wachten zur Morgendämmerung auf und spürten einen Windzug durch ihr Gesicht ziehen. „Wacht auf, Leute! Ich glaube, es kann losgehen. Der Wind ist nicht sonderlich stark, aber für einen ersten Test sollte es ausreichen", erklärte Ethan. Er nahm seine Position am Ruder ein, um das Boot zu steuern, wohingegen David seinen Posten am Baum einnahm, um das Segel in die richtige Position zu bringen. Er löste das Seil, um das Segel aus der zuvor festgestellten Ausgangsposition zu bekommen. Durch eine Halterung an der Reling der Yacht zog er das Seil und konnte jetzt mit dem Ziehen daran den Baum in den Wind bewegen, sodass sich das Segel aufblähte. „Es scheint schon einmal zu halten. Das ist gut!", rief er zu Ethan. Er zog immer weiter am Seil, bis er merkte, dass der Druck, den der Wind auf das Segel ausübte, immer größer wurde. Alle schauten gespannt auf das Wasser und brachen in Freude aus, als sie merkten, dass sich das Schiff wirklich zu bewegen begann. „Es funktioniert! Wir bewegen uns wirklich!", schrie Jenny aus voller Kehle mit Tränen in den Augen. Ihr Plan schien zu funktionieren und das improvisierte Segel schien der Belastung standzuhalten. Die Gruppe konnte ihre Reise fortsetzen und Ethan sorgte am Ruder dafür, dass sie wieder die korrekte Route einhielten. Nach einigen Stunden rief Michael plötzlich: „Land! Da vorne ist eine Insel." Alle sprangen auf und sahen in die Richtung, auf die Michael deutete. Mit ihren Händen schützten sie ihre Augen vor der Sonne und konnten dann erkennen, was Michael gesehen hatte. Am Horizont war wirklich Land zu sehen. Was sie jedoch oberhalb der Insel sehen konnten, gefiel ihnen gar nicht. Ein Sturm war im Anmarsch und kam direkt auf sie zu. Sie sahen Blitze und hörten das Donnern in einiger Entfernung. „Scheiße, sagte David, „wir müssen genau da hin und die Möglichkeit, das irgendwie zu umfahren, scheint mir nicht gegeben." Je dichter sie der Insel und dem Unwetter kamen, desto heftiger wurde auch der Wind, der an ihrem Segel zerrte. Durch das Verstellen des Baumes versuchte David, den Druck auf das Segel zu entlasten, jedoch merkte er, dass das auch nicht mehr lange gut gehen würde. Ohne das Segel wären sie den Wellen, welche von Sekunde zu Sekunde größer wurden, ausgeliefert. Das Boot würde sich schräg zu den Wellen drehen und kentern, wenn das Segel nicht mehr vorhanden wäre. Sie kamen der Insel immer näher, jedoch trennten sie immer noch ca. 300 Meter von dem rettenden Strand. Das Boot schaukelte durch die Wellen und war kaum noch zu kontrollieren. Plötzlich hörte man ein lautes Knacken und David konnte noch gerade zur Seite springen, als der

Mast zerbrach und das Segel auf das Boot fiel. Es gab jetzt keine Chance mehr, das Boot vernünftig zu manövrieren, und David schrie: „Haltet euch fest! Wir müssen uns festhalten!" Das Gewitter hatte sich zu einem ausgewachsenen Sturm entwickelt. Plötzlich erwischte eine Riesenwelle das Boot und die Wassermassen brachten die Yacht zum Kentern. Die Welle erwischte sie auf der linken Seite und drückte diese Seite hoch, sodass das Boot auf die rechte Seite kippte und anschließend kopfüber im Wasser trieb. David merkte erst, was passiert war, als er unter Wasser war. Er versuchte umgehend, an die Oberfläche zu gelangen, jedoch versperrte ihm das Segel den Weg an die rettende Luft. Er kämpfte mit den Seilen, Laken und Tüten, konnte sich jedoch nicht befreien. Langsam ging ihm der Sauerstoff aus und er merkte, wie sich seine Körperfunktionen veränderten. Als sich langsam ein Tunnelblick einstellte, merkte er, wie ihn eine Hand am T-Shirt packte und ihn zur Seite riss. Dann wurde sein Kopf nach oben gezogen und mit einem tiefen Atemzug füllte er seine Lungen wieder mit der frischen Luft im Sturm. Er hustete und versuchte, zu realisieren, was passiert war. Als er nach rechts schaute, sah er einen Engel. Er sah seinen Engel. Jenny hatte ihn unter dem Segel hervorgezogen und ihm das Leben gerettet. Einen solchen Blick von Dankbarkeit und Liebe hatte Jenny zuvor noch nie gesehen. „Danke dir, Jenny!", sagte er hustend. Merkte dann aber umgehend, dass die Situation noch nicht überstanden war. Sie befanden sich noch immer im Wasser und waren dem Sturm und den Wellen ausgesetzt. „Ethan!", brüllte er, „wo bist du?" Ethan meldete sich umgehend zurück, was im Getöse des Sturms jedoch fast unterging. „Ich bin hier! Versucht alle, meiner Stimme zu folgen, dann versuchen wir es gemeinsam, an den Strand zu schaffen!" Unter den schwierigen Bedingungen machte sich jetzt jeder auf den Weg, um zu Ethan zu gelangen. Die Gruppe traf vereinzelt bei ihm ein und alle schwankten jetzt wie ein gemeinsamer Körper durch die Wellen. „Wo ist Megan?!", schrie Betty. Alle schauten sich um, konnten jedoch Megan nicht erspähen. Der Rest hatte es hierher geschafft, aber Megan war nicht zu sehen. Alle schrien jetzt aus voller Kehle Megans Namen und suchten mit ihren Blicken das tosende Meer ab, konnten jedoch nichts erkennen. Die Yacht, die sich einige Meter von ihnen entfernt befand, bäumte sich jetzt noch ein einziges Mal auf, bevor diese im Meer versank. „Betty, es tut mir leid, aber wir müssen weg hier. Wir müssen zum Strand, sonst werden wir alle ertrinken!", schrie Ethan. „Ich muss sie suchen. Ich kann sie nicht hierlassen", erwiderte sie nur und löste sich von der Gruppe. „Betty! Komm zurück! Wir müssen an den Strand!", brüllte David, jedoch war sie nicht aufzuhalten. „O. k., es tut mir leid, aber wir müssen an den Strand!", brüllte Ethan durch das Getöse des Sturmes. Die Gruppe machte sich jetzt auf den Weg und kämpfte sich durch die Wassermassen und den schweren Wellengang. Sie kamen nur sehr langsam voran, näherten sich aber unaufhörlich dem Strand. Als sie noch ca. 50 Meter vom Ufer entfernt waren, hörte Ethan plötzlich Schreie hinter sich. Erst war es kaum zu verstehen, aber in den kurzen Pausen, wo keine Welle neben ihnen brach, hörte er es plötzlich klar und deutlich. „Hilfe! Ihr müsst mir helfen. Ich habe sie gefunden. Ich bekomme sie nicht alleine an den Strand!" Es war Bettys Stimme, die er hörte. „David! Bring die anderen an den Strand. Ich muss noch mal zurück und Betty und Megan holen." David übernahm die Führung der Gruppe und sie bewegten sich weiter Richtung Ufer. Ethan kraulte in die Richtung, aus der er die Rufe gehört hatte. „Betty! Wo bist du?!", brüllte er in den Sturm, der sich langsam etwas beruhigte. „Hier!", erwiderte sie lautstark und winkte mit einem Arm in der Luft. Da der Sturm zusehends weiterzog, konnte er sie hören und sehen. Er schwamm so schnell er konnte in ihre Richtung und griff nach Megan. Sie war nicht bei Bewusstsein. Wie er es damals gelernt hatte, griff er sie und begann, sie in Richtung des Ufers zu ziehen. Betty hatte keine Kraft mehr und war nicht mehr in der Lage, ihm zu helfen. Er hoffte nur, dass sie es überhaupt alleine schaffen würde. Als es die Gruppe endlich an den Strand geschafft hatte, fielen alle total erschöpft in den Sand und versuchten, wieder zu Atem zu kommen. David blieb stehen und suchte das Meer nach seinen Freunden ab, die sich noch draußen befanden. Plötzlich sah er sie. Ohne über sein Leben nachzudenken, lief er wieder in die Fluten und schwamm auf Ethan und die anderen zu. Er fragte Ethan, ob er ihm mit Megan helfen solle, doch dieser antwortete sofort, dass David sich lieber um Betty kümmern solle. So bewegten sich die beiden mit den Frauen im Schlepptau auf den Strand zu. Sobald sie stehen konnten, zogen sie sie an den sicheren Strand. Ethan schaute jetzt auf Megan und merkte, dass diese nicht nur bewusstlos war, sondern auch nicht mehr atmete. Er begann sofort mit der Reanimation. Während er auf ihren Brustkorb drückte, zählte er laut mit. Anschließend erfolgte eine Mund-zu-Mund-Beatmung. Als dies keine Wirkung zeigte, startete er die Prozedur erneut. Alle hatten sich jetzt um die beiden versammelt und warteten mit Tränen in den Augen, dass sie wieder aufwachte. Betty war völlig zusammengebrochen und murmelte immer nur: „Bitte lasst sie nicht sterben! Bitte lasst sie nicht sterben! Bitte lasst sie nicht sterben!" Plötzlich kam ein großer Schwall Wasser aus dem Mund von Megan und Ethan drehte ihren Kopf direkt zur Seite, damit sie das Wasser aus ihren Lungen bekommen konnte. Sie begann ca. 2 Minuten lang zu husten, bis sie wieder normal Luft bekam. Betty hielt sie dabei die ganze Zeit in ihren Armen und klopfte ihr auf den Rücken. Ethan stand auf und atmete jetzt erst mal selber durch. Die Gruppe kam zu ihm und feierte ihn wie einen Helden. „Das war eine super Leistung!", sagte Isabelle und nahm ihn fest in den Arm. Ähnlich lief es bei den anderen auch ab. Für alle war er der absolute Held. Völlig entkräftet durch die Situation und die körperlichen Anstrengungen, begab sich die Gruppe etwas vom Strand herunter und legte sich unter einige der Bäume, welche dort wuchsen. Ohne noch großartig miteinander zu sprechen, schliefen alle nach und nach vor Erschöpfung ein. Am nächsten Morgen wachte die Gruppe auf und prüfte erst einmal, wie es allen ging. Megan war zwar noch nicht zu 100% wieder fit, aber sie schien über den Berg zu sein. „O. k., ich weiß, dass alle von uns fertig und völlig erschöpft sind, aber wir dürfen uns jetzt nicht hängen lassen. Wir müssen Wasser und Nahrungsmittel finden", erklärte Ethan ruhig. Jeder stimmte ihm zu.

Der Hunger war zwar auch noch schlimm, jedoch plagte sie auch ein fürchterlicher Durst. In den Wellen hatten sie, da es fast nicht zu vermeiden war, große Mengen an Salzwasser geschluckt, was ihren Körper zusätzlich dehydrierte und zu Unwohlsein und Kopfschmerzen führte. Sie machten sich gemeinsam auf und begaben sich vorsichtig in das Innere der Insel. „Seid mal still! Ich höre etwas", sagte David und hielt sich den Finger an die Lippen, um zu signalisieren, dass alle den Mund halten sollten. Jetzt konnten es die anderen auch hören, was David gemeint hatte. Es war ein leises Rauschen zu vernehmen. Vorsichtig folgten sie diesem Geräusch, was mit jedem Meter immer lauter wurde. Plötzlich konnten sie erkennen, was sie gehört hatten. Durch den dichten Bewuchs und die Vegetation sahen sie eine freie Stelle zwischen den Baumkronen. Als sie sich durch die letzten Pflanzen kämpften, sahen sie eine Wasserstelle, welche aus einem Berg durch einen Wasserfall gespeist wurde. In den Gesichtern der Gruppe sah man, wie sich große Freude ausbreitete. Jeder stürzte sofort an das Wasser und wollte einen großen Schluck nehmen. „Wartet! Müssen wir das irgendwie abkochen oder so, Ethan?", wollte Isabelle wissen. „Guter Einwand, aber ich denke, durch den natürlichen Filter im Berg, durch den der Wasserfall fließt, sollte dies das frischeste Wasser sein, welches ihr je getrunken habt." Ethan nahm den ersten Schluck, während ihn jeder beobachtete. „Es ist köstlich!", sagte er nur und grinste die anderen an. Jetzt trank jeder genüsslich aus dem Staubecken und pure Freude und Glücksgefühle hallten durch die Freifläche über dem Wasser. Plötzlich kam Michael von hinten angelaufen und sprang in das Wasser. „Endlich können wir uns mal wieder waschen. Kommt rein, es ist herrlich." Jeder tat es ihm gleich. Megan hielt sich als Einzige noch etwas zurück, was aber jeder verstehen konnte, da sie gestern kurzzeitig tot war. Nachdem sie ausgelassen schwimmen waren, machten sie sich jetzt weiter auf den Weg über die Insel, um nach Nahrung zu suchen. Als sie langsam in einen Bereich vorstießen, den man schon fast als Moor bezeichnen konnte, rief Michael plötzlich: „Ich habe Beerensträucher gefunden! Ich weiß aber nicht, was das für Beeren sind."

Alle eilten zu ihm und begutachteten seinen Fund. „Das sind Cranberrys. Die sind essbar. Super gemacht, Michael", sagte Jenny und streichelte Michael dabei die Schulter. „Wahnsinn! Hier sind ja unzählige von den Sträuchern. Damit kommen wir erst mal eine Weile aus", sagte der Junge. „Es tut mir leid, aber wie ist eigentlich dein Name? Irgendwie warst du immer der Junge oder einfach du", sagte Betty, während ihr Gesicht leicht rot wurde. „Ich heiße Ross. Aber ist kein Problem, das mit dem Namen. Macht euch keine Sorgen deswegen." „Gut, dann hätten wir das ja auch geklärt. Mit den Beeren, dem Wasser und wenn wir es jetzt noch schaffen sollten, irgendwie Fische zu fangen, dann sollten wir es hier einige Zeit aushalten, bevor uns langweilig wird", erklärte Ethan. Das Leben begann wie von vorne auf dieser Insel und die Gruppe begann, sich Unterkünfte zu bauen und ihre Fähigkeiten im Fischfang zu verbessern.

KAPITEL 24: EIN FAST NORMALES LEBEN

5 Monate waren vergangen, seit sie auf der Insel unter stürmischen Bedingungen angekommen waren. Die Versorgung funktionierte mittlerweile wie ein Uhrwerk. Jeder hatte seine Aufgaben, die er erfüllen musste. Jenny sah man mittlerweile bereits an, dass sie von David ein Kind erwartete. Das Leben schien wieder in einfachen, aber geregelten Bahnen zu verlaufen.

„Wie geht es euch allen? Alles in Ordnung bei euch? Lasst uns gemeinsam essen und dankbar sein, dass wir hier leben können", sagte Ethan, als sich alle am Strand eingefunden hatten, um an dem von ihnen gebauten Tisch zu speisen. Aus angespültem Plastikmüll und Holz hatten sie sich Geschirr, Gläser und Besteck gebaut. Ethan erhob seine abgeschnittene Plastikflasche mit frischem Wasser, um seinen Toast abzuschließen, als plötzlich die gute Laune aus seinem Gesicht wich. Jeder schaute ihn erschrocken an. „Was ist los, Ethan?", fragte Betty. „Holt eure Waffen. Da kommen Menschen!", erwiderte er und deutete auf das Meer. Jetzt konnten auch die anderen sehen, was ihm so einen Schrecken eingejagt hatte. 200 Meter vor dem Strand lag ein großes Militärschiff, von dem zwei Schlauchboote abgelassen wurden und auf die Insel zukamen. Jeder rannte zu seinem Schlafplatz und holte seine Waffe hervor. Seit 4 Monaten hatten sie diese nicht mehr benötigt, aber jetzt schien es wieder so weit zu sein. Jeder ging in eine Stellung, welche sie über die Zeit zum Schutz angelegt hatten, und machte sich für einen Angriff bereit, als sie plötzlich eine Stimme durch ein Megafon hörten. „Hier spricht die Küstenwache. Wir kommen in Frieden und wollen Sie nicht angreifen. Wir haben vom Meer aus das Feuer auf der Insel gesehen. Wir suchen nach Überlebenden und sammeln diese überall ein, um eine neue Gesellschaft zu gründen. Wir haben ein Lager, bei dem die Einwohnerzahl stetig wächst. Wir haben Mauern, um uns zu schützen. Es gibt bei uns Medizin, Nahrung, Strom und Sicherheit. Bitte eröffnen Sie nicht das Feuer. Wir kommen in friedlichen Absichten!" Die Schlauchboote kamen weiter auf sie zu. „Was machen wir jetzt, Ethan?", wollte Jenny wissen. „Wartet hier. Ich werde an den Strand gehen und mit ihnen reden. Gegen das Marineschiff haben wir eh keine Chance." Ethan machte sich auf den Weg zum Ufer und nahm die Fremden in Empfang. „Schön, Sie zu sehen. Wir haben jetzt schon länger keine Überlebenden mehr gefunden. Schön, dass es noch Menschen gibt", sagte einer der Männer, der nach Ethans Kenntnis der Ranghöchste war, und streckte ihm die Hand aus. Ethan erwiderte zögernd die Geste und schüttelte ihm die Hand. „Keine Angst. Wir wollen Ihnen nichts Böses. Ich würde gerne mitkommen und Ihnen erklären, was wir machen. Meine Waffe lasse ich hier im Boot", erklärte der Mann. Ethan willigte ein und die beiden gingen zu dem Tisch, an dem sie gerade noch gemeinsam essen wollten. Jetzt kam auch David heraus. „Hallo, noch einer. Das freut uns. Sind hier noch mehr? Ihr könnt ruhig herauskommen, euch wird nichts passieren." Langsam kamen jetzt alle aus ihren Deckungen hervor und setzten sich zu Ethan und dem Fremden an den Tisch. Er begann jetzt seine Mission zu erklären und schilderte ihnen, wie ihre neue Gesellschaft aussah und wo sie sich befand. „Das hört sich alles wirklich super an, aber ich muss das erst mit den anderen besprechen", erwiderte Ethan auf seine Schilderungen. „Kein Problem. Lasst euch Zeit. Ich warte bei den Schlauchbooten und rauche eine", sagte der Fremde, und als er gerade gehen wollte, hielt ihn Ethan zurück. „Haben Sie mal eine Kippe für mich?" Alle schauten ihn verblüfft an. „Ich habe schon ewig keine mehr geraucht und irgendwie habe ich gerade Lust darauf." Der Fremde lachte und hielt ihm eine Zigarette hin. Er gab ihm noch Feuer und machte sich dann auf den Weg zum Schlauchboot. Ethan hustete kurz und fing dann an: „Wie sieht es aus? Was sollen wir machen? Bleiben wir hier oder wagen wir mal wieder einen Neuanfang?" Die Gruppe begann jetzt heiß zu diskutieren. Es wurden die Vorteile aufgezählt und über die möglichen

Nachteile philosophiert. „Zusammengefasst gibt es kein Richtig oder Falsch. Wenn wir hierbleiben, sind wir zwar erst mal sicher, aber was ist, wenn wir krank werden oder keine Fische mehr fangen? Außerdem ist Jenny schwanger, weshalb medizinische Versorgung schon nicht schlecht wäre. Bei den anderen könnte sich alles ändern. Es könnte ein Neuanfang werden oder wir werden in eine Falle gelockt und müssen als Sklaven arbeiten. Man kann es nicht genau wissen. Das Einzige, was ich weiß, ist, dass wir zusammenbleiben müssen. Daher bin ich für eine demokratische Abstimmung. Mehrheit gewinnt und fertig. Kein Heulen oder Meckern im Anschluss. Was sagt ihr?", brachte es David auf den Punkt. Nach einigen Diskussionen hatte sich die Gruppe darauf geeinigt, dass eine Abstimmung wohl das Sinnvollste wäre. „Wer ist dafür, dass wir den neuen Schritt wagen?", fragte David in die Gruppe. Langsam begannen sich die Hände zu heben. Auch wenn alle zögerlich waren, entschied sich am Ende jeder dafür, es zu versuchen. Bei Beeren und Fisch zu sterben, erschien der Gruppe dann doch nicht als das einzig wahre Lebensziel. Außerdem sorgten sie sich um Jenny und das Baby. „Dann ist das beschlossen. Ich bin guter Hoffnung", sagte Ethan und rief den Fremden wieder heran. „Wir haben uns entschieden. Wir sind dabei. Wir schließend uns euch gerne an." Der Fremde freute sich und schüttelte jedem die Hände. „Das werdet ihr nicht bereuen. Bei uns ist es sehr schön und es wird euch an nichts mangeln." Sie holten alle das wenige Gepäck, was sie noch hatten, und machten sich langsam auf den Weg zu den Schlauchbooten. David nahm Jenny in den Arm und beide stiegen zusammen in eines der Boote. Der Rest stieg ebenfalls voller Anspannung und Neugier in die Boote ein. Die Schlauchboote setzten sich in Bewegung und jeder blickte noch einmal auf die Insel zurück, die für 4 Monate ihre Heimat gewesen war, und gedachte all der Freunde, die sie auf dieser langen Reise verloren hatten. Der Sonnenuntergang stellte die Insel wie auf einer Postkarte in ein perfektes Licht. Jetzt sollte ein neues Abenteuer für die Gruppe beginnen … für die Familie beginnen.

„Ach ja, können wir vielleicht noch mal bei unserem alten Bunker vorbeischauen?", fragte David die anderen, während sie in den Sonnenuntergang fuhren, „wir wollten uns da ja eigentlich noch mal melden, wenn wir etwas gefunden haben, wo man leben kann."

DANKSAGUNG

Ich möchte mich herzlich bei allen bedanken, die während der Erstellung des Buches an mich geglaubt haben. Besonderer Dank geht hierbei an meine gesamte Familie, meine Freunde und meine geschätzte und geliebte Kollegin Franzi. Zusätzlich möchte ich mich bei allen Mitarbeitern des novum Verlags bedanken, die mir mit ihrem Vertrauen die Möglichkeit gegeben haben, meine Idee mit anderen zu teilen.

novum ✒ VERLAG FÜR NEUAUTOREN

Bewerten
Sie dieses Buch
auf unserer
Homepage!

www.novumverlag.com

HERZ FÜR AUTOREN A HEART FOR AUTHORS À L'ÉCOUTE DES AUTEURS MIA KAPΔIA ΓIA ΣΥΓ
ARTA FÖR FÖRFATTARE UN CORAZÓN POR LOS AUTORES YAZARLARIMIZA GÖNÜL VERELIM S
ORE PER AUTORI ET HJERTE FOR FORFATTERE EEN HART VOOR SCHRIJVERS TEMOS OS AU
ZÖINKÉRT SERCE DLA AUTORÓW EIN HERZ FÜR AUTOREN A HEART FOR AUTHORS À L'ÉC
AÇÃO BCEЙ ДУШОЙ К АВТОРАМ ETT HJÄRTA FÖR FÖRFATTARE Á LA ESCUCHA DE LOS AUT
EURS MIA KAPΔIA ΓIA ΣΥΓΓΡΑΦΕΙΣ UN CUORE PER AUTORI ET HJERTE FOR FORFATTERE EE
ARIM GÖ ERZÖINKÉRT SERCE DLA AUTORÓW EIN HERZ F
SCHR DS OS A ORAÇÃO BCEЙ ДУШОЙ К АВТОРАМ ETT HJÄRTA K

Der Autor

Der Autor, Matthias Mohs, geboren 1988 in Dessau,
leistete nach dem Abitur Dienst bei der Bundes-
wehr. Anschließend machte er eine Ausbildung bei
der hagebau-Zentrale, wo er heute als Projektleiter
Realisierung/Planung arbeitet. Er macht gerne
Musik, zeichnet Acrylgemälde und feiert und trifft
sich gerne mit seinen Freunden. Er ist ledig und hat
keine Kinder.

novum ⬥ VERLAG FÜR NEUAUTOREN

Der Verlag

*Wer aufhört
besser zu werden,
hat aufgehört
gut zu sein!*

Basierend auf diesem Motto ist es dem novum Verlag
ein Anliegen neue Manuskripte aufzuspüren, zu ver-
öffentlichen und deren Autoren langfristig zu fördern.
Mittlerweile gilt der 1997 gegründete und mehrfach
prämierte Verlag als Spezialist für Neuautoren in
Deutschland, Österreich und der Schweiz.

**Für jedes neue Manuskript wird innerhalb
weniger Wochen eine kostenfreie, unverbind-
liche Lektorats-Prüfung erstellt.**

Weitere Informationen zum Verlag und
seinen Büchern finden Sie im Internet unter:

www.novumverlag.com